PAUL OTT / BARBARA SALADIN (Hrsg.)

MordsSchweiz

25 VERBRECHEN 25 Autorinnen und Autoren aus allen Regionen der deutsch- und italienischsprachigen Schweiz sind in »MordsSchweiz« mit ihrem neusten Kurzkrimi versammelt. Die Kurzgeschichten führen auf eine Reise durch die facettenreiche Bandbreite des aktuellen Schweizer Krimischaffens, vom Cosy Crime über Detektivgeschichten, den historischen Krimi oder den Rachekrimi bis hin zum Agenten- und Psychothriller.

Die Mörderinnen und Mörder auf dem Papier sind: Nicole Bachmann, Daniel Badraun, Peter Beck, Christine Bonvin, Wolfgang Bortlik, Christine Brand, Andrea Fazioli, Regine Frei, Christof Gasser, Silvia Götschi, Stefan Haenni, Ina Haller, Petra Ivanov, Thomas Kowa, Paul Lascaux, Sunil Mann, Monika Mansour, Isabel Morf, Irène Mürner, Stephan Pörtner, Marcus Richmann, Sandra Rutschi, Barbara Saladin, Roland Voggenauer, Raphael Zehnder.

© Paul Ott

Paul Lascaux ist das Pseudonym des Schweizer Autors Paul Ott. Der 1955 geborene Germanist und Kunsthistoriker ist am Bodensee aufgewachsen und lebt in Bern. In den letzten 40 Jahren hat er vor allem Kriminalromane und kriminelle Geschichten veröffentlicht. Als Herausgeber von Krimi-Anthologien und Initiator des Schweizer Krimifestivals »Mordstage« hat er sich einen Namen gemacht.

© privat

Barbara Saladin wurde an einem Freitag, dem 13. geboren und lebt als freie Journalistin, Autorin und Texterin in einem kleinen Dorf im Oberbaselbiet. Sie schreibt Kriminalromane und Kurzgeschichten, Reiseführer und Theaterstücke, Sach- und Kinderbücher, Artikel und Reportagen, sie textet, fotografiert, recherchiert, lektoriert, moderiert und organisiert. 2017 erhielt sie den Kantonalbankpreis Kultur.
www.barbarasaladin.ch

PAUL OTT / BARBARA SALADIN (Hrsg.)

MordsSchweiz

Krimis zum Schweizer Krimifestival

GMEINER

Immer informiert

Spannung pur – mit unserem Newsletter informieren wir Sie
regelmäßig über Wissenswertes aus unserer Bücherwelt.

Gefällt mir!

Facebook: @Gmeiner.Verlag
Instagram: @gmeinerverlag
Twitter: @GmeinerVerlag

MIX
Papier aus verantwor-
tungsvollen Quellen
FSC® C083411

Besuchen Sie uns im Internet:
www.gmeiner-verlag.de

© 2021 – Gmeiner-Verlag GmbH
Im Ehnried 5, 88605 Meßkirch
Telefon 0 75 75 / 20 95 - 0
info@gmeiner-verlag.de
Alle Rechte vorbehalten
1. Auflage 2021

Lektorat: Sven Lang
Herstellung: Mirjam Hecht
Umschlaggestaltung: U.O.R.G. Lutz Eberle, Stuttgart
unter Verwendung eines Fotos von: © nazif / stock.adobe.com
Druck: CPI books GmbH, Leck
Printed in Germany
ISBN 978-3-8392-0061-2

INHALT

Vorwort 7

Christine Brand: Eine schreckliche Familie (Bern) 11

Peter Beck: Erinnerungen einer Auftragskillerin an
einem goldenen Herbsttag am Lago Maggiore 28

Isabel Morf: Quitt (Zürich) 39

Daniel Badraun: Der Fall Markovic oder: In Stein am
Rhein macht eine Leiche noch kein Verbrechen 50

Silvia Götschi: Die betagten Schwestern
von Hergiswil 63

Christof Gasser: Dinner for Two – Liebe geht
durch den Magen (Grenchen, Kanton Solothurn) 81

Irène Mürner: Schneewittchen und der böse
Wolf von Spiez 93

Paul Lascaux: Damaszenerstahl (Bern) 105

Nicole Bachmann: Der Gartenzaun (Köniz-Liebefeld) 113

Marcus Richmann: Auge um Auge (Bern) 125

Barbara Saladin: Die Rotte (Oberbaselbiet) 141

Wolfgang Bortlik: Der Rhein in Basel 153

Christine Bonvin: Helvetisches Fondue (Moosalp) 166

Thomas Kowa: Matterhörnli 178

Petra Ivanov: Mit Scharf (Dübendorf) 188

Sunil Mann: Swimmingpool (Zürich) 197

Regine Frei: Ex Libris am Thunersee 211

Roland Voggenauer: Die Glocken von Sils Maria 228

Monika Mansour: Das System – Anarchie
in Zürich 242

Stephan Pörtner: Züribieter Wandervögel 254

Sandra Rutschi: Der rätselhafte Tod einer
Berner Koryphäe 267

Stefan Haenni: Der Schöne aus Boskoop (Thun) 281

Ina Haller: Aarauer Mordsnachbarn 291

Raphael Zehnder: Bei Ankunft ein Toter in
Zürich-West 301

Andrea Fazioli: Nachhilfestunden (Lugano-Paradiso) 313

Viten 330

VORWORT

Hat es Sie schon immer interessiert, wie man einen Auftragsmord begeht, ob ein Urteil gerecht sein kann oder weshalb ein Pfarrer im Glockenstuhl hängt? Oder wollten Sie wissen, wie ein gealterter Punk beim Wandern stirbt, warum sich Wildschweine in finsterer Absicht zusammenrotten und ob ein Bankräuber seine Beute genießen darf? Soll man eine Leiche über die Kantonsgrenze hinweg entsorgen? Oder müsste man sich seine Verwandtschaft besser aussuchen, wenn man ein ängstlicher Mensch ist?

Sie wissen ja: Gestorben wird immer und überall, nur nicht im heimischen Bett.

Kommen Sie mit auf eine Reise durch die facettenreiche Bandbreite des aktuellen Schweizer Krimischaffens, vom Cosy Crime über die Detektivgeschichte, den historischen Krimi oder den Rachekrimi bis hin zum Agenten- und Psychothriller. Vom fingierten Tod über das Mordkomplott bis zum einsamen Henker lernen wir die dunklen Seiten der Schweiz in einer Tour de Suisse kennen, die vom Wallis ins Berner Oberland und über die Region Basel, das Mittelland und das Engadin bis ins Tessin führt.

Möglicherweise vermisst der eine Leser oder die andere Leserin die ganz großen Probleme, die die Welt beschäftigen. Das ist der Kürze der Texte geschuldet, denn nicht alles lässt sich auf wenigen Seiten abhandeln. Dafür empfehlen wir die Romane der beteiligten Autorinnen und Autoren, deren jüngste Veröffentlichungen Sie den Kurzbiografien im Anhang entnehmen können. Gerne weisen wir auch auf die Werke der hier nicht vertretenen Schreibenden hin, insbesondere auch auf die schnell wachsende Szene der Autorinnen und Autoren aus der französischsprachigen Schweiz, die wir in dieser Anthologie leider nicht berücksichtigen konnten.

Die vorliegende Sammlung von Kurzkrimis markiert einen Neustart der Schweizer Krimiszene. Das Buch erscheint zur Eröffnung des Schweizer Krimiarchivs und zum Krimifestival Grenchen im September 2021.

Der Kriminalroman hat in unserem Land bereits eine lange Geschichte, die bis ins 19. Jahrhundert zurückreicht. Mit Friedrich Glauser und Friedrich Dürrenmatt weist die Eidgenossenschaft im 20. Jahrhundert zwei stilbildende Schriftsteller auf, die auch eine internationale Ausstrahlung haben. Dasselbe gilt für einige Autorinnen und Autoren aus der »neuen Welle« ab den 1980er-Jahren: Peter Zeindler, Sam Jaun, Alexander Heimann oder Milena Moser, Hansjörg Schneider und Martin Suter, um nur die bekanntesten zu nennen, die das Genre bis in unser Jahrhundert geprägt haben. Wer sich für die Geschichte des Schweizer Kriminalromans im Detail interessiert, sei auf das Buch von Paul Ott: »Mord im Alpenglühen« (Chronos Verlag, 2020) verwiesen.

Nun also formiert sich eine weitere Generation von Krimischreibenden, die ihre Leidenschaft in spannende Texte umsetzt. Die Szene ist jünger geworden und wird von deutlich mehr Frauen geprägt. Diese Entwicklungen widerspiegelt unsere Anthologie. Und am »Schweizer Krimifestival Grenchen« (krimifestival.ch) vom 17. und 18. September 2021 wird die erfreuliche Bandbreite der neuen Schweizer Krimiszene der Öffentlichkeit präsentiert.

Gleichzeitig feiert das Schweizer Krimiarchiv Grenchen seine Eröffnung. In dieser Präsenzbibliothek findet sich die bedeutende Sammlung zum Kriminalroman, wie er sich in den letzten zweihundert Jahren entwickelt hat. Originaltexte stehen neben Sekundärliteratur und Sammelstücken: eine Inspiration für Literaturforschende und Krimibegeisterte. Das aus verschiedenen Quellen zusammengestellte Archiv ist deswegen so wichtig, weil man schon heute kaum mehr Bücher findet, die vor 1950 erschienen sind, gar nicht zu reden von verschollenen Autorennachlässen oder Verlagsarchiven. Wenn Sie also die eingangs gestellten Fragen für sich beantwortet haben, sind Sie herzlich zu einem Rundgang eingeladen.
https://krimiarchiv-schweiz.ch

Paul Ott und Barbara Saladin

EINE SCHRECKLICHE FAMILIE
(BERN)

CHRISTINE BRAND

Rudolf Wohlgemuth, Richter

Mein Wecker blökt. Er klingt nicht nur wie ein Schaf, er sieht auch aus wie eines. Ein Geschenk meiner Tochter, was will man machen, sie wäre beleidigt, wenn ich ihn nicht benutzen würde. Ich muss gar nicht erst auf die Leuchtziffern blicken, ich weiß auch so, dass es sechs Uhr früh ist, wie jeden Morgen, wenn er blökt. Heute hätte er getrost schweigen können, ich bin schon seit Stunden wach.

Der Fall, den ich heute zu beurteilen habe, raubte mir den Schlaf. Eigenartig, dass mir das noch immer passiert, nach all den Jahren am Gericht. Nach all den Morden und Verbrechen. Nach all den Abgründen, in die ich geblickt habe. Es kommt nicht mehr oft vor, aber dieser Fall ... der kostet mich den letzten Nerv, schon bevor die Hauptverhandlung begonnen hat. Dabei geht es nicht einmal um einen Toten.

Es gibt eine Angeklagte, die zugleich als Opfer auftritt. Und ein Opfer, das zugleich angeklagt ist. Es geht um Vergewaltigung und Mordversuch, respektive um zwei Mordversuche, denn als der erste nicht gelang, kam es zu einem zweiten, der ebenfalls missglückte.

Klingt kompliziert, ich weiß. Ist es auch. Zwei Verfahren in einem, und natürlich erzählt jede und jeder eine andere Geschichte. Und ich bin mal wieder derjenige, der entscheiden muss, welche davon die wahre ist. Ich sollte nicht unerwähnt lassen, dass Opfer und Beschuldigte und Beschuldigter und Opfer miteinander verheiratet sind, seit vielen Jahren schon, das macht das Ganze nicht einfacher, im Gegenteil. Was wieder einmal zeigt: Wo die Liebe endet, steht oft jemand wie ich, ein Richter. Die Kinder sind die Zeugen und wahrscheinlich die Lebensretter. Wie gesagt, ein komplexer Fall. Eine schreckliche Familie. Würde ich an einen Gott glauben, würde ich dafür beten, dass ich dieses Verfahren ohne Probleme hinter mich bringe und mir ein gerechtes Urteil gelingt. Aber seien wir ehrlich: Welches Urteil ist schon gerecht?

*

Vor Gericht.
Befragung von Robert Büttikofer durch Richter Wohlgemuth

»Ich befrage Sie zunächst als Geschädigten. Darum weise ich Sie darauf hin, dass Sie sich strafbar machen, wenn Sie falsche Anschuldigungen aussprechen, die Rechtspflege irreführen oder jemanden begünstigen. Haben Sie das verstanden?«

»Ja, das habe ich verstanden.«

»Am 1. März sind Sie zu Hause ausgezogen, ist das richtig?«

»Ja.«

»Was war der Grund dafür?«

»Meine Frau und ich haben uns oft gestritten, ich wollte schon früher auszuziehen. Aber ich wartete, bis unsere jüngste Tochter achtzehn wurde. Ich dachte, bis dahin gedulde ich mich, die meiste Zeit hielt ich mich sowieso bloß in meinem Zimmer auf.«

»Sind Sie zu diesem Zeitpunkt wirklich ausgezogen oder schliefen Sie noch immer hin und wieder im alten Zuhause?«

»Ich war bereits ausgezogen, bevor ich die neue Wohnung am 1. März bezog, ich lebte eine Zeit lang im Hotel. Zu Hause schlief ich schon lange nicht mehr.«

»Ihre Frau gab aber zu Protokoll, Sie hätten weiterhin jede Nacht bei ihr in der Wohnung verbracht.«

»Nein, das ist nicht so. Fragen Sie im Hotel nach, es liegt in der Wankdorfstrasse in Bern.«

»Wenn Sie schon ausgezogen waren – warum haben Sie sich dann in der Nacht auf den 11. April in der Wohnung Ihrer Frau aufgehalten?«

»Ich arbeite wie sie als Pflegeassistent und hatte Spätdienst. Nach der Schicht rief mich meine Frau an, sie habe eine Tasche mit den letzten Dingen gefüllt, die mir gehören. Sie drohte mir, wenn ich die Sachen nicht sofort abhole, würde sie sie wegschmeißen.«

»Was passierte, als Sie bei Ihrer Frau eintrafen?«

»Sie sagte, ich sähe müde und abgekämpft aus, sie habe mir mein Lieblingsgetränk zubereitet.«

»Und das haben Sie getrunken?«

»Ja, ex, in einem Zug.«

»Wollten Sie danach wieder nach Hause?«

»Ja.«

»Aber Sie blieben.«

»Wenn ich mich richtig erinnere, habe ich nach etwa zehn Minuten die Orientierung verloren. Meine Frau hat mich am Arm gepackt und nach oben gebracht, ich sollte mich in meinem Zimmer hinlegen. Sie sagte, ich sähe nicht gut aus.«

»Sie hatten also doch noch ein Bett in der alten Wohnung.«

»Nur die alte Matratze. Ich hatte mir eine neue gekauft.«

»Und dann?«

»Danach erinnere ich mich an nichts mehr.«

»Können Sie sich erinnern, was passierte, als Sie am Morgen aufgewacht sind?«

»Ich spürte einen Druck am Hals, aber ich kann nicht sagen, warum und woher dieser rührte. Mir wurde schwarz vor Augen, ich kriegte keine Luft mehr. Ich dachte, ich müsste sterben. Da hörte ich Stimmen, Schreie, ich weiß nicht, von wem sie stammten.«

»Ihre Frau war aber mit im Zimmer?«

»Ich habe keine Ahnung, wer sich alles im Raum befand und ob es meine Töchter waren, die geschrien haben.«

»Aber da konnten Sie wieder atmen.«

»Ja, der Druck ließ nach, ich musste sehr stark husten.«

»Geht es Ihnen heute wieder gut?«

»Nein, es geht mir nicht gut. Ich verschlucke mich noch immer dauernd, zudem habe ich Schlafstörungen und heftige Albträume. Ich habe zwar überlebt – aber mein Leben ist nicht mehr dasselbe.«

*

*Befragung von Miranda Büttikofer durch Richter Wohl-
gemuth*

»Ich befrage Sie zunächst als Beschuldigte. Sie haben das
Recht, die Aussage zu verweigern – wenn Sie Aussagen
machen, können die als Beweismittel gegen Sie verwendet
werden. Sie sind des versuchten Mordes angeklagt. Kon-
kret werden Sie beschuldigt, Ihrem Mann seinen Lieblings-
drink mit Traubensaft und Honig angerührt und mit einer
nicht bekannten Anzahl Tabletten Risperidal und Temesta
versehen zu haben, in der Absicht, ihn zu töten. Haben
Sie verstanden, was Ihnen vorgeworfen wird?«

»Ich habe verstanden, was Sie sagen. Aber so war es
nicht! Gut, ich gebe zu, dass ich ihm die Medikamente
in den Drink getan habe, das habe ich, das kann ich nicht
leugnen, aber es war trotzdem ganz anders, als Sie sagen.
Ich wollte ihn nicht töten – ich wollte nur meine Ruhe vor
ihm haben! Damit ich in der Nacht ruhig schlafen konnte.«

»Wie viele Tabletten haben Sie ihm verabreicht?«

»Ich kann mich nicht erinnern, wie viele es waren. Aber
es waren einige. Sie müssen wissen, ich war in panischer
Angst und wusste nicht, was ich tat. Ich wollte doch nur
meine Ruhe haben.«

»Warum hatten Sie Angst?«

»Weil er mich immer wieder belästigt hat. Weil er mich
über Jahre vergewaltigt hat. Brutal vergewaltigt hat. Immer
wieder hat er Pornofilme mit nach Hause gebracht und
mich gezwungen, alles nachzuspielen. Er benutzte dafür
eine Schlagrute und Zangen. Jahrelang musste ich unter
ihm leiden. Er hat mich drangsaliert.«

»Darum haben Sie versucht, ihn umzubringen? Aus
Rache?«

»Nein, ich wollte ihn nicht töten! Ich wollte doch bloß, dass er einschläft und mich in Ruhe lässt.«

»Sie sagen, Ihr Mann habe Sie jahrelang vergewaltigt. Wann begann das?«

»Schon früh, wenige Jahre nach unserer Hochzeit. Ich war 24, als ich ihn heiratete, das war 1993. Ich erinnere mich nicht, wann es genau begann. Aber die letzten zwanzig Jahre waren die Hölle.«

»Trotzdem sind Sie geblieben. Sie haben gemeinsam vier Kinder gezeugt.«

»Was hätte ich tun sollen? Er hat mir mit dem Tod gedroht, wenn ich mich weigerte. Er würde mich umbringen, wenn ich ihn verlasse.«

»Jetzt aber wollten Sie sich doch endlich trennen.«

»Ja. Er hat eine neue Freundin. Auf einmal wollte er von selbst gehen.«

»Ist es richtig, dass Ihr Mann bereits einen Monat vor der Tat eine eigene Wohnung gemietet hat?«

»Ja, aber er war immer noch ständig bei uns.«

»Ihr Mann sagt etwas anderes, er erzählte uns, er sei in jener Nacht nur zu Ihnen gekommen, weil Sie ihn aufforderten, die letzten Sachen abzuholen.«

»Nein, er kam, um zu Hause zu schlafen.«

»Wo hatte er seine Kleidung?«

»In der neuen Wohnung.«

»Also trug er immer dasselbe?«

»Unterhosen brachte er jeweils mit.«

»Warum haben Sie ihn nicht einfach nach Hause geschickt, statt zu versuchen, ihn umzubringen, wenn Sie Ihre Ruhe haben wollten?«

»Er hätte nicht auf mich gehört. Er sagte, er werde mir den Schlüssel nie zurückgeben.«

»Sie hätten das Schloss auswechseln können.«

»Das hätte 500 Franken gekostet! Herr Gerichtsvorsitzender, was ich sage, ist die Wahrheit, er hat jeden Tag bei uns geschlafen und gegessen, und er wollte mich weiter belästigen und vergewaltigen. Er ließ sein Messer und seine Schlagrute in unserer Wohnung, und eine Matratze in seinem Zimmer.«

»Auf dieser Matratze ist er nach dem Medikamenten-Cocktail eingeschlafen.«

»Ja.«

»Am Morgen danach haben Sie nachgesehen, ob er wirklich tot ist.«

»Nein! Ich habe nachgesehen, ob er noch schläft.«

»Unter Punkt zwei wirft Ihnen die Staatsanwaltschaft Folgendes vor: Als Sie festgestellt haben, dass Ihr Mann noch lebte, haben Sie versucht, ihn mit einem Stromkabel zu erdrosseln. Was sagen Sie dazu?«

»Es war nie meine Absicht, ihm etwas anzutun.«

»Wenn Ihre Töchter, aufgeschreckt durch den Lärm, nicht ins Zimmer gestürzt wären, wäre Ihr Mann jetzt tot. Warum wollten Sie ihn erdrosseln?«

»Ich wollte mich vor ihm schützen. Er hat mich angegriffen und gewürgt. Ich tastete nach etwas, fand das Kabel auf dem Boden und habe danach gegriffen.«

»Sie wollen also Notwehr geltend machen.«

»Ich war in Todesangst und musste mich wehren.«

»Obwohl er noch halb im Delirium gewesen sein muss nach dem Medikamenten-Cocktail, behaupten Sie, er sei gleich auf Sie losgegangen?«

»Er war wach. Wahrscheinlich wollte er sich rächen, weil ich ihn betäubt hatte.«

»Ihr Sohn sagte, das Kabel – ein Ladekabel – habe immer

im Wohnzimmer gelegen, wo sich auch das Gerät befindet, das damit geladen wird. Haben Sie das Kabel mit ins Zimmer raufgenommen, als Sie nachschauen gingen, ob Ihr Mann noch lebte?«

»Nein, das Kabel war schon da.«

»Laut dem medizinischen Bericht wies Ihr Mann eine Strangulationsmarke am Hals und Punktblutungen im Kopfbereich auf. Frau Büttikofer, er wurde von hinten gewürgt. Das ist schwer mit Ihrer Schilderung in Einklang zu bringen, dass er Sie angegriffen hatte. Sie wollten ihn erwürgen.«

»Nein! Nein, so war das nicht. Ich wollte ihn nicht töten, ich musste mich verteidigen. Ich hatte Angst, dass er mich umbringen würde. Das war Notwehr.«

*

Befragung von Robert Büttikofer durch Richter Wohlgemuth

»Ich befrage Sie nun als Beschuldigter in diesem Verfahren. Sie haben das Recht, die Aussage zu verweigern – wenn Sie Aussagen machen, können die als Beweismittel gegen Sie verwendet werden. Sie sind der mehrfachen Vergewaltigung und der mehrfachen sexuellen Nötigung angeklagt. Haben Sie das verstanden?«

»Ja, das habe ich verstanden.«

»Was sagen Sie zu den Vorwürfen?«

»Die Anschuldigungen stimmen nicht. Ich wollte nichts mehr von meiner Frau. Sie wusste, dass ich mich scheiden lassen würde, dass ich eine neue Freundin habe, ich habe ihr das offen gesagt. Sie war es, die es immer wieder bei mir versuchte, die mir schmeichelte und mir sagte, ich sei ihr Herz und ihre Seele. Ich habe nur mit ihr geschlafen, wenn sie es wollte.«

»Ihre Frau erzählt etwas ganz anderes. Sie sagt, Sie hätten sie jahrelang vergewaltigt. Sie hätten sie gezwungen, Gewalt-Pornofilme nachzuspielen. Sie hätten sie gewürgt, mit der Rute geschlagen, obwohl Sie gewusst hätten, dass sie keinen Sex mit Ihnen haben wollte.«

»Das ist gelogen. Warum hat sie mich denn nie angezeigt? Warum ist sie bei mir geblieben? Warum ist sie nie ins Frauenhaus gezogen?«

»Ihre Frau sagt, Sie hätten ihr gedroht, sie umzubringen, wenn sie Sie verlasse.«

»Das stimmt nicht. Es war gerade umgekehrt. Sie war diejenige, die Gewalt ausgeübt hat. Einmal hat sie mir mehrfach mit der Fernbedienung des TVs auf meinen Kopf geschlagen und die gesamte Einrichtung des Wohnzimmers zerstört. Ich musste die Polizei rufen und habe sie angezeigt. Meine Frau wurde daraufhin für zehn Tage mit einem Kontaktverbot belegt und durfte nicht nach Hause kommen. Das finden Sie in den Akten.«

»Wenn ich Sie ansehe, muss ich sagen, dass ich das kaum glauben kann. Sie sind Ihrer Frau körperlich überlegen. Wie soll sie Sie misshandelt haben?«

»Sie kennen sie nicht. Ich bin nicht stärker als sie. Sie hat mit Gegenständen auf mich eingeschlagen, und ich habe mich nicht gewehrt, weil ich Gewalt ablehne, ich könnte nie eine Frau schlagen.«

»Ihre Frau kann die Vergewaltigungen sehr genau beschreiben, die Gewalt, die Sie ihr angetan haben sollen.«

»Ich habe nie etwas getan, was sie nicht wollte.«

»Wir haben auch mit Ihren Kindern gesprochen. Haben Sie noch Kontakt zu ihnen?«

»Nein.«

»Warum nicht?«

»Das hat sich verloren.«

»Ihre Kinder haben sich hinter Ihre Frau und gegen Sie gestellt. Ihre jüngste Tochter hat sogar bestätigt, dass Sie Ihre Frau vergewaltigt haben sollen.«

»Hören Sie, ich liebe meine Kinder, die drei älteren sind gute Kinder. Aber meiner jüngsten Tochter dürfen Sie nicht glauben. Sie ist kriminell. Man hat sie mehrmals beim Stehlen erwischt, und sie lügt, wenn sie solche Dinge erzählt.«

»Warum sollte sie das tun?«

»Meine Frau hat sie dazu angestiftet. Ich hatte schon früher Angst, dass sie mich töten wollten. Zweimal fühlte ich mich seltsam, nachdem ich bei meiner Frau Tee getrunken hatte. Und dann war da noch die Sache mit dem Honig.«

»Mit dem Honig?«

»Meine jüngste Tochter brachte mir zehn Gläser Honig, teurer Honig, sie wollte ihn mir schenken, es war klar, dass sie ihn gestohlen hatte. Mir fiel auf, dass drei Gläser schon mal geöffnet worden waren, darum habe ich sie alle gewogen. Die drei Gläser hatten ein anderes Gewicht. Ich glaube, dass sie mich bereits da vergiften wollten.«

»Das höre ich zum ersten Mal. Warum haben Sie das bei der Polizei nicht ausgesagt?«

»Es ist mir gerade jetzt erst wieder in den Sinn gekommen.«

»Falls Sie, wie Sie behaupten, Ihre Frau nicht vergewaltigt haben – warum sollte Ihre Frau Sie umbringen wollen? Was wäre ihr Motiv?«

»Das Geld. Sie hat herausgefunden, dass ich zwei Liegenschaften besitze, von denen sie zuvor nichts wusste. Sie fürchtete, dass ich mein Geld und meinen Besitz mit meiner neuen Freundin teilen werde und sie durch die Scheidung alles verliert.«

*

Befragung Miranda Büttikofer durch Richter Wohlgemuth

»Frau Büttikofer, wussten Sie, dass Ihr Mann über zwei größere Liegenschaften und demnach über ein ziemliches Vermögen verfügt?«

»Ja, das ist mir bekannt.«

»Seit wann?«

»Seit sechs Monaten.«

»Ihr Mann hat Ihnen das verheimlicht?«

»Ja, er hat mir nichts davon gesagt.«

»Wie haben Sie davon erfahren?«

»Ich habe seine Unterlagen durchstöbert, bevor er ausgezogen ist.«

»Der Staatsanwalt geht davon aus, dass Sie Ihren Mann noch vor der Scheidung umbringen wollten, um sich das Vermögen zu sichern.«

»Hören Sie: Ich bin hierhergekommen, um die Wahrheit zu sagen. Mein Mann hat all die Jahre mit mir gespielt, er hat mich angelogen, er hat mich vergewaltigt, er hat mich fälschlicherweise bei der Polizei angezeigt. Das, was Sie hier behaupten, stimmt nicht. Es ging nicht ums Vermögen, die Liegenschaften würden sowieso an unsere Kinder gehen. Auch bezweifle ich, dass sie viel wert sind, sie sind in keinem guten Zustand. Doch das hat alles nichts mit diesem Fall zu tun. Ich habe meinen Mann angegriffen, weil ich mich verteidigen musste.«

»Nachdem Sie ihn zuvor beinahe mit einer Überdosis Tabletten umgebracht hatten.«

»Ruhiggestellt, damit er mich in Frieden ließ, damit ich endlich einmal schlafen konnte, damit er mich nicht wieder vergewaltigte.«

»Sie sagten, Sie erinnerten sich nicht, wie viele Tabletten Sie ihm verabreicht haben.«

»Nein.«

»Sie haben zwei Tage zuvor 20 Tabletten Risperidal und 14 Temesta gekauft. Gefunden hat die Polizei noch drei Temesta-Tabletten. 31 Tabletten sind verschwunden.«

»Ich weiß wirklich nicht mehr, wie viele es waren. Ich habe das ganz schnell gemacht, und ich bereue, dass ich es getan habe.«

»Wer wusste alles von den Medikamenten?«

»Nur ich!«

»Auf einer leeren Tabletten-Verpackung haben wir nicht nur Ihre, sondern auch die DNA Ihrer Tochter Samira gefunden. Können Sie uns das erklären?«

»Meine Töchter haben aufgeräumt, ich hatte die leeren Packungen im Kühlschrank gelassen.«

»Wann war das?«

»Am nächsten Morgen.«

»Nachdem die Töchter ihren Vater gerettet hatten? Was haben Sie getan, als die Töchter hereingestürzt sind?«

»Das war ein ganz schrecklicher Moment, es war, als wäre ich aus einem üblen Traum erwacht. Ich sagte ihnen, sie müssten sofort den Notruf wählen.«

»Ihre Tochter Samira sagte aus, sie hätten Sie regelrecht von Ihrem Mann wegzerren müssen.«

»Ich war nicht ich selbst. Sie musste mich ohrfeigen,

damit ich zur Besinnung kam. Erst da realisierte ich, was geschehen war.«

»Was wäre passiert, wenn Ihre Töchter nicht hereingestürmt wären?«

»Ich hoffe, dass nichts Schlimmes passiert wäre. Wenn ich könnte, würde ich es ungeschehen machen. Ich sehe ein, dass das nicht gut war. Aber ich stand unter einer enormen seelischen Belastung. Ich wollte ihn nicht töten. Ich bin unschuldig. Das hier ist ein einziger, riesiger Irrtum.«

*

Rudolf Wohlgemuth, Richter

Ich habe es ja geahnt. Zwei Parteien, zwei verschiedene Wahrheiten, und ich musste es wieder einmal richten. Jeder hat ein Urteil zu seinen Gunsten erwartet, und keiner wird am Schluss zufrieden sein.

Miranda Büttikofer ist eine kleine, energische Frau. Rundes Gesicht, schwarze zähe Locken, ihr Pferdeschwanz gleicht einem Reisigbesen. Ihre Augen sind lauernd und anklagend, kleine, dunkle Stecknadeln. Sie ist etwas stämmig, untersetzt, sie wirkt vorlaut, spricht so, als würde sie der ganzen Welt einen Vorwurf machen für alles, was in ihrem Leben schiefgelaufen ist. Nur sie selbst trägt keine Schuld. Mehrmals ist sie mir ins Wort gefallen, es half kein Zurechtweisen.

Robert Büttikofer ist einen Kopf größer als sie, gräuliches Haar, der Hals zu kurz geraten, als würde er pausenlos die Schultern hochziehen. Seine Mimik ist grimmig, die Augen wirken leblos, als wäre ihm alle Freude verloren gegangen, falls sie überhaupt jemals in seinem Leben existiert hat. Er sieht aus, als könnte er jede gute Laune im Bruchteil einer Sekunde vertreiben.

Nicht, dass ich damit sagen will, dass ich mich von dem Äußeren und der Art der beiden habe beeinflussen lassen, bewahre. Ich will damit nur deutlich machen: Sie wirkt nicht wie eine hilflose, zerbrechliche Person, die sich nicht wehren kann. Er wirkt nicht wie ein naiver, verschupfter Ehemann, der vor seiner Frau kuscht.

Um es kurz zu machen: Ich glaube ihr nicht. Das mag jetzt hart klingen, es ist aber so. Ich nehme ihr nicht ab, dass sie ihren Mann nicht töten wollte. Nur zwei Tage vor der Tat hat sie sich von ihrer Ärztin die Tabletten verschreiben lassen. Ich bin gegen Zufälle. Die Dosis war massiv, damit will man niemanden zum Schlafen bringen, damit will man jemanden um die Ecke bringen. Ihr Mann muss am nächsten Morgen völlig belämmert gewesen sein. Undenkbar, dass er sie in diesem Zustand angegriffen hat. Und selbst wenn: Ich habe noch nie davon gehört, dass jemand in Notwehr von hinten erwürgt worden ist. Darum glaube ich ihr nicht.

Nun, auch ihm glaube ich nicht. Zumindest nicht alles. Aber die Vergewaltigungen können ihm nicht nachgewiesen werden. In diesem Anklagepunkt gibt es einzig die Anschuldigungen seiner Frau und die etwas krude Aussage der gemeinsamen Tochter. Andere Indizien sprechen dagegen. Für einen Schuldspruch genügt das nicht. Zu dünn.

Also habe ich Miranda Büttikofer zu einer Freiheitsstrafe von achteinhalb Jahren verurteilt. Sie hat versucht, ihren untreuen Mann erst zu vergiften und dann zu erdrosseln, weil sie eifersüchtig auf ihre Nebenbuhlerin war und das Vermögen der Familie sichern wollte. Ihren Mann Robert Büttikofer habe ich im Grundsatz »im Zweifel für den Angeklagten« vom Vorwurf der Vergewaltigung und sexueller Nötigung freigesprochen. Was aber nicht heißt, dass ich ausschließe, dass er es getan hat.

Miranda Büttikofer ist nach dem Verdikt zusammengebrochen, wir mussten die Ambulanz aufbieten. Die jüngste Tochter Samira, die mit ihren Geschwistern den Prozess mitverfolgt hatte, hat laut aufgeschrien und wollte auf mich losgehen. Wir mussten den Sicherheitsdienst alarmieren. Das hat mich alles nicht beeindruckt. So habe ich geurteilt und begründet. Dies ist im Sinne des Gesetzes das beste und gerechteste Urteil, zu dem ich in diesem Fall kommen konnte. Ich ziehe den Schlussstrich und gehe mit einem guten Gewissen ins Bett.

Mein Wecker blökt. Es ist sechs Uhr früh, wie jeden Morgen, wenn er blökt. Auch heute hätte er getrost schweigen können, denn ich liege schon seit Stunden wach. Dieser Fall … Erneut hat er mir den Schlaf geraubt. Das mit dem Schlussstrich hat nicht funktioniert. Die Sache rumort noch immer in meinem Kopf herum, etwas stört mich, aber ich komme einfach nicht darauf, was es ist.

Ich muss das zur Seite legen, muss mich auf den neuen Fall konzentrieren, der heute auf mich wartet; ein Mann wird von seiner Exfrau beschuldigt, sich an ihrer Deutschen Dogge sexuell vergangen zu haben. Das wird wieder ein Theater geben.

Aufstehen, frühstücken, rasieren, noch einmal die Anklageschrift durchgehen, schon bin ich wieder unterwegs zum Gericht. Ich gehe immer zu Fuß. Mein Arbeitsweg ist ein Spaziergang durch Berns Lauben, während die Altstadt erwacht. Dieser Moment der Ruhe tut mir gut, bevor sich neue menschliche Abgründe vor mir auftun.

Beim großen Brunnen in der Gerechtigkeitsgasse wechsle ich die Straßenseite, über mir auf dem Sockel steht die Statue der Justitia, die Augen verbunden, die Waage in der einen Hand. »Guten Morgen«, sage ich laut zu ihr, auch das ein Ritual. Sie antwortet mir nie.

So war das zumindest bis heute.

»Sie Arschloch!«, brüllt mir in dem Moment eine Frauenstimme entgegen.

Mein Herz setzt ein paar Schläge aus. Ich fahre zusammen und blicke erschrocken zu Justitia hoch.

»Sie haben die falsche Person verurteilt!«

Erst jetzt realisiere ich, dass nicht Justitia schreit, sondern eine junge Frau, die hinter dem Brunnentrog hervorspringt. Sie kommt mir bekannt vor.

»Mein Vater war ein Scheusal, er hat uns jahrelang gequält. Nicht meine Mutter, mein Vater sollte hinter Gittern sitzen.«

Samira. Die jüngste Tochter. Die gestern im Gerichtssaal auf mich losgehen wollte. Ich schaue mich um, ob ich jemanden zu Hilfe rufen kann. Doch da ist niemand, und auf Justitia kann ich nicht zählen.

»Beruhigen Sie sich«, sage ich zu der Frau, die fast noch ein Mädchen ist. Sie steht jetzt direkt vor mir und kommt mir zu nah, ich weiche zurück, stolpere um ein Haar.

»Und wenn, dann nicht meine Mutter, sondern ich! Ich habe ihm die Tabletten in den Drink getan, ich wollte ihn erwürgen! Und ich hätte es zu Ende gebracht, wenn meine Schwester und meine Mutter mich nicht zurückgehalten hätten.«

Sie will mich schubsen. Ich weiche aus. Mein Instinkt befiehlt mir, wegzurennen, doch etwas hält mich zurück. Was, wenn sie die Wahrheit spricht?

»Warum sagen Sie das erst jetzt, erst hier, wieso haben Sie das nicht früher gestanden?«

»Ich musste meiner Mutter versprechen, es niemandem zu sagen. Sie will die Strafe für mich tragen, damit mein Leben nicht zerstört ist. Das hier ist kein Geständnis, das werden Sie nie kriegen. Ich will nur, dass Sie eins wissen: Sie haben falsch geurteilt. Sie sind ein schlechter Richter.«

Sie speit mir die Worte ins Gesicht, stößt mich mit beiden Händen gegen die Brust, ich rudere mit den Armen, verliere das Gleichgewicht, stürze, bin am Boden, reiße die Hände vors Gesicht, doch der Schlag folgt nicht, sie dreht sich um und rennt davon, ist so schnell verschwunden, wie sie aufgetaucht ist.

Verblüfft bleibe ich zurück. Ich stehe auf und klopfe meinen Anzug ab, blicke zu Justitia hoch und kann mir ein Ächzen nicht verkneifen. Die Glocken der Nydeggkirche schlagen die Viertelstunde. Ich muss weiter. Die nächste Verhandlung beginnt gleich. Wieder muss ich ein Urteil finden.

Doch welches Urteil ist schon gerecht?

ERINNERUNGEN EINER AUFTRAGSKILLERIN AN EINEM GOLDENEN HERBSTTAG AM LAGO MAGGIORE

PETER BECK

Der Lago Maggiore flimmerte und glitzerte wie die Diamanten auf dem samtenen Tuch in meinem Luganeser Banktresor. Auf der anderen Seite des Sees leuchtete der Monte Gambarogno in seinem Herbstkleid. Nach den heftigen Niederschlägen der letzten Tage war der Himmel heute wolkenlos, die Sicht klar. Hier war der Indian Summer auszuhalten.

Wobei *Indian Summer* viel besser klang als *Altweibersommer*, vor allem wenn man nicht mehr die Jüngste war. Aber die Gelenke schmerzten hier im Tessin deutlich weniger als am Zürichsee. Es war eine gute Idee gewesen, von der Goldküste nach Ronco sopra Ascona in die Residenz zu dislozieren. *Residenza*. Tönte auch besser als *Altersheim*, gerade auf Italienisch.

Doch insgesamt war es ein gepflegtes Haus, mit Gourmetküche, Wellness-Spa, Schwimmbad, einem weitläufigen Park und angegliederter Arztpraxis, die, im Gegensatz zu den Heimen für Krethi und Plethi, rund um die Uhr besetzt war und auch Botox und so anbot. Nicht ganz billig, aber das letzte Hemd hatte ja keine Taschen. Und für die wöchentliche Pediküre musste man hier nicht mehr in ein Taxi mit klebrigen Plastiksitzen steigen. Das Sonnenlicht flutete das Appartement und wärmte die nackten Füße mit den frisch lackierten Nägeln. Dior Nagellack-Rouge *Pandore* mit Gel-Effekt.

Sie wackelte mit den Zehen und rekelte sich in der Chaiselongue.

Leider fanden hier nicht alle Möbel Platz, nur eine Handvoll Antiquitäten, einige Perserteppiche und die Ölbilder aus dem Schlafzimmer. Die Leichen lagen noch immer unter dem Weinkeller in der Villa. Niemand würde sie je finden. Sie schaute auf ihre Hände, mit denen sie diese noch eigenhändig einbetoniert hatte. Mittlerweile war die fast durchsichtige Haut voller Altersflecken. Sie berührte die edelsteinbesetzten Ringe an den von Gicht geplagten Fingern. Das Alter war ein Graus, aber wenigstens konnte man sich ab und zu etwas gönnen.

Ein Klopfen holte sie in die Gegenwart zurück. »Ja, bitte?«

Die Tür öffnete sich, und eine unbekannte Pflegerin im türkisfarbenen Kittel der Residenz schob einen Trolley herein. »Guten Tag, Frau Neidhart. Ich vertrete heute Doktor Mancini, der leider unpässlich ist. Mein Name ist Alessia Werffeli.«

Keine Pflegerin und ein bisschen jung für eine Ärztin, aber heute wirkten ja auch Vierzig-, Fünfzigjährige jung. Ab einem gewissen Alter konnte man sich allerdings nicht mehr einreden, man sei nur so alt, wie man sich fühle. »Guten Tag, Frau Doktor.«

Die Ärztin streifte sich blaue Plastikhandschuhe über. »Ich komme wegen Ihrer monatlichen Vitalzeichenkontrolle.«

Leichtes Kopfschütteln. Der September war wieder einmal nur so verflogen. Schon wieder Vitalzeichenkontrolle. *Vitalzeichenkontrolle.* Auch so ein Wort! Früher hatte es genügt, mit den Fingerspitzen den Puls zu nehmen, und man wusste, ob einer hinüber war oder ob man noch einmal abdrücken musste.

»Wie geht es uns heute denn so?«

Alessia hatte diesen forciert munteren Ton, der offenbar Voraussetzung war, um in der Residenz angestellt zu werden. Immerhin sprach die Ärztin Schweizerdeutsch, nicht so wie die Pflegerinnen aus der Lombardei, welche jeden Tag bei Brissago über die Grenze kamen, oder die Spanierinnen, die kein Wort Deutsch sprachen. Immerhin konnte man mit denen seine Sprachkenntnisse auffrischen. Sich in verschiedenen Idiomen zurechtzufinden, war eine wichtige Voraussetzung für die Erledigung der Auslandsaufträge gewesen. »Ich kann nicht klagen.«

»Wunderbar. Das ist gut zu wissen. Darf ich Ihren Blutdruck messen?« Alessia legte die kühle Manschette an und begann zu pumpen, studierte die Anzeige und ließ dann den Druck wieder ab. »Was haben Sie denn früher gemacht, Frau Neidhart?«

»Ich war Reiseleiterin.«

»Was Sie nicht sagen.«

»Doch, doch.«

»Ich reise auch gerne.«

»Ja, ja. Reisen bildet.«

Während Alessia das Blutdruckmessgerät verstaute, schaute sie sich um und wunderte sich wahrscheinlich, wie sich eine Reiseleiterin diese Residenz leisten konnte. Sie fragte schließlich. »Und wie sind Sie dazu gekommen? Ich meine, gibt es da eine Ausbildung oder so?«

Ein Lächeln huschte ihr übers Gesicht. Gute Frage. Die Erinnerungen an den ersten Auftrag mit dem stillen Tommaso vor über sechzig Jahren waren ungetrübt. Vieles andere war im Laufe der Jahre verschwommen, aber Tommasos verträumte Augen blieben unvergesslich. Er war extra mit dem Zug aus Kalabrien in die Schweiz gereist und hatte einen sexy Lockvogel gebraucht, um die Zielperson zu isolieren, einen Geschäftsmann, der bei jemandem in Ungnade gefallen war. Der Auftrag hatte gelautet, ihn zu erledigen und bei dieser Gelegenheit ein Exempel zu statuieren, zur Abschreckung. Leider waren sie nur halb erfolgreich gewesen, denn das Dolder Grand hatte es damals irgendwie geschafft, das Ganze unter den Teppich zu kehren. Jedenfalls waren in den Zeitungen keine Berichte aufgetaucht. Dabei hatte Tommaso die abgezwackten Finger des Geschäftsmannes doch extra überall in der Luxussuite verstreut. »Ach, da bin ich vor langer Zeit hineingerutscht. Einer meiner Cousins war auch Reiseleiter und hat mich gefragt, ob ich aushelfen würde.«

Alessia nahm das Handgelenk, fühlte den Puls und erkundigte sich nach einer Weile: »Und dann? Haben Sie im Geschäft Ihres Cousins gearbeitet?«

»Nein, nein. Wir haben nur einige Reisen zusammen arrangiert. Das war, als ich noch ein ganz junges Ding war. Aber damals waren die Zeiten ganz andere. Das kann man sich heute gar nicht mehr vorstellen. Die Männer waren noch anständig angezogen, haben Hut und Krawatte getragen und einem in den Mantel geholfen. Aber was sage ich da. Als mein Cousin zurück nach Italien ging, habe ich mich selbstständig gemacht. Wissen Sie, das Schöne an diesem Beruf ist ja, dass man selbst bestimmen kann, wie viel man arbeitet.«

»Selbstständig zu sein. Das könnte ich mir auch vorstellen.« Alessia notierte den Puls.

»Ja, wenn man einen guten Ruf hat, kann man sich die Kundschaft aussuchen. Meine Spezialität waren maßgeschneiderte Reisen für die gehobene Kundschaft.«

»In welches Land sind Sie denn am liebsten gereist, wenn ich fragen darf?«

»In den Jemen …«, ins Jenseits, »und die Indianergebiete«, in die ewigen Jagdgründe, »aber *Indianer* darf man heute ja nicht mehr sagen, heute heißt es *Native Americans*, nicht wahr?«

»Im Jemen war ich noch nie.«

»Sie sind ja noch jung.«

»Das muss aber aufregend gewesen sein.«

»Meist war es höllisch heiß.«

Alessia zeigte besorgt auf die Beine. »Was haben wir denn da? Sie haben an Ihrem Schienbein einen ziemlichen Bluterguss.«

Die Beine waren auf der Chaiselongue übereinandergeschlagen, das obere der Ärztin zugewandt, Körpersprache beeinflusste das Unterbewusstsein. Die Prellung war unschön, aber schließlich war niemand perfekt. Schulterzucken. »Ach, das ist nicht schlimm. Da habe ich mich wohl am Bett gestoßen.«

Die Finger von Alessia fuhren vorsichtig über das Schienbein. »Tut das weh?«

»Nein, nein. Das geht von allein vorbei.«

»Haben Sie schon von Herrn Rohde gehört?«

Desinteressiertes und unschuldiges Kopfschütteln. Lügen war simpel, wenn man es einmal gelernt hatte. »Nein, heute noch nicht.«

»Ihr Nachbar hatte einen Unfall …«

Die Augen weiten, die Lippen zu einem stummen O formen, die Stirn in Falten legen und die Augenbrauen zusammenziehen. Wahrscheinlich wäre auch eine Karriere als Schauspielerin in der Cinecittà möglich gewesen. Ein Leopard des Filmfestivals Locarno hätte sich auf der Anrichte gut gemacht. Sean Connery, Claudia Cardinale und … Wie hieß diese Schweizer Schauspielerin mit dem Bikini schon wieder, die Tierfreundin mit Schoßhündchen? Andrea? … Ursula Andress. Ja, so hieß sie!

Alessia sagte: »Herr Rohde hat uns leider verlassen.«

»Sie meinen, mit den Füßen voran?«

Schräger Seitenblick. »Leider ja.«

»Wie schrecklich.«

Die Ärztin nickte nachdenklich.

Die Frau Doktor war noch jung. Trotz ihrer Ausbildung an der Universität hatte sie sich offenbar noch nicht an den Tod gewöhnt, aber das würde schon noch kommen. »Früher oder später müssen wir alle gehen.«

Alessia murmelte zustimmend. »Mhm.«

»Was ist denn passiert?«

»Ich weiß es nicht genau. Ich habe nur gehört, dass er heute Morgen nicht in seinem Zimmer war. Ein Pfleger, der nach dem Frühstück jemanden in den Park begleitete, hat ihn gefunden. Herr Rohde lag im Seerosenteich, samt Rollstuhl.«

Der Deutsche hatte vom ersten Tag an mit seiner lauten Musik genervt. Zu jeder Tages- und Nachtzeit hatte der alte Nazi irgendwelche Arien und Symphonien gehört, wegen seines schlechten Gehörs immer in voller Lautstärke. Ein bisschen Mozart, eine Entführung aus dem Serail, war ja nicht zu verachten, aber stundenlang Wagners Donnergrollen war unerträglich, vor allem bei offenem Fenster. Fort mit Schaden. Hoffentlich war der Nachmieter von Rohde erträglicher. »Was Sie nicht sagen.«

»Ja, wahrscheinlich ist er mit dem Rollstuhl in den Teich gekippt und hat sich unglücklich den Kopf gestoßen. Dummerweise ist der Teich nicht gesichert. Er ist ja auch nicht tief, aber das ist wie mit Kleinkindern im Planschbecken. Die sollte man auch nie unbeaufsichtigt darin spielen lassen.«

Rohde war eines dieser traurigen Gewohnheitstiere gewesen. Der Langweiler rollte jeden Morgen zum Seerosenteich und gaffte mit triefendem Maul in den Sonnenaufgang, sodass man die Uhr nach ihm stellen konnte. Ein knackiger Schlag mit der Krücke von hinten an den Hals hatte genügt, dann den Rollstuhl noch mit einem kleinen Schubs in den Teich befördern, fertig war der *Unfall*. Alles locker, noch vor dem Frühstück. Niemand hatte etwas gesehen. Wahrscheinlich hatte Mancini den Totenschein im Halbschlaf unterschrieben. Todesursache: Ertrinken. Manchmal war es wirklich fast zu einfach. Nur das Schienbein, das vom umkippenden Rollstuhl getroffen wurde, hatte für einen Moment höllisch geschmerzt. »Tragische Sache.«

»Man kann nicht vorsichtig genug sein. Passen Sie auf, wenn Sie dort spazieren gehen. Wir wollen ja nicht, dass Sie sich etwas brechen. So ein Unfall ist schnell passiert, nicht wahr, Frau Neidhart?«

Nicken. Da konnte man nur beipflichten, denn Unfälle waren *meine* Spezialität. Es war erstaunlich, mit was man davonkam, wenn man es geschickt anstellte, gerade in der Schweiz. Herzinfarkt? Normal. Fehltritt im steilen Gelände? Pech gehabt. Autounfall mit Alkohol am Steuer? Kann passieren. Niemand schaute genau hin. Die Notärzte unterschrieben alles. Die waren überarbeitet und machten meist nur widerwillig Pikett. Manchen fehlte auch die Fantasie oder die Erfahrung, schließlich war die Schweiz nicht Mexiko mit seinen Drogenkriegen, wo die Leichen an Straßenlampen hingen, oder Südafrika, wo man für ein paar Rand erstochen wurde. Hier konnte man am Kiosk einen Hunderter wechseln, ohne dass man schräg angeschaut wurde. »Sie sind neu hier, nicht wahr, Frau Doktor?«

»Ja, ich habe erst gerade angefangen. Wenn es Ihnen recht ist, nehme ich noch Blut fürs Labor. Ich habe gesehen, dass Sie es ein wenig mit den Nieren haben. Es ist wichtig, dass wir Ihr Kalium, Natrium und Kreatin im Auge behalten.« Sie nahm das Handgelenk, drehte den Unterarm zurecht und desinfizierte diesen mit einem Wegwerftupfer. »Machen Sie bitte die Faust.«

»Woher kommen Sie denn?«

»Aus Zürich.« Alessia stöberte im Trolley, zog eine Plastiktüte hervor, riss diese auf und nahm eine Einwegnadel mit Kanüle und Konnektor heraus. Sie suchte die Vene und setzte an. »Ich habe dort studiert und konnte dann auch am Kispi assistieren. Jetzt gibt es gleich einen kleinen Stich. Falls Ihnen das unangenehm ist, schauen Sie einfach einen Moment aus dem Fenster. Das Wetter ist heute ja wunderbar, vor allem nach dem vielen Regen, nicht wahr?«

Es pikte. Das Blut floss. Professionell gemacht. »Aber Sie sprechen keinen reinen Zürcher Dialekt, oder täusche ich mich da?«

»Nein, da haben Sie recht. Als ich sechs war, ist meine Mutter mit mir und meiner Schwester nach Zürich gezogen. Geboren wurde ich im Engadin.« Alessia stoppte mit dem Daumen kurz das Blut, drehte das erste Röhrchen fürs Labor heraus und ersetzte es mit einem zweiten.

»Ah, das Engadin! Da bin ich auch immer gern hingefahren, vor allem im Winter. Die Berge dort haben es mir angetan.« Vor etwa dreißig Jahren ließ sich dort einmal das Angenehme mit dem Nützlichen verbinden. Die Zielperson war jeweils am Morgen in seinem Baugeschäft, am Nachmittag auf den Skipisten des Piz Corvatsch und am Abend zu Hause gewesen, wo er den treu sorgenden Familienvater gemimt hatte. Trotz seines Ranzens hatte er immer diesen grässlichen, orangen Skidress von Bogner getragen, die damals der letzte Schrei gewesen waren. Aber Skifahren hatte er gekonnt, das musste man ihm lassen.

Der Auftrag selbst hatte sich nach ein paar Tagen Beschattung fast von alleine erledigt. Er hatte sich nachmittags immer im gleichen Restaurant ein Bier gegönnt und dazu zwei gekochte Eier verdrückt, wahrscheinlich, weil er glaubte, das Protein sei gut für seine Muskeln. Die bunten Eier standen auf allen Tischen herum, zu viert, in einem dieser Eisengestelle mit Gewürzen. Da er jedes Mal nach der Bestellung auf der Toilette verschwand, war es ein Kinderspiel gewesen, das Aromat auszutauschen. Das Gift im gelbroten Gewürzstreuer war so dosiert gewesen, dass er eine halbe Stunde später in der Gondelbahn einen Herzinfarkt erlitten hatte. Aromat sei Dank!

Dummerweise hatte sich der Auftraggeber, ein Baulöwe aus St. Moritz, der seinen Konkurrenten hatte entsorgen lassen, als Idiot entpuppt. Der war nicht nur ein Angeber, sondern auch ein notorischer Schürzenjäger. Er hatte sich schon während des Begräbnisses an die junge Witwe herangemacht, die ihm daraufhin vor versammelter Trauergemeinde eine Ohrfeige verpasst hatte. Danach war ein kleines Tête-à-Tête nötig geworden, das ihn schnell zur Vernunft gebracht hatte. Wie hatte *der* nur schon wieder geheißen? Das Namensgedächtnis verkalkte immer mehr, aber man sollte ja sowieso nur die schönen Erinnerungen behalten.

Vor dem Panoramafenster der Residenz flogen Krähen vorbei. Es klickte, als Alessia das dritte Röhrchen mit dem Konnektor verband. »Gleich haben wir's.«

Bei den Brissago-Inseln legte das Kursschiff ab. Halb elf und schon wieder müde, aber es war ein ziemlich ereignisreicher Morgen gewesen. Rohde entsorgt. Nägel lackiert. Monatliche Vitalkontrolle. Ein kleines Schläfchen bis zum Mittagessen würde guttun. Die Ärztin hatte mittlerweile das Stethoskop hervorgekramt und angesetzt. Sie horchte konzentriert.

Das Herz schlug laut und klopfte wild. Eine der sporadischen Panikattacken? Ein Herzinfarkt? Nicht doch! Es war ein sonniger Tag und viel zu früh, um abzutreten. Und die Ärztin war da. Im Korridor hing ein Defibrillator. Die Residenz hatte eine Arztpraxis. Einfach tief einatmen und es würde schon wieder werden. Der Blick fiel auf die Spritze, die groß und leer war, immer noch im Konnektor steckte und deren Kolben ganz am Anschlag war. »Was haben Sie da gemacht?«

Alessia ließ das Stethoskop baumeln und erklärte lächelnd: »Luft injiziert. Einen Deziliter. Die Luftblase ist jetzt in Ihrem Herz. Dort bringt sie das Blut zum Schäumen, wie in einem Whirlpool, deshalb das Herzklopfen. Das Blut gelangt nicht mehr in genügender Menge in Ihre

Lunge, und als Folge davon bekommen Sie nicht mehr genug Sauerstoff, aber das wissen Sie ja selbst.« Die Ärztin drückte die behandschuhte Hand auf Neidharts Mund. »Schschsch. Nicht schreien. Sie werden jetzt müder und müder. Es dauert nicht mehr lange.«

Neidhart strampelte etwas, dann war sie still, ihre Lippen schimmerten bereits blau, die verwunderten Augen wurden glasig.

»With love from St. Moritz.« Alessia prüfte mit dem Stethoskop das Herz. Vitalzeichen? Keine. Sie räumte auf und schob den Trolley aus dem Zimmer. Nachdem der alte Bauunternehmer aus St. Moritz auf dem Totenbett reines Gewissen gemacht hatte, hatte das Schicksal nun endlich auch die Auftragskillerin eingeholt. Lieber spät als nie. Zeit für eine Pause, Zeit für zwei gekochte Eier mit Aromat. Papa wäre stolz auf seine Tochter.

QUITT

(ZÜRICH)

ISABEL MORF

Meinen Entschluss, kriminell zu werden, nahm ich nicht auf die leichte Schulter. Es war für mich ein äußerst ehrgeiziges Vorhaben, und ich hegte anfangs auch Zweifel an meinem Talent. Denn ich gehörte nie zu jenen Menschen, denen im Leben alles in den Schoß fiel. Auch war ich mit einem eher geringen Selbstvertrauen ausgestattet. Dennoch hatte ich Wünsche, entwarf Luftschlösser, stellte mir vor, was ich aus meinem Leben gern gemacht hätte.

Im beruflichen Bereich etwas Außergewöhnliches zu leisten hielt ich für aussichtslos. Ich übe eine der unauffälligsten Tätigkeiten aus, die es überhaupt gibt: Ich bin Sekretärin. Mein Chef – kein hohes Tier – ist mit mir ganz zufrieden, ich habe meine Arbeit im Griff, aber als »Perle« würde er mich wohl kaum bezeichnen. Besondere Begabungen sucht man bei mir vergeblich; ich bin eher unsportlich, manchmal ziemlich ungeschickt, meine Kochkünste sind mittelmäßig, und meine Versuche, Topfpflanzen zu Wachstum und Blüte zu bringen, blieben erfolglos. Ich bin mittelgroß, war bis vor Kurzem ziemlich mollig, in mein stumpfbraunes Haar hatten sich bereits graue Fäden gemischt, was ich eine Weile lang – ohne überzeugendes Ergebnis – mit einer selbst aufgelegten kastanienfarbenen Tönung zu überdecken versuchte. Ich hatte, frei heraus gesagt, nie den Ehrgeiz, mich hübsch zu machen, denn wenn ich mich im Spiegel betrachtete, schien mir, dass es ohnehin vergebliche Liebesmüh wäre.

Vielleicht neigte ich jedoch dazu, meine Träume besonders ehrgeizig auszugestalten, denn – so fantasierte ich zuweilen – wenn mir irgendwann etwas Großartiges, Einmaliges gelingen würde, dann wäre mein ganzes Leben gleichsam auf ein höheres Niveau gehoben, herausgelöst aus dem Klima der Mittelmäßigkeit und Erfolglosigkeit, in dem es sich seit jeher bewegt hatte. Mag sein, dass es im Grunde genommen diese entschlossene Sehnsucht war, die mich dazu antrieb, ein Verbrechen zu begehen.

Ich lebe in Zürich, an der Röschibachstrasse, in einer kleinen Wohnung, zwei Zimmer, 50 Quadratmeter. Von der Rosengartenstrasse her ist unablässig Verkehrslärm zu hören, den Balkon kann ich kaum benützen. Wegen der Hellhörigkeit des alten Hauses bekomme ich auch unweigerlich mit, wenn die Zweijährige im oberen Stock in einem Trotzanfall explodiert. Aber ich fand die Wohnung, ohne lange suchen zu müssen, sie ist bezahlbar, und ich habe sie nett eingerichtet.

Vor drei Jahren verließ mich mein Mann, nach vierzehn Jahren Ehe. Marc ging nicht einmal wegen einer Jüngeren, nein, sie war sogar ein Jahr älter als ich: Madeleine. Ein affiger Name, wenn man mich fragt, und Marc sprach ihn immer übertrieben betont französisch aus. Ich heiße Edith – wie soll man da mithalten, fragte ich mich erbittert. Die Scheidung ging schnell und zivilisiert über die Bühne, ich machte kein Theater. Marc und mich hatten, wie soll ich sagen, bestenfalls lauwarme Gefühle verbunden, mein Liebeskummer hielt sich in Grenzen. Aber sein Ausstieg aus unserer Ehe verletzte meinen Stolz, ich fühlte mich verraten; meine geheime Wut richtete ich gegen meine Nebenbuhlerin. Ich wusste praktisch nichts von ihr. Ein einziges Mal sah ich sie, und zwar als Marc und ich nach vollzogener Scheidung aus dem Gerichtsgebäude traten. Damit hatte ich halb gerechnet und war vorbereitet auf einen feindseligen oder triumphierenden Blick. Was jedoch geschah, war fast noch schlimmer: Sie übersah mich komplett. Sie streckte die Arme nach Marc aus, formte ihre pink angemalten Lippen zu einem süßen Lächeln – ich wandte mich augenblicklich ab und machte mich davon. So ersparte ich mir, den offiziellen Auftakt zu Marcs und Madläääns Liebesglück mitansehen zu müssen. Dennoch, diese Szene bildete eine solide Basis für meinen Hass. Ich schwor mir, diese Frau zu töten. Zunächst war es nur eine Gewaltfantasie, ein hasserfüllter Gedanke, ein ohnmächtiger Wunsch nach Rache, doch ganz langsam wandelte er sich zu einer Absicht, zu einem Plan.

Natürlich sah ich mich vor immense Schwierigkeiten gestellt. Als Erstes musste ich mich für eine Mordmethode entscheiden. Mich entscheiden – das klingt, als ob ich vor einer Auswahl gestanden hätte. Aber dem war ganz und gar nicht so. Es war eher eine Art Ausschlussverfahren. Erschießen, das wäre eine elegante Methode gewesen, kam jedoch für mich nicht in Frage. Ich hatte nie in meinem Leben eine Schusswaffe in den Händen gehalten. Ich wusste vage, dass man eine Pistole oder einen Revolver (Was war überhaupt der Unterschied zwischen den beiden Dingern?) vor dem Schießen entsichern musste und dass das präzise Zielen eine Kunst darstellte, die geübt werden sollte. Ich erinnerte mich an die Filmversion eines meiner Lieblingskrimis, in dem die Heldin – nun ja, die Mörderin – in ihrem paillettenbesetzten Abendhandtäschchen eine zierliche Waffe mit sich führte, mit der sie die Kontrahentin sauber erledigte. Hübsch, aber das musste ich mir aus dem Kopf schlagen, wie ich bedauernd einsah. Die Idee, Marcs Neue zu erwürgen beziehungsweise zu erdrosseln (Machte man das eine mit bloßen Händen, das andere mit einem Hilfsmittel, etwa einem Seidenschal oder einer Nylonschnur?), stieß mich ab. Eigentlich wollte ich sie lieber gar nicht anfassen. Die unbehagliche Vorstellung beschlich mich, wie ich ihren Hals zudrücken würde und sie würde einfach nicht sterben – stattdessen widerwärtige Geräusche von sich geben, mit den Armen fuchteln, mich womöglich aus hervorquellenden Augen vorwurfsvoll anschauen. Was für eine grässliche Vorstellung! Auch Erstechen und Vergiften schieden aus mehreren Gründen aus.

Schließlich entschied ich mich für Erschlagen mit einem stumpfen Gegenstand. Das hat mir in den Kriminalromanen immer gut gefallen. Ein stumpfer Gegenstand, das kann vieles sein, es ist ein Ausdruck, der Bilder von einer vagen Gefährlichkeit, aber auch einer beruhigenden Anonymität evoziert.

Problem Nummer zwei: mit welchem stumpfen Gegenstand? Ich erinnerte mich an eine Story, in der eine Frau ihren Mann mit einer tiefgefrorenen Lammkeule erschlug, die dann im Backofen weich vor sich hin brutzelte, während die Polizisten die Wohnung nach einem passenden stumpfen Gegenstand absuchten. In einem anderen Roman schraubte der Täter aus einem Messingbettgestell eine Verzierung heraus, eine Messingkugel, die er nach getaner Arbeit gelassen wieder hineinschraubte. Ich besaß kein Messingbett mit massiven Verzierungen, sondern nur eine einfache, schmale Liege mit elastischem Lattenrost, die ich mir nach der Scheidung gekauft hatte. Unser Ehebett ließ Marc von einem Gebrauchtmöbelhändler abholen; auch er hatte – aus naheliegenden Gründen – kein Interesse daran. Ich trieb mich ratlos in Warenhäusern, Sportgeschäften und Do-it-yourself-Shops (»do it yourself«, kicherte ich in mich hinein) herum und entschied mich schließlich für einen einfachen Hammer.

Schritt Nummer drei bestand in der Auskundschaftung des Opfers. Hier griff ich zu einer List. Marc und ich pflegten einen losen telefonischen Kontakt. Alle paar Monate einmal rief er mich an, fragte, wie es mir ginge, erzählte so dies und das, Belanglosigkeiten aus seinem Alltag. Diese Gespräche waren meistens eher kurz, da ich keine besondere Lust hatte, mir sein ödes Geplauder anzuhören. Und mit Neuigkeiten aus meinem doch eher ereignislosen Leben aufzuwarten, nein, darauf konnte ich verzichten. Aber nun sagte ich mir, weshalb nicht einmal selbst zum Hörer greifen und, die Konversation unauffällig steuernd, ganz bestimmte, für mich nun höchst interessante Belanglosigkeiten abhören? Ich erwischte ihn in einem günstigen Moment. Madeleine war weg, in einem Italienischkurs, den sie, so hörte ich mit Wohlgefallen, jeden Donnerstag von acht bis zehn Uhr abends in der Migros Klubschule Wengihof besuchte. Mehr brauchte ich nicht.

Nun wurde es langsam ernst. Am nächsten Donnerstagabend rekognoszierte ich die Situation vor Ort – Zielperson, Weg, den sie einschlug, Ausmaß der Belebtheit des Gebiets, Festlegung des geeignetsten Tatortes –, dann ging es an die Detailplanung. Ich beschloss, mich wie eine strenggläubige

Muslimin zu kleiden, mit langem Regenmantel und Kopftuch. Beides kriegte ich für wenig Geld in einem Warenhaus.
Ich ging absichtlich nach Feierabend hin; in dem Gewusel
von Kundinnen, die sich umschauten, Sachen anprobier-
ten und an der Kasse über den Tresen schoben, konnten
die Verkäuferinnen garantiert keine einzelnen Gesichter
im Gedächtnis behalten. Eine solche Verkleidung macht
einen unkenntlich, und Madeleine würde sich garantiert
nicht bedroht fühlen und davonrennen, wenn eine unauffällig wirkende Frau hinter ihr herging.

Ich geriet in jener Zeit in einen eigenartigen Zustand
von höchster Konzentriertheit. Im Büro tat ich mechanisch meine Arbeit, aber innerlich war ich stets bei meinem Vorhaben. Meine übliche Unsicherheit, überhaupt
alles Gefühlsmäßige, war weg, nur das logische Denken
war da, kühl wägte ich Details und Eventualitäten ab.

Dann war der Tag da. Kurz vor zehn Uhr war ich auf
dem Posten. Mein Opfer ließ auf sich warten. Gruppen
von Schülern strömten aus dem Gebäude und entfernten
sich in alle Richtungen; Madeleine war nicht darunter. Sieben Minuten nach zehn sah ich sie endlich herauskommen.
Sie bog in den schmalen, kurzen Fußweg ein, der in die
Engelstrasse führte. Ich näherte mich von der Wengistrasse
her und achtete darauf, dass sie mich – und damit meine
Harmlosigkeit – bemerkte. Es klappte. Hinter ihr herge-
hend, den Hammer fest in der rechten Hand, beschleunigte
ich auf dem ansonsten menschenleeren Fußweg, schloss
auf und schlug zu. Aber richtig! In dieser einen Sekunde
war nichts anderes in mir als Hass, Gewalt und Triumph.
Ohne einen Ton von sich zu geben, brach die Frau zusammen. Augenblicklich legte sich mein innerer Aufruhr, ich
fühlte mich ganz ruhig und wusste genau, was zu tun war.

Ich ging weiter, bog in die Engelstrasse ein, entsorgte den Hammer in einem Abfallsack, den ich fest zuband und in einen Container warf, und machte mich auf den Heimweg; am Hardplatz nahm ich den 33er. In weniger als einer halben Stunde war ich zu Hause. Den wichtigsten Teil hatte ich geschafft. Alles war nach Plan verlaufen, keine Störung von außen hatte mein Unternehmen durchkreuzt, und ich hatte die Nerven bewahrt. Nun hieß es abwarten.

Würde ich befragt werden, in Verdacht geraten? Hatte ich irgendwelche Spuren zurückgelassen? Sehr unwahrscheinlich. Den Regenmantel, das Kopftuch und die Schuhe warf ich am nächsten Tag in getrennten Tüten mit anderen alten Kleidern, die ich für diesen Zweck in einem Brockenhaus gekauft hatte, in Kleidersammelcontainern ein. Jene muslimische Frau und ich hatten keinerlei Ähnlichkeit miteinander.

Madeleine wurde erst spät gefunden, gegen drei Uhr morgens, wie es in den Morgennachrichten des Lokalradios hieß. Von einer Frau mit langem Regenmantel und Kopftuch war keine Rede. Ich wunderte mich etwas, dass Marc sich erst so spät nachts Sorgen um sie gemacht hatte. Um zwei hatte er eine Vermisstenmeldung aufgegeben, und die Polizei war ihren Heimweg von der Sprachschule aus abgegangen. Diese Meldung klang für mich ganz gut, aber es hieß weiter abwarten. Die Polizei sagt den Medien oft nicht alles, sondern verschweigt gerade die interessantesten Dinge.

Am nächsten Tag rief Marc an. Ich reagierte schockiert und ungläubig. Was, seine Frau sei das gewesen? Entsetzlich! Ja, entsetzlich, aber er schien mir nicht ganz bei der Sache zu sein. Er druckste ein wenig herum, dann fragte er, ob wir uns treffen könnten. Er müsse sich aussprechen, sagte er ein wenig unsicher. Ob er zu mir kommen dürfe?

Das missfiel mir. Plötzlich geriet ich da in eine Verbindung mit dieser Sache, und ich fragte mich, ob ich am Morgen nach der Tat gleich hätte auf eine Städtereise nach Rom oder Helsinki aufbrechen sollen.

Marc kam um halb neun. Ich stellte ihm ein Bier hin. Er war von der Polizei befragt worden. Verschiedenes erschien ihnen ungereimt. Warum war die Frau erschlagen worden, fragten sie sich. Es war kein Raubmord, und auch für ein Sexualdelikt gab es keine Anhaltspunkte. Wo er denn an jenem Abend gewesen sei, hatten sie Marc gefragt. Und warum er erst so spät gemeldet habe, dass seine Frau nicht heimgekommen sei.

Es dauerte eine Stunde, bis die Geschichte draußen war. Marc betrog Madeleine, er hatte eine Freundin. Das hörte ich, ich gebe es zu, mit heimlicher Genugtuung, auch wenn es mich leicht verwunderte. Marc war alles andere als der Typ Herzensbrecher, dem die Frauen zu Füßen lagen. Die Freundin wollte er der Polizei unbedingt verheimlichen, denn sie war von ihm schwanger und drängte ihn zur Heirat. Marc aber wollte sich keinesfalls wieder scheiden lassen, denn seine Frau hatte ein hübsches kleines Vermögen (Sieh an, dachte ich, das hatte er mir verschwiegen), und das wollte er nur ungern gegen ein lärmiges Baby eintauschen, das Geld kostete. Marc war realistisch, ihm war rasch klar, welche Schlüsse die Ermittlungsbehörde aus dieser unkomfortablen Konstellation ziehen würde: untreuer Ehemann, seiner Frau überdrüssig, erschlägt sie, erbt und beginnt ein neues Leben mit einer Jüngeren. An dem Abend hing er in ein paar Spielsalons und Bars herum und ertränkte seine Probleme. Allein. Dass die Freundin schwanger war, wusste er erst seit einer Woche.

Marc rutschte unbehaglich auf meinem Sofa hin und her.

Ich ahnte, was kommen würde: Ein Alibi wollte er von mir. Ausgerechnet von mir. Gut, wenn ich es ihm geben würde, wäre das auch ein Alibi für mich. Aber gleichzeitig könnte es mich auch verdächtig machen. Was, wenn es aufflog? Wie sollte ich meine Motivation, ihn zu decken, begründen? Mitleid? Nicht bei einem Mordfall, nicht für einen Mann, der mich drei Jahre zuvor verlassen hatte. Für eben diese Frau. Nein, das war mir zu riskant. Das war nie Bestandteil meines Plans gewesen.

Ich sah Marc in die bittenden Augen und schüttelte langsam den Kopf.

»Edith, nimmst du denn wirklich an, ich hätte es getan?«, fragte er mit erstickter Stimme.

»Ich kann keinen Meineid auf mich nehmen«, sagte ich tugendhaft. »Wie kann sich die Wahrheit herausstellen, wenn eine Lüge am Anfang steht?«

»Ich habe mit diesem Mord überhaupt nichts zu tun«, begehrte er auf. »Ob ich hier lüge oder nicht, spielt nicht die geringste Rolle.«

Ich schwieg.

»Ich weiß, es war gemein, wie ich mich dir gegenüber vor drei Jahren benommen habe«, begann er sich selbst anzuklagen, »ich war eben verliebt. Das war vielleicht ein Fehler. Aber Edith, du kannst doch deswegen nicht wollen, dass ich wegen Mordes verurteilt werde.«

»Wieso gibt deine Freundin dir kein Alibi?«, fragte ich.

Leider hatte sie an dem Abend Besuch gehabt von ihrer Schwester. Wirklich Pech. Da war als letzter Rettungsanker ich ihm eingefallen, und dass wir uns doch immer so gut verstanden hatten. Außer dass er mich verlassen hatte. Wegen dem Geld, das er erben würde, stotterte er, er würde sich natürlich erkenntlich …

»Das Beste ist, du gehst jetzt nach Hause«, unterbrach ich ihn freundlich, aber bestimmt.

Hinterher saß ich ein Weilchen allein im Wohnzimmer, genehmigte mir ein Gläschen Weißen – ich hatte vorher nur Orangensaft getrunken – und ließ mir durch den Kopf gehen, wie wunderbar sich alles fügte.

Marc wurde verhaftet. In den Bars konnte sich niemand an ihn erinnern. Er ist, wie gesagt, von unauffälligem Äußeren, ein Typ, der gern übersehen wird. Dass er die Geschichte mit seiner schwangeren Freundin verheimlichte, bis die Polizei sie selbst entdeckte, machte ihn verdächtig.

Auch ich als seine »Ex« (wie ich diesen Ausdruck hasste) wurde befragt. Was er für eine Persönlichkeit gewesen sei? Ob ich gelegentlich Angst vor ihm gehabt hätte? Ich sprach nicht schlecht über Marc, musste aber, der Wahrheit verpflichtet, doch jenen Abend erwähnen, an dem er mich hatte dazu bewegen wollen, ihm ein falsches Alibi zu geben und mich dafür zu bezahlen. »Aus Verzweiflung natürlich«, wie ich begütigend anmerkte. Auch das sprach gegen Marc.

Nach dieser Befragung, bei der ich glaubwürdig wirkte und, das merkte ich, sympathisch rüberkam, fühlte ich mich beschwingt, fast schon übermütig. Vielleicht war es tatsächlich so, dass ich mich mein Leben lang unterschätzt hatte, dass ich zu viel mehr fähig war, als ich immer geglaubt hatte? Durch die ganze Aufregung der letzten Wochen hatte ich einige Kilos abgenommen, und ich war plötzlich in der richtigen Stimmung, mir ein paar neue Anziehsachen zu kaufen – und zwar etwas anderes als das unscheinbare Mauerblümchenzeug wie sonst. Laura, meine Coiffeuse, war entzückt, als ich ihr Carte blanche gab – und das Ergebnis ließ sich sehen.

Am Tag von Marcs Verurteilung buchte ich abends last minute eine Städtereise nach Nizza und saß am nächsten Morgen im Flugzeug, während mein Ex seine neue Zelle bezog; man hatte ihn vom Bezirksgefängnis in die Strafanstalt überführt.

Nun sitze ich in einer kleinen Bar in der Altstadt, einen Kir Royal vor mir. Ich fühle mich entspannt und glücklich: Ich habe wirklich sehr, sehr gut gearbeitet. Aus dem Augenwinkel nehme ich schon seit einer Weile wahr, dass ein ziemlich attraktiver Mann gelegentlich zu mir herüberschaut.

DER FALL MARKOVIC ODER: IN STEIN AM RHEIN MACHT EINE LEICHE NOCH KEIN VERBRECHEN

DANIEL BADRAUN

Die Geschichte, die ich Ihnen erzählen möchte, spielte sich vor einigen Jahrzehnten im kleinen Städtchen Stein am Rhein ab, in der Gegend, in der der Rhein den Bodensee, genauer den Untersee, verlässt. Die Altstadt mit der Burg Hohenklingen befindet sich, wie Sie vielleicht wissen, auf der rechten Seite des Flusses. Linksrheinisch gehört noch ein schönes Stück Land in Form eines Rechtecks zum Städtchen. Hier befanden sich damals der Bahnhof, einige Wohnblocks, Einfamilienhäuser und etliche Industriebauten. Dieses Rechteck, das zum Kanton Schaffhausen gehört, wird vom Kanton Thurgau umschlossen.

Wir schreiben das Jahr 1989. Es ist Abend auf dem Posten der Schaffhauser Kantonspolizei in Stein am Rhein. Der Filterkaffee … Die Älteren unter Ihnen wissen vielleicht noch, dass man nicht nur Nikotin durch einen Filter ziehen kann, sondern auch Koffein, was eine für Geschmacksnerven des 21. Jahrhunderts ziemlich ungenießbare Brühe ergibt, an die man sich durch jahrelangen Konsum jedoch gewöhnen kann. Das Kaffeemachen war damals noch eine wirkliche Tätigkeit und brachte Struktur in den Büroalltag. Nicht so wie heute. Da klemmt man eine Kapsel in der Maschine ein, drückt einen Knopf und schon dröhnt der Kaffee in die Tasse.

Aber wo waren wir stehen geblieben? Genau, im Jahr 1989. Die Polizistin Claudia Schwarz hat eben den Filter mit Kaffeepulver gefüllt und stellt nun zwei Tassen bereit, während Postenchef Andi Engeler sorgfältig die Zeitung auf seinem Pult glatt streicht und sich nochmals den Sportresultaten vom Wochenende widmet. Außer dem Glucksen beim Durchlauf des heißen Wassers ist nichts zu hören. Plötzlich zerschneidet das Klingeln des Telefons die Stille. Hiermit möchte ich in Erinnerung rufen, dass es eine Zeit gab, in der man nicht überall angerufen werden konnte, sondern nur dort, wo ein Telefon mittels eines Kabels mit einem realen Netz verbunden war. Die Apparate dienten einzig und allein der Telefonie, der Spaßfaktor bewegte sich gegen Null. Aus Kostengründen rief man nicht einfach irgendjemanden an oder schickte Kussmünder in der Gegend herum, jeder Anruf hatte seinen Grund.

Der Postenchef zeigt auf seine Zeitung, dann auf die Armbanduhr und hebt bedauernd die Schultern. Die Polizistin setzt sich an ihren Schreibtisch und nimmt den Hörer ab.

»Polizeiposten Stein am Rhein, Schwarz am Apparat.«

Sie hört kurz zu und nimmt dann Haltung an. »Guten Abend, Herr Doktor. Natürlich, gleich, selbstverständlich. Er ist da. Ich verbinde.«

Engeler schüttelt den Kopf.

Sie hält die Hand über die Hörermuschel. »Der Kommandant.«

Nun nimmt auch er Haltung an und versucht gleichzeitig, den Bauch einzuziehen.

»Engeler am Apparat. Guten Abend, Herr Dr. Steger. Nein, bei uns ist alles ruhig, heute keine nennenswerten Vorkommnisse.« Er schüttelt den Kopf. »Die Bevölkerung? Ich glaube nicht, dass das Sicherheitsempfinden abhängig ist von … nein, ganz im Gegenteil. Sicher, aber … verstehen Sie mich nicht falsch, aber …«

Polizistin Schwarz hört dem Gestammel eine Weile zu, holt dann einen Spitzer aus der rechten Schublade ihres Pultes und beginnt, die Bleistifte, die sauber aufgereiht auf ihrer Tischplatte liegen, zu spitzen. Das Gespräch dauert genau drei Stifte. Dann haut Engeler den Hörer auf die Gabel.

»Willst du einen Kaffee?«

»Keine Zeit. Wir haben einen Einsatz!«

»Wo?« Sie legt den Spitzer in die Schublade.

»Irgendwo. Der Chef will einen Fall von uns. Sofort.«

»Wie soll das gehen?« Die Schwarz schnallt sich das Halfter mit der Dienstpistole um.

»Wir sollen ein Delikt aufklären. Dr. Steger will Erfolge sehen.«

»Jetzt haben wir doch immer alles getan, um Verbrechen zu verhindern, haben geschaut, dass die Kriminellen einen großen Bogen um die Region machen. Unsere Präventionsbemühungen wirken. Die Kinder werfen keine Steine, die Jugendlichen frisieren kaum noch Mofas und seit dem letzten geklauten Kaugummi sind drei Jahre vergangen. Wo sollen wir jetzt plötzlich einen Fall hernehmen?«

»Markovic«, sagt Engeler und zieht die Jacke an.

»Wie konnte ich den vergessen.«

Dass die Polizei von Stein am Rhein kaum etwas zu tun hat, ist nicht ganz korrekt. Richtig ist, dass es die Beamten in den letzten Jahren geschafft haben, sich die Fälle vom Leib zu halten. Kaum ein Rapport musste getippt, kaum ein Täter verhört oder die Anzeige eines Opfers aufgenommen werden.

Die von Claudia Schwarz erwähnte Präventionsstrategie beruht nicht wie üblich auf Information oder Einsicht, sondern vielmehr auf Abschreckung. So wurde ab und zu ein nicht fahrtüchtiges Mofa in den Rhein geworfen, mutmaßliche Einbrecher stolperten und landeten in der Jauchegrube eines nahen Bauernhofes. Man munkelte auch, dass ein Betrüger alle von ihm gefälschten Banknoten einzeln aufessen musste und erst danach den Polizeiposten verlassen durfte. Das sprach sich herum. So gab es im Einsatzgebiet der Kantonspolizei Stein am Rhein dank der konsequenten Überzeugungsarbeit der Beamten kaum mehr nennenswerte Delikte. Mit den übrig gebliebenen Bagatellfällen und den Parksündern durfte sich die Stadtpolizei herumschlagen.

Und nun soll das alles nicht mehr gut genug sein und der neue Kommandant will Taten statt Sicherheit.

Von Boris Markovic also soll die Rettung kommen. Kurze Rückblende, wir schauen ein paar Stunden zurück. Früh am Morgen rief Adrian Kobler an. Der Bauunternehmer wollte, dass Schwarz und Engeler unverzüglich vorbeikommen. Sie nahmen den Dienstwagen, umrundeten die Altstadt, fuhren über die Rheinbrücke am Bahnhof vorbei ins Industriegebiet und an die Hofwiesenstrasse zur Baustelle einer neuen Halle für irgendeinen Betrieb. Und daneben lag Boris Markovic im Gras. Mit seltsam abgewinkeltem Kopf. Mausetot. Kobler ging nervös hin und her, zündete sich eine Zigarette nach der anderen an, um diese nach wenigen Zügen wieder auszutreten. Das Gerüst bei seiner Baustelle, das sah Claudia Schwarz sofort, war nicht ausreichend gesichert. Das würde ohne Zweifel Probleme mit der Versicherung geben.

Markovic, das roch man 20 Meter gegen den Wind, musste ziemlich viel getrunken haben. Wie Engeler annahm, war Markovic in der Nacht auf das Gerüst geklettert, vielleicht wollte er sich von da oben den Mond und die Sterne anschauen oder in Ruhe seinen Rausch ausschlafen. Jedenfalls war er gestolpert, in die Tiefe gestürzt und hatte sich dabei das Genick gebrochen.

Um Kobler Scherereien und sich selbst einen unnötigen Papierkrieg zu ersparen, wurde der Tote kurzerhand an den Beinen gepackt und über die Kantonsgrenze in den Thurgau gezerrt, wo er am Rande eines Feldes eine ordentliche Ruhestätte bekam. Sollten sich doch die Thurgauer Kollegen aus Eschenz um den Fall kümmern. Nach so viel Einsatz bei dieser freundnachbarlichen Intervention hatten sie sich ein paar freie Stunden verdient. Claudia Schwarz brachte erst den Streifenwagen nach Schaffhausen in den Service und ging dann einkaufen. Engeler wollte ans Wasser und ein wenig fischen. Zum Abschluss des Tages trafen sie sich im Büro, um in Ruhe Zeitung zu lesen, Kaffee zu trinken und Bleistifte zu spitzen.

Und nun will der Chef Action sehen? Die soll er haben.

Schwarz und Engeler verlassen den Posten. »Wo ist der Streifenwagen?«

»Schon vergessen? In Schaffhausen im Service. Das Getriebe lahmt.«

Andi Engeler startet sein Mofa, Claudia Schwarz nimmt ihr Damenrad. Es dämmert bereits, als die beiden bei Rot über den Rathausplatz hinunter zur Brücke rasen, weil dies ein von oben befohlener Einsatz ist. Dann die Rampe hinauf, die Brücke wieder hinunter, und nun der steile Stutz, der mit dem Streifenwagen so viel einfacher zu bewältigen gewesen wäre. Der Bahnhof, die Schranke, dann biegen sie bei der Stuhlfabrik in die Hofwiesenstrasse ein. Es ist bereits dunkel, als sie die Baustelle erreichen.

»Wo ist jetzt dieser Markovic hingekommen?«, brummt Engeler, als sie die Grenze zum Thurgau überschreiten.

»Genau hier haben wir ihn doch hingelegt.« Claudia Schwarz beleuchtet ein Gebüsch und zeigt auf die Fläche mit dem niedergedrückten Gras.

»Die Kollegen haben ihn geholt, da kann man eben nichts machen. Diese Thurgauer haben wirklich Arbeitsmoral.« Engeler atmet tief durch. »Nun müssen wir uns etwas anderes einfallen lassen.«

»Riechst du das, Chef?«

Er schüttelt den Kopf.

Schnüffelnd marschiert die Polizistin hin und her, dann dreht sie ab und geht auf eine Hecke auf Schaffhauser Kantonsgebiet zu.

»Hier ist er!«, ruft sie erfreut.

Aus dem Gebüsch ragen die Füße von Boris Markovic. Nun nimmt auch Engeler den süßlichen Leichengeruch wahr. »Diese Faulpelze von Thurgauern«, zetert der Postenchef, erbost über das mangelnde Engagement der Kantonspolizei Thurgau. »Die haben uns doch tatsächlich die Leiche untergejubelt.«

»Wieder«, sagt die Schwarz.

»Was wieder?«

»Wieder untergejubelt, besser gesagt zurückgejubelt.«

»Keine Spitzfindigkeiten«, brummt der Postenchef. »Wenigstens haben wir jetzt eine Leiche, die wir dem Kommandanten präsentieren können.«

»Eine Leiche macht noch kein Verbrechen«, gibt die Polizistin zu bedenken.

»Da hast du auch wieder recht. Was machen wir nun?«

Nach einigen Überlegungen wird Boris Markovic hinten aufs Mofa gesetzt, Arme und Beine werden mit Stricken befestigt. »Halt dich gut fest, Boris«, schreit der Postenchef und brettert los, dicht gefolgt von der munter tretenden Polizistin. Die wilde Jagd geht durch die Nacht und über die Felder von Eschenz, dann hinunter zum Untersee und bis zu den ersten Häusern von Stein. Hier wird der arme Alkoholiker ins Wasser gelassen, damit er seiner Bestimmung als Wasserleiche entgegendümpeln kann.

»Und jetzt?«

»Wenn er nass genug ist, holen wir ihn wieder raus.«

Allerdings scheint Markovic nicht gewillt zu sein, so schnell wieder an Land zu kommen. Eine leichte Strömung erfasst den leblosen Körper und treibt ihn in sicherem Abstand dem Ufer entlang. Abwechslungsweise erscheinen seine weiß schimmernden Hände an der Wasseroberfläche, so als würde er schwimmen.

»Wo willst du hin, verdammt noch mal«, flucht Engeler und bereut, sein Angelzeug nicht mitgenommen zu haben.

Markovic bleibt kurz an einem vor Anker liegenden Motorboot hängen, treibt dann weiter und auf die Brücke zu. Nun muss alles ganz schnell gehen, einen Menschenauflauf am Geländer darf es nicht geben. So werden die Fußgänger von den Polizisten angewiesen, das Bauwerk rasch zu überqueren, einige gemurmelte Bemerkungen, die nach Statik, Bombe und Epidemie tönen, reichen aus, um die spärlichen Passanten zur Eile zu bewegen.

Wenig später startet beim Schwimmbad Espi die Geheimaktion mit dem Decknamen Boris, bei der sich eine Polizistin nasse Füße holt und sich ein etwas übergewichtiger Polizist fast einen Bandscheibenvorfall einfängt. Der seit Langem aufwendigste Einsatz der Kantonspolizei Stein am Rhein läuft schnell, diskret und routiniert in absoluter Dunkelheit ab. Nachdem Markovic etwas abtropfen konnte, wird er wieder aufs Mofa geschnallt und mit Vollgas über die Brücke und hinauf zum Posten gekarrt. Fünf fröhliche Weinliebhaber, die eigentlich auf dem Heimweg waren und von diesem Spektakel erschreckt wurden, machen rechtsumkehrt. Zur Beruhigung ihrer Nerven und um das Gesehene zu vergessen, werden sie sich sicher eine weitere Flasche gönnen. Mindestens.

»Nun haben wir also unsere Leiche«, sagt der Postenchef, nimmt vier Formulare und drei Durchschlagspapiere (Damals konnte man ein Dokument nicht einfach so ausdrucken, auch standen nicht in jedem Büro Fotokopierer herum) und spannt alles in die Schreibmaschine ein. Schreibmaschinen sind Geräte, die man eventuell noch im Brockenhaus bekommt. Übrigens ist es ein weitverbreiteter Irrtum, dass die Firma Apple die Schreibmaschine erfunden haben soll, auch sind Tasten und Programm nachgewiesenermaßen nicht von Microsoft.

»Was willst du schreiben?«

Engelers Finger, die adlergleich über den Tasten aufgestiegen sind, landen wieder neben der mit der abgestandenen Filterbrühe gefüllten Tasse Kaffee.

»Von der Wasserleiche eben.«

»Es ist aber keinesfalls ein Verbrechen, als Wasserleiche im Städtchen vorbeizutreiben.«

»Natürlich nicht.« Engeler nimmt einen großen Schluck und verzieht das Gesicht. »Wo holen wir bloß ein Verbrechen her?«

»Wie wäre es mit Einbruch?«

Das Gesicht des Postenchefs hellt sich auf. »Super Idee. Ich weiß auch schon wo.« Er nimmt den Hörer in die Hand und wählt.

Es ist bereits zehn Uhr vorbei, als Armin Kleiner den Polizeiposten betritt. Claudia Schwarz hat in der Zwischenzeit neuen Kaffee aufgebrüht, bei ihren zehn Bleistiften die Spitzen abgebrochen und ihre Schreibgeräte mit Inbrunst neu gespitzt. Engeler hat die Schreibarbeiten erledigt. Die fertig getippten Protokolle und die ausgefüllten Formulare liegen auf seinem Schreibtisch bereit und warten darauf, von den Beteiligten unterschrieben zu werden.

»Was ist mit dem?« Der Uhrmacher zeigt auf Markovic, der neben dem Eingang auf dem feuchten Teppich liegt. »Wieder mal zu viel gesoffen?«

»Heute nicht. Auf dem Programm steht Einbruchdiebstahl, dann ins Wasser gefallen und auf der Flucht unglücklich gestürzt. Genickbruch.«

»Und wo soll er eingebrochen sein?«

Kleiner muss nicht lange von der Idee überzeugt werden. Da sein Geschäft in der Steiner Altstadt nicht sonderlich gut läuft (»Man müsste Bratwürste verkaufen und

Kuchen«, sagt er zu jedem, der sich in seinen Laden verirrt, »dann könnte man sich vielleicht eine goldene Nase verdienen. Qualitätsprodukte sind heutzutage nicht mehr gefragt«) und er sich auch schon die eine oder andere Überlegung gemacht hatte, ist er sofort begeistert. Markovic würde in dieser Nacht in sein Geschäft einbrechen und seine Uhren mitgehen lassen.

»Wie ist es mit der Versicherung, Armin?«, fragte Engeler.

»Kein Problem.«

»Hast du diese Fliegeruhr noch? Ich meine, die mit dem speziellen Zeiger.«

Kleiner nickt.

»Gut. Dann musst du hier noch die Anzeige unterschreiben.«

Gegen Mitternacht machen sie sich auf den Weg. Das Mofa samt Markovic nehmen sie in die Mitte. Mit einem Brecheisen, das schon seit Urzeiten auf dem Posten herumliegt, hebelt Claudia Schwarz die Hintertür des Hauses auf. Kleiner zeigt ihnen den Sicherungskasten. Engeler zieht Handschuhe an, dann schraubt er die Sicherung der Alarmanlage raus und steckt sie Markovic in die Hosentasche. Vom Hausflur aus kommen sie zu Kleiners Geschäft. Es ist ein Kinderspiel, hier einzudringen. Seit einem Präventionskurs kennt die Polizistin die Schwachstellen von Türen und Fenstern.

Kleiner räumt die wertvollsten Uhren aus dem Gestell und lässt sie im Kellerabteil des Hauses verschwinden. Einige billige Aufschneidermodelle werden Markovic in die Jacke gesteckt. Andere Uhren kommen in eine Tasche, mit der der Einbrecher abgehauen sein soll.

Zum Schluss darf Markovic noch überall Textilfasern

und Fingerabdrücke hinterlassen, der kriminaltechnische Dienst soll nicht umsonst aus Schaffhausen kommen müssen.

»Und jetzt?«

»Du bist oben in der Wohnung und hörst Geräusche«, erklärt der Postenchef. »Im Schlafanzug kommst du die Treppe hinunter und stößt fast mit Markovic zusammen.«

»Und dann?«, fragt Kleiner.

»Dann das!« Ohne Vorwarnung landet Engelers Faust auf dem Auge des Uhrmachers. »Das gibt ein schönes Veilchen.«

»Bist du verrückt geworden?«

Die Polizistin Schwarz kann sich ein Lachen kaum verkneifen.

»Markovic flieht, du rufst bei der Polizei an.« Engeler reibt sich die Faust. »Das steht übrigens alles im Protokoll, du hättest es vor dem Unterschreiben lesen sollen.«

Wenig später ist im Städtchen der Teufel los. Die Polizei braust auf Moped und Fahrrad durch die Gassen und bremst auf dem Rathausplatz. Bei Armin Kleiner sei eingebrochen worden. Im Schlafanzug und mit einem ordentlichen Veilchen steht der Uhrmacher vor seinem Geschäft und zeigt den Beamten die Richtung, in die der Täter geflüchtet ist. Sofort machen sich Claudia Schwarz und Andi Engeler an die Verfolgung.

Im Polizeibericht kann man später Folgendes nachlesen: »Der Beschuldigte Markovic Boris wurde von uns in der Nähe des Hotels Chlosterhof entdeckt. In der Hand trug er eine Tasche mit dem Diebesgut. Bei der anschließenden Verfolgung sprang er vom Garten des

Hotels in den Rhein und stieg auf der Höhe des Parkplatzes am Fischmarkt wieder aus dem Wasser. Als wir dort ankamen, fanden wir Markovic Boris im Hof des Klosters Sankt Georgen. Es scheint, dass er beim Versuch, die Klostermauer zu übersteigen, abgestürzt war und sich dabei unglücklich das Genick gebrochen hatte. Bei der Leibesvisitation wurden einige Uhren gefunden. Die Tasche mit dem restlichen Diebesgut ist wohl im Rhein geblieben.«

Angeheftet ist eine Liste der gestohlenen Uhren mit genauer Wertangabe, die der Geschädigte am Morgen auf dem Posten abgegeben hat. Dann der Totenschein des Amtsarztes, der, weinselig aus dem Roten Ochsen kommend, noch auf der Unfallstelle den Tod und die Ursache bestätigt.

Der kriminaltechnische Dienst schreibt, dass er im aufgebrochenen Geschäft an mehreren Orten die Fingerabdrücke von Markovic Boris feststellen konnte. Ebenfalls angehängt ist der Bericht der Polizeitaucher. Sie haben im Rhein einige Uhren von eher geringem Wert gefunden. Die Tasche mit den übrigen Uhren wurde wohl von der Strömung mitgetragen, eine Suchaktion verlief ergebnislos.

Das alles geht im Doppel an den Kommandanten in Schaffhausen.

Gezeichnet Engeler Andreas, Postenchef, Schwarz Claudia, Polizistin.

Auf dem Polizeiposten ist wieder Ruhe eingekehrt. Polizistin Schwarz macht Kaffee und ordnet ihre Bleistifte, Postenchef Engeler breitet die Zeitung aus. Als er den Sportbericht glatt streicht, rutscht sein Hemd etwas zurück und

sein Blick fällt auf die neue Fliegeruhr an seinem Handgelenk.

»Wie spät ist es, Claudia?«

Sie blickt ebenfalls auf eine neue Damenuhr im geho-
benen Preissegment und lächelt. »Zeit für einen Kaffee,
Chef.«

DIE BETAGTEN SCHWESTERN
VON HERGISWIL

SILVIA GÖTSCHI

»Hast du gesehen?« Barbara saß in der Nähe des Fensters, dort, wo sie sich die meiste Zeit des Tages aufhielt, und deutete mit ihren Gichtfingern zu den Scheiben. Alfred, ihr hilfsbereiter Neffe, hatte eben die Doppelverglasung angebracht. Der Winter hatte sich vor Tagen mit einem heftigen Schneesturm angemeldet. »Die Krähen kommen immer näher. Das ist kein gutes Omen.«

»Ja, ja«, sagte Alfred. »Und mein Vater hat gestern eine Hartbox auf das Autodach montiert.«

»Was ist eine Hartbox?« Barbara verabscheute die modernen Wörter, dazu noch im Zusammenhang mit ihrem Schwager Heiri, der im Haus links nebenan wohnte und Alfreds Vater war. Sie widmete sich wieder ihrer Strickarbeit und hatte das seltsame Wort bereits vergessen.

»Die Kiste auf dem Autodach, die wie ein Sarg aussieht«, sagte Alfred. »Man kann Skier und den Krempel reintun, der im Wageninnern keinen Platz findet.«

Auch eine Leiche, dachte Barbara, die sich plötzlich an eine solche Kiste erinnerte. Bergers am Anfang der Straße besaßen auch eine. Die nahmen sie immer mit, wenn sie an den Gardasee fuhren.

Sie hatte Mühe mit dem Stricken. Die Wolle glitt ihr nicht mehr so leicht durch die Finger wie früher und die Stricknadeln waren ihr schon besser in den Händen gelegen. Sie war alt geworden und spürte es.

Alfred stemmte sich vom Küchentisch hoch und stellte den schmutzigen Teller und das Besteck in die Spüle. Er ließ Wasser einlaufen.

»Du musst nicht abwaschen.« Barbara legte das angefangene Vorderteil des Pullovers auf die Chaiselongue. Bis Weihnachten musste dieser zu Ende gestrickt und zusammengenäht sein. Ein Geschenk für Cornelia, ihre jüngere Schwester, die rechts von ihr in einem eigenen Haus wohnte. Den Pullover für Anna hatte sie bereits fertiggestellt. Es blieben noch zwanzig Tage. Barbara war in Verzug. Sie hatte Mühe, vom Stuhl bis zum Abwaschbecken zu gehen. Alles in diesem Haus hatte einen mühsamen Anstrich bekommen. Die Schlafzimmer lagen im oberen Stock. Einen Aufzug gab es nicht. Manchmal schlief sie deswegen unten in der Wohnküche. Im Winter war es hier wärmer. Alfred kam jeden Tag vorbei, um den Herd zu beheizen. Etwas, das sie auf Teufel komm raus nie selbst hatte bewerkstelligen können. Als ihr Mann noch gelebt hatte, war das seine Aufgabe gewesen. Nun machte es Alfred. Als Anerkennung für seine Hilfe kochte Barbara dem ewigen Junggesellen zu Mittag, wenn dessen Mutter Anna unpässlich war, oder wärmte die Reste des Vortages auf. Alfred hatte sie mehrmals vergeblich zu überreden versucht, sie möge sich endlich eine kleine, pflegeleichte Wohnung im Dorf suchen. Doch Barbara hing an ihren alten Sachen und vor allem an den Erinnerungen an ihren verstorbenen Mann Hans, mit dem sie, wenn sie ehrlich mit sich selbst war, auch gute Zeiten erlebt hatte.

»Ich gehe jetzt«, sagte Alfred, augenscheinlich nicht unglücklich darüber, den Abwasch Barbara überlassen zu können. »Wenn du möchtest, komme ich heute Abend noch einmal vorbei.« Er ließ seinen Blick durch die Wohnküche schweifen, als müsste er damit seinem Unmut Luft machen. »Das hier ist doch viel zu groß für dich. Irgendwann wirst du nicht mehr gehen können. Du könntest das Haus verkaufen und dir damit einen Herzenswunsch erfüllen. Zum Beispiel vier Wochen auf einem Luxuskreuzer auf hoher See.«

Das war eher umgekehrt. Barbara ahnte, dass es der fünfundfünfzigjährige Alfred auf ihr Erspartes abgesehen hatte. Weil sie selbst keine Kinder hatte, hatte sie ihn in ihrem Testament bedacht, und er wusste davon. Er gehörte nicht zu den sparsamen Menschen, pflegte ausgefallene und teure Hobbys, die er allein mit seinem Lohn als Hauswart nicht zu finanzieren vermochte. Ab und zu steckte Barbara ihm einen Geldschein zu, wusste sie doch, wie knauserig ihre Schwester Anna war.

»Mir ist es hier nach wie vor sehr wohl. Und was soll ich auf einer Dreckschleuder, zusammen mit dreitausend Eingesperrten?«

Ihr Haus, oberhalb des Vierwaldstättersees, war das erste in einer Häuserzeile, die mit den Jahren immer länger geworden war. Ein altes, vom Verfall bedrohtes Schindelhaus aus den 1930er-Jahren mit zwei Veranden unter dem Dach und zwei Eingängen – einem Eingang, den sie nur am Sonntag benutzte, und dem alltäglichen, der zur Scheunenseite lag. Früher hatte Barbara zusammen mit ihrem Mann Hühner und Hasen gehabt. Und einen Zwetschgenbaum.

»Im Winter frierst du dir die Füße ab«, sagte Alfred. »Holz und Briketts sind teuer, und die Arbeit erst … Du könntest deinen Lebensabend genießen.« Er griff nach dem Autoschlüssel und trat in den frostig kalten Nachmittag hinaus. »Bis bald dann.«

Barbara stellte sich vor das Fenster und sah ihm nach, wie er sich in seinen Sportboliden setzte, den Motor startete und so schnell davonpreschte, dass er Schnee aufwirbelte. Barbaras Blick blieb am Haus gegenüber hängen. Der Vorhang am Wohnzimmerfenster sah aus, als bewegte er sich. Anna hatte nichts anderes zu tun, als ihre Maulaffen feilzuhalten. Manchmal hörte Barbara sie streiten, wenn Schwager Heiri von der Arbeit zurückkehrte. Dass sich hinter den Mauern etwas anderes abspielte, als es gegen außen schien, ahnte Barbara schon lange. Sie brauchte Anna nur anzusehen, wenn sie ihr begegnete. Ihre Augen waren stets verquollen und nicht selten mit den trügerischen Farben umrandet, welche kaum vom Make-up stammten. Ihr Mann schlug sie, da war sich Barbara sicher. In letzter Zeit war Anna nicht mehr vor das Haus getreten. Möglicherweise schämte sie sich. Unter den zwei älteren Schwestern herrschte ein ambivalentes Verhältnis. Keine traute der anderen, wenn es jedoch ums Kochen ging, waren sie wie Pech und Schwefel.

Vor Heiris Haus parkte der Wagen, ein silbergrauer Subaru, ein vorsintflutliches Modell. Von einer Hartbox fehlte jede Spur. Ob sich Alfred getäuscht hatte? Barbara nahm sich vor, wieder eine Weile beim Fenster zu sitzen. Sie griff nach der Strickware und setzte ihre Arbeit fort.

Sie war eingenickt und schrak hoch, als jemand an die Tür des Werktageingangs klopfte.

»Lass niemanden rein, wenn du allein bist«, hatte Alfred sie gewarnt. »Es gibt genug Gesindel, das in den Wintermonaten um die Häuser streicht. Eine betagte Frau ist ein gefundenes Fressen für solche Widerlinge.«

Barbara empfand keine Angst und wusste sich stets zu wehren.

Ja, da war noch Cornelia von rechts gegenüber, die einsame Witwe, die, da war sich Barbara sicher, ihren Berni ins Nirwana katapultiert hatte. Trotzdem oder gerade deshalb mochte sie ihre jüngere Schwester. So sehr, dass sie ihr auch dieses Weihnachten einen Pullover strickte und sie ebenfalls in ihre Weihnachtstradition einschloss.

Das Poltern war nun heftiger.

Barbara bemühte sich aus dem Sessel, nachdem sie einen Blick auf die Straße geworfen hatte. Der Tag hatte sich verabschiedet. Die letzten hellen Flecke verschwanden und machten einer undurchdringlichen Schwärze Platz. Auf dem Land waren die Nächte dunkel und unheimlich. Und wenn, wie jetzt, der Wind aufkam, verkroch man sich vorzugsweise in den Häusern und Wohnungen, machte ein Feuer im Cheminée oder einen Orangen-Punsch und vergaß, dass es ein Morgen gab. Barbara verabscheute diese Jahreszeit. Sie bedrückte sie und holte schreckliche Bilder aus dem Fundus ihrer Erinnerungen. Hans, wie er röchelnd vor ihr zusammensackte, an Silvester vor zwei Jahren, nachdem er aus dem Krankenhaus zurückgekommen war. Jedoch auch die Freude darüber, wie ruhig und selbstbestimmt ihr Leben danach geworden war.

Anfang Dezember. Der Herbst war vorbei und der Winter noch nicht da. In der Ebene kroch der Nebel und verschwand auch am Nachmittag nicht. Eigentlich wurde es nie hell. Von Süden drückte der Lopper. Die Sonne, wenn sie denn schien, zog ihre Bahn nicht höher als die Kirche, die siebenhundert Meter nördlicher lag. Der erste Schnee haftete auf dem Boden bis zur Grenze, wo der schattige Dorfteil endete. Hier hinten war es immer um zwei Grad kälter als vorn. Der kalte Hauch des Todes wehte durch diesen Landstrich.

Barbara blieb vor der Tür stehen. Sie hatte den Vorhang vor die Glasscheibe gezogen. Sie vermochte nicht zu sehen, wer draußen stand.

Wieder polterte es. »Babsi, mach endlich auf. Ich weiß, dass du da bist. Willst du mich in der Kälte verrecken lassen?«

Cornelia! Nur Cornelia hatte einen so groben Wortschatz, und nur sie nannte sie Babsi. Barbara drehte den Schlüssel um, drückte den Türgriff nach unten. Schon schob sich Cornelia in die Küche. »Bist du taub?«

»Auch dir einen guten Abend.« Barbara bat ihre jüngere Schwester, sich an den Küchentisch zu setzen. »Etwas zu trinken? Ich kann dir Punsch anbieten.«

»Ich bin nicht zum Vergnügen hier.«

»Nicht?« Barbara wunderte sich etwas. In der Regel kam Cornelia zu einem Schwatz und zum Kaffeetrinken vorbei. Manchmal brachte sie Kekse mit. Dann konnte es länger dauern, bis sie wieder verschwand. Cornelia hatte vor einem halben Jahr ihren Mann verloren, nachdem er sich an Salat vergiftet hatte. An Salat. Barbara versuchte, es sich gerade bildlich vorzustellen.

»Mir müssen etwas unternehmen. Anna geht sonst vor die Hunde.«

»Das ist nicht unser Problem.« Barbara knetete ihre Fingerknöchel, bis sie weiß wurden.

»Wir können nicht wegschauen. Sie ist unsere Schwester. Oder hast du vergessen, wie sie uns zusammenhielt, als unsere Eltern starben? Letzthin hat sich Anna bei mir beklagt und ausgeweint. Ihr Mann ist ein brutales Ungeheuer. Seit er pensioniert ist, schikaniert und misshandelt er sie aufs Übelste.« Cornelia legte eine Sprechpause ein, in der sie ihren Blick durch die Küche schweifen ließ. »Alfred sagte mir, dass du das Haus bald verkaufen willst?«

Natürlich war dies eine Frage und keine Feststellung. Wie kam Alfred dazu, sich mit Cornelia über das Haus zu unterhalten? »Er war also auch bei dir?«

»Du kennst ihn doch.« Cornelia griff in ihre kurzen weißen Haare. »Er wartet darauf, dass er ernten kann. Nicht umsonst hegt und pflegt er seine zwei Tanten.«

»Solange ich noch einigermaßen gehen kann, muss er sich das abschminken.«

»Ja, ja, die Männer … Ohne sie wäre alles viel einfacher.« Barbara entfuhr ein tiefer Seufzer. »Du kannst froh sein, dass dein Hans vor Jahren das Zeitliche gesegnet hat.«

»Auf Hans lasse ich nichts kommen. Er war ein anständiger Mann.« Und ein hinterhältiger, aber das sagte Barbara nicht laut. Noch ließ sie ihre jüngere Schwester im Glauben, dass er eines natürlichen Todes von ihnen gegangen war.

»Er hat es mit seiner jungen Therapeutin getrieben.« Cornelia plusterte sich auf. »Jetzt kann ich es dir ja sagen: Der Kerl hat dich nach Strich und Faden betrogen.«

»Mich nimmt wunder, wie.« Barbara verdrängte die Bilder, die sich in ihren Kopf einnisteten. Hans und die Frau, die seine Tochter hätte sein können. Immer mittwochs hatten sie sich im Sportzentrum getroffen, zur Massage, wie Hans ihr versichert hatte. Barbara hatte großzügig über diese Schwärmerei hinweggesehen. Sie hatte ihren Mann und seine Gebrechen gekannt. Er war ein bellender Hund gewesen, der nicht biss.

»Wir sollten Annas Mann beseitigen. Selbst wird sie es nicht bewerkstelligen können. Sie kann sich kaum bewegen.« Cornelia sagte es so beiläufig, als würde sie über das Wetter sprechen oder ihr sagen, dass es am nächsten Sonntag Braten mit Kartoffelstampfer gab.

»Du meinst, mit Salat?«

»Wie kommst du da drauf?« Cornelias Augen weiteten sich. Dann griff sie mit beiden Händen an die Schläfen. »Ach, das ...« Sie lachte verschmitzt. »Berni sagte immer, man könne alles essen, was auf den Teller kommt. Schließlich war er ein begnadeter Koch ... nur eben blind auf dem linken Auge. Ich habe ihn bloß beim Wort genommen. Er liebte Enziane. Ich kann nichts dafür, dass ich die Blüte mit dem Blauen Eisenhut verwechselt habe.«

»Da besteht aber ein frappanter Unterschied.«

»Du kennst meine Sehschwäche. Ich kann Hans nicht von Heiri unterscheiden. Wie sollte ich da den Unterschied zwischen Enzian von Blauem Eisenhut kennen?«

Heiri, Annas Mann, besaß einen Schrebergarten außerhalb des Dorfes. Obwohl es genügend Umschwung um ihr Haus gab, hatte er darauf bestanden, einen Garten zu bewirtschaften. Anna war darüber nicht begeistert gewesen. Sie selbst hatte keinen grünen Daumen, saß lieber auf dem Balkon, löste Kreuzworträtsel und aß Maiskuchen und Schokoladenpudding.

»Sag nicht, dass Heiri dir mal den Hof gemacht hat.« Barbara verwunderte nichts mehr. Cornelia war bekannt dafür gewesen, den Männern den Kopf zu verdrehen. Als sie jung gewesen war, hatte sich die gesamte männliche

Nachbarschaft in sie verguckt. Von der einstigen Schönheit war nicht viel übrig geblieben. Dafür hatte sie an Boshaftigkeit zugelegt. Und etwas abgründig Mörderisches erhalten. Barbara traute ihr nicht. Sie war hier, weil sie etwas Schreckliches ausheckte. Aber sie würde es nicht allein durchziehen können. Cornelia brauchte Barbara. Wahrscheinlich für ihr Alibi.

»Wann hast du Anna zum letzten Mal gesehen?« Cornelia rutschte auf dem Stuhl hin und her, was ein seltsames Geräusch verursachte.

»Ich sehe sie jeden Tag. Sie steht meistens am Fenster und schaut durch die fadenscheinigen Vorhänge. Eigentlich steht sie dort ununterbrochen. Mich nimmt wunder, wann die kocht.«

»Hast du dich zeitnah mit ihr unterhalten?«

»Du stellst Fragen. Natürlich nicht. Ich müsste mich sonst zusammenreißen, um ihr nicht ins Gesicht zu sagen, wie schrecklich ich unseren Schwager finde. Und stell dir vor, er hat jetzt eine …« Barbara suchte nach dem seltsamen Wort, »Hartbox gekauft.«

»Genau um die geht es.« Cornelia erhob sich, schritt zum Fenster, auf dessen Doppelscheiben sich ein Fragment der Wohnküche spiegelte. »Die Box sieht aus wie ein Sarg. Dieser Vergleich hat mich erst auf die Idee gebracht.«

»Das hat schon Alfred gesagt … das mit dem Sarg. Was meinte er damit?«

»Denk doch mal nach. Wir legen Heiri um und transportieren ihn in der Hartbox aus dem Dorf. Niemand käme auf die Idee, darin eine Leiche zu vermuten. Wenn du mich fragst, hat sich Heiri mit dem Kauf der Box sein eigenes Grab geschaufelt.«

»Und wo, bitte schön, willst du ihn hinbringen?« Barbara graute vor dem Gedanken. Cornelia würde den Leib kaum aus eigener Kraft in diese Schale hieven können. Dazu brauchte es vier starke Arme. Ihre nicht mit eingerechnet.

»Zum See. Erinnerst du dich, als vor fünfzig Jahren an dem Reisebus die Bremsen versagten und er mit achtzig Kilometer pro Stunde über die Uferböschung krachte? Der See ist an dieser Stelle sehr tief. Dort könnten wir die Hartbox bedenkenlos versenken.«

»Und der Auftrieb?«

»Papperlapapp. Heiri ist über hundert Kilogramm schwer. Der taucht unter wie ein Stein. Mitsamt der Box.«

Barbara war es nicht geheuer. Ihre Beziehung zu Cornelia war nicht innig genug, um ihretwegen einen Mord zu begehen. Sie traute ihr nicht hundertprozentig. Aber hatte sie nicht auch bei Hans nachgeholfen? Mit ihren fiesen kleinen Briefchen, die sie ihm ins Krankenhaus geschickt hatte? Sie hatten einen Herzinfarkt ausgelöst. Und dann war da noch das Rattengift, welches sie in kleinen Dosen der Suppe beigemischt hatte. Sie hatte Hunderte von Menschen sterben sehen, auf der Krankenstation, wo sie bis zu ihrer Pensionierung gearbeitet hatte. Da kam es auf einen Toten mehr in ihrem Leben nicht an. Irgendwann musste jeder sterben. Wenn sie, zusammen mit Cornelia, ihrer ältesten Schwester das restliche Leben lebenswerter machte, war doch nichts Verwerfliches dabei. Sie half bloß dem Karma nach.

Barbara stöhnte auf. Das Problem waren ihre Beine. Diese würden sie kaum zum Nachbarhaus tragen. Ob sie Alfred einweihen sollte? Sie wusste, wie wenig ihr Neffe von seinem Vater hielt.

»Was ist?« Cornelia kam an den Tisch zurück. »Hast du es dir überlegt?«

»Ich weiß nicht.«

»Ha, tu doch nicht so. Bei deinem Hans hast du doch auch nachgeholfen. Keine von uns ist besser als die andere.«

»Dann ist das mit dem Blauen Eisenhut also nicht aus der Luft gegriffen?«

»Das habe ich nie dementiert. Und bevor es dir einfallen sollte, mich zu verzeigen, erinnere ich dich an den Karton mit dem Rattengift. Ich war oft in eurem Keller, als Hans noch lebte.«

»Was habt ihr in unserem Keller gemacht?« Bei Barbara schellten die Alarmglocken.

»Er hat mir seine Briefmarkensammlung gezeigt.«

»Die Briefmarken … ach so. Diese könnte ich verkaufen.«

»Das tun wir, wenn die andere Sache erledigt ist.« Barbara schritt entschlossen zur Tür. »Heute Nacht um halb zwölf. Dann müsste Heiri von seinem Schrebergarten-Vereinshock zurückkommen, wenn ich mich nicht täusche.«

»Meine Beine …« Barbara deutete auf ihre Oberschenkel. »Ich weiß nicht, ob ich es nach draußen schaffe.«

»Dann reiß dich zusammen.« Cornelia nahm den Türgriff in die Hand. »Nicht vergessen! Ich werde mir etwas einfallen lassen, wie wir Heiri in die Garage lotsen.«

»Und von dort auf das Autodach.« Barbara blieben weitere Worte im Hals stecken. Die ganze Angelegenheit war bereits jetzt zum Scheitern verurteilt.

Ein Geräusch schreckte sie auf. Es kam aus der Richtung des Fensters. Draußen herrschte tiefste Nacht. Annas und

Heiris Haus lag komplett im Dunkeln. Ob Heiri bereits daheim war und im Bett lag? Hatte Cornelia sich verrechnet? Die Fensterscheibe klirrte. Und plötzlich sah sie den Schatten eines Vogels, wie er mit schlagenden Flügeln davonflog. Die Vorscheibe wies ein Loch auf, durch das es unangenehm zog.

Kein gutes Zeichen. Irgendetwas geschah gerade, auf das Barbara keinen Einfluss hatte.

Sie wartete. Der große Zeiger auf dem zerkratzten Zifferblatt des Regulators ruckelte auf die Sechs zu. Es war Zeit, sich in den Mantel zu werfen und die Winterstiefel zu schnüren, wollte sie pünktlich sein. Kurz darauf verließ sie das Haus über den Sonntagseingang. Das, was heute geschehen würde, hatte etwas mit einem feierlichen Akt zu tun.

Cornelia stand bereits unten. »Wir sollten uns verstecken. Heiri wird bald eintreffen.« Sie schwang einen Hammer in ihrer rechten Hand.

Barbara zeigte auf das Mordwerkzeug. »Du wirst ihn doch nicht damit umbringen?«

»Nein, nur bewusstlos schlagen. Dann legen wir ihn in die Hartbox, schließen den Deckel und ab an den See. Bis der zu sich kommt, ist er schon tauchen. Auf dem Grund wird er nicht der Einzige sein. Dort soll es bereits einen Friedhof haben.«

Das Ganze hatte nach Barbaras Ermessen einen gewaltigen Haken: Wie würden sie den schweren Heiri auf das Autodach laden können?

Keine Zeit für Überlegungen.

Am Anfang der Straße tauchte ein Auto auf. Die grellen Scheinwerfer stachen durch den Nebel wie fluoreszierende Raubtieraugen.

»Auf die Minute genau.« Cornelia versteckte sich neben der Garage. »Können wir nur hoffen, dass er den Wagen hineinfährt.«

Barbara drängte sich in die Ecke, wo die Grüntonne stand. Das Auto kam näher, hielt an. Niemand stieg aus. Doch das Garagentor ging auf. Heiri hatte ein automatisches Tor einbauen lassen, zu Alfreds Leidwesen. Er meinte, es sei hinausgeworfenes Geld.

Das kalte Neon drang auf den Vorplatz, ließ den Restschnee aufleuchten.

Barbara und Cornelia standen im Schatten. Es war nicht möglich, von Heiri gesehen zu werden. Warum stieg er nicht aus?

Barbara entdeckte die Hartbox auf einer Galerie, was sie seltsam fand.

Cornelia war ihrem Blick gefolgt. »Siehst du«, flüsterte sie. »Das nennt man Glück. Wir brauchen die Box bloß auf das Dach zu schieben und sie darauf zu befestigen … sofern der Kerl endlich in die Garage fährt.«

»Wir sollten vorsichtig sein.« Barbara hatte ein ungutes Gefühl. »Was, wenn Anna aufwacht und in die Garage kommt?«

Der Motor heulte auf. Heiri legte den Rückwärtsgang ein, fuhr zurück.

»Glaubst du, er hat etwas vergessen?« Cornelia kauerte sich hinter der Grüntonne. »Hühnerkacke! Was tun wir jetzt?«

Der Subaru wendete. Alsbald sah man bloß die Rücklichter aufleuchten, bis sie in der Ferne verschwanden.

Barbara zitterte am ganzen Leib. Sie wusste nicht, ob der Kälte oder der Angst wegen. »Vielleicht ahnt er unser Vorhaben.«

Cornelia stieg über die Treppe auf die Galerie, von wo aus sie den Wohnungseingang erreichte. Barbara hatte ihren Schwager oft darum beneidet. Seine Haustür lag im Trockenen.

»Okay, wir können schon mal die Hartbox öffnen. Ich bin sicher, Heiri wird nach ein paar Minuten zurückkommen. Ich weiß von Anna, wie löchrig sein Gedächtnis ist. Er hat in seinem Schrebergarten bestimmt etwas vergessen und will es nun holen.«

Barbara ging über die Treppe nach oben und kauerte neben der Box. Diese war kaum einen Meter vierzig lang. »Wie sollen wir ihn dort hineinlegen?«, rätselte sie und hantierte an der Vorrichtung, die an einen alten Flaschenverschluss erinnerte. Sie zog den Bügel nach hinten und …

»Oh mein Gott!« Der Stich in ihrer Brust war so brutal wie eine glühende Speerspitze und sie selbst wie von Sinnen. In der Hartbox lag etwas.

Barbara knallte den Deckel zu.

»Was ist?« Cornelia sandte ihr einen fragenden Blick zu.

»Schau selbst.« Barbara kämpfte gegen aufkommenden Brechreiz.

Cornelia schien beherzter. Sie näherte sich der Hartbox und vergewisserte sich über den makabren Fund. Sie schrie so laut, dass Anna bestimmt erwachte. »Das ist Heiri … zerstückelt …«

»Mit abgetrenntem Kopf. Logisch, oder? Der Platz hätte sonst nicht ausgereicht.«

»Jemand muss uns zuvorgekommen sein.«

»Aber wer war die Person im Subaru?« Barbara hatte sich etwas beruhigt. »Anna stand heute am Fenster wie jeden Tag. Was machen wir jetzt?«

»Wir rufen die Polizei.« Cornelia zeigte sich von der pragmatischen Seite.

»Was willst du zu deiner Verteidigung sagen?«

»Das lass mal meine Sorge sein.« Sie sah Barbara stirnrunzelnd an. »Geh du nach oben. Die haben bestimmt ein Telefon.«

»Ich gehe da auf keinen Fall hoch.«

»Tu nicht so geziert.« Cornelia prüfte den Verschluss an der Hartbox. »Okay, der kann nicht raus.«

Im Treppenhaus hinter der Tür roch es nach Moder. Barbara suchte nach einem Schalter, kippte ihn nach unten. Mattes Licht warf Schatten an die Wände, zeichnete unheimliche Figuren darauf. Cornelia ging weiter ins nächste Geschoss. Barbara folgte ihr angewidert. Der Geruch erinnerte sie an Verwesung, an tote Vögel auf dem Fenstersims, die sie regelmäßig von dort beseitigen musste. Sie prallten gegen die Scheiben, blieben liegen, bis sie sich zersetzten. Bereits der Herbst hatte viele Tote angekündigt. Oben stieß Cornelia die Tür auf, die ins Wohnzimmer führte. Hier musste das Fenster sein, an dem Anna täglich stand.

Barbara schrak zurück. Auch Cornelia blieb wie angewurzelt stehen. Der Lichtkegel reichte gerade so weit, um die Gestalt am Fenster zu entdecken.

»Anna!«

»A… aber …« Barbara vermochte bloß zu stottern. »W… Wer war der Chauffeur im Auto?«

»Alfred?«

»Der fährt keinen Subaru. Zudem hat er geschworen, sich niemals ins Auto seines Vaters zu setzen.«

Anna wandte sich nicht um. Sie war beim Fenster erstarrt, eingekleidet in ein schwarzes schickes Kostüm, welches sie an Hans' Beerdigung getragen hatte. Sie stand dort wie eine dunkle Figur auf dem Rechteck des Fensters. Einen Moment lang glaubte Barbara, eine Statue zu betrachten.

Cornelia ging näher. Sie, die zeitlebens die Mutigste unter den Schwestern gewesen war. »Anna?«

Die Frau antwortete nicht.

Cornelia stieß sie in die Seite. »Hey ... Schwesterherz. Was ist los mit dir? Hast du Heiri gekillt? Er liegt in der Hartbox. Musste mal so kommen. Aber keine Angst, wir stehen auf deiner Seite.«

Anna kippte um. Starr wie eine Säule. Es entstand ein schepperndes Geräusch.

Cornelia fuhr heftig herum. »Das ist eine Schaufensterpuppe, vermaledeit.«

»Ob sie schon lange hier gestanden hat?«, fragte sich Barbara und suchte nach einem Telefon. »Dann hat Anna Heiri umgebracht, wer weiß, wann.«

»Hat er deshalb die Hartbox gekauft?«

Barbara griff nach dem Telefonhörer auf der Festnetzstation und wählte die Nummer der Polizei. Ihre Stimme zitterte, während sie von den Ereignissen am hinteren Dorfende erzählte. »Ich wohne im letzten Haus, im ältesten, das mit den beiden Veranden, neben den zwei Tunnels, die durch den Lopper führen. Und der Tote liegt im Sarg, ehm ... in der Hartbox im Haus gleich links gegenüber.« Als sie aufgelegt hatte, sagte sie: »Sie schicken jemanden vorbei.«

»Und, wie fühlst du dich?« Cornelia streifte ihren Arm.

»Ehrlich gesagt bin ich froh, so hat sich das Problem von selbst gelöst. Ich habe mir andauernd die Frage gestellt, wie wir Heiri in die Kiste bringen.«

»Alfred wird bald schon in dieses Haus einziehen und uns in unserem Alltag behilflich sein.«

»Anna, die Nervensäge, sind wir jetzt auch los. Immer hat sie uns wie ein Kleinkind behandelt. Sie wird im Knast schmoren.«

»Ja, ja, und Alfred …« Barbara fühlte sich gut. »Im Keller hat es genügend Rattengift für den schlimmsten Fall.« Cornelia verzog ihren Mund zu einer Schnute. »Und Salat mit blauen Blumen mag er, glaube ich, auch sehr.« Ein Lächeln umspielte ihr Gesicht. »Irgendwann werden wir zwei alle drei Häuser besitzen.«

»Freut euch nicht zu früh.« Die Stimme kam von der Tür her.

Barbara und Cornelia wandten sich beide gleichzeitig um. »Anna!«

»Warst *du* das im Auto?« Barbara wünschte, der Boden unter ihren Füßen würde sich öffnen und sie verschlingen. Und wie sie dastand, ihre älteste Schwester, der sie zu jeder Weihnacht einen Pullover strickte. Wie sie sie ansah, wie bösartig sie war, durchtriebener als Cornelia, hinterhältiger als sie selbst.

»Wer denn sonst?«

»Alfred sagte uns, sein Vater habe die Hartbox gekauft.«

»Nein, das war *ich*.«

»Hast *du* Heiri umgebracht?«

»Ich mache mir doch die Hände nicht schmutzig.« Annas Augen funkelten.

»Wer war es dann?« Cornelias Stimme tönte wie ein heiseres Krächzen, als ahnte sie, ihr Neffe könnte der Täter gewesen sein.

»Die Polizei ist auf dem Weg.« Seelenruhig war Anna. »Sie wird auf der Hartbox eure Fingerabdrücke finden. Ihr werdet verurteilt und ins Gefängnis kommen. Dort kommt ihr nicht mehr raus, so lange werdet ihr nicht mehr leben. Pech gehabt.« Anna lächelte vor sich hin. »Aber wir können darüber diskutieren. Kommt, folgt mir.« Sie ging voraus in die Küche, die ein Stockwerk tiefer lag.

Auf dem Küchentisch stand ein aufgeschnittener Kuchen, hübsch dekoriert mit blauen Blüten.

»Ich weiß um eure kriminelle Ader. Ihr könnt wählen zwischen Knast oder einer Henkersmahlzeit. Die Zutaten sind nicht unbekannt. Ich kenne meine Schwestern, war ihnen jahrelang eine Ersatzmutter.«

Cornelia griff nach einem Kuchendreieck. Die blauen Blüten ließ sie auf dem Stück liegen. Sie schob es sich in den Mund, mutig, wie sie war. Die Furchtloseste unter allen. Es vergingen keine drei Minuten, bis sie das Bewusstsein verlor.

In Barbaras Kopf brauste es. Nein, kampflos würde sie nicht aufgeben. Sie langte nach Cornelias Hammer, erhob sich und schwang diesen über Annas Kopf. Sie zählte auf drei und ließ ihn niedersausen. Es gab ein schmatzendes Geräusch. Draußen klang das Martinshorn durch die Nacht. Und im toten Winkel unter der Treppe stand Alfred und lachte sich ins Fäustchen.

DINNER FOR TWO –
LIEBE GEHT DURCH DEN MAGEN
(GRENCHEN, KANTON SOLOTHURN)

CHRISTOF GASSER

Grenchner Tagblatt vom 31. Dezember:

Heute vor einem Jahr verschwand der Gren-
chner Golfprofi Thomas Radler (35) spurlos auf
den Kanarischen Inseln, wo er von einer Berg-
wanderung nicht zurückkehrte. Er hinterlässt eine
große Lücke im internationalen Golfsport, dessen
höchste Weihen er fünf Jahre in Folge entgegen-
nehmen durfte. Seit Radlers Verschwinden hielt
sich dessen Ehefrau Mina von der Öffentlichkeit
fern. Gestern äußerte sie sich erstmals am Tele-
fon gegenüber dieser Zeitung. Mina Radler versi-
cherte, dass sie sich mittlerweile besser fühle. »Das
Leben geht weiter«, antwortete sie auf die Frage,
was sie sich für das neue Jahr vorgenommen habe.
Zu ihren Plänen für den Silvesterabend verriet
sie nur so viel, dass sie ihn nicht allein verbrin-
gen werde. Dafür nannte sie das Menü, das sie im

Gedenken an ihren Ehemann zusammengestellt hatte (siehe Kasten).

Mina legt die Zeitung zur Seite und leert ihre Espressotasse. Sie verzieht angewidert den Mund. Der Kaffee ist kalt und bitter geworden. Sie geht hinüber zur Anrichte, um sich eine neue Tasse zu brauen. Während das Mahlwerk die Arabica-Bohnen verarbeitet und der optimal erhitzte Wasserstrahl die Aroma- und Nährstoffe der edlen Bohnen durch die Düsen in die Tasse rinnen lässt, fliegen ihre Gedanken voraus zum kommenden Abend. Ein Glücksgefühl überflutet sie. Gegenüber der Zeitung hat sie sich absichtlich vage geäußert. Die Öffentlichkeit geht es einen feuchten Kehricht an, wen sie an diesem Silvesterabend zum ersten Mal seit Thomas' Verschwinden bewirtet. Früher war Silvester in Minas Haus das gesellschaftliche Ereignis in Grenchen. Der letzte Glockenschlag der Mitternacht wird einen neuen Lebensabschnitt für sie einläuten.

Vor drei Monaten ließ sie Carlos in ihr Leben treten. Der Gedanke an den bevorstehenden Abend löst ein Kribbeln in ihrem Unterleib aus, von dem sie glaubte, es nie wieder spüren zu können.

Eine Bewegung im Augenwinkel lässt sie herumfahren. Fränzi sitzt auf dem Sofa. Ihre Lippen formen sich zu einem spitzen Lächeln. »Woran denkst du, Schwesterherz?«

»Dass du was sagen sollst, wenn du hereinkommst. Ich habe dich nicht so früh erwartet.«

»Ich dachte, du hast Augen am Rücken.« Fränzi umarmt ihre Schwester. »Siehst glücklich aus. Schöne Gedanken?«

»Vor dir kann ich nichts verbergen.«

»Das fehlte noch. Heute ist dein großer Tag.« Fränzi steht auf und umarmt Mina, bevor sie eine Strähne, die sich aus Minas Chignon gelöst hat, sanft hinter deren Ohr zurückstreicht. »Wie schön, dich wieder lächeln zu sehen.«

»Ich bin ganz aufgeregt«, sagt Mina. »Meinst du, Carlos wird das Essen mögen?«

»Was für eine Frage? Kochst du ihm nicht das Übliche?«

»Was denn sonst?«

»Er wird dich dafür anbeten und sich für den Rest seines Lebens daran erinnern, glaub mir.« Fränzi sieht den bittenden Ausdruck in Minas Gesicht. »Natürlich helfe ich dir. Du kannst dich voll und ganz deiner neuen Liebe widmen.«

»Das feiern wir.«

Auf der Anrichte neben der Kaffeemaschine steht ein Sektkühler mit einer ungeöffneten Flasche Prosecco. Mina entkorkt die Flasche und füllt eines der bereitstehenden Gläser. Sie prostet ihrer Schwester zu. »Du trinkst immer noch nicht?«

Fränzi schüttelt den Kopf. »Du weißt doch, seit damals ...«

»Natürlich.« Mina nimmt einen Schluck. Sie hat Verständnis für ihre Schwester, die durch ist mit den Männern.

»Hast du beisammen, was du brauchst?«, fragt Fränzi.

»Gut, erinnerst du mich.« Mina leert ihr Glas und stellt es auf die Anrichte. »Gemüse braucht's noch. Ich mache mich auf den Weg zum Markt.« Sie schickt Fränzi einen Luftkuss und geht sich umziehen.

Vom Gehsteig aus wirft Mina einen Blick hinauf zum Wohnzimmerfenster. Der Vorhang bewegt sich. Gerade noch stand Fränzi dort. Ein Seufzer der Erleichterung entweicht Minas Lippen.

*

Pünktlich auf die Minute steht Carlos vor Minas Haustür. Er sieht unwiderstehlich aus. Bei seinem Anblick klopft ihr Herz nicht nur, es sprudelt wie der Champagner, gegen den sie den Prosecco ausgetauscht hat.

Sie heben ihre Gläser. »Auf unseren Abend«, sagt Mina. »Der erste Gang ist gleich so weit.«

Carlos sieht sich im Raum um. Der Tisch ist für zwei gedeckt. »Sind wir allein? Feiert deine Tochter nicht mit uns?«

»Isabella ist bei meiner Mutter. Setz dich. Ich hole schon mal den ersten Gang.«

*

Ein wohliger Schauer läuft Carlos über den Rücken. Er hat Mina ganz für sich allein. Diese Nacht wird unvergesslich werden, für ihn und hoffentlich auch für sie. Er leert sein Glas in einem Zug. Ein Bier wäre ihm lieber, doch das würde nicht zum Ambiente des Momentes und des Ortes passen. Mina hasst Bier, und er wird heute Abend alles tun, ihr zu gefallen. Er greift in die Tasche seines Jacketts und befühlt die glatte Form des Fläschchens. Eine kleine Hilfe für später. Carlos mag keinen Widerstand, er verkompliziert die Dinge. Da sorgt er lieber vor. Die Tür zur Küche öffnet sich. Seine Hand fährt aus der Jacketttasche. Er nimmt die blütenweiße Stoffserviette vom silbernen Unterteller und legt sie auf seinen Schoß.

Mina beugt sich leicht über Carlos, als sie ihm den Teller mit der ersten Vorspeise serviert. Er kann ihr Parfüm riechen. Die Verheißung ihres Dekolletés unter der Korsage ihres dunkelroten Kleides mit dem schwarzen Linienmuster von Rosenblüten stellt seine Selbstbeherrschung auf eine harte Probe. Er wartet seit einer Ewigkeit auf diesen Moment. Jetzt darf er es bloß nicht vermasseln. Sein Blick wandert zu ihren dunklen Augen und ihren Lippen, deren Farbe in makelloser Einheit auf diejenige ihres Kleides abgestimmt ist. Sie berühren beinahe sein Ohrläppchen.

»Voilà«, haucht sie. »Jamon de Pata Negra auf grünem Spargel, dazu ein Gemüseconfit.« Sie stellt einen kleinen Korb mit frischem Holzofenbrot auf den Tisch und geht zurück in die Küche, um ihren Teller zu holen.

Carlos hält seine Nase über den Schinken. Dessen würziger Duft lässt ihm das Wasser im Mund zusammenlaufen.

»Lass es dir schmecken.« Mina nimmt ihm gegenüber Platz.

Beim ersten Bissen schließt Carlos die Augen. Die Köstlichkeiten südeuropäischer Länder von der iberischen Halbinsel über Italien, den Balkan bis Griechenland sind ihm durchaus vertraut – nicht nur die kulinarischen. Er gesteht sich ein, so etwas noch nie gegessen zu haben. Das durchwachsene, dunkelrote Fleisch löst in seinem Gaumen eine Geschmacksexplosion aus.

Carlos öffnet die Augen. Mina lächelt ihn erwartungsvoll an. Ihre zarte, vom Kerzenlicht umkränzte Erscheinung lässt ihn für einen kurzen Moment mit dem Gedanken spielen, sein späteres Vorhaben fallen zu lassen.

»Na, was ist?«, fragt sie. »Wie findest du meinen Schinken?«

Carlos muss seine Verzückung erst wegräuspern, bevor er antwortet. »Himmlisch. Woher hast du ihn?«

»Ich kenne einen Mann aus Huelva. Er wohnt schon lange in der Schweiz und bereitet ihn für mich zu.«

»Du meinst, man kann ihn nirgendwo kaufen?«

Sie lacht. Es ist ihm, als scheine die Sonne direkt aus ihrem Herzen. »Glaubst du, ich speise dich an unserem Abend mit einem x-beliebigen Schinken ab?« Ihr Lächeln erlosch. »Leider war das der letzte Rest, den ich noch hatte.«

»Kannst du keinen mehr herstellen lassen?«

»Kommt darauf an. Mein Freund ist auf der Suche nach einem geeigneten Schwein. Für einen solchen Schinken benötigt man das richtige Fleisch.«

»Danke, dass du das letzte Stück mit mir teilst«, sagt Carlos.

Erneut erhellt ein Lächeln Minas Gesicht. »Liebe geht durch den Magen, nicht wahr?«

*

Mina räumt die Teller der Vorspeise ab. Carlos will ihr helfen. Sie drückt ihn sanft auf den Stuhl zurück und presst ihren Leib kurz gegen seinen. Die Berührung macht ihn fast rasend. Sie erwidert seinen Kuss mit einer Leidenschaft, die er bei ihr bisher nicht erlebt hat. Seine Hände tasten ihren Körper an Stellen ab, die sie noch nie erforschten. Bevor sie alles um sich herum vergessen, macht sie sich sanft von ihm los.

»Lass uns zu Ende essen. Glaub mir, du wirst es nicht bereuen.« Sie balanciert die leeren Teller auf einem Arm und nimmt mit der anderen Hand geschickt ihr halb volles Weinglas auf. »Bin gleich zurück, Liebster.«

»Kann ich wirklich nichts helfen?«

»Ich habe schon eine Hilfe.« Sie nickt zum Bücherge-stell hinüber. »Dort sind Fotoalben. Du darfst sie dir gerne anschauen.« Mit einem eleganten Hüftschwung stößt sie die angelehnte Tür zur Küche auf.

✳

Der Hauptgang besteht aus einem Bœuf Stroganoff. Das Fleisch ist buttrig zart. Kaum berührt es die Geschmacks-knospen seiner Zunge, zerfällt der Geschmack in seine Einzelteile und löst ein Feuerwerk aus Glück und Lebens-freude in seinem Gaumen aus. Die strahlende Gastgeberin sitzt ihm in einem Halo voller Liebe gegenüber. Sie muss ihm gehören – noch in dieser Nacht.

»Supplément gefällig?«, fragt Mina, nachdem sie Rot-wein nachgeschenkt hat.

»Unbedingt, das war göttlich. Du bist eine wahre Zau-berin in der Küche.«

Sie steht auf und nimmt seinen Teller. »Das Kompli-ment gebe ich gern an meine Schwester weiter.«

Carlos hört zum ersten Mal, dass Mina eine Schwester hat. »Hat sie das Essen zubereitet?«

»Das Stroganoff hat sie gemacht. Vielleicht lernst du sie nachher kennen. Entschuldige mich bitte kurz.« Mina verlässt den Raum mit Carlos' Teller. Sie hat ihr Glas ste-hen lassen. Der Wein funkelt rubinrot durch das geschlif-fene Kristall. Mechanisch greift er in die Jacketttasche und zieht das Fläschchen heraus. Er öffnet es und leert den Inhalt in Minas Wein.

Kaum hat er das Fläschchen wieder in seine Tasche gesteckt, kehrt Mina mit seinem vollen Teller zurück.

Aufmerksam lächelnd sieht sie ihm zu, wie er die zweite Portion mit demselben orgastischen Genuss verzehrt wie die erste. Mit einem Auge schielt er auf Minas Glas, das sie bislang nicht angerührt hat.

Carlos schiebt den Teller von sich. »Deine Schwester und du, ihr seid Genies. Möchte sie sich nicht zu uns setzen?«

Mina winkt ab. »Sie will unsere Zweisamkeit nicht stören. Sie ist mit Aufräumen und Putzen beschäftigt. Dabei kann sie keine Gesellschaft gebrauchen.«

»Du hast mir nie von ihr erzählt. Wie kommt das?«

Mina überhört den wohldosierten Vorwurf. Sie deutet zur Bücherwand hinter Carlos. »Hast du die Fotoalben nicht angeschaut? Sie enthalten eine ganze Anzahl Fotos neueren Datums von ihr.« Mina macht Anstalten aufzustehen, er bedeutet ihr, sitzen zu bleiben. Stattdessen geht er zum Büchergestell.

»Dasjenige mit dem blauen Rücken«, sagt sie.

Er findet das Album auf Anhieb. Sobald er sich hingesetzt hat, hebt Mina ihr Glas. »Auf das neue Jahr, das Leben und die Liebe.«

»Die durch den Magen geht.« Mit einem inneren Seufzer der Erleichterung beobachtet er, wie Mina ihr Glas in einem Zug leert, und tut es ihr gleich. Sie schenkt nach. Er widmet sich dem Album. Die ersten vier Seiten sind leer. Leicht irritiert blättert er um. Auf der fünften Seite ist ein einziges Bild eingeklebt, ein großformatiges Porträt einer attraktiven jungen Frau, die mit einem verschmitzten Gesichtsausdruck zu ihm oder vielmehr in die Kamera blickt.

Carlos erstarrt. Es wird ihm warm. Mit einer abwesenden Geste tupft er sich mit seiner Serviette den Schweiß von der Stirn.

»Ist dir nicht gut?«, fragt Mina. »Du bist ganz blass, als hättest du ein Gespenst gesehen.«

»Das … ist deine Schwester?« Sein Finger schwebt zitternd über dem Bild der Frau.

»Franziska, ja. Sie ist drei Jahre jünger als ich und besteht darauf, Fränzi genannt zu werden. Kennst du sie?«

Carlos' Mund ist trocken. Er will trinken, sein Weinglas entgleitet ihm. Es fällt auf seinen Schoß. Der Wein ergießt sich über seine Hose und färbt die Serviette rot.

Mina lehnt sich zurück und sieht ihm zu, wie er versucht, die Serviette zu ergreifen, die ihm immer wieder aus der Hand rutscht.

»Was … Was ist los mit mir?«

»Die Wirkung deines Betäubungsmittels, das du in mein Glas geschüttet hast.«

»Aber warum … wie?«

»Warum es bei dir gelandet ist?« Mina lacht leise.

Eine fiebrige Welle rollt über Carlos.

»Als du vorhin am Bücherregal standst, hast du mir den Rücken zugewandt, Zeit genug für mich, die Gläser zu vertauschen. Es hat sogar gereicht, meine persönliche Mischung dazuzugeben.«

»Wie … wieso kannst …«

»Warum ich das kann? Der Vorteil eines Pharmaziestudiums, mein Lieber: Man ist in der Lage, sein eigenes Gift zu mischen. Falls du weitere Fragen hast, musst du sie rasch stellen. In Kürze wirst du weder sprechen noch dich bewegen können. Deine Muskeln werden nicht mehr funktionieren, aber du wirst bei Bewusstsein bleiben. Schließlich sollst du mitbekommen, was dich erwartet.«

Carlos' Körper ist ein einziger stummer Aufschrei, wäh-

rend er langsam erstarrt. »Deine Schwester ... sie. Ich habe
sie ...«

Mina schüttelt den Kopf. »Sprich es nicht aus. Ich
weiß, was du mit ihr gemacht hast. Dasselbe wolltest du
mir antun.« Minas Blick zeigt keine Emotion. »Du bist
ein Schwein, Carlos, ein feiges, gemeines Schwein, wie
Thomas, der damals Isabella missbrauchte. Ich habe es
ihm vergolten. Was von ihm übrig blieb, verrottet seither
irgendwo in der Wildnis von Gran Canaria. Heute wirst
du deine eigene Medizin schlucken.« Minas Lächeln war
eiskalt. »Entschuldige mich einen Moment.« Sie verlässt
den Raum. Kurz danach schiebt sie eine höhenverstell-
bare Trage herein und platziert sie neben seinem Stuhl.
Sie versetzt Carlos einen seitlichen Stoß, sodass er auf
die Trage rollt, wo sie ihn flach auf den Rücken positio-
niert. »Entschuldige meine Grobheit, ich muss an meine
Bandscheibe denken.« Mit seiner Serviette trocknet sie
sein schweißnasses Gesicht. Carlos' Gehirn befiehlt ihm,
sich zu wehren, sie niederzuschlagen, doch sein Körper
gehorcht ihm nicht mehr.

»Hier drin wird's zu warm für dich«, sagt Mina fürsorg-
lich. Sie schiebt die Trage zum Zimmer hinaus.

*

Mina sieht auf Carlos hinab. Er liegt nackt in der Küche
in einer flachen Chromstahlwanne, wie sie die Gerichtsmedizin für die Sezierung von Leichnamen verwendet.

»Tut mir leid, Carlos. Was du meiner Schwester ange-
tan hast, verdient ebenso wenig Vergebung wie das, was
Thomas meiner Isabella zufügte.« Mina sieht hinüber zu
Fränzi, die mit verschränkten Armen an die Wand gelehnt

stumm zusieht. Einzig ihr Blick verrät, dass sie die Tat ihrer Schwester mehr als billigt.

Carlos brabbelt, seine Augen flackern unruhig. Mina beugt sich zu ihm herunter.

»Was … du … mit … mir … vor?«, röchelt er.

»Richtig, das habe ich dir noch gar nicht gesagt. Ich zeig's dir.«

Sie dreht Carlos' Kopf zur Seite, sodass er die Küchenablage beim Herd sehen kann, wo die Reste des Pata-Negra-Schinkens liegen, vielmehr der abgeschabte Knochen.

Es dauert einen Moment, bis die schreckliche Erkenntnis in Carlos' Augen lesbar wird. Der Knochen stammt nicht vom Schwein. Es ist ein menschlicher Oberschenkel.

Mina seufzt. »Der gute Thomas, er hat sich lange und gut gehalten. Wer hätte das gedacht? Und er hat ein ausgezeichnetes Stroganoff geliefert, das musst du zugeben.« Ihr Blick wandert zu Carlos' freigelegter Körpermitte. »Ich freue mich schon auf die spanischen Nierchen, die es morgen Mittag geben wird.« Fränzi zwinkert ihr grinsend zu.

Mina dreht Carlos' Kopf wieder so, dass er sie ansieht. »Der Vorteil deines Zustandes, mein Lieber: Du wirst keinen Schmerz fühlen und dennoch bei vollem Bewusstsein zusehen können, was ich mit dir mache.« Sein stummer Angstschrei bringt sie zum Lachen, als sie die elektrische Kreissäge einschaltet. »Wie gesagt, Liebe geht durch den Magen.«

Beim zwölften Mitternachtsschlag der Eusebiuskirche tritt Fränzi neben Mina und betrachtet das Werk ihrer Schwester. »Das reicht für eine Weile. Zufrieden?«

»Sehr sogar«, erwidert Mina und nimmt die mit Blutspritzern übersäte Gesichtsschutzhaube ab. »Das gibt ein paar schöne Mahlzeiten. Schade, dass du nichts davon haben wirst. Warum musstest du dich wegen dieses Kerls umbringen?«

Fränzi zuckte mit den Achseln. »Dafür ist jetzt alles leicht und schön für mich, dank dir.« Sie geht auf die Tür zu.

»Fränzi?«

Fränzi dreht sich auf der Schwelle um. »Ja?«

»Werde ich dich noch mal wiedersehen?«

»Nicht in diesem Leben. Ich bin endlich frei.«

»Leb wohl, Fränzi.«

»Leb wohl, Schwesterherz, und es guets Nöis.«

SCHNEEWITTCHEN UND DER BÖSE WOLF VON SPIEZ

IRÈNE MÜRNER

Ich werde erpresst. Natürlich bin ich selbst schuld. Wer sich erpressen lässt, hat entweder eine Dummheit gemacht oder eine ausnutzbare Schwäche. Ich habe beides.

Der Gedanke deprimiert mich.

Es ist dunkel. Ich liege im Bett, in meinem Zimmer im Erdgeschoss. Die Fenster sind offen und die Vorhänge bauschen sich leicht. Es muss mindestens Halbmond sein, sein Licht wirft Schatten herein, sobald sich die Vorhänge teilen. Vom evangelischen Kirchturm schlägt die Uhr zweimal. Leise schmatzen die Wellen des Thunersees ans Ufer. Grillen zirpen, und die Blätter der alten Blutbuche rauschen. Ich liebe dieses Zimmer. Dieses Haus. Und ich werde mich von niemandem vertreiben lassen. Entschlossen ziehe ich meine Decke bis unters Kinn, sodass die Zehen jetzt in der frischen Luft tanzen können. Das hilft beim Denken.

Es gibt immer verschiedene Möglichkeiten, mit einer Situation umzugehen. Auf den ersten Blick wäre die vermeintlich einfachste, meinem Erpresser zu geben, was er verlangt.

Wolfgang hat mich in flagranti erwischt.

Gestern habe ich Ida zu ihren Jass-Freundinnen gefahren und hatte so den Nachmittag und das ganze Haus zur freien Verfügung. Glücklich wähnte ich mich seit kaum einer halben Stunde allein und befand mich gerade in einer äußerst kompromittierenden Situation, als vor dem offenen Fenster im ersten Stock unerwartet Wolfgangs Gesicht auftauchte. Nein! Ida hat viele Schätze in ihrem Haus. Und wie konnte ich nur vergessen, dass Wolfgang Bösiger, ihr Sicherheitsberater, am Nachmittag erneut kommen würde, um das Haus für allfällig zu installierende Alarmanlagen zu prüfen? Wie dumm! Wie unsäglich blöd! Ich hätte mich ohrfeigen können. Aber es war zu spät. Wolfgang entdeckte mich augenblicklich und machte das überflüssigerweise auch noch durch seine Worte deutlich: »Viola, oh, là, là.«

Ich gab keine Antwort, war, ehrlich gesagt, tatsächlich einen Moment sprachlos. Nicht so Wolfgang. Munter fuhr er weiter: »Sieh mal einer an. Was machst du denn da?« Dazu pfiff er durch die Zähne.

Ich hätte ihm in sein zufriedenes Gesicht schlagen können. Selbstverständlich hielt ich mich zurück und erklärte stattdessen schnippisch: »Ich kann mich nicht erinnern, Ihnen das Du angeboten zu haben.«

Er grinste frech. »Tja, das kann sein. Aber ich glaube nicht, dass du gerade in einer Position für zickige Ansprüche bist.«

Ich sparte mir eine Antwort und wollte stattdessen das Fenster schließen. Einen Moment war ich versucht, seiner Leiter einen Stoß zu versetzen, und mittlerweile bereue ich bitterlich, es nicht getan zu haben. Leider war Wolfgang schnell und stark genug und drückte die Fensterflügel auf, bevor ich das Schloss verriegeln konnte. Behände stieg er ins Zimmer.

»Was fällt Ihnen ein!« Meine Empörung war echt. Leider ließ sich Wolfgang davon keineswegs beeindrucken, sondern meinte anzüglich: »Viel.« Diesmal funkelte ich ihn böse an und versuchte es mit einem Befehl: »Verlassen Sie sofort dieses Zimmer, oder ...«

»Oder was?« Sein Grinsen wurde schamlos. »Willst du mich bei Frau von Bubenberg verpfeifen? Ich erledige hier nur meinen Auftrag. Du hingegen ...« Er ließ den Satz unvollendet und seinen Blick bedeutungsschwer über mich hinwegwandern. »Ich könnte mir vorstellen, dass sie durchaus Interesse an dem hat, was du ...«

»Sie ... Sie ...« Ich war so wütend, dass mir im roten Nebel des Zorns die richtige Beleidigung nicht einfallen wollte. Aber ich bezweifle ohnehin, dass sie Wolfgang beeindruckt hätte. Sein Blick schien mir mittlerweile hinterhältig.

»Ach, Viola. Jetzt mach hier kein Theater. Weißt du, möglicherweise muss Madame ja gar nichts von deinen Verfehlungen erfahren. Unter Umständen fällt mir etwas ein, worauf wir uns einigen können und das mich vergessen lässt, was ich soeben gesehen habe.«

Dieser gemeine Klotz. Dass ich kein Geld habe, wird er sich ausrechnen können. Aber sein selbstgefälliger Gesichtsausdruck deutete ohnehin auf etwas anderes hin. Kerle wie Wolfgang – unverschämt gesund und aufsässig potent – wollen immer nur das Eine. Ich kenne diese lüsternen Blicke zur Genüge. Der liebe Gott hat es nämlich ganz gut mit mir gemeint. Ich bin der Typ Schneewittchen, habe schwarzes langes Haar, einen makellosen Porzellanteint und leuchtend blaue Augen. Obwohl ich Sport verabscheue, habe ich eine appetitliche Figur, die Kurven sitzen alle an der richtigen Stelle. Nur mit der Größe war er etwas knauserig, mit meinen 1,65 Metern bin ich leider zu klein für eine Karriere als Model. Aber das macht nichts, ich habe meinen Platz gefunden. Hier fühle ich mich wohl und hier bleibe ich. Was mir auch kein erbsenköpfiger Wolfgang mit aufgeblasenen Muskelbergen verderben wird. Und prostituieren werde ich mich auf gar keinen Fall. Ich fühle mich zum aristokratischen Gentleman mit intellektuellem Geist hingezogen, der die Annehmlichkeiten und Schönheiten des Lebens ebenso zu schätzen weiß wie ich. Mit hohlen Wolfgangs, die sich jeden Tag für sportgestählte Muskeln quälen, kann ich nichts anfangen.

Ein Anruf auf Wolfgangs Handy unterbrach unsere Unterhaltung und gab mir die Möglichkeit zu flüchten. Ich schlich aus dem Zimmer, blieb allerdings in Hörweite stehen. Wolfgang fluchte in sein Telefon und versprach, sofort zu kommen. Ich fühlte mich erleichtert. Natürlich war damit nichts erledigt, aber immerhin musste ich seine unangenehme Anwesenheit keine Sekunde länger ertragen. Er ging die Treppe runter und rief, in der Annahme, dass ich es hören würde, wo immer ich mich auch aufhielt: »Ich muss gehen, aber unser Gespräch ist noch nicht beendet. Bis bald, ich freue mich!« Seine Schritte entfernten sich, die Tür fiel ins Schloss und seine Drohung blieb unheilschwanger in der Luft hängen. Dennoch atmete ich erst einmal auf.

Böse Zungen behaupten, ich sei faul und unstet. Das stimmt nicht. Ich war suchend und an vielem interessiert. Mein Lebenswandel hatte sich bisher leider nie mit meinem Portemonnaie vereinbaren lassen. Aber zum Glück ist es so, dass Menschen wie ich meist auf die Füße fallen. Irgendwie geht es stets weiter, und irgendwann findet man seinen Platz. Zugegeben, bei mir hat es ein Weilchen gedauert. Ich habe das Gymnasium abgebrochen, die Lust auf enge Schulzimmer und öde Hausaufgaben war mir vergangen, die Welt wollte ich sehen! Ein paar Monate stand ich mir in der Parfümerieabteilung eines großen Warenhauses in London die Füße in den Bauch, bis mir das Gelaber der anderen Verkäuferinnen unerträglich wurde und die Arroganz der Kundinnen genauso. Der Service eines Cafés in Paris: zu anstrengend, mein Kopf schwirrte ob all der Gästewünsche, und meine Füße haben mich umgebracht. Das Sitzen am Empfang einer schicken Anwaltskanzlei in Zürich: tödlich langweilig. Mein Sommer als Au-pair in Rom: die Bambini waren kleine Teufel und der Signore etwas zu nett. Schließlich der Versuch als FedEx-Fahrerin in den USA. Autofahren, das kann ich nämlich. Aber da waren die Arbeitszeiten dermaßen unmenschlich, dass ich von einem Privatleben nur noch im Schlaf träumte.

Ein Geräusch reißt mich aus meinen Gedanken. Vor meinem Fenster raschelt etwas. Einen Augenblick halte ich den Atem an. Was ist das? Bin ich zu leichtsinnig? Hätte ich die Läden schließen sollen? Oder zumindest die Fenster? Es ist ein Kinderspiel, in mein Zimmer einzusteigen. Aber hier bei uns? In Spiez, in diesem Heidi-Land? Heidi-Land? Von wegen. Wolfgang drängt sich zurück in mein Bewusstsein. Er wird es doch wohl nicht wagen? Hier und jetzt? Mein Herz hämmert bis zum Hals. Oh Gott. Jetzt tappt etwas auf dem Fensterbrett, die Vorhänge werden zur Seite geschoben. Ich liege wie gelähmt, soll ich schreien? Meine Stimmbänder bringen nur ein jämmerliches Krächzen zustande. Am liebsten würde ich mir die Decke über den Kopf ziehen und so tun, als wäre ich irgendwo anders. Aber ich schaffe es nicht. Ohnmächtig muss ich zuschauen, wie jemand unrechtmäßig in mein Zimmer steigt. Zu meiner grenzenlosen Erleichterung erkenne ich plötzlich zwei spitze Öhrchen. Himmel, es ist Tizian, unser roter Kater. »Du unmöglicher Kerl! Wie kannst du mir so einen Schrecken einjagen.« Tizian lässt sich von meinem verärgerten Zischen kein bisschen verunsichern. Im Gegenteil, selbstsicher tritt er mit erhobenem Schwanz zu meinem Bett und springt mit einem eleganten Satz auf meine Decke. Laut beginnt er zu schnurren und kneift seine Augen zusammen. Meine aus der Angst geborene Wut schmilzt augenblicklich dahin, wie kann ich dem schönen Kerl auch nur eine Sekunde böse sein. Wäre ich ein Tier, ich wäre mit Sicherheit ebenfalls ein geschmeidiges Kätzchen. »Nicht wahr, Tizian?« Als hätte er mich verstanden, reibt er sein Köpfchen bestätigend an meine Nase und rollt sich dann befriedigt zu einer Kugel zusammen. Automatisch fahre ich mit der Hand über sein seidiges Fell. Das Gewicht auf meinem Bauch und seine Gesellschaft haben etwas Beruhigendes. Die Wärme seines Körpers, meine streichelnden Bewegungen und sein Motor werden mir helfen, einen Plan auszuarbeiten.

Will ich nicht tun, was Wolfgang von mir erwartet, gibt es eine weitere Möglichkeit. Ich gestehe mein Vergehen. Vergehen gestehen – Vergehen gestehen – Vergehen gestehen – ich summe den Reim vor mich hin und meine Zehen wackeln im Takt. Plötzlich geht mir allerdings auf, was ich da so unüberlegt von mir gebe. Das Herz wird mir augenblicklich schwer. Ich darf dieses Zuhause nicht verlieren. In diesem Herrschaftshaus fühle ich mich daheim. Das passt. Hier will ich bleiben. Solche Häuser werden heute nicht mehr gebaut, und die Ida Bubenbergs dieser Welt sind am Aussterben. Dass ich diese Stelle gekriegt habe, ist mein Sechser im Lotto. Wir verstehen uns prächtig. Ich bin Idas Gesellschafterin, Chauffeuse und mache zusätzlich ein wenig Ordnung. Zweimal die Woche kommt eine Putzfrau fürs Grobe, und kochen muss ich auch nicht. Nur das Frühstück richte ich uns. Der Garten wird von einem Gärtner in Schuss gehalten und die Wäsche kriegen wir schrankfertig geliefert. Das hier ist mein Platz, und ich kann durch ein Geständnis nicht riskieren, ihn zu verlieren. Unter keinen Umständen bin ich bereit, irgendetwas aufs Spiel zu setzen oder aufzugeben. Im Gegenteil, mit allen Mitteln muss ich verteidigen, was meisterhaft auf mich zugeschnitten ist und ich unendlich zu schätzen weiß.

Ergo kommen wir zur dritten Möglichkeit: Ich muss Wolfgang loswerden. Aber wie? Ich kann kaum damit rechnen, dass er sich mir noch einmal vor dem Fenster auf einer Leiter präsentiert. Wie stelle ich es sonst an? Wäre es möglich, ihn von einer Brücke zu stoßen? Vielleicht von der Hängebrücke in Sigriswil? Jemand hat mal erwähnt, sie spanne sich 180 Meter über der Schlucht. Wer da runterfällt, ist mausetot. Trotzdem verwerfe ich die Idee, ich habe keine Wanderausrüstung, und Wolfgang würde mir eine plötzliche Lauffreude wohl kaum abnehmen. Kommt hinzu, dass ich es kräftemäßig nicht mit ihm aufnehmen kann. Viel glaubwürdiger könnte ich ihm einen mit Gift veredelten Cocktail anbieten. Aber soviel ich weiß, kriegt man wirksames Gift nicht ohne Rezept, und mittlerweile sind Schlafmittel ja so zusammengesetzt, dass man sie haufenweise schlucken müsste, damit sie tödlich wirken. Soll ich sein Auto manipulieren? Die Bremsen beschädigen? Auch das stellt man sich viel zu einfach vor. Ich bin zwar eine formidable Autofahrerin, habe aber vom Geschehen unter der glänzenden Haube zu wenig Ahnung. Ich seufze.

Also doch vordergründig auf Wolfgangs Forderung eingehen? Mir ein Rollenspiel ausdenken? Sicherlich würde mir eine Krankenschwesterntracht ganz gut zu Gesicht stehen. Ich könnte den Patienten unter einem Vorwand ans Bett fesseln und ihm dann Luft in die Venen spritzen. Oder Insulin. Das wäre eine kleine Sache und schwierig bis praktisch unmöglich nachzuweisen.

Irgendwann muss mich trotz allem der Schlaf übermannt haben. Um 7.30 Uhr reißt mich der Wecker aus einem diffusen Traum und ich fühle mich wie gerädert. Tizian ist verschwunden, vermutlich auf dem gleichen Weg, wie er erschienen ist. Zweifellos jagt er sich gerade sein Frühstück. Schwerfällig wälze ich mich aus dem Bett, werfe mir einen Morgenmantel über und blicke im Badezimmer in den Spiegel. Noch verzeiht mir meine Jugend eine Nacht voller Grübelei. Die feinen Schatten unter den Augen lasse ich mit etwas Puder verschwinden. Selbst wenn mein Äußeres nahezu wiederhergestellt ist, geht's mir nicht gut. Ich bin nicht weiter als zuvor. Die Nacht hat keine Lösung für mein Problem gebracht.

In der Küche toaste ich ein paar Scheiben Brot, mache frischen Kaffee und stelle Honig, Konfitüre und Butter auf das Servierbrett. Weder Ida noch ich sind große Frühstückerinnen. Wichtig ist einzig der Kaffee. Und er hilft auch jetzt. Allein sein Geruch schafft es, meine Laune etwas zu heben.

Im Salon scheint die Morgensonne fröhlich durch die französischen Türen. Als ich eintrete, sitzt Ida von Bubenberg bereits mit der Zeitung am Tisch, frisch und ausgeschlafen sieht sie aus. Sie schaut auf, und der Schalk blitzt aus ihren Augen. Ich kenne diesen Ausdruck, sie hat eine Idee und kann es kaum erwarten, mir davon zu erzählen.

Aber sie liest mich genauso wie ich sie, und ich kann ihr nichts vormachen. Nach einem freundlichen »Guten Tag« fragt sie besorgt: »Ist alles in Ordnung, Viola? Sie sehen etwas mitgenommen aus.«

Ich beeile mich zu antworten: »Alles bestens, ich habe nur schlecht geträumt.«

»Ach, das ist nicht schön. Wollen Sie mir davon erzählen?«

»Nein, nein. Ich kann mich gar nicht daran erinnern. Kennen Sie das, wenn man am Morgen mit einem schlechten Gefühl aufwacht und weiß, dass es am Traum liegt, aber nicht mehr, wovon er handelte?« Sie nickt, und ich füge an: »Genau so geht es mir jetzt. Aber dieses Gefühl wird schon nach der ersten Tasse Kaffee verschwunden sein.« Ich zwinge mich zu einem Lächeln und Ida betrachtet mich liebevoll. Ich setze mich ihr gegenüber an den Frühstückstisch, den ich gestern bereits gedeckt habe. Während ich uns Kaffee eingieße, schmiert sich Ida etwas Butter und Honig auf den Toast. Das Rheuma hat ihre Finger knotig und unansehnlich gemacht. Eine plötzliche Zärtlichkeitswelle durchflutet mich. Das Leben ist grausam. Die Frau war einmal eine Göttin, und jetzt sitzt sie da und plappert mit ihrem Schildkrötenmündchen, hat Altersflecken an den Armen, dünnes Haar und einen faltigen Hals. Mein Blick schweift auf die Bilder hinter ihr an der Wand. Sie ist geschrumpft. Ich weiß es, weil … Plötzlich fallen mir die Stille und Idas erwartungsvolle Miene auf. Sie hat mich etwas gefragt. »Entschuldigung, ich war abwesend.«

Sie seufzt. »Ja, ich war einmal schön, nicht wahr?«

Sie weiß, dass der Unterschied zwischen ihrem jetzigen Aussehen und den Schwarz-Weiß-Fotografien an der Wand frappant ist. In ihrer blühenden Jugendlichkeit steht sie jedes Mal neben einem anderen Prachtexemplar von Mann. Trotzdem wirkt sie absolut unabhängig, furchtlos und unbesiegbar. Ida war dennoch einsam, bevor ich als Gesellschafterin zu ihr kam. Sie hat keine Kinder und behielt keinen der Männer. Darum ist unsere Symbiose perfekt. Sie braucht mich und ich brauche sie.

Wir wissen es beide. Ihr Blick enthält viel Wärme, als sie ihren Vorschlag jetzt aufs Neue formuliert. »Das Alter ist gnadenlos. Und die Jugend so furchtbar kurz.« Prüfend schaut sie mich an, und ich nicke mitfühlend. Es muss hart sein, mich als Spiegel gegenüber zu haben und zu wissen, dass das alles für immer verloren ist. Erwartet Ida, dass ich etwas sage? Nein, sie fährt fort: »Für mich ist es wunderschön, Sie anzuschauen, Viola. Sie erinnern mich so sehr an mich selbst, und Sie ermöglichen es mir zu vergessen, dass ich alt und hässlich und gebrechlich geworden bin.«

Ich möchte widersprechen, aber mit einem Wink ihrer rechten Hand stoppt sie meinen halbherzigen Versuch.

»Ich weiß, dass es stimmt, Viola, und Sie wissen es auch. Der Prozess lässt sich nicht aufhalten. Aber das macht nichts, denn jetzt weiß ich, wie ich wieder jung sein kann.« Tausend Schelme leuchten aus ihren Augen. »Sie, Viola, Sie sind ich.«

Ich muss verwundert geschaut haben, denn Ida lacht.

»Ja! Verstehen Sie denn nicht? Sie haben meine Größe, Sie sehen fast so aus, wie ich damals ausgehen habe, und wenn Sie jetzt noch meine Kleider anziehen, dann werden Sie ich sein.« Sie macht eine kurze Pause, bevor sie fast atemlos nachschiebt: »Bitte, Viola, bitte tun Sie mir den Gefallen. Schlüpfen Sie in meine Haut und machen

Sie möglich, dass ich vergesse, wie die Realität ausschaut. Ich werde Sie ansehen und meine Jugend erkennen.«

Es ist unheimlich, die Frau liest meine Geheimnisse. Geistesgegenwärtig antworte ich: »Was für ein toller Vorschlag, die Idee gefällt mir.«

»Oh, wie schön!« Ida klatscht vor Freude in die Hände, und ihr Gesicht leuchtet wie das eines kleinen Kindes an Weihnachten, bevor es die Geschenke öffnen darf. »Und ich bin sicher, dass Ihnen alles passt, Sie haben meine Größe. Lassen Sie es uns gleich ausprobieren.«

Sie muss mich nicht zweimal bitten, zielstrebig gehe ich in den oberen Stock, öffne Idas Schrank und wähle das dunkelblaue lange Kleid aus Rohseide. Es sitzt wie angegossen. Als ich zurück ins Frühstückszimmer komme, schießen Ida Tränen der Rührung in die Augen.

»Ach, Viola, wie wunderschön. Sie sehen genau so aus wie ich damals. Wenn Sie wüssten, was ich in diesem Kleid alles erlebt habe.«

Zweifellos wird sie es mir erzählen. In diesem Moment klingelt es an der Tür. »Ich geh schon.« Das muss Wolfgang sein, ich weiß, dass er heute Morgen bei Ida einen Termin hat. Ich tänzle zur Tür und öffne sie. Wolfgangs Augen werden groß, als er mich in diesem Traum von Kleid sieht.

»Wow, Viola.« Er räuspert sich, und aus seinen Augen spricht reines Verlangen. »Ist das für mich?«

Das hättest du wohl gern. Du armseliger Wicht wirst heute dein blaues Wunder erleben. Nichts davon sage ich laut, sondern lächle nur geheimnisvoll, was ihn womöglich in seiner Hoffnung zusätzlich bestätigt. Bevor er allerdings erneut etwas sagen kann, ruft Ida: »Ist es Herr Bösiger? Viola, bringen Sie ihn herein, ich möchte gern hören, was er zu meiner jungen Doppelgängerin meint.«

Ich sehe, wie Wolfgangs Gesicht zusammenfällt. Ida hat ihm mit ihren Worten alles verdorben. Sein leicht offener Mund gibt ihm ein dümmliches Aussehen. Tja, mein Lieber, dein Spielchen ist aus. Ja, ich habe mich bisher heimlich in Idas Kleider gehüllt, ihren Schmuck getragen und mir ihr Leben übergestülpt, immer wenn sie außer Haus war. Gestern saß ich daher in einem ihrer schönsten Abendkleider vor ihrem Schminkspiegel und habe mir die Haare mit ihrer handgemachten Schildpatt-Bürste gekämmt, dazu ihre Diamanten an meinen Ohren bewundert, als Wolfgangs einfältiger Kopf am Fenster erschien und meinem herrlichen Doppelleben in meiner Lieblingsrolle ein jähes Ende setzte. Aber aus einer Erpressung wird jetzt natürlich nichts. Fortan darf ich völlig legal, sogar auf ausdrücklichen Wunsch meiner Brötchengeberin, in ihre Haut schlüpfen.

Wusst ich's doch, das Leben meint es gut mit Schneewittchen und nicht mit dem bösen Wolf.

DAMASZENERSTAHL
(BERN)

PAUL LASCAUX

Sie wollen wissen, warum ich ein Messer benutzt habe?

Das ist eine längere Geschichte.

Es geschah vor bald zwanzig Jahren. Sie erinnern sich bestimmt, damals fanden immer diese Partys auf einer beschaulichen Wiese am Aareufer statt. Grillstellen, ein paar geschäftstüchtige Getränkeverkäufer, diffuses Licht, Musik von einem DJ mit einer batteriebetriebenen Soundanlage, junge Frauen und Männer auf der Suche.

Wenn ich damals gewusst hätte, wonach ich suchte, wäre vieles anders gekommen.

Wir fanden also in einer lauen Sommernacht zusammen. Das war's. Ende der Geschichte. Keiner weiß, warum nicht einer von beiden am nächsten Morgen aufgestanden und weggegangen ist, den kühlen Tau im Haar. Einfach so.

Nein. Beide sind liegen geblieben. Und weil keiner eine Ausrede oder Erklärung hatte, hat sich daran nichts geändert.

Es gab keinen Grund für Beschwerden, es fehlte der Anreiz, etwas anderes auszuprobieren. Es hat alles gepasst. Vielleicht war genau das der einzige Fehler, dass alles gepasst hat. Man könnte es im Nachhinein so deuten. Es war nichts Störendes dabei, nichts Sperriges, nichts, wofür wir hätten kämpfen müssen. Aber auch nichts Aufregendes.

Wir haben uns gegenseitig darin bestätigt, dass wir angesichts des sonst noch Verfügbaren die beste Wahl getroffen hatten. Und es mag auch eine zarte Liebe gewachsen sein, die sich bestimmt noch entwickeln würde, spätestens in einem gemeinsamen Haushalt, spätestens mit den zwei Wunschkindern, auf die wir uns früh geeinigt hatten.

Wie es Absichtserklärungen und Abmachungen so an sich haben, verschiebt man alles, was nicht sofort ansteht, erst von heute auf morgen, dann von dem einem Monat auf den anderen und letztlich von einem Jahr zum nächsten. Nun, mit 40, ist es für vieles zu spät.

Ruchmehl, Hefe, Wasser und Salz. Mehr braucht es nicht für einen Gärteig. Nach dem Backen sieht er aus wie Brot und schmeckt wie Brot. Aber nicht wie das Brot aus der Bäckerei. Die Krume ist weniger fluffig und feucht, die Kruste weniger knusprig, der Geschmack etwas dumpf und unverbindlich. Es fehlen Enzyme, Zucker und was sonst noch im Brot der heutigen Zeit enthalten ist. Es ist ein Versprechen, das nicht eingelöst wird.

Genau so war es mit unserer Ehe, wenn Sie verstehen, was ich meine. Geheiratet haben wir dann irgendwann, aber es war eher Renault Twingo als Tesla Model S. Alltagstauglich, aber langweilig.

Da wir die Sache mit den Kindern immer weiter hinausschoben, schafften wir uns einen Kater an. Roxy, ein schwarzes Wunder mit einem weißen Lätzchen auf der Brust, der unsere ganze Aufmerksamkeit beanspruchte. Aber auch Roxy wurde älter und verschlief unsere verzweifelten Anstrengungen, die erste Nacht wiederaufleben zu lassen.

Pornos sollten neue Inspirationen liefern. Die eine will ausprobieren, was sie selbst nicht überzeugt, nur weil sie es noch nie getan hat. Der andere verweigert sich, weil ihn die Handlung an sich erschreckt. Bald wirkt der Vorwurf der Spielverderberei wie Gift in der Suppe, und man setzt sich dem Verdacht aus, sich Erlebnissen zu verschließen, die der Partnerschaft neuen Schwung verleihen könnten.

So ziehen die Jahre dahin. Der Beruf nimmt einen mehr und mehr gefangen, man redet vom frühen Burn-out, von unerklärlichen Kopfschmerzen. Man kompensiert die Wiederholungen des Alltags mit immer aufwendigeren und anstrengenderen Reisen. Früher genügte ein Städtetrip von Bern nach Dijon oder Straßburg in ein heruntergekommenes Hotel, das als Liebesnest diente und in dem man von Menschen in angrenzenden Zimmern durch die dünnen Wände hindurch mit Applaus, Lachen und Klopfen angefeuert wurde.

Bald mussten es Clubferien in der Karibik sein, bei denen man die schwindende Libido im eigenen Bungalow zelebrierte, wo einen glücklicherweise niemand hörte. Und draußen begegnete man eher Nachbarn aus der eigenen Stadt als einheimischen Inselbewohnern. Also auch hier kein wirklicher Rollentausch.

In einem Anflug von Abenteuerlust lösten wir das Dilemma, indem wir Reisen buchten, bei denen wir auf uns selbst zurückgeworfen wurden: Canyoning durch tiefe Bergschluchten, Mountainbike-Touren durch die Alpen, Trekking im Himalaja.

Ja, wir wurden auf uns selbst reduziert, manchmal fixiert auf das pure Überleben, nicht enden wollender Durchfall auf 5.000 Metern unter miserablen hygienischen Bedingungen inklusive.

Nein, Sie können es sich nicht vorstellen!

Also wechselten wir wieder die Strategie. Wir buchten Kreuzfahrten, aber natürlich nicht die Pensioniertendampfer, sondern Blues- und Rock-Cruises für Leute mittleren Alters, die ihre Hüften noch bewegen können und wissen, wie man eine Gitarre hält. Unter all den anderen Nostalgikern, die stundenlang über Schlagzeugsolos aus dem letzten Jahrtausend fachsimpelten und darüber, welchen Einfluss Groupies auf die Entwicklung der Gesangskünste von Robert Plant oder Mick Jagger gehabt hatten, kamen wir uns dann doch als Greenhorns vor.

Deshalb besuchten wir den Rollenspiel-Workshop, traten als Ehepaar ein und kamen als Grabschänder-Ede und Bankräuber-Jenny wieder ins Scheinwerferlicht. Ausgerechnet zwei Berufsstände, die starken Konjunkturschwankungen ausgesetzt waren. Als Fortbildungsveranstaltung war der Besuch einer Filmnacht vorgesehen, an der schwarz-weiße Gangstermovies aus den Fünfzigern gezeigt wurden. Als wir feststellten, dass wir auf eine operationsfähige Gang und auf zuverlässige Hehler angewiesen waren, sahen wir uns auf diesem Weg der Neuorientierung auf uns allein gestellt, und der einem Western-Saloon nachgebildete Holztresen einer Spelunke, in der es jederzeit zu einer wilden Schießerei kommen konnte, wurde zu unserem sicheren Hafen.

Kulissen, gewiss, aber nicht mehr Verkleidung als unser alltägliches Leben. Lauter hätte, könnte, sollte, müsste.

Dann begann die fast schon verzweifelte Phase, in der wir unsere Freunde und Bekannten vermehrt einluden, denn all die Paare, deren Kinderwunsch in Erfüllung gegangen war, brachen aus dem Freundeskreis weg und trafen sich nur noch unter ihresgleichen. So ließ sich die Illusion eine Weile aufrechterhalten, man habe es besser getroffen als die Spielplatzgänger mit den Sabberlätzchen, in unserer Hierarchie eine knappe Stufe über den Zombies. Keine Blaupause für die Zukunft.

Feinsalzige Rauchmandeln mit betörenden Bitterstoffen passten vorzüglich zum Schaumwein aus dem Veneto. Und wie gern hätten wir mit Annett Louisan gesungen: »Das alles wär nie passiert, ohne Prosecco.« Aber es passierte nichts, rein gar nichts.

An einem besonderen Abend waren Jeff und Marie zu Gast. Er erzählte von seinen Jagderlebnissen und sprach immer wieder von einer Gegeneinladung, bei der er seine Trophäen und seine Flintensammlung präsentieren würde. Wir hörten aufmerksam zu, als er von den Vorzügen und Nachteilen verschiedener Schusswaffen sprach, Langgewehre und Revolver, Schrotflinten und Pistolen.

Maries Begeisterung über die Bergtouren, auf die sie als Proviantträgerin mitkommen musste, hielt sich in Grenzen, vor allem wenn es ans Aufbrechen von Rehen und Hirschen ging, um die inneren Organe zu entnehmen.

Mit einem verschwörerischen Blick erzählte sie von einer der giftigsten Pflanzen in Europa, dem blauen Eisenhut, anzutreffen an fast jedem alpinen Wanderweg, eine wunderbare, glockenförmige Blüte, die man nur zu gern pflücken würde. Zwei Gramm der Wurzel in einem Salat würden jedes Problem lösen. Sie zwinkerte mit dem blutunterlaufenen linken Auge.

»Über den Geschmack ist mangels überlebender Testesser wenig bekannt, aber es soll auf der Zunge ein Wärmegefühl und ein Prickeln erzeugen, das in Taubheit und schließlich in der Lähmung der oberen Atemmuskulatur endet.«

Jäger und Sammlerin.

»Zu Hause ist der einzige Ort ohne Überwachungskamera«, gab sie als Tipp beim Abschied unter der Eingangstür.

Wir sahen die beiden nie wieder.

Eine Zeit lang blieb es ruhig, sowohl im Herzen als auch im Kopf. Es war nicht alles besser, was andere Leute lebten.

Wir schauten uns mangels Aufregung im Bett nun spätnachts Krimis an und stellten fest: Am Ende sind die abwegigsten Todesarten die auffälligsten. Und das Fachwissen der Polizisten und der Rechtsmediziner war beeindruckend.

Nicht, dass Sie glauben, wir hätten eine Waffensammlung aufgebaut oder einen Schrank mit Giftstoffen gefüllt. Aber den Abend, den wir bei Prince, einem unbelehrbaren Einzelgänger, verbrachten, vergesse ich nicht so schnell. Der Mann war Messerschmied und schwärmte ununterbrochen von seinem Handwerk. Nicht wie Jeff, der mit Jagderfolgen prahlte, sondern hier spürte man die Leidenschaft eines Fachmannes.

Mit dem Weißweinglas in der Hand besichtigten wir die Werkstatt, ließen uns Beschaffenheit von Klingen und Griffen erklären und hörten zu, mit welcher Begeisterung Prince von seinem Studium in Japan berichtete, das er bei einem Meister der Damaszenerklinge absolvieren durfte. Er beschrieb das Verfahren so: »Die härtesten Klingenstähle der Welt werden von Hand in mehreren Schichten übereinandergelegt und feuerverschweißt. Dann wird der Verbund wie ein Blätterteig mehrfach längs oder quer getrennt und wieder aufeinandergefügt, dann gedreht, gestaucht, auseinandergezogen und wieder verschweißt, sodass Hunderte von Schichten entstehen. Das Hauptproblem ist das Einhalten einer eng begrenzten Temperaturspanne, damit weder der Stahl oxidiert noch der Kohlenstoff verbrennt. Und dann«, schwärmte er, »wird geschliffen, damit die feine Maserung des Metalls sichtbar wird. Dieses Verfahren wendet man seit Jahrtausenden an, und man benennt den Schliff nach Damaskus, früher der Hauptort des Handels mit diesen Klingen. Aber heute sitzen die Meister des Handwerks in Japan.«

Dann zeigte Prince uns sein Meisterstück und einige Messer, die er nach seinem Aufenthalt in Fernost noch nicht verkauft hatte. Wir konnten nicht anders. Wir erstanden das Tranchiermesser mit der 30-Zentimeter-Klinge. Ein halbes Monatsgehalt. Das sei ein guter Preis, da er es selbst mitgebracht habe und kein Zwischenhändler daran verdiene.

Stundenlang konnte ich die Muster und Ziselierungen bewundern, die jede Klinge als Individuum kennzeichnen. Jede Lage Stahl sichtbar in einer mäandrierenden Landschaft, jede Drehung im Wellenschliff, jedes Biegen in einer Inselform. Es war nicht nur die technische Präzision, nein, jedes Messer besaß seinen eigenen Charakter, seine individuelle Schönheit.

Der härteste Stahl, den es gibt, mit dem man ohne Kontrollverlust ganze Rinderhälften zerteilen konnte. Beinahe widerstandslos glitt das Messer durch Muskeln, Sehnen und Fett. Und wenn das Blut seinen Weg entlang der eisernen Landschaft suchte, die im Fleisch eingeschlossenen Tropfen befreit wurden und auf der Klinge zerplatzten, dann entsprang daraus so viel Schönheit wie bei einem Sonnenuntergang am Palmenstrand.

Das Fatale an der ganzen Geschichte war: Wir hatten entdeckt, dass es noch Leidenschaft gab, Aufregung, Erregung, Ästhetik. Alles das, was aus unserer Supermarktwelt verschwunden war.

Zwei Freunde in einem Bett. Es war nur eine Frage der Zeit, bevor der eine den Gefühlstod sterben würde, die emotionale Kälte nicht mehr aushielt. Daran erinnerte der Damaszenerstahl.

Ja. Man hätte sich trennen können.

Nein. Ich habe keine Stimmen gehört. Ich beantworte nur Ihre Fragen.

Warum ich das Messer benutzt habe?

Ganz einfach: Es waren keine Tränen mehr übrig.

»Einst warst du so schön wie der Mond«, waren seine letzten Worte.

Mein Name ist Laura Meier.

Ich habe meinen Mann Beat erstochen.

Ich bereue nichts.

DER GARTENZAUN
(KÖNIZ-LIEBEFELD)

NICOLE BACHMANN

Victor: »Er will einen weißen Gartenzaun! So ein billiges, weißes Plastikding aus dem Do it yourself. Ich dreh durch! Das ist der Wahnsinn. Er träumt von Amerika, Prärie, und dann dieses weiße Plastikdings um sein Land.«

Theo: »Wer?«

Victor: »Na dieser Schwanzlutscher aus der Zweiunddreißig.«

Theo: »Die Schwanzlutscher sind doch wir, hast du das etwa vergessen?«

Victor: »Gut, dass du mich daran erinnerst, das hätte ich beinahe vergessen. Wie lang ist's jetzt her, dass wir Sex hatten? Gefühlte zwei Äonen?«

Theo: »Hör auf! Du weißt doch, wie das ist, Ende September, der Quartalsabschluss, das ist jedes Mal ...«

Victor: »Jaja, ich weiß. Aber der Schnyder ist ein Arsch, ein Drecksack und ein Vollpfosten dazu. Ein weißer Gartenzaun. Direkt neben unserem Garten. Direkt neben der zauberhaften, ehrwürdigen, lieben Berberitze. Ich muss kotzen.«

Theo: »Es ist sein Land.«

Victor: »Wenn er das macht, werde ich ihn verklagen. Ich verklag ihn, bis ihm das Blut aus den Ohren läuft. Das ist Vergewaltigung, visuelle Vergewaltigung. Wenn ich aus meinem Arbeitszimmer zum Fenster rausschau, wird sich dieses weiße Monster in meine Augäpfel krallen.«

Theo: »Dann red mit ihm.«

Victor: »Der grüßt mich ja nicht mal mehr, wenn er mich sieht. Nur weil ich einmal seine Katze verjagt habe.«

Theo: »Mit Pfefferspray! Er musste zum Tierarzt mit dem armen Viech.«

Victor: »Du weißt genau, was sie macht. Ganz gezielt schleicht sie sich an unser Hochbeet, um reinzukacken. Genau auf meine zarten Eichblatt-Schösslinge. Das ist doch der reine Hass! Der Drecksack hat sie garantiert abgerichtet. Sie könnte ja von mir aus irgendwo hinter der Berberitze oder bei der Tanne versteckt ihre Scheiße loswerden. Oder bei Gott vielleicht auch einfach in ihrem eigenen Garten. Aber nein! Sie springt hoch in *unser* Hochbeet. Ich hasse das Viech. Ich hasse den Schnyder. Ich hasse die ganze Straße.«

Theo: »Victor.«

Victor: »Ja, ja, ich soll mich nicht aufregen.«

Theo: »Ah, schau. Das Friedi geht einkaufen. Jetzt hat sie auch schon draußen auf der Straße eine Maske an.«

Victor: »Im Wald trägt sie auch eine.«

Theo: »Sie ist 82, da muss man vorsichtig sein. Und hast du gesehen? Der Typ aus der Siebenundzwanzig hat schon wieder einen neuen BMW. Diesmal in Silber.«

Victor: »Ein Monsterding, eine Art Traktor, nein, ein Panzer ist das. Der wird uns noch alle plattmachen. Der grüßt mich übrigens auch nie.«

Theo: »Der grüßt nie jemanden.«

Victor: »Wie kannst du nur so ruhig bleiben? Ich leide, Theo, leide wirklich an all dieser stumpfsinnigen, grässlichen Nachbarschaft. Ich wünschte mir nur einmal in meinem Leben, in Ruhe und Frieden leben zu können. Warum müssen immer alle Blödsäcke direkt neben uns wohnen? Warum?«

Theo: »Das ist normal. So ist das Leben.«

Victor: »Ich will das aber nicht. Ich will ein anderes Leben. Weißt du was? Jetzt ist Schluss. Ich mach da einfach nicht mehr mit. Jetzt werde ich mich durchsetzen. Wenn mir was in den Weg kommt, dann … puff, zack, weg!«

Theo: »Da bin ich aber mal gespannt, mein Lieber.«

*

Theo: »Das war doch der Schnyder, oder? Was hattet ihr denn so lange zu besprechen?«

Victor: »Jetzt ist Krieg. Definitiv und unausweichlich.«

Theo: »Kannst du dich beruhigen und erklären, was los ist?«

Victor: »Er sagt: Die Tanne muss weg.«

Theo: »Unsere Tanne? Aber warum? Was hat er gegen unsere Tanne?«

Victor: »Die Nadeln. Sie verstopfen seinen Abfluss. Das gäbe eine Überschwemmung, Wasser in seiner Garage, seinem Vorgarten, seinem Keller. Ein Riesenschaden. Der spinnt doch!«

Theo: »Da kann er lange warten, dass wir unsere Tanne umtun. Nie im Leben machen wir das.«

Victor: »Ich liebe dich.«

*

Theo: »Du sagst ja nichts, was ist denn los mit dir?«

Victor: »Ich hab die Katze vom Schnyder überfahren.«

Theo: »Was?«

Victor: »Sie hockte so blöd mitten auf der Straße, gerade als ich um die Ecke gebogen kam, und wollte nicht weg. Hat sich mir quasi unter den Reifen geworfen.«

Theo: »Du hast sie überfahren? Bist du sicher?«

Victor: »Sie ist tot, bewegt sich nicht mehr. Sieht ganz grässlich tot aus, die Arme.«

Theo: »Wir haben doch gar kein Auto.«

Victor: »Die Friedi hat mir ihren alten Toyota ausgeliehen. Ich musste doch wegen dem Oleander in die Gärtnerei.«

Theo: »Das gibt Ärger, Victor. Scheiße, das gibt gewaltigen Ärger.«

*

Victor: »Der will eine Strafanzeige wegen Tierquälerei machen. Ich hab ihm gesagt, ich sei an dem Abend die ganze Zeit zu Hause gewesen. Und ich könne es gar nicht gewesen sein. Wir hätten ja nicht mal ein Auto.«

Theo: »Und wenn die Friedi dem Schnyder das nun rätscht mit ihrem Toyota?«

Victor: »Sie redet nicht mit ihm. Sie hasst den Schnyder.«

Theo: »Aber seine Katze hat sie geliebt. Sie hat immer mit ihr geplaudert und sie gestreichelt.«

Victor: »Oh Gott. Wenn mich das Friedi verrät, werde ich als Katzenmörder geoutet.«

Theo: »Dann musst du das Friedi eben auch loswerden.«

Victor: »Und wie, bitt schön, soll ich das hinkriegen?«

Theo: »Das war doch bloß ein Witz, Vicky! Verdammt noch mal, das war doch bloß ein Witz.«

Victor: »Und wenn ich alle Spuren am Auto beseitige? Haare, Blut, DNA und so? Dann steht Aussage gegen Aussage.«

Theo: »Spinn doch nicht. Wir sind hier nicht in einem Krimi.«

Victor: »Was soll ich bloß tun? Ach, ich fühle mich ganz elend.«

Theo: »Du tönst auch komisch. Bist du erkältet? Du hast doch nicht etwa Fieber?«

Victor: »Schau nicht so, das ist kein Corona. Alles clean, ich bin bloß chischberig im Hals, das habe ich doch jeden Herbst.«

Theo: »Du solltest heute früh ins Bett. Ich mach dir einen Ingwer-Tee.«

*

Victor: »Scheiße, verdammte. Oh Gott!«

Theo: »Was ist? Bist du verletzt? Was ist passiert? Sag doch!«

Victor: »Da war eine Ratte mitten in Friedis Garage. Nur zwei Meter von unserem Haus entfernt. Dann hat es sicher noch mehr davon, eine ganze Familie, eine Rotte, ein Stamm, was auch immer.«

Theo: »Es ist halb eins in der Nacht. Was hast du mitten in der Nacht in Friedis Garage zu suchen?«

Victor: »Ich wollte die Spuren beseitigen. Ich hatte eine Taschenlampe dabei, bin rübergeschlichen. Keiner auf der Straße, alles ruhig und dunkel, dann flink reingehuscht. Ich habe mich hingekniet zu dem Reifen, wo die Katze – und da war auf einmal eine Ratte! Oh mein Gott! Sie hat mich aus so listigen Äuglein angestarrt. Was wollte sie bloß dort in der Garage?«

Theo: »Ich vermute mal, sie hat die Spuren beseitigt, inklusive Haare und DNA. Geh endlich ins Bett.«

*

Victor: »Stell dir vor, das Friedi hat uns zum Geburtstagskuchen eingeladen.«

Theo: »Dann kann ich nicht.«

Victor: »Ich hab dir ja noch nicht mal die Zeit gesagt.«

Theo: »Wenn du dich bei ihr einschleimen willst, bitte schön. Ich habe keine Lust, mich volllabern zu lassen. Und ihre Kuchen sind grauenhaft.«

Victor: »Ich geh hin. Die arme Hutte ist ganz allein. Wir sind die Allereinzigsten, die ab und zu mit ihr schwatzen.«

Theo: »Da ist sie selbst schuld dran. Sie will ja keinen Kontakt mehr mit der Nachbarschaft.«

Victor: »Was ich sehr gut verstehen kann.«

*

Theo: »Und wie war's?«

Victor: »Hier sind noch zwei Stück Kuchen, hat sie mir extra für dich mitgegeben.«

Theo: »Schmeiß sie weg.«

Victor: »Es war ganz nett. Sie hat Kerzen angezündet und ich hab sogar für sie gesungen.«

*

Victor: »Haben wir noch eine Flasche Champagner? Stell dir vor: Das mit der Anzeige ist vom Tisch.«

Theo: »Hast du dich etwa mit Schnyder versöhnt?«

Victor: »Nicht ganz. Er hat mir aufgelauert, als ich nach Hause gekommen bin. Dann hat er mich angeschrien und bedroht. Eigentlich könnte ich *ihn* wegen fahrlässiger Körperverletzung oder so was verklagen. Schreit mich aus nächster Nähe an und hat nicht mal eine Maske auf. Aber egal. Mitten in unserem Streit ist dieser Typ mit dem BMW-Panzer vorbeigekommen und hat Schnyder gesagt, dass *er* das war mit der Katze und dass es ihm leidtue. Und der Schnyder solle gefälligst aufhören, mich zu beschuldigen. Der Schnyder war platt, hat nur noch gestottert. Und die Sache war gegessen.«

Theo: »Der BMW-Typ hat die Katze überfahren? Jetzt versteh ich gar nichts mehr.«

Victor: »Vielleicht ist er ja später noch mal drüber … Ich mein, sie lag halt noch da. Am Straßenrand. Und der mit seinem Panzer sieht von so weit oben auch nicht so genau, was am Boden geschieht. Mir soll's recht sein. Lass uns anstoßen, ich bin gerettet!«

*

Theo: »Das Risotto ist gleich fertig, deckst du den Tisch? Und öffnest du den Wein? Ich hab eine Flasche Petite Arvine gekauft. Was hast du denn? Du schaust so komisch. Wer war das denn an der Tür? Mit wem hast du geredet?«

Victor: »Remo.«

Theo: »Und wer bitte ist Remo?«

Victor: »Ich soll ihn so nennen, hat er gesagt. Remo Waldner. Der mit dem BMW.«

Theo: »Ja, und was wollte er?«

Victor: »Er sagt, er hat alles gesehen. Dass ich die Katze überfahren hab. Mit Friedis Toyota. Er selbst hat gar nix damit zu tun.«

Theo: »Das verstehe ich jetzt nicht. Wir sind doch nicht befreundet mit ihm.«

Victor: »Ich versteh's ja auch nicht. Er hat merkwürdige Andeutungen gemacht. Ich hab ein ganz ungutes Gefühl, Theo. Er hat gesagt, ich wisse ja, wie das sei mit so komplizierten Verhältnissen, Beziehungen und so. Man müsse sich gegenseitig beistehen ... manchmal, wenn es schwierig wird.«

Theo: »Hä? Komplizierte Verhältnisse? Meint der etwa uns?«

Victor: »Wann werden die da draußen zur Kenntnis nehmen, dass wir die langweiligste Ehe der Welt führen? Seit einundzwanzig Jahren! Himmel noch mal.«

Theo: »Du hast mit dieser Frau rumgemacht.«

Victor: »Vor sechzehn Jahren, Theo. Das war ein einziges Mal – vor sechzehn Jahren.«

Theo: »Immerhin.«

Victor: »Ich habe noch von Familie geträumt, und du hast mir an dem Tag gesagt, dass du Kinder hasst. Ich

bin abgehauen, habe mich mit Whisky Cola voll-
laufen lassen, und dann hat sich diese Frau an mich
rangemacht. Ich war sinnlos betrunken. Und habe
danach gekotzt. Das war's.«

Theo: »Ich weiß, ich weiß. Und seither führen wir die
langweiligste Ehe der Welt.«

Victor: »Genau. Und so soll es auch bleiben.«

Theo: »Aber warum hat dieser ... äh, Remo das gesagt?
Du sollst ihm beistehen? Bei was denn?«

Victor: »Vielleicht hat er ein Verhältnis ... Oder seine Ehefrau geht fremd und der Remo will den Liebha-
ber umbringen, ah nein, umgekehrt. Seine Frau
ist doch so eine schreckliche Schnepfe, eine Art
mobile Aufhängevorrichtung für Gucci-Taschen,
also will Remo sie loswerden. Wie auch immer, ich
soll sein Alibi sein. So traute Männerrunde beim
Jassen und Biersaufen, während seine Frau und
ihr Lover elendiglich am Schierling krepieren, den
Remo in die Pastisflasche gekippt hat.«

Theo: »Du und deine Fantasie. Du kannst nicht jassen,
und Bier trinkst du auch nicht. Lass uns jetzt endlich essen.«

*

Victor: »Er war wieder da. Es war total unheimlich, Theo!«

Theo: »Wer war da?«

Victor: »Der Remo! Er hat mich so bedeutungsvoll über
seine lächerliche Harley-Davidson-Maske hinweg
angeguckt. Und dann hat er mit ganz tiefer Stimme
gesagt: Manchmal müssen Männer eben tun, was
Männer tun müssen.«

Theo: »Manchmal müssen Männer eben tun, was Männer tun müssen? Was soll denn das heißen?«

Victor: »Das weiß ich doch nicht! Aber auf jeden Fall bedeutet das nichts Gutes, gar nichts Gutes. Das tönt nach Rambo, Brave Max und so Zeug. Ich hab Schiss!«

Theo: »*Mad Max* und *Braveheart*. Das sind ganz verschiedene Filme.«

Victor: »Das ist doch völlig egal! Wie kannst du jetzt über Filme reden? Ich hab total Schiss. Der Typ wird noch zum Terminator der Gartenstadt mutieren. Sein Panzertraktor sieht ja schon genau so aus … Wie heißt es wieder? Ein Hummerdings? Vielleicht hat er auch eine Waffensammlung. Und ich soll mit ihm so eine Macho-Mission durchziehen.«

Theo: »Ich bin sicher, der redet bloß blödes Zeug. Nimm dir einen Grappa und dann schauen wir uns eine Folge von *Six Feet Under* an. Das wird dich beruhigen.«

Victor: »*Six Feet Under*, na bravo! Und das soll mich beruhigen?«

*

Theo: »Du bist mit Abwaschen dran. Ich hab gekocht und eingekauft und …«

Victor: »Ich …«

Theo: »Du bist ja kreideweiß. Setz dich hin.«

Victor: »Er hat gesagt, dass er sie heute Nacht umlegen wird. Sobald es dunkel wird. Und ich müsse ihn decken.«

Theo: »Der Remo? Seine Frau? Es ist schon fast dunkel.

Ruf sofort die Polizei an! 117! Schnell! Mach doch! Du musst …«

Victor: »Aber was sag ich denen? Was soll ich bloß sagen?«

Theo: »Die Wahrheit, verdammt noch mal. Was denn sonst?«

Victor: »Er erpresst mich. Die Katze, der Toyota, das Friedi und …«

Theo: »Was, das Friedi?«

Victor: »Sie hat ihm erzählt, ich hätte so schön für sie gesungen. Und er habe ganz genau gehört, wie ich gehustet habe in den letzten Tagen. Das sei ein Mordversuch gewesen! Ich hätte versucht, sie mit Corona totzusingen. Und sie hat ihm auch gesagt, dass ich ihr Haus erben würde.«

Theo: »Ruf die Polizei an. Jetzt!«

Victor: »Ich … gut. Ach, ich bin völlig durcheinander. Ich muss mir zuerst andere Hosen anziehen. Ich seh aus wie ein Penner, die Polizei wird mir kein Wort glauben.«

Theo: »Mach schnell.«

Victor: »Wo ist meine gute Hose? Die schwarze aus Wollstoff. Ich hab sie gerade gebügelt, sie sollte hier irgendwo … Hast du wieder an meiner Wäsche rumgemacht? Kannst du nicht ein einziges Mal meine Sachen liegen lassen, wo …«

Theo: »Scheiße, da ist er! Ich seh ihn. Mit einer Axt!«

Victor: »Lieber Gott, bittebittebitte, mach doch was.«

Theo: »Er geht zu Friedi. Er geht eindeutig zu Friedi.«

Victor: »Friedi? Oh nein, doch nicht das Friedi.«

Theo: »Victor, nein! Mach das nicht. Bleib hier. Neiiin!«

*

Theo: »›Nackter Mann stoppt Axt-Mörder!‹«

Victor: »Ich war *nicht* nackt. Ich hatte meine edel-gestreifte Bruno-Banani-Unterhose an. Und er wollte nicht das Friedi morden, sondern ihre Birke umlegen. Weil er allergisch ist.«

Theo: »Einer unserer netten Nachbarn hat dich fotografiert. Du bist im ›Blick‹. Deine fünfzehn Minuten Unsterblichkeit.«

Victor: »Zeig her. Man sieht mich ja gar nicht richtig. Alles nur Schatten … Ah, das bin ich, da das Friedi, und da unter dem Polizistenhaufen liegt der Scheißkerl.«

Theo: »Ich habe gehört, er zieht weg. Der Vermieter schmeißt ihn raus.«

Victor: »Einer weniger. Und unsere Tanne ist auch gerettet, der Schnyder ist jetzt ganz freundlich zu mir. Ha, ich bin ein Held. Hab ich es dir nicht gesagt: wenn mir einer in den Weg kommt: puff, zack, weg.«

Theo: »Vicky, ich liebe dich.«

AUGE UM AUGE
(BERN)

MARCUS RICHMANN

Die Bar im Hotel Bellevue Palace, Bern

Jacob Bucher warf einen Blick auf das Ziffernblatt seiner Audemars Piguet Royal Oak. Er war zehn Minuten zu früh. Die Bedienung an der Bar schüttelte seinen Wodka Sour im Shaker, während er auf die Frau wartete, von der er befürchtete, dass sie sein Leben verändern würde. Ein Gesetz in seinem Beruf lautete, sich niemals ernsthaft zu binden. Geschweige denn sich zu verlieben. Bindungen führen zu Gefühlen, Gefühle führen zu Fehlern, und Fehler konnte sich Jacob Bucher nicht leisten. Sag niemals nie, dachte er und schüttelte über sich selbst den Kopf.

Rahel war ihr Name. Sie war ihm vor drei Wochen aufgefallen, weil sie abseits stand. Er war der Einladung zu einer dieser langweiligen Galaveranstaltungen der UNO in Genf gefolgt, wo sich die Egos der Menschen in denen der anderen betrachteten. Jeder empfand die eigene Wichtigkeit als unumstößliche Wahrheit. Er war seit einer Stunde dort, hatte sich für Mineralwasser anstatt Champagner entschieden und stand ebenfalls abseits der

Eingeladenen, die wichtig und gekünstelt Leere verbreiteten. Sein Auftraggeber hatte ihn gebeten, dort zu erscheinen, um sein nächstes Ziel besser kennenzulernen. Jacob Bucher musste ihn nur beobachten. Als sein Ziel über eine Bemerkung des französischen Außenministers erneut sein unterwürfiges Lächeln aufsetzte, wandte sich Jacob Bucher ab, um etwas Stärkeres an der Bar zu bestellen und endlich dieser Seichtheit zu entfliehen. Das war der Moment, in dem ihm Rahel ins Auge stach. Ungeschminkt und in schlichtem Abendkleid stand sie wie er am Rand des Geschehens, von wo aus sie mit größtem Interesse das Treiben im Saal beobachtete. Sie wirkte wie eine Ethnologin, die einen verschollenen Stamm im Amazonas entdeckt hatte. Ihre natürliche Erscheinung und stille Präsenz in dieser Umgebung waren für ihn wie Wasser in einer emotionalen Wüste. In dem Augenblick, als sie ihn ebenfalls bemerkte, wusste er, dass sich sein Leben verändern würde.

»Jacob?«, holte ihn eine weibliche Stimme aus seinen Erinnerungen.

Er hob den Kopf. Da war sie. Die Frau, in die er sich bei ihrer ersten Begegnung verliebt hatte, und vielleicht der Anfang all seiner Probleme.

»Wo bist du gerade?«, fragte Rahel, als sie seine Versunkenheit wahrnahm und sich in einen der bequemen Sessel ihm gegenüber setzte.

Ihr sanftes Lächeln holte ihn zurück in die Gegenwart. Die altbackene, in hilfloser Bemühung auf modisch getrimmte Umgebung war ihm plötzlich unerwartet fremd und unnatürlich geworden.

»Wollen wir gehen?«, fragte er.

»Wohin?«, wollte Rahel erstaunt wissen. »Ich bin doch gerade erst gekommen?«

»Einfach weg von hier.«

Ihr Nicken war die stille Bestätigung, auf die er sein ganzes Leben gewartet zu haben schien. Seine Zeitrechnung wurde auf null gestellt. Von diesem Augenblick an gab es kein Morgen. Es blieb nur der Moment.

*

Drei Wochen später, ein reformiertes Pfarrhaus im Stadtteil Bethlehem, Bern

Er hörte Rahels stilles Atmen. Ihr Gesicht war zur Hälfte im Kissen versunken, und ihr blondes Haar lag wie ein Vorhang aus goldenem Geflecht über ihrem rechten Auge. Ihre langen Wimpern bewegten sich leicht. Was sie jetzt träumen mochte, fragte er sich. Zu seiner Überraschung hatten sie gestern Abend den Weg zu ihrer Wohnung eingeschlagen, ohne es vorher abzusprechen. Es war das erste Mal in diesen drei Wochen gewesen, dass einer von ihnen den anderen zu sich nach Hause einlud. Er hatte diesen Schritt noch nicht tun können. Zu wichtig war ihm seine Tarnung gewesen.

Als sie beim Pfarrhaus neben der Kirche ankamen, war dies die nächste Überraschung für ihn. Rahel erzählte ihm, dass schon ihr Vater Pfarrer gewesen sei. Als sie elf Jahre alt war, starb er. Jahre später begann sie mit dem Studium der Theologie. Nach ihrem Abschluss übernahm sie die damalige Gemeinde ihres Vaters und ließ sich hier, in dem Haus, in dem sie aufgewachsen war, nieder.

Bis spät in die Nacht saßen sie vor dem Kaminfeuer und tranken Tee, während er ihr einfach nur zuhörte. Als Rahel ihn nach seiner Familie und seinem Beruf fragte, log er. Die Lügen, welche ihm bis dahin immer leicht und ohne Emotionen über die Lippen gekommen waren, fühlten sich in dieser Nacht schwer an. Rahel bemerkte es, aber drang nicht weiter in ihn ein. Er war ihr dankbar dafür gewesen.

Nur mit Slip und engem Top bekleidet, betrat sie am späten Morgen die Küche, während er Kaffee kochte.

»Die letzte Nacht war schön«, sagte sie leicht schläfrig, küsste seinen Nacken und schlang ihre Arme um seinen Brustkorb. »Überhaupt … Die ganzen letzten drei Wochen mit dir waren ein Geschenk.«

»Ich möchte nicht, dass es aufhört«, sagte er leise.

»Was genau meinst du?«, fragte sie.

»Das mit uns.«

»Wird es vielleicht auch nicht.«

»Vielleicht?«, fragte er unsicher.

»Das weiß man nie. Aber ich wünsche mir nichts sehnlicher, als diesen Moment festzuhalten.«

Da läutete sein Smartphone. Der Ton verriet, dass es eine verschlüsselte Nachricht seines Auftraggebers aus London war.

»Sorry, ich muss das eben beantworten«, sagte er und löste sich widerwillig aus ihrer Umarmung.

Die Nachricht irritierte ihn. Sein Ziel war diesmal nicht die Tötung eines Politikers oder Mafiamitglieds, sondern der Schutz einer Person. Er sollte den Auftragskiller, der von der Gegenseite auf ein arabisches UNO-Mitglied angesetzt worden war, töten. Auch würde er kaum Zeit haben, den Auftrag präzise vorzubereiten, da er diesen bereits morgen Nacht durchführen musste. Ungewöhnlich, dachte er. Es war das erste Mal, dass er einen Auftragsmörder eliminieren sollte. Ihm war unwohl bei diesem Gedanken. Man bot ihm 300.000 Franken, was außerordentlich viel war. Sein Bauchgefühl riet ihm, diesen Auftrag abzulehnen. Aber das Kopfgeld war reizvoll, es würde ihm helfen, sein Ziel eines Finanzpolsters von drei Millionen zu erreichen, und so könnte er erst einmal auf weitere Aufträge verzichten. Endlich hätte er Zeit, sein Leben neu zu ordnen. Sich voll und ganz auf diese Frau einzulassen.

»Du siehst besorgt aus«, stellte Rahel fest, als er in die Küche zurückkam.

Er schwieg. Nahm sie stattdessen in den Arm und küsste sie lang. »Ich muss weg. Nur für zwei Tage. Danach habe ich Zeit. Sehr viel Zeit. Wir könnten uns wiedersehen. Ich könnte dir jeden Tag Kaffee kochen.«

Rahel musste lachen. »Das wäre schön.«

»Ist das ein *Ja*?«

»Es ist auf jeden Fall kein *Nein*«, lächelte sie weiter und nahm einen Schluck Kaffee. »Ich warte auf dich.«

*

Das östliche Ende der Monbijoubrücke, Bern

Es war exakt 21.13 Uhr, als Jacob Bucher den Schalldämpfer auf sein Desert Tech HTI schraubte. Dieses halb automatische Scharfschützengewehr war relativ leicht und handlich. Mit ihm konnte er Ziele in einer Entfernung von weit über zweitausend Metern präzise treffen. Er hatte nur eine Patrone vom Kaliber 0.375 Cheytac eingelegt. Fünf hätten im Magazin Platz gehabt, aber er wusste, dass der erste Schuss treffen musste. Alles darüber hinaus wäre Pfusch. Seine Position befand sich auf dem Dach der Wettbewerbskommission an der Hallwylstrasse, welches er über ein Baugerüst erreicht hatte. Den gegnerischen Auftragsmörder, der sein Ziel während eines Empfangs um 21.30 Uhr auf der Bundesterrasse des Bundeshauses eliminieren sollte, würde laut seinem Informanten auf dem gegenüberliegenden Dach des Schweizerischen Bundesarchivs Stellung beziehen.

Er blickte in die untergehende Sonne über dem Kirchenfeldquartier, von dem er eine Glocke schlagen hörte. Es war 21.15 Uhr. Noch ist genug Zeit, stellte er befriedigt fest und wartete weitere fünf Minuten, bevor er mit Bedacht die Gewehrstützen ausklappte, sich auf den Bauch legte und durch sein Zielfernrohr das Dach des Bundesarchivs beobachtete. Niemand war zu sehen. Der Auftragsmörder hatte eine gute Position für sein Attentat gewählt. Auch für seine Flucht war dieser Ort ideal. Man gelangte schnell aus der Stadt, wenn der Job erledigt war.

Plötzlich nahm er eine Bewegung auf dem Dach wahr. Eine dunkel gekleidete Gestalt lief in katzenhafter Geschmeidigkeit zur südwestlichen Ecke. Jacob Bucher folgte ihr mit seinem Zielfernrohr. Täuschte er sich? Von den Bewegungen her musste es eine Frau sein. Als sie sich hinlegte und das Gewehr installierte, war klar, dass sie sein Ziel war. Er wechselte zu der zweifachen optischen Vergrößerung. Ihm stockte der Atem. Sein Ziel war tatsächlich eine Frau. Ihre Haare waren unter einem schwarzen Kopftuch verdeckt, aber ihre fließenden Bewegungen ließen keine Zweifel über ihr Geschlecht aufkommen. Er wechselte zur dreifachen Vergrößerung, um ihr Gesicht zu sehen. Sekunden später schien sein Herz stillzustehen. Das konnte nicht sein, schrie es in ihm. Er hoffte, sich zu täuschen, doch ihr Gesicht war gut zu erkennen. Es gab keinen Zweifel. Sein Ziel war Rahel! Sie war der Auftragskiller, den er eliminieren sollte. Sein Puls raste. In seinen Schläfen schien ein Vorschlaghammer zu arbeiten. Alles drehte sich, und ihm wurde schlecht. Was sollte er tun? Wie konnte das sein? Sie war Pfarrerin. Wie konnte sie töten? Alles eine Lüge? Er hatte sie doch überprüfen lassen. Es bestand kein Zweifel an ihrer Identität. Unmöglich konnte er die Frau, die er liebte, umbringen! Sie war der erste Mensch in seinem Leben, dem er vertraut hatte und mit dem er seine Zukunft verbringen wollte. Gedanken jagten sich, sein Kopf schien zu platzen. Seine Uhr zeigte 21.28 Uhr. In zwei Minuten würde einer von ihnen beiden töten. Er musste sich entscheiden. 21.29 Uhr. Die Glocke vom Münster begann die halbe Stunde einzuläuten. Jeder Glockenschlag glich einer Explosion in seinem Kopf. Nach dem letzten Ton folgte die große Stille. Er griff zu seinem Gewehr, fixierte das Ziel, atmete tief ein, stieß die Luft langsam aus und drückte ab. Alles andere überließ er dem Schicksal.

*

Ein geheimer Ort, Grosse Scheidegg, Grindelwald

Jacob Bucher wusste, dass es ein Fehler war. Liebe war Gift in seinem Beruf. Aber er war überzeugt, gestern richtig gehandelt zu haben. Nun suchte er Ruhe. Musste Abstand gewinnen. Erst einmal alles ordnen. Die Dinge sich entwickeln lassen. Für diese Momente des Rückzugs hatte er den

Stall gekauft und ohne offizielle Genehmigung umbauen lassen. Niemand wusste von diesem Ort. Nicht einmal sein Auftraggeber. Die Handwerker für die Umgestaltung hatte er damals über einen Strohmann aus dem Kaukasus kommen lassen. Der ehemalige Besitzer, ein Bauer aus Grindelwald, hatte Spielschulden gehabt und Jacobs Geld sofort angenommen. Bar auf die Hand. Ohne Vertrag. Ohne Fragen zu stellen. Jacob Bucher hatte ihm unmissverständlich klargemacht, dass er über den Handel kein Wort verlieren durfte.

Er setzte Kaffee auf, feuerte den Holzofen ein und betrachtete gedankenversunken die Sommerwiesen durch das Küchenfenster. Von draußen wirkte das Chalet nach wie vor wie ein verlassener Stall, weit abseits der Bergstraße. Die matt entspiegelten Fenster waren durch Lamellen aus alten Holzbalken kaum sichtbar. Die elegante, schlichte, aber hochwertige Möblierung, die moderne Küche, zwei Picasso und ein Édouard Manet an der Wand sowie der unter dem Dach installierte Satellitenempfänger bildeten den perfekten Gegensatz zum äußeren Erscheinungsbild.

Gestern Nacht hatte ihn die Nachricht seines Londoner Auftraggebers erreicht, in der er ihm nicht nur zum erfolgreichen Abschluss der Mission gratulierte, sondern ihm auch eine Botschaft seines Ziehvaters Igor aus Moskau übermittelte. Sie hatte gelautet: *Jede Liebe muss getötet werden, sonst tötet sie dich.* Als er diese Zeile las, stieg Wut in ihm auf. Igor stand somit hinter dem Auftrag, Rahel zu töten. Er fühlte sich verraten und hintergangen. Und er fragte sich, wie lange Igor schon ohne sein Wissen die Fäden im Hintergrund zog.

Ein Zischen riss ihn aus seinen Gedanken. Auf dem Herd stand die Bialetti, der Kaffee war fertig. Als er sich eine Tasse einschenkte, hörte er ein Rascheln aus dem Schlafzimmer.

»Bekomme ich auch einen?«

Er blickte in die verschlafenen Augen von Rahel, die ihm bestätigten, gestern Nacht das Richtige getan zu haben. Sie küsste ihn sanft auf den Mund, als er ihr seine Tasse reichte und sich eine neue eingoss. Sie legten sich auf das Sofa am Panoramafenster, das seine atemberaubende Aussicht auf Eiger, Mönch, Jungfrau und das Wetterhorn freigab.

Rahel schaute ihm direkt in die Augen. Er hatte den Eindruck, dass sie sein Handeln und ihn als Menschen immer noch einzuordnen versuchte. Gestern Nacht hatte er auf ihr Gewehr geschossen und dadurch das Attentat und ihren Tod verhindert. Nach dem Schuss war er sofort zu ihr gerannt, um sie abzufangen. Als Rahel von seinem Auftrag erfuhr, war sie weniger geschockt gewesen, als er erwartet hatte. Sie willigte ein, ihm in sein Versteck zu folgen.

»Ich danke dir für dein Vertrauen, obwohl ich dir die Wahrheit über mich verschwiegen habe«, begann er. »Das bedaure ich zutiefst.«

Sie schüttelte den Kopf. Verzweiflung zeigte sich auf ihrem Gesicht, während sie die Berge betrachtete. Sie schien um die richtigen Worte zu ringen. »Vielleicht hätten wir uns nicht ineinander verlieben dürfen«, sagte sie leise. »Aber es ist nun, wie es ist. Und das ist schön.«

Was sollte er darauf erwidern? »Du bist eine wunderbare Frau. Lass uns ein paar Tage hierbleiben und dann gemeinsam verschwinden.«

»Wohin?«

»Ich habe Freunde in Argentinien. Dort können wir neu anfangen. Über genug Geld für uns beide verfüge ich.«

Rahel lächelte schwach. »Wir können nicht immer auf der Flucht sein.«

Gestern hatte ihm die Bank die Überweisung der 300.000 Franken per SMS bestätigt. Offiziell hatte er seinen Job erledigt und das Leben des Arabers gerettet. Nur Rahels Leiche hatte er nicht wie angewiesen in einer Kehrichtverbrennungsanlage beseitigt. Rahel sah in diesem Umstand die Chance auf ein neues Leben. Die Trauer über den Verlust ihrer Gemeinde und ihre Aufgabe an der Universität war spürbar.

»Wie kannst du töten?«, wagte er die Frage.

»Du meinst, weil ich Pfarrerin bin?«

Er nickte. »Immerhin widerspricht es einem der zehn Gebote.«

»In der Tora für das Volk Israel gibt es den Rechtssatz *Auge für Auge*.«

»Und was ist mit der anderen Wange?«, fragte er.

Härte war in ihrem Gesicht erkennbar. »Du bist nicht in der Position, mir Vorhaltungen zu machen.«

»Entschuldige, ich wollte nicht … Du hast recht. Du warst ehrlich zu mir. Ich hatte dich über mein Leben belogen.«

»Nein, schon gut. Ich verstehe deine Zweifel.« Hilflos hob sie die Hände. »Ich habe dir nie erzählt, wie mein Vater starb. Er wurde zusammen mit meiner Schwester in Tel Aviv ermordet. Ein arabischer Fanatiker des IS drang in die Synagoge ein, in der mein Vater einen gemeinsamen Gottesdienst mit Juden abhielt, und richtete ein Blutbad an. Einer der Köpfe dieser Terrororganisation war gestern mein Ziel. Ich erledige nur solche Aufträge.«

Er erinnerte sich an einen Auftrag in Haifa, als Igor einen Informanten des IS beseitigte. Gab es da einen

Zusammenhang? Nein, das war zu weit hergeholt. »Du machst es also nicht wie ich wegen des Geldes, sondern aus Rache?«

Sie nickte. »Der israelische Geheimdienst kam vor drei Jahren auf mich zu … Ich willigte sofort ein.«

»Ist es ein Problem, dass der Araber noch lebt?«

»Der Mossad wird wissen wollen, warum ich ihren Befehl verweigerte. Es wäre schön, wenn sie wie deine Auftraggeber glaubten, ich wäre tot.«

Ihre Blicke trafen sich. Er nahm sie in den Arm.

»Hättest du mich gestern töten können?«, fragte sie leise.

»Nein«, sagte er ohne Zögern und fügte an: »Wir brauchen einen Plan.«

Am Nachmittag kam Rahel spät von einem Spaziergang zurück. Sie brauche Zeit zum Nachdenken, hatte sie erklärt. Schließlich mussten sie beide eine Entscheidung treffen. Darüber, ob es eine gemeinsame Zukunft gab und ob der Plan, den Jacob entwickelt hatte, sie vor dem Zugriff des Mossad und vor Igor schützen konnte. Als sie zurückkam, wirkte sie gelöst und entschlossen.

»Dieser Ort ist herrlich. All die Blumen, die unberührte Natur. Ich habe sogar den seltenen Frauenmantel, Belladonna und Seidelbast entdeckt.«

Ihre kindliche Freude steckte ihn an, und er hoffte, ihre Entschlossenheit würde bedeuten, dass sie sich für ihn entschieden hatte.

»Lass uns einen Tee kochen«, schlug sie vor.

»Sehr gerne.«

Wenig später lagen sie Arm in Arm auf den Polstern, tranken Tee und aßen dick mit Butter bestrichene Lebkuchen. Sie lächelte, als er von seiner Kindheit erzählte, während er vom Kräutertee trank. Von der Armut seiner Eltern, die ihr Leben lang hart gearbeitet hatten, ohne es zu etwas Reichtum zu bringen, um dann bei einem Autounfall zu sterben, als er zehn Jahre alt war. Wie er mit vierzehn aus dem Waisenhaus floh, sich auf der Pritsche eines Lastwagens versteckte, der nach Russland fuhr. Wie er in Moskau entdeckt wurde, wo Igor, ein Mann der Spedition, ihm zu seiner Überraschung Essen und einen Schlafplatz gab. Damals unwissend, dass Igor ein ehemaliger FSB-Mörder war und ihn in den Jahren nach seiner Ankunft ausbilden sollte. Igor behandelte Jacob wie einen Sohn. Er war stolz, dass jemand in seine Fußstapfen treten würde. Als Jacob Jahre später Igors Lust am Töten wahrnahm, brach er mit ihm.

Rahel hörte ihm zu und schien auf etwas zu warten. Er spürte plötzliche Schwere in seinem Körper. Er sah ein kurzes Lächeln in ihren Mundwinkeln, Verzweiflung in ihrem Blick und verlor wenige Sekunden später das Bewusstsein.

*

Eine Woche später, Friedhof Schosshalde, Bern

Der Regen hielt über viele Tage an. Die Luft hatte sich abgekühlt und kleine Dampfwolken entstiegen Rahels Mund, wenn sie ausatmete. Sie betrachtete die schlichte Inschrift auf der Tafel an Jacob Buchers Urnengrab ohne Regung.

»Sie haben vorgezogen, den Tod Ihres Vaters und Ihrer Schwester zu rächen, anstatt einen direkten Befehl von uns auszuführen«, vernahm sie eine dunkle Männerstimme, die sie nur zu gut kannte.

»Ich musste Prioritäten setzen«, antwortete Rahel kühl.

»Ich bewundere Ihre Kaltblütigkeit und Ihren Mut, kann aber Ihren Ungehorsam nicht akzeptieren«, stellte Aaron Lewinsky, Rahels Verbindungsmann vom Mossad in Bern, fest. »Sie hätten warten und Ihren Auftrag in Bern erst erledigen können, bevor Sie sich Bucher vornahmen.«

Rahel wandte sich um und blickte ihm direkt ins Gesicht. Wut lag in ihren Augen. »Sie waren es, der mir die Informationen über Bucher kurz vor meinem Auftrag in Bern gegeben hat! Dass er den Informanten des IS in Haifa getötet hatte und dadurch den Tod meines Vaters und meiner Schwester nicht verhinderte. Was glaubten Sie denn, was ich tun würde? Sie haben mir mit dieser Information keine Wahl gelassen! Es war meine Entscheidung, den Mann in Bern nicht zu töten, um endlich Rache an Jacob Bucher nehmen zu können.«

Aaron Lewinskys Gesicht zeigte keine Regung. »Warum haben Sie ihn mit Belladonna vergiftet?«

Die Bemerkung irritierte Rahel.

»Ein viel zu gnädiger Tod. So haben Sie sich um die Süße der Rache gebracht.«

»Rache schmeckt immer bitter«, sagte sie. »Woher haben Sie eigentlich die Information, dass Bucher und nicht jemand anderer der Auftragsmörder in Haifa war?«, wollte Rahel wissen.

Aaron Lewinsky schwieg.

»Nichts ist so, wie es scheint.« Enttäuschung lag in ihrer Stimme. Sein Schweigen bestätigte ihr, dass sie vom Mossad nur benutzt worden war. Sie fühlte sich schmutzig. »Mein Kapitel aus der Tora *Auge für Auge* habe ich geschlossen. Sie werden in Zukunft auf meine Dienste verzichten.«

»Das muss ich erst mit Tel Aviv klären.«

»Setzen Sie sich für mich ein«, bat sie leise.

»Ich werde sehen, was ich tun kann.«

*

Ein Jahr später, Café Tortoni, Buenos Aires, Argentinien

Rahel saß an ihrem Stammplatz im hinteren Bereich neben der Bar und streichelte ihren gewölbten Bauch. In wenigen Wochen erwartete sie die Geburt ihres Sohnes. Mit Genuss trank sie ihre Limonada con Menta und las *Wege zum Glück* des griechischen Philosophen Epikur, als sie unerwartet auf ihren Nacken geküsst wurde. Sie musste sich nicht umdrehen, da der Geruch den Mann verriet, der hinter ihr stand. Er streichelte ihren Bauch und setzte sich ihr gegenüber.

»Un café doble«, bestellte er beim Kellner an der Bar. »Du siehst wunderschön aus.«

»Ich sehe aus wie ein Fesselballon«, lachte Rahel und blickte in die Augen, die ihr Liebe offenbarten. Augen, die sich vor einem Jahr geschlossen hatten und sie in der Ungewissheit ließen, ob sie sich je wieder öffnen würden. Aber ihr Plan war aufgegangen. Alle hatten an seinen Tod geglaubt. Und niemand hatte etwas von seiner Auferstehung erfahren.

»Konntest du die Wohnung in San Isidro kaufen?«, fragte sie.

»Nein, aber eine kleine Hazienda mit Blick aufs Meer war zu haben.«

»Nein! Sag nicht …«

»Doch. Ich habe sie gekauft. Mit Holzveranda und Schaukelstuhl für dich«, lachte er.

»Du bist verrückt, Jacob!«

Er nahm ihre Hände und blickte ihr direkt in die Augen.

»Nein. Unser Plan war verrückt.«

»Du warst als Leiche sehr überzeugend«, lachte sie.

»Dank Mossad, der euch mit einer Ampulle Gift des Kugelfisches für den Fall der Fälle ausrüstet.«

»Du hättest sterben können«, sagte Rahel ernst. »Auch eine perfekte Dosierung des Gifts garantiert nie, dass ich dich hätte wiederbeleben können.«

»Ich hatte Angst, dass du mich nicht mehr zurückholen würdest. Aber ein Gutes hatte dieses Erlebnis: Der Tod macht mir keine Angst mehr«, sagte er nachdenklich.

»Aber du bist zurückgekommen. Der alte Dorfarzt von Grindelwald hatte keine Ahnung und unterschrieb ohne Zögern den Totenschein.«

»Und dann die Beerdigung meiner mit der Asche von zwei Hunden gefüllten Urne dank deiner Freundin, der Bestatterin. Sie war so hingerissen von deiner Geschichte über unsere Liebe ... einfach perfekt.«

»Haben wir unsere Spuren gut verwischt?«, fragte Rahel besorgt, nachdem sie einen Schluck von ihrer Zitronenlimonade trank.

»Wir sind offiziell als Bürger der Vereinigten Staaten registriert und ohne deren Wissen illegal nach Argentinien gereist«, beruhigte er sie.

»Manchmal fühle ich mich immer noch schmutzig. Lewinsky hatte mich belogen, um dich aus dem Weg zu schaffen, indem er mir erzählte, dass du ihren Informanten beseitigt hast.«

»Danke, dass du mir geglaubt hast. Igor war der Mörder in Haifa. Auch er hatte mich benutzt.«

Sie schwiegen eine Weile. Alles wirkte wie ein schon lang vergangener Traum.

»Wir haben bis jetzt überlebt«, brach Jacob das Schweigen. »Und das soll so bleiben. Hier.« Er holte zwei argentinische Pässe hervor. »Herr und Frau Hidalgo.«

»Oh, wir heißen nun *Adelsmann*«, sagte Rahel entzückt.

»Unsere Vornamen musste ich leider auch ändern.«

»Überrasche mich«, lachte sie.

»Deiner lautet Isabella und ich heiße Joaquín.«

»Isabella und Joaquín. Wunderbar!«

Der Kleine strampelte in ihrem Bauch. »Wie wäre es, unseren Jungen Jacob zu nennen?«, fragte sie.

Er nickte langsam. »Das wäre schön. Aber nur, wenn seine kleine Schwester Rahel heißt.«

Sie lächelte liebevoll. »So soll es sein.«

DIE ROTTE

(OBERBASELBIET)

BARBARA SALADIN

Nebel hing zwischen den Bäumen. Es schien, als sei der Wald in einen grauen Morgenmantel gehüllt, durch den nur zögerlich die ersten Sonnenstrahlen hindurchkamen. Wie eine eisige Patina hatte der Reif Kristalle an Blättern und Ästen hinterlassen – als erste Ankündigung auf den Winter und die damit ungemütlichen Monate voller Kälte und Entbehrungen. Ein Wildschwein mit grau melierten Borsten und beeindruckenden Hauern – ein Hüne von einem Tier – durchpflügte das Unterholz in der Nähe des Waldrandes nach Futter.

Das Rauschen der Autobahn unten im Tal, auf der die Lastwagen Waren von Deutschland nach Italien und von Chiasso nach Basel beförderten, legte einen Klangteppich über die Landschaft, der so gar nicht zur ländlichen Idylle in den herbstlichen Hügeln des Baselbieter Faltenjuras passte.

Ebenfalls unpassend war der Lauf einer Flinte, der aus einem mit Tarnnetzen verhängten Jagdhochsitz lugte. Den Jäger, der die Flinte in den Händen hielt, überwältigte Freude, als er das nach Nahrung wühlende Wildschwein erblickte. Er legte an und zielte. Bemühte sich, seine innere Anspannung nicht auf die Hände zu übertragen. Als der Schuss die Morgenidylle zerriss, der stolze Keiler aufschrie und nach ein paar Metern Flucht in sich zusammensackte, wusste der Jäger: Er hatte es geschafft. Die Jagdgöttin Diana war ihm wieder hold. Noch bevor die Helfer der Treibjagd, die an jenem Novembervormittag stattfand, auch nur rufend und an Baumstämme schlagend in seine Nähe gekommen waren, hatte er schon die erste Sau erlegt. Und was für eine.

Als die Männer der Jagdgesellschaft gegen Abend vor ihrer Hütte zusammenstanden und die erlegten Tiere in der Jagdstrecke am Boden aufgereiht lagen, erklangen die Jagdhörner. Die Hunde heulten zu den Tönen aus den althergebrachten Blasinstrumenten. »Sau tot, Sau tot, Halali!«

Nach der musikalischen Ehrerweisung aus Jagdhörnern und Hundegeheul folgte für die Jäger der gemütliche Teil. Zum Aser setzten sie sich ums warme Lagerfeuer vor der Hütte, während die Kadaver der erlegten Tiere auf ihrer Unterlage aus Tannästen allmählich erkalteten.

»Die haben Franz umgebracht!«

Josephines Stimme versagte. Jenseits des ausgelassenen Gelächters der Jägerschaft verbargen sich zwei junge Wildschweine hinter dem dicken Stamm einer Buche und zitterten. Sie trauten ihren Augen kaum. Wegen der Treibjagd hatten sie sich den ganzen Tag angsterfüllt in einem Dickicht versteckt, und als die Luft wieder rein war, hatten sie sich entgegen aller Warnungen der Leitbache unbemerkt von der Rotte entfernt. Der Appetit hatte gesiegt, und sie waren dem betörenden Duft von im Boden verborgenen Warzigen Hirschtrüffeln gefolgt.

Doch dann hatte ein anderer Geruch ihre Neugierde geweckt. Der Geruch nach Hundehaaren, Menschenschweiß und frischem Blut. Das kannten sie in dieser Kombination nicht. Und sie fanden sich unversehens an diesem Ort des Grauens wieder.

»Franz ist tot«, schluchzte Josephine wieder.

»Pst«, raunte ihr Bruder Vito, dem ebenfalls der Schreck in den Gliedern steckte, »wenn sie uns hören, sind wir's auch.«

»Meinst du, diese Mörder machen auch vor Frischlingen nicht Halt?«

Vitos Antwort blieb aus. Er wusste es schlicht nicht. Die jungen Wildschweine dachten an die unermüdlichen Warnungen der Mutter vor den Menschen, welchen sie bisher keine große Beachtung geschenkt hatten. Mütter warnten ja ständig vor irgendwas. Aber das hier, das war viel schlimmer als alle apokalyptischen Offenbarungen der Leitbache.

So schnell sie konnten, rannten die beiden Frischlinge zurück zu ihrer Rotte und berichteten ihren Familienmitgliedern atemlos, was sie gesehen hatten: Franz, der stolze Keiler und unbestrittene Herrscher des Waldes, war den Menschen zum Opfer gefallen. Von dem ebenso legendären wie sagenumwobenen einsamen Wolf im Schweinepelz stammte ein Großteil des Schwarzwilds in einem weiten Umkreis ab. Ausgerechnet Franz war das Ziel der Mörderbande geworden!

»Wir müssen sie stoppen«, sagte die halbwüchsige Wanda und schnaubte demonstrativ.

»Wie sollen wir das tun?«, fragte der kleine Vito. Mit seiner Frage schien er eine innere Schleuse zu öffnen. Die Rotte löste sich aus ihrer Schockstarre, und die Wildschweine grunzten wild durcheinander.

»Mit Zurückschlagen natürlich!«

»Es bleibt uns wohl nur die Flucht. Adieu, oh du mein liebes Vaterland.«

»Wir geben sicher nicht auf. Wir melden das der Kantonspolizei. Verhaftet werden sollen sie! Das war Mord!«

»Träumer! Sie nennen es Jagdglück, nicht Mord.«

Das wiederum konnte Balduin, der die Polizei ins Spiel gebracht hatte, nicht glauben. »Aber dürfen die das? Wir wollen auch leben. Das ist doch eine Schweinerei!«, rief er entrüstet. Da wurde es augenblicklich still. Totenstill. Nur das Schnauben der aufgebrachten Schwarzkittel war zu hören, der Wind in den farbigen Herbstblättern und das weit entfernte Rauschen der Autobahn.

»Nimm dieses Wort nie mehr ins Maul!« Die Augen von Alma, der Leitbache, blitzten böse, als sie die Stille mit messerscharfer Stimme zerschnitt. »Pass deine Sprache an, Bürschchen. Das ist keine Schweinerei, das ist höchstens eine Menscherei! Und leider dürfen sie das, denn wir sind *nur* Schweine.«

Vor ihren klaren Worten duckte sich Balduin, als seien es Schläge gewesen. Er war ein junges Schwein, das einem Techtelmechtel des alten, omnipotenten Franz mit einem freilaufenden Wollschwein auf einem benachbarten Bauernhof entsprungen war und sich in seiner Sturm-und-Drang-Zeit der Wildschweinrotte angeschlossen hatte. Eigentlich hätte er als junger Keiler die Familienrotte mittlerweile verlassen müssen, aber weil er so unerfahren war und in seiner Blauäugigkeit sofort unter die Hauer gekommen wäre, hatte die Leitbache Alma bisher davon abgesehen, ihn auszustoßen. Schon oft hatte sie ihm klarzumachen versucht, dass seine Geschwister in der Zwischenzeit alle zu Filet, Wurst und Haxen verarbeitet waren. Allerdings vergeblich. Denn Balduin blieb naiv und wollte einfach nicht wahrhaben, dass der Mensch als solches, dessen einzigen Vertreter er nur mit Futtereimer kennengelernt hatte, es mit Schweinen nicht gut meinte.

»Aber darf man uns einfach so abknallen, ohne dass es als kriminelle Tat gebrandmarkt wird?«, hakte er nach. Er wirkte durch Alma Maters Schneid in der Stimme allerdings sichtlich eingeschüchtert.

»Du erwartest Hilfe von den Menschen? Es ist nicht nur keine kriminelle Tat, dass die Jäger unseren Franz getötet haben, sondern sie haben damit sogar ihre Pflicht erfüllt! Ich habe gehört, dass der Kanton jedes Jahr festlegt, wie viele von uns getötet werden müssen. Sonst zahlen die Jäger Strafe. Kontingent nennen die das. Eine teuflische Sache, aber ich glaube, dass das wahr ist. Darum sind die Waidmänner immer so erleichtert, wenn sie einen von uns kriegen.«

»Also ist nicht nur der einzelne Jäger das Problem, sondern das System!«, triumphierte Wanda.

»Aber der Mensch ist der, der abdrückt«, präzisierte Alma.

Der Rest der Rotte schwieg.

Irgendwann beendete Josephine mit einer zaghaften Frage die Stille: »Müssen wir uns das gefallen lassen?«

*

Als an diesem Herbstabend die Dunkelheit den Wald in Beschlag genommen hatte, Franz' verwertbare Überreste in eine Wildwanne gehievt worden und die Jäger in ihren Autos mit Vierradantrieb längst nach Hause gefahren waren, streckte der Nebel wieder langsam seine Finger zwischen den Bäumen aus. Er schluckte nicht nur das Licht, sondern auch die Geräusche. Aber es war sowieso kein menschliches Ohr mehr da, das hätte wahrnehmen können, wie ein paar Dutzend Schweinehufe zum Platz vor der Jagdhütte trippelten. Die Kommunikation zwischen den Tieren lief in leisem Grunzen ab. Dann war ein Scharren zu hören, zwei- oder dreimal lautes Quietschen, und schließlich entfernten sich die paar Dutzend Schweinehufe schleunigst in Richtung Dickicht.

Wenig später vermischte sich der Nebel mit etwas Weißgrauem: mit Rauch. Die Glut des von den Jägern verlassenen Lagerfeuers, die ein paar ganz kühne Wildschweine mit gezielten Huftritten in Richtung Jagdhütte gekickt hatten, war im trockenen Laub am Fuß der Holzverkleidung der Hütte gelandet, und das Feuer breitete sich schnell aus. Dennoch dauerte es mehr als eine halbe Stunde, bis der Feuerschein über dem Wald durch den inzwischen etwas gelichteten Nebel unten im Dorf wahrgenommen wurde, ein zufälliger Beobachter eins und eins zusammenzählte und die Feuerwehr rief. Bis die Männer der Verbundfeuerwehr mit ihren schweren Fahrzeugen über die schmalen Wege die Jagdhütte erreicht hatten, war nicht mehr viel davon übrig. Es brauchte beinahe den Inhalt des kompletten Tanklöschfahrzeugs, bis die verkohlten Reste der Hütte nicht mehr qualmten und dampften.

*

»Das war saugut«, lobte Alma am nächsten Tag ihre Rotte. Die Jagdhütte sei weg, die Jäger ihrer Basis im Wald beraubt, und mit Garantie würde nie jemand auf die Idee kommen, dass es vorsätzliche Brandstiftung war. Allerdings warnte

Alma gleichzeitig vor allzu früher Euphorie: »Meine liebe Rotte, das war erst der Anfang.«

Denn die Wut der Wildschweine war noch nicht verflogen. Und zu diesem inneren Zorn und der Erkenntnis, dass sie viel mehr erreichen konnten, als sie eigentlich gedacht hätten, gesellte sich wilde Entschlossenheit. Ab jetzt würden sie nicht nur dafür sorgen, dass es für die Jäger mit der Gemütlichkeit im Wald vorbei wäre: Sie würden auch den anderen Menschen, die ihnen schon lange das Leben schwer machten, das Fürchten lehren. Ab sofort wollten die Wildschweine für alle Menschen die weißen Haie des Waldes werden.

Für jene, die zu jeder Tages- und Nachtzeit quer durch den Wald joggten und die Rotte regelmäßig erschreckten.

Für jene, die ihre Hunde ohne Leine laufen ließen, damit diese die Rotte störten, ihre übel riechenden Ausscheidungen überall hinterließen und ihre Schnüffelnasen ständig in fremde Angelegenheiten steckten.

Für jene, die mit ihren Mountainbikes durch den Wald kurvten – und dabei nicht mal mehr ins Schwitzen gerieten, weil sie sich statt der eigenen Muskelkraft elektrischer Motoren bedienten.

Für jene, die überall Feuer machten, ohne Rücksicht auf die Tiere und Pflanzen, und die nach ihren Gelagen den Abfall im Wald liegen ließen.

Für jene, die aus sportlichen, spirituellen oder aus anderen für die Schweine nicht nachvollziehbaren Gründen den Wald in Beschlag nahmen und Hausfriedensbruch begingen an dem Lebensraum, der eigentlich dem Wild zustand.

Für jene, die zweimal im Jahr – einmal im Sommer und einmal im Winter – Weltuntergang spielten und so viele beängstigende Farbblitze und ohrenbetäubende Kracher in den Nachthimmel schickten, dass die Rotte jedes Mal mehrere Tage brauchte, um sich von dem Stress zu erholen und das Vertrauen in die Welt wiederzugewinnen.

Während ihrer Besprechung wurden die Stimmen der einzelnen Wildschweine immer lauter, und jeder hatte noch ein weiteres Beispiel, das aufzeigte, wie schändlich sich die Menschen verhielten. Die Stimmung kochte, bis einzelne schließlich so laut und aufgebracht quietschten und grunzten, dass Alma Mater sich um die Sicherheit der Rotte zu fürchten begann und zur Ruhe mahnte.

*

In den nächsten Tagen veränderte sich der Wald unmerklich. Aber nicht nur weil die Blätter immer bunter wurden und die Nächte immer kälter, sondern es braute sich, für die menschlichen Bewohner der Region vorerst nicht wahrnehmbar, etwas zusammen.

Als der erste Jogger kurz darauf unversehens Aug in Aug vor einem finster grunzenden Wildschwein stand, erschrak er fast zu Tode und legte völlig ungeplant einen neuen Streckenrekord hin. Abends erzählte er sein Erlebnis im Turnverein.

Auch Mountainbiker bekamen es in den nächsten Tagen mit der Angst zu tun, als gleich neben der Schanze ihres Trails der braune, mächtige Kopf eines Wildschweins das Dickicht durchbrach. Und das nicht nur einmal, sondern immer wieder. Schreck des Lebens folgte auf Schreck des Lebens. Zuerst waren es nur Stürze mit unerheblichen Verletzungsbildern, aber als ein Unfall zu einem schweren Schädel-Hirn-Trauma und einem komplizierten Einsatz der Rega mit Seilwinde zwischen den Baumkronen führte, schenkte man der mysteriösen Unfallserie allmählich Beachtung. Doch noch glaubte kaum jemand den Gestürzten, wenn diese von einem plötzlich auftretenden, grunzenden Monster faselten.

Erst als die Kunde von den aggressiven Wildschweinen das Internet erreichte und jemand in einem Forum die Frage aufwarf, ob das Gerücht stimme, dass Wildschweine als Fleischfresser wohl auch frisches Menschenfleisch nicht verschmähten, interessierten sich die Medien dafür. Bereits ein Beinbruch und eine Oberarmfraktur später drangen die ersten Zeugenaussagen an die Boulevardpresse, zusammen mit der Menschenfresser-Theorie, und die neue Schlagzeile war geboren: »Lebensgefahr durch Baselbieter Terrorschweine!«

Die Behörden in Liestal, inklusive der Kantonstierarzt, das Amt für Wald und der Bevölkerungsschutz sahen sich gezwungen, tätig zu werden.

*

»Wow, seht mal: nur unseretwegen!«, rief die kleine Josephine, als sie neben den Schaulustigen, die seit den ersten Medienberichten in den Wald strömten, auch ein Patrouillenfahrzeug der Polizei erblickte. »Jetzt sind wir voll die Gangstabande, ey!«

Roswitha, eine der letztjährigen Bachen, gab etwas ungehalten zurück: »Gangstas sind asoziale Kriminelle, die reich werden wollen. Wir wollen nur genug zu fressen und unseren Frieden. Aber als Outlaws werden wir trotzdem behandelt. Sonst würde Franz noch leben.«

»Wenn ich eine große Bache bin, werde ich trotzdem Gangstabraut!«, trotzte Josephine, worauf Roswitha zurückgab: »Du bist aber keine Bache. Du bist höchstens ein Bacheli.«

Die Zahl der Verletzten stieg. Die Zahl der Schaulustigen ebenfalls.

Selbstredend erhöhte der Kanton die Jagdkontingente, und eine dringende Interpellation im Landrat forderte eine Aufstockung der Jägerschaft, um der »lebensgefährlichen Wildschweinplage entgegenzutreten«. Das Problem: Ein Jäger ist kein Arbeitnehmer, den man bei Bedarf einstellen kann, sondern er übt die Tätigkeit in seiner Freizeit aus, bezahlt dafür Pacht und muss erst eine Prüfung ablegen, bevor er überhaupt beginnen kann. Um also keine Zeit zu verlieren, wurde darüber debattiert, ob Schützenvereine, das Grenzwachtcorps oder sogar das Militär den überforderten Waidmännern zur Seite gestellt werden sollte. Immerhin waren diese bereits bewaffnet.

Derweil strömten die Schaulustigen in den Baselbieter Faltenjura. Das gesteigerte Interesse der Bevölkerung an ihrem Wald überforderte die Wildschweine zunehmend. Sie waren davon ausgegangen, dass die Menschen ihr Gebiet aufgrund ihrer Attacken angsterfüllt meiden würden, doch das Gegenteil trat ein, und die Schwarzkittel kamen noch weniger zur Ruhe. Die Zahl der menschlichen Störenfriede stieg und stieg. Selbst ernannte Leserreporter pirschten durchs Unterholz, hysterisch kichernde Teenies wuselten über die Waldwege auf der Suche nach dem ultimativen Horrorkick, immer mit ihrem Smartphone in der Hand. Neugierige belagerten die Jägerhochsitze, Tierfreunde rückten zur Beschützung der »härzigen

Söili« aus, und hordenweise Tierfotografen brachten ihre tarnfarbenen Riesenobjektive in Stellung.

Die Sache entglitt den Schweinen. Und den Behörden. Denn während die Kantonsregierung eindringliche Warnungen publizierte und die Menschen aufforderte, den Wald zu meiden, dachten diese nicht im Traum daran. Es waren sogar Leute im Wald anzutreffen, die wohl schon den Stadtpark als Dschungel betrachteten und der Meinung waren, sobald drei Bäume ungeordnet beieinanderstanden, handle es sich um unberührte Natur.

Während also Schaulustige die Zufahrtsstraßen zum Wald verstopften und Frauen mit ihren High Heels im Matsch stecken blieben, überlegten sich selbst ernannte Experten im Internet bereits, ob die außergewöhnliche Aggressivität der Wildschweine nicht noch einen ganz anderen Grund haben könnte. Eine Genveränderung zum Beispiel. Oder der Einfluss von im Geheimen aufgestellten 5G-Antennen. Oder ein bisher unbekanntes, neues Virus – damit hatte die Welt ja erst gerade mehr Erfahrungen gesammelt, als ihr lieb war. War das Virus vielleicht mutiert und hatte die Wildschweine befallen? Oder waren die Tiere tollwütig? Oder gar Reptiloiden?

*

»Die Dummheit der Menschen ist grenzenlos«, konstatierte Alma Mater eines Abends. Sie nahm eine gewisse Müdigkeit bei ihrer Rotte wahr. 52 Verletzte und noch immer keine Ruhe … Darum beschloss man, einen Gang hochzuschalten. Denn Schweine sind lernfähig, und sie sahen ein, dass die Menschen sich an das mittlerweile verhängte behördliche Begehungsverbot des Waldes wohl nur hielten, wenn es keinen Grund mehr gab, zu ihnen zu pilgern. Zum Beispiel mittels Expansion des Terrorgedankens dank internationaler Solidarität unter Schweinen.

So breitete sich die neue Aggressivität der Wildschweine einem Flächenbrand gleich vom Baselbieter Jura zuerst übers Mittelland und dann über den Schwarzwald aus und zog schnell immer weitere Kreise.

Wie ein hoch ansteckendes Virus wanderte das neue Verhalten über den Erdball, was sich kein Biologe erklären und keine Polizei verhindern konnte. Wildschweine übernahmen das Kommando in Berliner Stadtparks ebenso wie in den weiten Wäldern der Tundra und rissen die Macht genauso im Australischen Busch an sich und sogar im Central Park in New York. Die Menschen brauchten eine Weile, bis sie begriffen, dass sie nicht mehr das globale Alphatier waren. Sondern dass die Erde fortan von Terrorschweinen regiert wurde.

Die Rotte im Baselbieter Jura aber konnte endlich wieder zur Ruhe kommen und wurde nicht mehr von Besucherscharen belästigt. Die Schaulustigen waren aus dem Wald verschwunden. Wieso sollten sie auch noch kommen? Mittlerweile waren überall Wildschweine anzutreffen, also auch in Siedlungen, Gärten, Freibädern und auf Kindergartenspielplätzen.

Und wenn sich die Dämonen erst einmal im eigenen Haus ausgebreitet haben, braucht man nicht mehr mit der Geisterbahn zu fahren.

DER RHEIN IN BASEL

WOLFGANG BORTLIK

1

»Sehen Sie, Stutz, Basel hat keinen See, aber einen Fluss.
Einen Strom. Eine Wassermasse fließt durch die Stadt, teilt
sie, verbindet sie aber auch. Der Rhein, der siebtlängste
Fluss Europas, gut 1.230 Kilometer lang, wenn ich mich
nicht irre.«

Der Kriminalkommissär Jeremias Weiss stand mit seinem Untergebenen, Korporal Stutz Marcel, bei den Anle-
gestellen im St.-Johann-Quartier, dort, wo vor der Pandemie immer die weißen Hotelschiffe für die Gäste der
Kunst- und Schmuckmessen angelegt hatten. Tempi pas-
sati.

»Die große Gewässerfrage: See oder Fluss? Was dient
dem Volke mehr? Was ladet mehr zum Baden ein, wenn
es im Sommer immer heißer wird? Was hat mehr Wir-

kung auf die Psyche der Menschen? Der See ist zweifelsohne schön, aber der Fluss ist auch nicht zu verachten.«

Der Kommissär schien eher mit sich selbst zu reden als mit dem Korporal. Der scharrte unlustig mit den Füßen im schmalen Grünsteifen zwischen den Betonblöcken, die hier das Rheinufer bildeten. Sachdienlich war der Weiss'sche Monolog mitnichten.

»Der Fluss steht nicht so bretterbreit und selbstvergessen als Gletscherkloake in der Landschaft herum, sondern ist immerdar auf dem Weg. Im Fluss sozusagen. Das ist schon eine Dynamik, die auch zur geistigen Beweglichkeit bei den Menschen an seinen Ufern führen kann. Wäre jedenfalls möglich.«

So sprach der Kommissär Jeremias Weiss, und sein Korporal verstand nicht ganz, um was es ging. Für ihn schien der Weiss eh in letzter Zeit immer mehr in ein ganz eigenes Nirwana abzudriften.

»Der Fluss ist wild, rebellisch, lässt sich öfters nicht leicht zähmen, überbordet. Der See liegt da, verzärtelt, lässt sich benutzen, schänden gar, erscheint wie ein Luxusobjekt.«

Es war, als ob der Kommissär mehr mit dem Rhein zu seinen Füßen sprechen würde als mit seinem Gehülfen neben ihm. Der Fluss selbst hörte diese Aussage selbstverständlich auch, und ein leises Murmeln im Wasser, ein leichter Wellenschlag ans Ufer zeigte sein grundsätzliches Einverständnis mit diesen Aussagen. Leider unverständlich für die Menschen, die da an seinem Rand standen. Zwar ahnte der Kommissär etwas. Er unterhielt sich oft mit dem Rhein, wenn er ihn auf seinem Arbeitsweg vom Klein- ins Grossbasel überquerte. Sie waren sozusagen alte Bekannte.

Stutz Marcel hingegen verfluchte heimlich seinen Chef, weil der immer so gestelzt daherredete. Das musste man doch nicht so raushängen lassen, diese Überlegenheit mit dem Wort, mit dem Intellekt oder wie das hieß. Er war ja eh schon sein Chef, der Weiss, das reichte doch vollkommen.

»Also, Stutz, aufgemerkt, so schleppt der Rhein beispielsweise seit Jahrhunderten all das weg, was ihm von der Stadt Basel anvertraut wird: Abfall, Unschlitt, Fäkalien, Gift, Mist, Dreck, Schweinereien, Überflüssiges, kleine und große Sorgen.«

Der Korporal der Kriminalpolizei nickte brav, dachte aber, dass die Aufzählung des Kommissärs nicht vollständig war. Er hatte etwas Wichtiges vergessen: die Toten. Auch Leichen transportierte der Rhein weg, Verblichene, die spätestens in den Rechen des nahen elsässischen Flusskraftwerks Kembs landeten. Tollkühne Brückenspringer, Herzattackenopfer, Selbstmörder und möglicherweise auch die eine oder der andere Ermordete.

So wie der Regierungsrat Köpfer, der vor Kurzem im Elsass sozusagen vom Metall gekratzt worden war. Aufsehenerregender Fall. Man ging zuerst von einem tragischen Unfall aus, bevor einen Tag später die Gerüchte über einen möglichen Selbstmord auftauchten. Köpfer, Mitglied der bürgerlichen Minderheit im Regierungsrat des Kantons Basel-Stadt, war bekannt dafür, dass er sich gerne als Siebesiech in der Öffentlichkeit zeigte, publikumswirksam, sei es an der Fasnacht, im Stadion des FC Basel, an der »Art«, bei der Herbstmesse, an allerhand Eröffnungen, Vernissagen und Preisverleihungen. Köpfer, körperlich etwas kurz geraten, gab im Frühsommer stets auch den furchtlosen Rheinschwimmer, er war einer der ersten, der sich ins kühle Nass wagte. Diesen Sommer hatte er noch für die willfährigen Medien Modell gestanden und herumplagiert, dass er im Zeichen des Corona-Virus während der Ferien selbstverständlich und vollständig in der schönen Stadt Basel bleiben würde, logisch. Nur um kurz darauf dann doch noch drei Wochen in seinem Ferienhaus an der ligurischen Küste zu verbringen. Aber egal.

Nun, Anfang November, war Köpfer, Vorsteher Bau- und Verkehrsdepartement, politisch mehr oder weniger gescheitert. Er war im ersten Wahlgang der Basler Regierungsratswahlen nicht durchgekommen. Schlimmer noch, er war nur an neunter Stelle gelandet bei den Wahlen für die sieben Stadtminister*innen. Für den zweiten Wahlgang hatte er jedenfalls ganz schlechte Karten.

Sein Tätigkeitsbereich war allerdings auch ein schwieriger. In Basel tobten heftige Gefechte um die Rolle des motorisierten Individualverkehrs. Kurz zusammengefasst: Die Linken und Grünen wollten Parkplätze aufheben, vielleicht sogar ein Road Pricing oder andere Zwangsmaßnahmen gegen das Auto an und für sich einführen. Dagegen liefen die Klein- und Großbürgerlichen Sturm. Köpfer war stets zwischen Hammer und Amboss gestanden. Die Linken und Grünen hatten bis anhin die Mehrheit im Regierungsrat gehabt.

Anyway, nun war der Verkehrsminister tot.

Und Korporal Stutz Marcel musste hier auf einem feuchten Grasstreifen am Rheinufer herumstiefeln und nach irgendwelchen Hinweisen und Spuren suchen.

2

Eigentlich war der Fall des toten Regierungsrats nicht mehr so heiß, bis die Gerichtsmedizin doch noch mit einer Entdeckung daherkam. Das war jetzt nicht so in Basel, dass eine auserwählte Schar attraktiver Damen und Herren mit spezialwissenschaftlichen Qualifikationen aus einem Wollfaden und einem Hämatom am Opfer den gesamten Tathergang rekonstruieren konnte, so wie es amigs im Fernsehen zu sehen war. Aber man hatte genauer hingesehen und bei der Untersuchung von Köpfers Leiche in seinem After ein Stück Holz entdeckt. Glatt, entrindet. Rätselhafte Sache. Wo hatte sich der Köpfer diese Pfählung zugezogen? Vielleicht hatte ihn im Wasser ein Baum bestiegen, dachte der Kommissär ganz spontan.

»War es ein Unfall, war es ein Selbstmord, war es gar ein Mord? Los, Stutz, jetzt lassen Sie mal die Fantasie spielen, werfen Sie Ihre Imagination an und nicht die Harley-Davidson.«

Korporal Stutz Marcel, aufstrebender und durchaus auch fescher Kriminaler im Dienste der Basler Staatsanwaltschaft, tippte immer noch auf Selbstmord. Kein Zweifel, der Regierungsrat hatte die Schmach nicht ausgehalten. Er, der sich so verdienstvoll gegen alle grünen Anliegen gewehrt und dem Verbrennungsmotor den ihm zustehenden Platz im städtischen Gemeinwesen hatte sichern wollen, war jämmerlich gescheitert, auch an Gender und linkem Gesäusel. Stutz Marcel konnte die Enttäuschung des Politikers direkt nachvollziehen. Wenn er mit seiner schweren Harley herumkurvte und sich dabei als der Besondere empfand, der er nun einfach auch war, so spuckte er auf die grünen und linken Grasfresser, denen der blanke Neid im Gesicht geschrieben stand und die einem daher einfach alles vermiesen wollten.

»Denken Sie an das Stück Holz in seinem Anus, Stutz. Wo kommt es her, wie und warum kommt es da rein, ähem?«

»Herrje, heißt das, dass wir jetzt noch einmal ermitteln müssen, vor Ort nach Holz suchen und so? Aber Chef, das ist doch schon viel zu lange her, da gibt es sicher keine Spuren mehr.«

Ihnen blieben darüber hinaus auch noch einige Augenzeugenberichte. Ein gutes Dutzend Personen hatte sich gemeldet. An allen möglichen Uferabschnitten des Rheins wollten diese etwas Verdächtiges gesehen oder gehört haben. Die meisten waren wie immer Plagöri und Dummschwätzer. Aber da meinte einer, am betreffenden Abend ein Paar bemerkt zu haben. Er sei mit dem Hund am Grossbasler Rheinufer im St. Johann unterwegs gewesen, etwa um 23 Uhr, auf Höhe der Büros der weltberühmten Architekten Herzog und De Meuron. Da habe er erregte Stimmen eines Streits gehört und dann ein Platschen wie von einem Sprung ins Wasser.

So richtig gesehen hatte der Zeuge nichts, die Nacht war düster, dunstig, dunkel und diesig gewesen. Er war also in diesem Sinne kein Augenzeuge, sondern eher ein Ohrenzeuge. So meinte der Hundeausführer, dass eine der erregten Stimmen sicherlich die einer Frau gewesen sei. Der Hund habe ihn aber hurtig vom Ort des Geschehens weggezogen.

Am Untergang Köpfers war also möglicherweise eine Frau beteiligt gewesen. Deswegen standen sie nun hier am ehemaligen Schiffsanlegeplatz St. Johann, der so verlassen wirkte wie der Mond. Der Kommissär und sein Korporal. Der hatte mit Erlaubnis seines Chefs mit der Harley hierherfahren dürfen und sie brav am St. Johanns-Tor abgestellt.

»Stutz, Sie Pflock, jetzt geben Sie sich wenigstens den Anstrich, seriös nach etwas zu suchen. Wir haben doch sonst nichts. Außer der These vom Selbstmord aus politischer Enttäuschung. Das halte ich für totalen Bockmist. Also los, los, los! Am Nachmittag treffe ich noch die trauernde Witwe. Vielleicht werde ich dort noch etwas erfahren.«

3

Der Rhein seinerseits floss unterdessen einfach weiter, wie schon immer und ewig. Er zog geduldig am Münsterfelsen vorbei und dachte an die Kelten und Römer, die er an seinem linken Ufer herumwuseln gesehen hatte. Er dachte an Friedrich Nietzsche und Jacob Burckhardt, die vor über 150 Jahren als Professoren an der hiesigen Universität an seinem rechten Gestade von Grenzach her äußerst betrunken zurück nach Basel gewandert, nein, gewankt waren.

Der Rhein erinnerte sich auch an das Gift, das 1986 bei einer Chemiekatastrophe in ihn hineingeflossen war, was ihn fast das Leben gekostet hatte. Und er sah es genau vor sich dank seines Kurzzeitgedächtnisses, wie der Regierungsrat Köpfer mit einem überraschten Laut in ihn gestürzt war, eben auf der Höhe des Schiffsanlegeplatzes St. Johann. Dort hatten sich Baumstämme vom letzten Hochwasser her in den zur Befestigung dienenden Eisenketten verfangen. Seither benutzten Kormorane das Schwemmholz als Stützpunkt. Auf einen Stamm war der Menschenkörper, also dieser Köpfer, rücklings, nein, ärschlings hingeknallt und hängen geblieben, kurz nur, wie um die Wassertemperatur zu prüfen, dann war er mit der Strömung gegangen, dahingeflossen, losgelöst von allem Irdischen, bis endgültig alles Leben aus ihm verschwunden war.

Der Rhein hatte das auf seine Art deutlich gesehen, erlebt, aber er konnte sich ja nicht mitteilen, nicht einmal dieser Kommissär, der ihm fast jeden Morgen seine Grüße schickte, verstand die Wassersprache.

4

Jeremias Weiss hatte beim Lokaltermin gleich zwei Baumstämme gesehen, die sich in den Trossen der Schiffsanlegestelle St. Johann verfangen hatten. Da wusste er sofort, dass der Köpfer genau hier hinterrücks ins Wasser beziehungsweise auf einen der Stämme gestürzt war und sich so das Astholz in seinem Arsch zugezogen hatte. Der Hörzeuge hatte recht.

Jetzt war gerade ein Kormoran auf dem Holz gelandet und spreizte prächtig sein Gefieder und tat schön. Zur Nachtzeit fasst der Kormoran zu gern die Kormoranin an, schoss es dem Kommissär durch den Kopf.

Des Kommissärs Gehülfe stapfte mit seinen teuren Motorradstiefeln am Ufer herum, sah und hörte nichts und stöhnte genervt.

»Wir müssen diese Baumstämme bergen, Stutz, hallo, Beweismaterial. Ich veranlasse das. Sie müssen sich nicht bemühen. Der Köpfer ist hier ins Wasser gegangen oder gefallen. Ich gehe jetzt zur Witwe, und nein, Sie müssen nicht mitkommen. Schauen Sie sich noch ein bisschen um, ob es Spuren gibt, vielleicht finden Sie noch was. Ansonsten können Sie abrauschen.«

Stutz Marcel sah dem in Richtung Johanniterbrücke gehenden Kommissär nach, tippte sich kurz an die Stirn und lief noch einmal pro forma am Ufer entlang und inspizierte den schmalen Grünstreifen.

Der Rhein beobachtete mit Abertausend Augen den Polizeikorporal, der so tat, als suchte er etwas. Wie als kleine Warnung sandte der Fluss eine Welle hoch, die vorwitzig über die Füße des Bullen leckte.

Der stolperte fluchend zurück, hüpfte ungeschickt herum und trollte sich dann.

5

Der Kommissär wurde von der trauernden Witwe empfangen. Sie war eine kleine, blasse, hübsche Frau in seinem Alter. Sorgfältig blond. Sie sah ihn angstvoll an. In Weiss erwachten Gefühle. Er glaubte felsenfest an das Konzept der Liebe auf den ersten Blick. Den zweiten Blick hatten seine bisherigen beiden Ehen nicht überstanden. Aber egal. Tränenumflort hörte ihm die Witwe zu, als er sie nach Feinden des dahingegangenen Gatten fragte. Sie habe keine Ahnung, meinte sie, niemand habe ihren Mann so gehasst, dass er ihn gleich umgebracht hätte.

Weiss sah den schmalen, kleinen Mund von Eliane Köpfer, dem diese Worte leise, aber schön moduliert entwichen. Hinter diesen Worten steckte noch etwas anderes. Im Kommissär britzelte und brodelte es, Funken sprühten, wie immer, wenn er zu viele zweideutige Signale empfing. Er starrte auf die kleinen Füße der Köpferin, die in Flip-Flops ein Schrittchen vor und wieder zurück trippelten. Sie hatte griechische, nein, keltische Füße, der zweite und der dritte Zeh waren länger als der große. Wollüstige Begeisterung rauschte in Weiss auf. In ihm erwachten endgültig die Löwen der Liebe, nein, halt, eher lebhafte Luchse. Doch auch die Liebeswand, die sich um Weiss aufbaute, hielt den gleißenden Blitz der Erkenntnis nicht auf. Frau Köpfer log. Sie log wie gedruckt. Es war vor allem sie, die ihren Mann gehasst hatte. Der Kommissär konnte es mit der Hellsichtigkeit des bedingungslos Liebenden erkennen.

Selbstverständlich erzählte er der plötzlichen Witwe nichts vom Holz im Arsch des Toten. Er musste sie gar nichts mehr fragen. Es war alles so klar für den Kommissär. Das Objekt seiner Begierde war betrogen worden. Eliane Köpfer hatte ihren Mann abgepasst, als er aus der Wohnung ihrer Nebenbuhlerin im St. Johann gekommen war. Er war vor ihr ans Rheinufer geflüchtet, konfliktscheu, wie diese politischen Entscheidungsträger nun einmal waren. Dort hatte ihn seine schwache, kleine Frau nach einer lautstarken Auseinandersetzung wütend von sich gestoßen, er war ins Wasser gefallen, und sie war, ohne sich umzudrehen, davongerannt.

Weiss sah sie an. In ihm brachen alle Dämme, die Luchse in ihm liebten, litten und lachten. Ach, Eliane!

Der Rhein, über den der Kommissär gänzlich weltabgewandt nach Hause stolperte, hätte statt der Luchse wohl eher von den Lachsen der Liebe lamentiert, die sich voll Lust und Leidenschaft über die Lachsleiter flussaufwärts lenkten. Oder zumindest so ähnlich. Der Fluss stand immer auf der Seite der Liebenden. Der Kommissär war einer von ihnen.

Die Frau, in die er sich hemmungslos verknallt hatte, war in den mehr oder weniger gewaltsamen Tod ihres Ehemanns involviert. Kaum zu Hause, stürzte sich Weiss auf die fast noch volle Flasche »Writer's Tears«, die er aus Dublin mitgebracht hatte.

6

Korporal Stutz Marcel wunderte sich über das beharrliche Schweigen des Chefs. Sie hatten herausgefunden, dass der Fall Köpfer eher kein Suizid gewesen war. Aufrecht auch im Tode, der Mann. Hingerichtet von der grünen Mafia. Stutz war gespannt, was die Untersuchung des Schwemmholzes ergeben hatte. Er tanzte um seinen Chef herum. Der bat ihn, leiser zu sprechen, er habe grausames Kopfweh.

Ach so, die Bäume im Wasser, ach ja, es sei nicht mehr nötig, die zu examinieren. Der Köpfer habe Selbstmord begangen, klar wie Kloßbrühe. Mit leidendem Gesichtsausdruck hatte sich der Kommissär wieder in die Wüste seines Büros zurückgezogen.

In Stutz Marcel begann es zu rattern. Also in seinem Kopf. Da ratterte es selten. Was war jetzt das? Warum wischte der Chef alle Hinweise auf ein Gewaltverbrechen so vom Tisch?

Später saß er auf der Harley und bröttelte zum St. Johanns-Tor.

Die beiden Baumstämme lagen immer noch im Wasser, verhakelt in den eisernen Kettengliedern der Trossen. Da wiegte sich des Rätsels Lösung sanft im Wasser. Warum hatte der Chef das Holz nicht sichergestellt?

Stutz turnte über die nur unzulänglich abgesperrte Gangway bis zum Betonblock, an dem die Hotelschiffe früher angelegt hatten. Er stieg über ein Geländer, und dann stand er bei den Trossen. Er beugte sich vor, um das Schwemmholz besser zu sehen. In dem Moment wurde die Sonne über ihm verdunkelt, dann traf ihn ein kreischendes, stinkendes Etwas. Stutz versuchte sich zu halten, doch eine jähe Flutwelle brach sich am Ponton und gab ihm sozusagen einen Tritt in den Hintern. Platsch, lag er im Wasser. Er versuchte, sich an einem Baumstamm festzuhalten. Ein schmerzhafter Hieb, ein Stich traf seine Hand. Aus den Augenwinkeln sah er einen schwarzen Vogel, der ihn bedrohlich aus starren Augen fixierte.

Das war der Tod.

Es war mitnichten der Tod, es war bloß der Kormoran, der wegen der Kormoranin keine Nebenbuhler im Revier haben wollte.

Und dann kam noch einmal der Rhein ins Spiel. Eine Welle holte sich den Korporal, zog ihn weg vom Schwemmholz und drückte ihn unter Wasser. Weiter und weiter, tiefer und tiefer.

7

Vater Rhein, der Beschützer der Liebenden, sah mit Wohlgefallen, dass drei Tage später, des Abends, der Kommissär Weiss mit einer kleinen, blonden Frau auf einer abgelegenen Bank in der Nähe des Sportplatzes Rankhof an seinem Ufer saß. Als die Frau mit großen Augen und sorgenzerfurchter Miene ihren Begleiter etwas fragen wollte, legte dieser zart den Zeigefinger auf ihre Lippen.

*

Anmerkung:

Zur Nachtzeit fasst der Kormoran
Zu gern die Kormoranin an
Die dieses, wenn auch ungern, duldet
Da sie ihm zwei Mark fünfzig schuldet.

Ein sogenanntes Animalerotica erschienen Dezember 1972 in »Welt im Spiegel« in der Satirezeitschrift »pardon«. Verantwortlich für WimS: Robert Gernhardt, F. W. Bernstein, F. K. Wächter.

HELVETISCHES FONDUE
(MOOSALP, KANTON WALLIS)

CHRISTINE BONVIN

»Er kann doch nicht einfach heiraten ohne traditionellen Polterabend?«

»Nein, das geht gar nicht.«

»Wir überraschen ihn mit einem Ausflug. Seine künftige Frau nötigen wir, Mario am Samstagnachmittag mit Zahnbürste und Pyjama in Bereitschaft zu halten. Sie soll das Wochenende unter einem Vorwand reservieren.«

»Wir vier holen ihn zu Hause ab und schleppen ihn hoch auf die Moosalp in die Alphütte ›Lüeginsland‹ von meinem Großvater. Dort wird ausgiebig gefeiert.«

»Genau. Wir kochen zusammen ein Fondue und stellen den Abend unter das Motto ›Mario bei den Helvetiern‹. Wir schmeißen einen Junggesellenabend, der ihm und uns zeitlebens in Erinnerung bleiben wird.«

Eine Woche später fuhren die fünf Junggesellen in einem Subaru durch einen endlosen Lärchenwald. Bis zum idyllisch gelegenen Maiensäss mussten sie eine halbe Stunde zu Fuß gehen. Dieses thronte auf einem Hochplateau mit wunderbarem Blick auf Berge und Tal. Die Männer schleppten überquellende Rucksäcke mit.

»Die Getränke reichen für eine ganze Armee.«

»Wir wollen doch nicht verdursten, oder?«

»Ich verhungere demnächst«, wagte der Bald-Ehemann anzumerken.

»Es dauert keine Stunde mehr, dann serviere ich einen Festschmaus. Aber vorher gibt es noch eine Überraschung.«

Gusti zwinkerte den anderen vier zu. Plaschy, Egon und Severin grinsten verschmitzt. Mario verdrehte die Augen.

»Mein Bedarf an Geschenken ist gedeckt. Dieser heutige Überfall ist mehr als genug.«

»Wo denkst du hin, es wird eine einmalige Sause.«

Mario schluckte leer. Er wollte seinen Freunden die Freude nicht vermiesen.

In der Hütte kleideten sie ihn mit einem Obelix-Overall ein. In der typisch blauweiß gestreiften Hose war eine Luftpolsterung eingenäht, die den nötigen Bauchumfang vorgab. Angesetzt war ein ärmelloses Oberteil, wattiert mit abgenähten Brustmuskeln. Ein grüner Stoffgürtel mit gelben Zierelementen und ein Helm mit kleinen Hörnern und zwei angenähten roten Zöpfen ergänzten das Outfit.

»Jetzt fehlt nur noch das strampelnde Wildschwein unter dem Arm«, spotteten die Kollegen. Aus ihren Rucksäcken entnahmen sie weitere Verkleidungen. Egon erschien bald als römischer Legionär, Severin als Troubadix, Plaschy als Miraculix und Gusti als Häuptling Majestix.

»Und da ich nun Chef dieser Alpgemeinschaft bin, sind meine Befehle strikt zu befolgen. Zuerst genehmigen wir uns einen Zaubertrank«.

Gusti entkorkte theatralisch eine Flasche ohne Etikette und füllte zehn Schnapsgläser bis zum Rand.

»Eins, zwei, drei – ex und hinunter.«

»Und ich singe ein Lied.« Severin hatte sich bereits in seine Rolle als Troubadour versetzt.

»Nein, nein«, schrien alle entrüstet. »Sonst müssen wir dir den Mund verbinden und dich fesseln.«

»Ich schlage vor, dass ich jetzt einen zweiten Zaubertrank koche. Er wird wie ein Fondue daherkommen und auch so schmecken, aber uns trotzdem magische Kräfte verleihen.«

Plaschy schlüpfte in die Rolle als Druide und Kochkünstler.

Mario fühlte sich zunehmend unwohl. Er ahnte, dass dies erst den Anfang einer unendlichen Geschichte bedeutete. Die Freunde knipsten Selfies und nahmen Videos auf.

»Bis zum Essen erzähle ich euch eine Zusammenfassung von ›Asterix bei den Schweizern‹. Somit erfahrt ihr gleich die Regeln dieses Abends.« Gusti, der selbst ernannte Chef der Gruppe, fasste die Geschichte zusammen: »In diesem Band wird erzählt, wie ein Fondueessen im Palast des Statthalters Feistus Raclettus in Genava stattfand. An diese Orgie wurde ein Kessel mit geschmolzenem Käse gebracht, in dem jeder seine Brotstückchen eintauchte. Die Spielregeln wurden von Raclettus wie folgt festgelegt: Wem das Brot im Fondue versinkt, der bekommt beim ersten Mal fünf Stockhiebe. Bei einer Wiederholung zwanzig Peitschenhiebe. Beim dritten Mal wird er mit einem Gewicht an den Füßen in den nahe gelegenen Genfer See geschleudert.«

Egon, der römische Legionär, ließ umgehend verlauten: »Ich verteile die Stockschläge.«

»Und wenn du das Brotstück verlierst?«

»Das wird nicht geschehen. Sollte es der Fall sein, kasteie ich mich selbst.«

»Aber das mit dem See ist nicht euer Ernst, oder?«, wollte Mario wissen.

»Doch, natürlich. In den Teich hinter der Hütte wird er geworfen. Majestix hat gesprochen. Und darauf nehmen wir noch einen Schnaps. Eins, zwei, drei – ex!«

»Nichts als Verdruss«, wagte Mario in Anlehnung an seine Asterix-Kenntnisse einzuwerfen. Ein Duft von Holzfeuer, geschmolzenem Käse durchmischt mit Alkohol und Männerschweiß durchzog die Hütte. Plaschy stellte das Caquelon auf das brennende Rechaud. Gierig stürzten sich die verkleideten Freunde auf die duftende Käsesuppe. Mario verspürte zunehmend ein Grummeln in der Bauchgegend. Der reichlich fließende Alkohol zeigte Wirkung. Sehleistung und Fingerfertigkeit ließen bedenklich nach. So war es nicht verwunderlich, dass er schon beim Eintunken der ersten Gabel das Nachsehen hatte. Sein Brotmocken entschwand in den Untiefen des Käsemeers. Ein Riesengelächter setzte ein. Egon griff zu einer Gerte und versetzte Mario mit Vergnügen fünf Hiebe. Unter schadenfrohem Applaus der Kumpane musste er die Prozedur über sich ergehen lassen. Der Appetit war ihm schon längst vergangen. Jetzt schmerzte ihn darüber hinaus der Rücken.

»Darauf nehmen wir einen Schnaps.«

Wieder leerten die Männer das Glas. Mario zögerte kaum. Er wollte nur noch vergessen. Das Schicksal nahm seinen Lauf. Nicht ganz ohne Einflussnahme seiner angeblichen Freunde. Diese übersahen jeweils großzügig die Missgeschicke der Großmäuler beim Broteintauchen. Gabeln und Käsesträhnen kreuzten sich. In diesem Chaos manipulierten sie die Fonduegabel ihres Opfers. So kam es wie das Amen in der Kirche. Egon übernahm erneut die Rolle des Peinigers und schlug dieses Mal noch kräftiger zu.

»Hör auf«, schrie Mario. »Das ist nicht lustig. Das tut verdammt weh!«

Severin sah genauer hin: »Wenn du so zuschlägst, fange ich wirklich an zu singen, und zwar einen Trauergesang.«

Die letzten fünf Schläge fielen schwächer aus. Majestix nahm ein Video auf und steigerte sich in einen höhnischen Lachkrampf. »Das ist ein echter Brüller!«

Selbstverständlich gab es wieder einen Schnaps für alle. Mario bekam ihn auf den Rücken geschüttet, um die Schmerzen zu lindern. Die anderen leerten ihn sich in den Rachen.

Halb benebelt beschloss Mario, die Notbremse zu ziehen. Ihm drohte großes Unheil, wenn er noch ein Stück Brot verlor. Also verweigerte er jede Nahrungsaufnahme. Gusti bemerkte die Taktik, ließ ihn jedoch gewähren. Fleißig schenkte er Schnaps und Fendant nach.

»Den kriegen wir noch in den Teich«, flüsterte er und zwinkerte Egon zu. Mario wünschte sich ins Pfefferland. Warum hatte er sich auf dieses abstruse Abenteuer eingelassen? Um sich nicht dem vernichtenden Hohn seiner Kollegen auszusetzen, war er mitgegangen, und nun war er mitgefangen. Das rächte sich jetzt. Am liebsten wäre er diesem Alptraum durch eine Flucht entwischt. Aber er wusste, dass er den Abstieg ins Tal allein nicht schaffen konnte. Sollte er seine Verlobte mitten in der Nacht durch einen Hilferuf einweihen?

»Ich kann nicht mehr. Ich lege mich hin, mir ist es elend«, verkündete er kleinlaut.

»Nichts da. Wer A sagt, muss auch B sagen. Du hast soeben wieder ein Stück Brot verloren und wirst deshalb mit einem Stein am Fuß im Teich versenkt«, ordnete Gusti herablassend an.

»Ich hatte pausiert. Das verlorene Brotstück ist bestimmt nicht von mir.«

Die vier Verschwörer schauten sich an und schüttelten im Takt den Kopf.

»Das ist von keinem von uns. Das ist von dir. Du hast ein bisschen die Kontrolle über dich selbst verloren, wie es scheint. Ab ins Wasser mit dir.«

»Nein«, schrie er entrüstet, bevor sie ihn packten und nach draußen trugen. Er versuchte, sich freizukämpfen, aber mit seinem gepolsterten Gewand war er chancenlos. Am Ufer des Teichs setzten sich zwei Kameraden auf seinen Bauch und hielten seine Arme fest, ein Dritter nahm sich die Beine vor und der Vierte holte einen Stein, befestigte diesen mit einem Seil an den Füßen von Mario.

Gusti gab im Schein gespenstisch lodernder Fackeln den Tarif durch: »Legionär und Troubadix, ihr schwingt ihn an den Armen und Beinen. Miraculix, du nimmst die Aktion mit dem Handy auf. Die Bilder schicken wir heute noch an Martha, damit sie und seine Nachkommen einmal sehen, was ihr Vater für ein Held war. Ich gebe den Befehl. Alles klar?«

Das Opfer hatte den Kampf gegen seine widerlichen Saufkumpane aufgegeben. Er sah keinen Ausweg mehr.

»Achtung, fertig, los, in den Teich mit ihm!«

Martha, seine Verlobte, rieb sich am Morgen die Augen und streckte Arme und Beine. Sie war früh schlafen gegangen und hatte ihr Telefon ausgeschaltet. Verträumt dachte sie, dass dies eine der letzten Nächte war, die sie als ledige Frau verbracht hatte. Nach dem ersten Kaffee schaltete sie ihr Handy an. Nicht enden wollende Klingeltöne erklangen. Sie fragte sich, ob Mario sie mit so vielen Liebesgrüßen überraschen wollte. Erwartungsvoll öffnete sie die Nachrichten auf ihrem Handy. Was sie zu sehen bekam, erschreckte sie zutiefst. Die von sinnloser Gewalt strotzenden Videos und Bilder vom Junggesellenabschied schockierten sie. Trunkenheit und ihre Folgen hatten Menschen, die sie als gutmütige Freunde kannte, in Bestien verwandelt. Sie schlotterte in ihrem Nachthemd. Martha zweifelte an den Träumen einer harmonischen Zukunft mit Mario. Zunächst verbannte sie die üblen Gefühle und stellte sich laut die Frage: »Was kann ich tun?«

Gedanken rasten durch ihren Kopf. Sollte sie die Eltern von Mario anrufen? Nein, für die bräche eine Welt zusammen. Ihre eigenen Eltern einweihen? Nein, die würden sie mit einer geballten Ladung aufgestauter Vorurteile ihrem zukünftigen Mann gegenüber eindecken. Seitens der Familie war keine Hilfe zu erwarten. Sollte sie sich direkt bei der Polizei melden oder selbst auf die Alp fahren und nachsehen, wie es stand? Sie vermochte sich zu keinem klaren Entschluss durchzuringen. Es klingelte. Sie erschrak. Ängstlich guckte sie durch den Türspion und hoffte, dass keiner dieser Saubande davorstand.

»Susi, dich schickt der Himmel!« Sie öffnete die Türe und schloss ihre Freundin in die Arme. Schluchzend hielt sie sich an ihr fest.

»Was ist mit dir los?«

»Schau dir einmal an, was ich für Videos bekommen habe. Der Polterabend ist etwas aus dem Ruder gelaufen.«

Susi bekam Hühnerhaut bei der Durchsicht der Bilder. Entgeistert rief sie: »Diese Männer sind nicht normal.«

Das traf Martha im Innersten, denn sie hatte Mario bisher anders eingeschätzt.

»Du magst ja recht haben, aber dein Kommentar hilft im Moment nicht weiter. Was sollen wir tun?«

»Wir gehen auf keinen Fall auf die Alp. Du rufst jetzt die Polizei an, die sollen sich darum kümmern.«

»Das ist nicht dein Ernst?«

»Es riecht nach Mord und Totschlag! – Hast du das nicht verstanden?«

Kurze Zeit später standen zwei Beamte der Kantonspolizei in Marthas Wohnung. Sie sahen sich die Videos auf dem Handy an. Sofort veranlassten sie die Dienststelle, den Einsatz zu koordinieren.

»Zu ihrer Information: Wir fahren ohne Verzug zur Basisstation der Air Zermatt und werden zusammen mit Leuten der Ambulanz zur Alphütte hochfliegen. Die genauen Koordinaten kennen wir. Bitte überlassen Sie uns Ihr Handy und halten Sie sich zur Verfügung. Haben Sie schon versucht, jemanden aus der Gruppe da oben zu erreichen?«, wollte Godi Zenhäusern, einer der beiden Polizisten, wissen.

»Nein. Ich schäme mich in Grund und Boden«, jammerte Martha tränenüberströmt.

»Habe sehr wohl verstanden. Ich benötige noch die Telefonnummer Ihrer Freundin, um sie bei Bedarf erreichen zu können.«

Für Marthas Gefühl lief der Film zu schnell ab. Sie versank in Susis Armen.

Den Sanitätern und den Gendarmen bot sich vor und in der Alphütte ein Bild des Grauens. Majestix, der große Chef, krümmte sich wie ein Haufen Elend vor der Toilette. Egon, der römische Legionär, lag ohnmächtig unter dem Esstisch. In der einen Hand hielt er eine Flasche, in der anderen ein Stuhlbein. Aus seinem Mund rann eine gelbe Flüssigkeit, er atmete noch. Plaschy, alias Miraculix, hing mit seinem Körper über einem Stuhl. Mario ruhte neben Egon. Alle waren nicht ansprechbar und wiesen Verletzungen und Prellungen auf. In der Hütte herrschte ein Bild der Zerstörung.

»Sie konsumierten einen suspekten Drogencocktail. In den Videos nannten sie es verharmlosend ›Zaubertrank‹.«

Um sie herum lagen zerbrochene Wein- und Schnapsflaschen, zertrümmerte Stühle und Holzscheite. Es stank bestialisch nach Erbrochenem, Urin, Alkohol und Schweiß. Einer von ihnen hatte ein Beil in den Türrahmen eingerammt. Vor dem Haus entdeckten die Beamten Schleppspuren, die zum nahen Teichufer führten. Einen jungen Mann bargen sie tot aus dem See. An seinem Fuß hing ein Seil.

»Ich habe flüchtig einen Teil der Videos gesichtet. Aber die Situation übertrifft meine schlimmsten Befürchtungen«, kommentierte einer der Uniformierten schockiert.

»Was ist denn vorgefallen?«, wollte Sanitäter Franzen wissen.

»Das werden wir in mühsamer Kleinarbeit zusammentragen. Vorab gilt es, die Verletzten zu betreuen, den Tatort abzusperren und die Spurensicherung zu avisieren.«

Die Untersuchungen, die Auswertung der Videos und die Befragungen der Beteiligten ließen die Beamten noch ein-

mal erschauern. An jenem unvergesslichen Junggesellenabschied kam es zu einem Drama, das anhand der Videos
und Zeugenaussagen rekonstruiert werden konnte:

Das kalte Wasser und der Aufprall weckten Marios
Lebensgeister. Es gelang ihm, das stümperhaft befestigte
Seil unbemerkt zu lösen. Der Stein sank lautlos auf den
Teichboden ab, und dank der gepolsterten Hose gelangte
er an die Wasseroberfläche. Im Schutz der Dunkelheit
schwamm er unbemerkt ans nahe Ufer. Er blieb ruhig
auf dem Rücken liegen und bewegte sich nicht. Er hatte
Angst, dass die Spießgenossen ihn weiter traktieren würden. Diese jedoch gingen grölend und lachend zurück in
die Hütte, anstatt sich um ihn zu kümmern.

Platschnass und etwas nüchterner als zuvor zerrte er
sich die Obelix-Kleider vom Leib. Er fror bis auf die
Knochen und überlegte, wie er zu seinen Kleidern käme.
Anschließend wollte er so schnell wie möglich zu Martha
nach Hause in die warme Stube.

»Eins, zwei, drei – ex!«, hörte er wieder aus der Hütte
skandieren.

Er beschloss, im angrenzenden Heustadel zu warten,
bis der Lärm aus der Festhütte verstummte. Die passende
Gelegenheit zur Flucht würde bestimmt kommen, wenn
die Kameraden wie Kartoffelsäcke in ihrem Katerelend
dahin schnarchten. Auf dem Heuboden kam es ihm behag-
lich bequem vor, so sehr, dass er in einen tiefen Schlaf ver-
fiel.

Als Mario erwachte, fühlte er sich vergleichsweise
nüchtern. Der Kopf brummte nur leicht und der Magen
rumorte. Er wollte seine Kleider holen und nach Hause
flüchten. Unbemerkt näherte er sich der Hütte. Er schlich
die Treppe hinauf in das Massenlager, wo er seinen Ruck-

sack abgestellt hatte. Durch den Holzboden hörte er, wie seine Saufkollegen schlüpfrige Witze erzählten. Eine kleine Unachtsamkeit von Mario ließ einen Stuhl heftig zu Boden fallen. Keine Minute später umkreisten ihn die Schnaps-leichen, die noch immer in ihren Verkleidungen steckten.

»Beim Teutates«, grölte Gusti triumphierend, »du kommst gerade recht, wir nehmen jetzt einen Schluck Zau-bertrank und dann werfen wir Severin in den See. Er hat sein drittes Stück Brot im Fondue verloren.«

»Nichts da, das Spiel ist aus. Und Severin lasst ihr gefäl-ligst in Ruhe.«

»Was, du weigerst dich? Du hast wohl nicht mehr alle Tassen im Schrank! Packt ihn und bringt ihn nach unten«, befahl Gusti barsch. Plaschy und Egon gehorchten ohne Widerrede. Mario konnte nicht fliehen. Er war chancenlos. In der Stube drückten sie ihn auf einen Stuhl und banden ihn etwas stümperhaft fest. Dann holten sie den fatalen Cocktail und flößten ihm trotz seines Widerstands den Saft in die Kehle. Anschließend bedienten sie sich selbst, und zwar maßlos. Severin kam als Letzter zum Zug. Er wehrte sich nicht. Es schien, als wäre er in einer anderen Welt.

»Und bald darfst du die Strafe entgegennehmen. Freust du dich?«

»Vorher will ich euch noch ein Lied singen«, lallte er.

»Nein«, schrien die drei im Chor. »Jetzt kriegst du deine Strafe. Du gehst baden.«

»Ich kann nicht schwimmen.«

»Keine Sorge. Der Teich ist nicht tief«, wandte Egon beschwichtigend ein, der sich in seiner Rolle als Legionär zu gefallen schien.

Mario sah sich um. Auf dem Balken über dem Che-minée erblickte er ein Handy, das auf die makabre Szene ausgerichtet war. Eine winzige blaue LED blinkte oben links. Neben der Feuerstelle lagen Holzscheite und ein Beil. In seinem Kopf rauchte es. Es gelang ihm, seine Fesseln zu lösen. Eben trugen die drei Unberechenbaren Severin zur Stube hinaus. Das war die Gelegenheit für Mario, dem Desaster Einhalt zu gebieten. Er schnappte nach dem schweren Beil, schwang es weit ausholend über seinem Kopf und schrie: »Halt, oder es passiert etwas.«

Dieser unverhohlene Angriff auf die selbst ernannte Autorität des Häuptlings provozierte Gusti.

»Auf in den Kampf«, schrie er. »Lasst Severin liegen, um den kümmern wir uns später.«

Die Schlacht hätte gewaltsamer nicht sein können. Holzscheite, Stuhlbeine, Pfannen und Geschirr flogen kreuz und quer durch die Luft. Mario warf das Beil. Es blieb in der Türe stecken. Um Mario drehte sich die ganze Welt. Bevor er ohnmächtig unter den Tisch fiel, hörte er Egon noch krächzen: »Das ist ja wirklich wie in einer Schlacht der Römer gegen die Gallier!«

»Und jetzt bekommt Troubadix seine Strafe! Ab mit ihm in den See.«

MATTERHÖRNLI

THOMAS KOWA

Valerie Ledoux machte den letzten Schritt auf den Gipfel des Matterhorns, und es wäre ein erhabenes Gefühl gewesen, hätte sie nicht geschnauft wie ein Nilpferd beim Bauch-Beine-Po-Training.

Sie fühlte sich auch exakt so.

Dann erst bemerkte Valerie die Aussicht, sie entschädigte für alles! Ein strahlend blauer Himmel, schneebedeckte Gipfel, siebenunddreißig Viertausender, ein unglaubliches Panorama. Nur das Matterhorn fehlte, weswegen es gar nicht so schlau war, ausgerechnet diesen Gipfel zu erklimmen.

Aber Valerie hatte nun mal mit Patrick gewettet, dem Kommissar mit den stahlblauen Augen, dass sie das Matterhorn besteigen würde, trotz ihrer paar Pfunde zu viel auf den Rippen.

Und auf dem Po.

Und an den Beinen.

Vom Bauch ganz zu schweigen.

Doch sie war eben eine Chocolatiere, und wäre sie spindeldürr gewesen, hätte ihr niemand geglaubt, dass sie die beste Schokolade der Schweiz herstellte.

Trotz ihres kleinen Gewichtsproblems stand Valerie nun

hier oben. Taugwalder, ihr knorriger Bergführer, reichte ihr die Hand zur Gratulation.

Wegen ihres dezent unsportlichen Aussehens hatte er ihr das anfangs nicht zugetraut, hatte sie alle möglichen Hügel besteigen lassen, erst einen Zweitausender, dann einen Dreitausender und am Schluss das Rimpfischhorn, auf das sonst wirklich nur Rindviecher kletterten.

Oder wie sonst war dessen Name zu erklären?

Andererseits hatte man von dort einen perfekten Blick auf das Matterhorn.

Nun kam auch Patrick nach oben auf den Gipfel und nahm sie strahlend in die Arme. Er wollte sie gerade küssen, als Peggy, ihre Praktikantin und Instagram-Sklaventreiberin in Personalunion, sie anstupste. Peggy war als Erstes auf dem Gipfel gewesen, um alles mit ihrem Handy zu filmen. »Los jetzt«, sagte Peggy. »Das Wetter wird nicht besser. Nimm die Matterhörnli und wir machen ein Foto.«

Die Matterhörnli waren Valeries neueste Pralinenkreation, sie sahen aus wie eine Miniaturversion des berühmten Bergs, mit cremiger Giandujafüllung und einer Spitze aus edelster weißer Schokolade.

Valerie öffnete ihren Rucksack und holte eine Thermobox heraus, denn wie jeder wusste, der sich ein wenig mit Schokolade auskannte, mochte diese weder Kälte noch Wärme noch Sonne noch Eis.

Am liebsten wurde Schokolade einfach nur gegessen, das jedenfalls fand Valerie, und jetzt, nach diesem so beschwerlichen wie gefährlichen Aufstieg, hatte sie verdammt Lust darauf. »Müssen wir wirklich die Fotos machen?«, fragte sie.

Peggy nickte. »Denk an Bestle.«

Mit Bestle meinte sie den Schweizer Nahrungsmittel-konzern, dessen neueste Innovation – die eierlegende Voll-milchsau – auf Instagram alle Timelines verstopfte.

Valerie öffnete die Thermobox, ihr lief schon das Wasser im Mund zusammen, doch sie blickte in einen leeren Behälter. »Jemand hat die Matterhörnli gestohlen!« Schockiert zeigte sie in die verwaiste Box.

»Bist du sicher, dass du sie nicht vergessen hast?«, fragte Patrick.

»Todsicher«, antwortete sie. »Ich hab die Matterhörnli in der Hörnlihütte hier reingepackt.«

»Und was soll ich jetzt fotografieren?« Peggy blickte sie entgeistert an.

»Wie wäre es mit der Bergwelt?«, entgegnete Taugwalder. »Die ist einmalig.«

»Das waren die Matterhörnli auch«, erwiderte Valerie. »Alle handgemacht.«

Taugwalder holte ein Bergsteigerbrot aus seinem Rucksack und setzte sich. »Ich mach jetzt Pause und genieß die Aussicht, der Abstieg wird anstrengend, vor allen Dingen, wenn man sich ständig präsentieren muss.« Er deutete auf Peggy, die den ganzen Aufstieg mit einer Helmkamera gefilmt hatte.

Valerie durchsuchte ihren Rucksack, alles war noch da, nur die Matterhörnli fehlten.

»Ich hätte das hier anzubieten.« Patrick zückte eine Toblerone.

Valerie rümpfte die Nase. »Untersteh dich!«

»Da ist das Matterhorn drauf abgebildet«, entgegnete er kleinlaut. »Und jede Toblerone wird in Bern hergestellt.«

»Von Bern aus kann man das Matterhorn überhaupt

nicht sehen«, erwiderte sie. »Da hätten sie gleich den Fressbalken abbilden können.«

»Fressbalken? Was ist das denn?«, fragte Taugwalder und biss in sein Bergsteigerbrot.

»Der Fressbalken ist eine Autobahnraststätte zwischen Zürich und dem Aargau«, antwortete Valerie. »Der liegt quer über der Autobahn und sieht aus wie ein Kitkat Chunky aus Beton.«

»Der ist total lecker«, sagte Patrick.

»Du hast bei Essensdingen kein Mitspracherecht«, entgegnete Valerie. Der Ursprung ihrer Wette war nämlich gewesen, dass sie behauptet hatte, fitter als er zu sein, da sie sich besser ernähre, trotz ihrer Vorliebe für die eigenen Kreationen. Patrick war nämlich ein bekennender Junk-Food-Junkie.

Insgeheim hatte sie damit gerechnet, dass er es deswegen nicht aufs Matterhorn schaffen würde, obwohl er trotz all den Fertiggerichten, Hamburgern und Tiefkühlpizzen topfit aussah.

»Hast du meine Matterhörnli gegessen?«, fragte sie.

»Ich bin doch nicht lebensmüde.« Er zeigte ihr den Vogel. »Also nicht, dass sie nicht lecker wären, aber das Donnerwetter möchte ich nicht erleben.«

»Gewitter im Hochgebirge sind gefährlich.« Taugwalder deutete auf ein paar dunkle Wolken, die noch so weit entfernt schienen wie der Eisberg seinerzeit von der Titanic.

»Los, Gipfelfoto!«, befahl Peggy und postierte Taugwalder, Valerie und Patrick um das Gipfelkreuz herum. Sie schoss schnell um die dreihundert Fotos, dann endlich war sie zufrieden und Valeries Zehen waren beinah abgefroren.

Auch die Gewitterwolken waren ein ganzes Stück näher gerückt. Also machte sich die Seilschaft an den Abstieg.

»Wäre es nicht schön, wenn man eine Bergtour einfach auf dem Gipfel beenden könnte?«, fragte Valerie.

»Sei froh, dass es bergab geht«, antwortete Peggy. »Stell dir vor, die Erde wäre genau andersherum gebaut und wir müssten den Marianengraben besteigen. Erst ewig hinab und dann, wenn man am Gipfel, also am tiefsten Punkt angekommen ist, alles wieder hinaufsteigen.«

Das war zwar geografischer, physikalischer und auch sonst ziemlicher Blödsinn, aber verfehlte dennoch seine Wirkung nicht, jeder Schritt fiel Valerie nun leichter.

*

Gerade noch rechtzeitig vor dem Gewitter kamen sie in der Hörnlihütte an, setzten sich in den Gastraum und verspeisten erst einmal eine Portion Hörnli mit Gehacktem.

Was Valerie schon nur wegen des Namens an die gestohlenen Matterhörnli erinnerte.

»Du hast doch alles mit deiner Helmkamera aufgenommen, oder?«, fragte sie Peggy.

»Klar. Vom Abmarsch bis nach oben, die Kamera macht sogar im Dunkeln akzeptable Bilder.«

»Lass uns die mal anschauen«, sagte Valerie. »Dann sehen wir vielleicht, wer meine Matterhörnli geklaut hat.«

Peggy lud die Aufnahmen auf ihr Handy, das fast so groß wie ein Tablet war, und spielte sie ab. Man sah Felsen, Felsen, noch mal Felsen und ein wenig Schnee.

Bei der einzigen Pause, die sie machten, hatte Peggy ein Dreihundertsechzig-Grad-Panorama aufgenommen, was zwar beeindruckend aussah, ihnen aber im Fall der gemopsten Matterhörnli wenig nutzte.

Peggy spielte die Aufnahme im Schnelldurchlauf vor, bis sie kurz unter dem Gipfel ankamen.

Man sah die letzten Meter, die Peggy kletterte, wie sie die Bergspitze erreichte. Sie schwenkte zurück, um Valeries Gipfelankunft aufzunehmen, und genau bei diesem Schwenk sah Valerie etwas.

»Spiel noch mal zurück.«

Peggy ließ das Video kurz rückwärtslaufen, dann wieder in normaler Geschwindigkeit. Beide starrten auf das Handy. Valerie deutete auf zwei Männer am Rand des Bildausschnitts, von denen plötzlich nur noch einer dastand und sich exakt so bewegte, als werfe er den anderen in den Abgrund. »Der schmeißt den doch runter!«, rief sie.

Patrick kam hinzu, schaute sich die Szene ebenso an. »Man hört aber keinen Schrei«, sagte er.

»Bis der kapiert, was gerade passiert ist, ist er schon dreihundert Meter weit geflogen«, entgegnete Peggy.

Patrick stand sofort auf und ging zum Wirt der Hörnlihütte. »Werden Bergsteiger vermisst?«, fragte er.

Der Wirt blickte nach oben zum Matterhorn. »Das kann ich erst sagen, wenn es dunkel wird. Einige sind noch unterwegs, außerdem steigen manche über die italienische Seite ab. Und dann war da ja noch das Gewitter.«

Wenigstens hatte sich das inzwischen verzogen. Patrick zeigte Taugwalder das Video. »Der ist die Nordwand runter«, bemerkte der Bergführer knapp.

»Und wo wäre er dann zu finden?«, fragte Patrick.

*

Zwei Stunden später standen Valerie, Patrick und Taugwalder am Fuß der Matterhorn-Nordwand. Peggy war nicht mitgekommen, sie fand, was immer sie da finden würden, wäre wahrscheinlich wenig tauglich für Instagram.

Sie stiegen über unzählige Geröllhaufen am Fuß der Wand, überprüften die Felsvorsprünge mit dem Fernglas, doch nichts Außergewöhnliches war zu erkennen.

Vor allem kein Blut.

Taugwalder blieb vor einem Felsen stehen, deutete mit dem Pickel auf ein paar knallend orangenfarbene Schrammen, die nach Plastik aussahen. »Die wirken frisch«, sagte er und hob zwei verbogene Schrauben auf. »Kann aber auch sein, dass einer der Flachlandtiroler seinen Müll am Berg entsorgt hat.«

Sie gingen zurück zur Hörnlihütte, wo Peggy gerade ein Live-Video aufnahm und von dem Sturz berichtete. »Morgen gehen wir erneut auf den Gipfel, um dem Mysterium nachzugehen«, schloss sie.

»Mich bringen da keine zehn Pferde wieder hoch«, sagte Valerie.

»Die hätten auf dem Gipfel auch gar keinen Platz«, entgegnete Peggy. »Aber wir müssen noch das Foto mit den Matterhörnli machen. Du hast doch noch welche in der Hütte gelassen, oder?«

Valerie nickte.

»Außerdem müssen wir oben auf dem Gipfel schauen, ob wir irgendwelche Spuren finden«, sagte Patrick.

»Ich geh ohnehin jeden Tag aufs Horn, mir ist egal mit wem«, entgegnete Taugwalder, und damit war es entschieden.

*

Am nächsten Morgen machten sie sich erneut in aller Frühe auf den Weg. Valerie kam sich vor wie Sisyphus.

Sie hatte extra noch einmal überprüft, dass sich eine Packung Matterhörnli in der Thermobox in ihrem Rucksack befand.

Nach fünf Stunden Kletterei kamen sie endlich auf dem Gipfel an, das Wetter war perfekt, Valerie konnte nicht das kleinste Gewitterwölkchen entdecken.

In Richtung Nordwand stand ein grau melierter Fünfziger mit einem Wingsuit.

Abgesehen von seinem Anzug kam der Mann Valerie irgendwie bekannt vor. Sie ging zu ihm. »Springen Sie da runter?«

Der Mann nickte. »Es ist eine … äh, world premiere.« Sein englischer Akzent war unverkennbar. »Well, für einen Engländer at least. Und für ein Lord erst recht.« Er reichte ihr die Hand. »Gestatten, Lord Edward, Duke of Richmond.«

»Sehr erfreut«, entgegnete sie. »Aber ist das nicht gefährlich?«

Der Duke nickte erneut. »Deswegen many Base-Jumper machen einen Rock-Drop-Test.«

»Was?«

»Sie werfen Steine hinunter und zählen die Sekunden, bis er aufknallt. Dann entscheiden sie, ob sie springen.«

»Das ist aber ziemlich riskant«, entgegnete sie.

Schon wieder nickte der Duke. »Well, wenn Sie mich fragen, total crazy.« Er zuckte mit den Schultern. »Aber mein Diener wollte nicht springen für den Test.«

Valerie schwante Furchtbares.

»Waren Sie gestern schon hier?«

Erneutes Nicken. »Yes.«

»Und Sie haben Ihren Diener da runtergeworfen?« Im Hintergrund sah Valerie, wie Patrick schon die Handschellen aus dem Rucksack holte.

Doch der Duke nickte nicht mehr. »Die feine englische Art verbietet mir solche Maßnahmen. Ich habe einen Paradummy verwendet.«

»Was?«

»Ein Paradummy ist eine Puppe, die man im Krieg am Fallschirm abgeworfen hat, um zum Beispiel den Krauts vorzugaukeln, da hänge ein Soldat, während die echten Fallschirmspringer ganz woanders landeten. A perfect Ablenkungsmanöver.«

»Sie haben da gestern eine Puppe runtergeworfen?«

Der Duke nickte wieder. »Mit einem Wingsuit. Dann hab ich ihn am Fuß von Nordwand geborgen und seine Flugbahn gecheckt. Und jetzt weiß ich, dass es sicher ist, hier zu springen.« Er nickte Valerie erneut zu, dieses Mal zum Abschied. »Guten Tag, die Dame. Wir sehen uns unten in Zermatt.«

Dann sprang er und schoss mit seinem Wingsuit davon, als sei an ihm ein Vogel verloren gegangen.

»Damit ist der Fall gelöst«, sagte Patrick, der alles mit angehört hatte.

»Ist er nicht«, widersprach Valerie. »Wir haben immer noch keine Ahnung, wer mir die Matterhörnli gestohlen hat.«

»Ich war es«, sagte jemand von hinten. Es war Taugwalder.

»Was?« Valerie verschränkte die Arme in der Hüfte. »Warum das denn?«

»Ihr Jungen geht nur auf den Berg, um euch selbst zu inszenieren«, antwortete Taugwalder. »Aber der Berg ist das, um was es geht. Er sollte im Vordergrund stehen, nicht irgendwelche Produkte. Oder der Mensch, der nimmt sich ohnehin viel zu wichtig.«

»Große Worte«, sagte Valerie. »Entschuldigung angenommen.«

»Außerdem hatte ich einen Hungerast.« Taugwalder zuckte mit den Schultern. »Da hab ich sie heimlich während der Rast aus deinem Rucksack genommen. Aber diese Matterhörnli, die waren ein Gedicht, ich hatte hinterher fast ein schlechtes Gewissen.«

»Also gut«, sagte Valerie und setzte sich. »Dann essen wir die Matterhörnli jetzt alle gemeinsam, ich finde, die haben wir uns verdient.«

»Halt, wir müssen erst ein Foto machen«, protestierte Peggy.

»Müssen wir nicht«, antwortete Valerie und biss in das so knackig cremige wie leckere Matterhörnli.

Dessen exquisiten Geschmack konnte man ohnehin nicht auf einem Foto einfangen.

Und das war auch gut so.

MIT SCHARF
(DÜBENDORF)

PETRA IVANOV

Bruno Cavalli starrt aus dem Beifahrerfenster, eine Hand ruht auf seinem Bein, die andere tastet nach seinem Handy. Er zieht es aus der Tasche, aktiviert das Display. 16.47 Uhr. Seit über zwei Stunden sitzt er mit Kurt Zimmer im Wagen.

Er betrachtet den Kollegen, der gedankenversunken über das Lenkrad streicht. Zerknittertes Hemd, Tränensäcke unter den Augen, Sonnenbrand im Nacken. Die Haltung abweisend. Cavalli versteht, was in ihm vorgeht. Auch er arbeitet lieber allein. Doch der Chef der Fahndungsabteilung ist unnachgiebig gewesen. Wenn Cavalli bei der Aktion dabei sein will, dann nur mit Kurt Zimmer. Der Fahnder hat fünfundzwanzig Dienstjahre auf dem Buckel und ein Gespür dafür, was ihn erwartet.

Und Cavalli will dabei sein. Es ist sein Fall. Er hat der Familie des Opfers die Todesnachricht überbracht, stand am Obduktionstisch, als die Leiche des Mannes aufgeschnitten wurde. Achtundfünfzig Personen hat er befragt. Telefongespräche mitgehört, Videomaterial gesichtet, Laborberichte studiert. Nach drei Monaten dann die erste konkrete Spur.

Eine S-Bahn fährt ein, bremst ab, Türen gehen auf, Leute steigen aus. Blinklichter, die Türen schließen sich wieder, die S-Bahn beschleunigt, der Lärm schwillt an und verschwindet in der Ferne. Aus der Unterführung kommen Menschen, sie verteilen sich auf die wartenden Busse, ein Mann schlendert zur Kebab-Bude, studiert die Tafel, die am Eingang angebracht ist.

Cavalli beugt sich vor.

»Zu alt«, brummt Zimmer.

Cavalli lehnt sich wieder zurück. Er denkt an das Blut. Auf dem Teppich, dem Sofa, dem Beistelltisch. An der Wand, der Lampe. Relativer Nahschuss. Aus einer Schweizer Armeepistole. Ergün Kaymaz war sofort tot.

Eine Nachbarin, die den Schuss gehört hat, ist im Treppenhaus einem Mann begegnet, hat ihn aber nicht beschreiben können. Bis sie ihm vor zwei Wochen am Bahnhof wieder begegnete. Sie folgte ihm zur Kebab-Bude und rief die Polizei. Als die Streife eintraf, war der Mann weg. Jetzt weiß Cavalli aber, dass er schulterlanges, angegrautes Haar und einen Dreitagebart hat. Auch dass er sich freitags zwischen 14.30 und 15.30 Uhr oft einen Döner kauft. Ohne Cocktailsoße, mit scharf.

»Um die Fünfzig, hat die Zeugin gemeint«, sagt Cavalli.

»Die meisten Zeugen schätzen das Alter zu hoch ein«, widerspricht Zimmer.

Das ist Cavalli neu. Doch die Kollegen vom Fahndungs- und Aktionsdienst sind gut darin, Personen anhand von Beschreibungen zu erkennen. Und Zimmer ist der Beste von allen.

Ein BMW braust am Bahnhof vorbei, der Fahrer lässt den Motor aufheulen, zwei Mädchen an der Bushaltestelle drehen den Kopf.

»Er kommt nicht«, sagt Zimmer. »Versuchen wir es in einer Woche wieder. Warum eigentlich am Freitag? Was ist freitags hier los?« Es sind die ersten zusammenhängenden Sätze, die er gesprochen hat.

»Ich weiß es nicht.« Cavalli gibt es nur ungern zu. Er hat Vereine und Schulen unter die Lupe genommen, die lokalen Veranstaltungskalender durchgesehen, alle Unternehmen kontaktiert, die abends Mitarbeiter beschäftigen. Nichts. »Ich vermute, dass er aus privaten Gründen in der Gegend ist.«

Zimmer schaut ihn mit unergründlicher Miene an. Es riecht nach Knoblauch im Wagen.

»Ich will noch eine halbe Stunde bleiben«, sagt Cavalli. Oder eine ganze, denkt er. »Der Mann ist nie zur genau gleichen Zeit gekommen.«

Zimmer schließt die Augen.

Ist der Fahnder so sicher, dass der Gesuchte nicht aufkreuzen wird? Oder will er Cavalli wissen lassen, dass er entscheidet, wann die Aktion abgebrochen wird? Cavalli studiert das Gesicht des Kollegen. Die Krähenfüße deuten darauf hin, dass er viel lacht. Die Mundwinkel zeigen nach unten. Die Haut am Kinn ist schlaff, das kurz geschnittene Haar borstig. Wie alt ist er? Cavalli tippt ihn auf einundfünfzig. Schätzen wir Menschen wirklich älter ein, als sie sind?

»Wie alt bist du?«, fragt er.

»Einundfünfzig.«

Drei Jugendliche setzen sich mit Bierdosen auf eine niedrige Mauer neben der Bahnunterführung. Trainingshose, abgebrühter Gesichtsausdruck, Turnschuhe ohne Socken. Ihre Stimmen sind bis zum Wagen zu hören.

»Gibt es ein Motiv?«, fragt Zimmer.

»Niemand hat ein schlechtes Wort über Kaymaz verloren.«

Zimmer schnaubt. »Türken halten dicht.«

Cavalli ist überrascht über die Bitterkeit in seiner Stimme. »Kaymaz ist sauber. Wenn du mich fragst, ist es die Frau, die Geheimnisse hat.«

Zimmer öffnet die Augen. »Wie kommst du drauf?«

Cavalli zögert. Zimmers Ablehnung kann er einordnen. Nicht aber sein plötzliches Interesse. Er wittert eine Falle. Will ihn der Kollege provozieren? Seinem Ärger über die erzwungene Nähe Luft verschaffen? Cavalli beschließt, die Frage zu ignorieren. Er betrachtet die Kebab-Bude. »Lamm Kebab Pepito Döner Kebab Pizza«. Gelbe Schrift auf rotem Grund.

Zimmer lässt nicht locker. »Was weißt du über die Frau?«

Ayse Kaymaz hat mit achtzehn geheiratet, die beiden Töchter sind inzwischen erwachsen. Seit einem Jahr arbeitet sie in einem Nagelstudio. Ihre Tränen bei der Befragung sind echt gewesen. Ihre Angst auch.

»Steht alles im Bericht«, sagt Cavalli.

»Es steht nie alles im Bericht.«

Cavalli denkt an das Oberteil, das Ayse Kaymaz getragen hat. Hoher Kragen, lange Ärmel, dünner Stoff, der sich weich über ihre Brüste legt. Schwarzes Haar, zu einem Knoten gedreht. Geschwungene Lippen, ausdrucksstarke Brauen, überraschend brüchige Stimme.

»Sie ist schön«, sagt er.

»Du verdächtigst sie?« Zimmer tippt mit der Hand aufs Lenkrad. Rhythmisches Klicken, wo sein Ehering auf Kunststoff trifft.

»Das habe ich nicht gesagt.«

»Sondern?«

Sondern, dass da etwas ist. In Ayse Kaymaz hat etwas zu keimen begonnen, Cavalli spürt es. Einundzwanzig Jahre lang ist sie Ehefrau und Mutter gewesen. Sie hat keinen Beruf erlernt, ihr Mann hat gut für sie gesorgt. Was hat sie dazu bewogen, sich Arbeit zu suchen? Was hat es in ihr ausgelöst, Geld zu verdienen? Vor allem, wie war Ergül Kaymaz damit umgegangen? Kollegen haben den Türken als aufgeschlossen bezeichnet. Zwar besucht er regelmäßig eine Moschee, er verlangt aber von seiner Frau nicht, dass sie seinem Beispiel folgt.

Die Kirchenglocken schlagen die volle Stunde. Cavalli zählt mit. Ein Gedanke beginnt sich in seinem Kopf zu formen.

»Sondern?«, wiederholt Zimmer.

Der Knoblauchgeruch wird stärker. Cavalli nimmt sein Handy hervor, startet das Internet. Tippt »Muslim« und »Freitag« ein. Er liest, dass das Freitagsgebet Pflicht ist und in der Moschee stattfindet. Und dass die Predigt kurz nach Mittag gehalten wird. Die genaue Zeit richtet sich nach dem Kalender. Cavalli sucht die Moschee heraus, die Ergül Kaymaz besucht hat. Am Tag, an dem er erschossen wurde, hat das Gebet um 13.45 Uhr begonnen.

Der Mann, den sie suchen, ist freitags nicht hergekommen, weil er beruflich in der Gegend zu tun hat, einen Kurs besucht, in einem Sportverein trainiert. Im Gegenteil. Er ist zu diesem Zeitpunkt gekommen, weil er etwas vermeiden wollte – die Begegnung mit Ergül Kaymaz.

Eine weitere S-Bahn fährt ein, Menschen strömen aus den Wagen. Der Feierabendverkehr hat eingesetzt. Vor der Kebab-Bude bildet sich eine Schlange. In Cavallis Kopf reiht sich ein Gedanke an den anderen.

Als Kurierfahrer hat Ergül Kaymaz seine Arbeitszeit flexibel gestaltet. Manchmal ist er mitten am Tag nach Hause gekommen, manchmal neun Stunden am Stück unterwegs gewesen. Nur freitags hat er nach dem Mittag immer die Moschee besucht.

»Es gab einen anderen Mann«, sagt Cavalli.

Zimmer sieht ihn an.

»Ayse Kaymaz hat sich freitags mit einem Liebhaber getroffen«, erklärt Cavalli.

Der Fahnder schüttelt den Kopf. »Eine Türkin? Niemals.«

Cavalli zieht eine Augenbraue hoch. »Warum soll eine türkische Frau keine Affäre haben?«

»Weil es nicht passt.«

»Alles passt.«

Cavalli denkt an die Angst der Frau. Ist sie am Tod ihres Mannes beteiligt gewesen? Hat sie den Mord zusammen mit ihrem Liebhaber geplant? Oder hat Ergül Kaymaz die beiden überrascht? Wie hat er von der Affäre erfahren? Warum ist er tot und nicht der Liebhaber?

Eine Frau in Leggins schlendert vorbei, den Blick aufs Telefon gerichtet. Neben ihr geht ein Kind, Chipstüte in der Hand. Die Frau lächelt, tippt auf das Display, das Kind stolpert, Chips fallen zu Boden.

»Und dieser Liebhaber soll den Türken umgebracht haben?«, fragt Zimmer.

»Vielleicht wurden die beiden in flagranti erwischt.«

»Der Liebhaber hatte zufällig eine Pistole dabei?« Zimmers Stimme drückt seine Zweifel aus.

Nicht zufällig, denkt Cavalli. Ein Film läuft vor seinem inneren Auge ab. »Er weiß etwas«, flüsterte Ayse. Der Liebhaber zog sie in seine Arme, Ayse wand sich, sah ihn ängstlich an. »Das bildest du dir nur ein.« Er versuchte, sie zu küssen. Sie schob ihn von sich, schaute nach hinten. »Wir müssen damit aufhören, wenn er es …« Der Liebhaber legte ihr die Hände an die Wangen, drückte ihr einen Kuss auf den Mund. Ayse drehte den Kopf weg. »Wann sagst du es deiner Frau?« Er ließ die Arme sinken, seine Haltung veränderte sich. »Du weißt, dass das im Moment nicht geht.« Sie nahm seine Hand. »Ich habe Angst!« Er drückte sie. »Sobald …«

Sobald was? Die Kinder ausziehen? Die Scheidung über die Bühne gegangen ist? Oder hat der Liebhaber gar nicht vor, seine Frau zu verlassen?

»Er hat die Waffe mitgenommen, weil Ergül Kaymaz Verdacht geschöpft hatte«, sagt Cavalli.

»So ein Quatsch.« Zimmer greift nach einer Wasserflasche, schraubt den Deckel auf, trinkt lange.

Cavalli schweigt. Egal, was er sagt, der Fahnder wird widersprechen, das ist ihm jetzt klar. Seine Gedanken schlagen eine neue Richtung ein. Eine ganz neue.

»Hast du nie die Abteilung wechseln wollen?«, fragt er.

Zimmer sieht ihn verständnislos an.

»Die ganze Zeit auf Achse, die unregelmäßigen Arbeitszeiten«, zählt Cavalli auf. »Eine große Belastung für die Familie.«

Zimmer richtet den Blick aus dem Fenster.

»Hast du Kinder?«, fragt Cavalli.

»Nein.«

»Was macht deine Frau?«

Zimmer dreht sich um. »Können wir den Small Talk lassen?«

Cavalli hebt abwehrend die Hände. »Ich wollte dir nicht zu nahe treten. Ich habe nur gehört, dass …« Er verstummt und hofft, dass Zimmer anbeißt.

Zimmer kneift die Augen zusammen. »Sprich es ruhig aus.«

»Vergiss es.«

»Depressionen sind eine Krankheit. Nichts, wofür man sich zu schämen braucht.«

»Das habe ich auch nicht behauptet. Wie lange leidet sie schon darunter?«

Zimmer antwortet nicht. Sein Schweigen ist laut.

Ein neuer Film spielt sich in Cavallis Kopf ab: Zimmer, wie er nach Hause kommt. Kein Licht im Flur, keine Musik aus dem Wohnzimmer, keine Gerüche aus der Küche. Die Kaffeetasse dort, wo er sie am Morgen hat stehen lassen. Er geht ins Schlafzimmer, küsst die Gestalt, die im Bett liegt. Oder geht er gar nicht mehr zu ihr? Weil er weiß, dass seine Küsse doch nichts ändern?

Cavalli verfolgt seinen Gedanken weiter. Ist es möglich? Er lässt sich alles, was er über den Fall weiß, durch den Kopf gehen. Wie gründlich der Täter die Spuren verwischt hat. Als wüsste er genau, worauf es ankommt. Wie glaubhaft Ayse Kaymaz ihre Rolle gespielt hat. Weil der Schreiber des Drehbuchs ein Profi ist?

»War sie schon krank, als du sie kennengelernt hast?«, fragt Cavalli.

Schuldgefühle in Zimmers Augen.

Er liebt sie trotz allem, denkt Cavalli. Fühlt er sich verantwortlich für ihre Krankheit? Glaubt er, er hätte sie verhindern können, wenn er immer um fünf Feierabend gemacht hätte? Wenn er nicht täglich in Abgründe geblickt, sondern sich mit Glück oder Anmut oder Harmonie umgeben hätte?

Zimmer massiert sich den Nacken. Seine Finger hinterlassen weiße Abdrücke auf der roten Haut.

Schulterlanges Haar, denkt Cavalli.

Zimmer startet den Motor.

»Warte!« Cavalli öffnet die Beifahrertür.

»Er kommt nicht mehr«, brummt der Fahnder.

»Ich hol mir etwas zu essen«, sagt Cavalli. »Willst du auch etwas?«

Zimmer zögert.

Cavalli zuckt die Schultern und steigt aus. Türkische Musik, Motorenlärm, quietschende Zugbremsen. Es riecht nach Abgas und Fritteusenfett.

»Einen Kebab«, ruft Zimmer.

Cavalli dreht sich um. »Ohne Cocktailsoße, mit scharf?«

SWIMMINGPOOL
(ZÜRICH)

SUNIL MANN

Sie nennen mich Tino, so wie ich es ihnen gleich am ersten Tag eingetrichtert habe, drüben, beim Korbflechten in der Werkstatt. Tino, das klingt nach Mafiaboss, nach Baseballschläger und dicken Zigarren, nach Cosa Nostra und explodierenden Fiat Ritmos. Meine Meinung. Sie verzogen ihre Knautschgesichter und wechselten vielsagende Blicke. Einer meinte, der Name erinnere ihn an den Wellensittich seiner Tante. War mir egal. Hauptsache nicht Martin, Martin ging gar nicht. So tauft man ein Kind nur, wenn man einen einfühlsamen Grundschullehrer oder Sozialhilfearbeiter heranzüchten will, selbst gestrickter Pullover, Birkenstocks und Lindenblüten-Zitronengras-Tee in lustig bemalten Tassen inklusive. Martins haben irgendwann alle Freundinnen, die Anja heißen und leicht säuerlich riechen, keine BHs tragen und sich die Achselhaare nicht rasieren. Aber ich schweife ab.

Auf jeden Fall gewinnst du als Martin in dieser Welt keinen Blumentopf, schon gar nicht, wenn sie dich gleich am zweiten Tag in den Geräteschuppen hinter der Waschküche zerren, um dir zu veranschaulichen, was man mit einem Tiegel Niveacreme und einem monatelang auf Stand-by heruntergefahrenen Sexualtrieb anrichten kann. Geschichten für die Außenwelt, entsetzte Mienen und mitfühlendes Nicken, einen Moment lang Mittelpunkt sein. Geschehen ist natürlich nie etwas in der Art, nur die Helene-Fischer-Show ist mit mehr Kameras ausstaffiert als diese Anstalt. Die Aufseher wären vor Ort gewesen, bevor einem die sprichwörtliche Seife überhaupt hätte aus der Hand flutschen können.

Dafür läuft der Fernseher den ganzen Tag. Wir sind rundum informiert, wir schauen alles. Haben geschaut, ich korrigiere mich, die Vergangenheitsform tritt in dem Augenblick in Kraft, in dem die Tür hinter mir ins Schloss fällt und sich der Schlüssel zweimal dreht.

Der Himmel über Pöschwies gleicht einem blassblauen Batiktuch, das zum ersten Mal seit sieben Jahren nicht mehr von Mauern begrenzt wird. Die Regensdorfer Umgebung kommt mir plötzlich rau und unendlich vor, dichte Wälder gepaart mit weiten Feldern und staubigen Landstraßen, ein Hauch von Wildwest. Und wenn man dem Wind gut zuhört, kann man aus der Ferne die lang gezogenen Klänge einer Mundharmonika vernehmen.

Ich setze mich auf einen der drei Poller vor dem Gefängniseingang und warte. Justizvollzugsanstalt nennt man das, wenn man in einem schlecht sitzenden Anzug mit gestreifter Krawatte und dem obligaten Starbucks-Pappbecher in Reichweite im Verwaltungsbüro sitzt. Für diejenigen, die abends nicht nach Hause dürfen, bleibt es schlicht ›Der Knast‹.

Ich blicke auf die Uhr, die Mundharmonika ist verstummt. Die Sekunden dehnen sich, die Zeit zieht Fäden wie die Käsekruste des Nudelauflaufs in der Kantine. Ich registriere, wie ich meine Gedanken leise ausspreche. Man wird seltsam da drin, davor hat man mich gewarnt. Ich presse die Lippen zusammen und denke weiter, ohne dass auch nur der leiseste Laut zu hören ist, wie ich erleichtert feststelle. Dann fährt sie endlich vor.

»Es tut mir so leid!«, ruft sie aus dem rasch heruntergekurbelten Fenster, atemlos, als hätte der Druck auf das Gaspedal sie an die Grenzen ihrer körperlichen Belastbarkeit gebracht. »Ich wollte dich nicht warten lassen, Tinchen.«

Wenn Sie wissen wollen, wie man einen erwachsenen Mann mit einem Wort kastriert, fragen Sie meine Mutter.

Sie trägt ein geblümtes Kleid mit einem gewagten Ausschnitt, das Haar perfekt frisiert, keine einzige graue Strähne ist zu erkennen. Auf ihrem Kopf thront eine zitronengelbe, zweifelsohne kostspielige Kreuzung zwischen einer Satellitenschüssel und einer Salatschleuder. Schweigend werfe ich meine Tasche in den Kofferraum, knalle den Deckel zu und erkläre, dass ich zu Fuß gehe.

Sie guckt enttäuscht, schürzt ihr Schmollmündchen. »Ach, Tinchen, jetzt habe ich extra einen Tisch im Storchen reserviert, zur Feier des Tages. Direkt an der Limmat ...«

Ich laufe los, ohne sie weiter zu beachten, und höre, wie der Jaguar hinter mir gehässig aufknurrt. Kaum ist sie auf meiner Höhe, verlangsamt sie das Tempo.

»Lass uns was essen gehen«, bettelt sie. »Du musst doch hungrig sein.«

Ich schüttle den Kopf und gehe unbeirrt weiter, sie gleitet mit sanft tuckerndem Motor neben mir her. Würde uns jemand beobachten – und ich bin mir nicht ganz sicher, ob das nicht gerade geschieht –, könnte man mich für einen Bodyguard halten, der neben der Präsidentenlimousine her trabt. Selbst wenn bloß meine Mutter im Wagen sitzt – das Gefälle ist dasselbe. Und vor allem von Weitem erkennbar.

»Wie auch immer«, gibt sie schließlich nach. »Ich freue mich so oder so, dass du endlich wieder bei mir wohnst. Nur du und ich, wie früher, das wird fein. Ich werde für dich kochen und für dich da sein, wenn du mich brauchst.«

Und auch sonst, ergänze ich in Gedanken. Immer, immer, immer, ob ich will oder nicht.

»Was hast du gesagt?«, fragt sie alarmiert, und ich beiße mir ertappt auf die Lippen.

Nichts weniger als ein Albtraum erwartet mich, aber damit habe ich gerechnet, ich habe vorgesorgt. Mein Plan steht, wie ich ihr entkomme, klammheimlich und für alle Zeit. Schon morgen ist es so weit, doch das teile ich meiner Mutter selbstverständlich nicht mit. Alles, was mich von einer verheißungsvollen Zukunft trennt, ist eine Gartenschaufel und eine halbe Stunde Einsamkeit. Das ist zu bewerkstelligen, selbst wenn sie mich vermutlich keine Sekunde aus den Augen lassen wird, ich weiß, wie sie ist. Deshalb der spontane Umweg über die Langstrasse, den herkömmlichen Schlafmitteln aus der Apotheke traue ich nicht. Erst danach gehört mein Leben wieder ganz mir, erst dann bin ich wirklich frei. Von jeder Schuld, von jeder Verpflichtung und vor allem von meiner übergriffigen Mutter. Tinchen, ich mein ja nur.

Endlich rauscht sie ab, nicht ohne anzumerken, dass sie zu Hause auf mich warte. Sie könne auch etwas kochen, wenn ich das einem Lunch im Viersternehotel vorzöge, im Kühlschrank läge noch Lachs. Ich winke ab.

»Tinchen, so versteh doch, ich will doch nur das Beste für dich«, betont sie leicht beleidigt und setzt ihr fürsorglichstes Muttergesicht auf.

Am liebsten würde ich ihr sagen, dass genau dort der Hase im Pfeffer liegt. Aber ich will die kulinarische Diskussion auf gar keinen Fall weiterführen, deshalb schweige ich beharrlich, bis sie mit einem melodramatischen Seufzer das Fenster hochkurbelt und aufs Gaspedal drückt.

Ich steuere auf den Bahnhof zu, siebzehn Minuten dauert die Fahrt in die Stadt. Am Kiosk kaufe ich mir ein Bier und eine Packung Parisienne, der Zug fährt auf Gleis drei. Kaum ist die Dose geöffnet, die Zigarette angezündet und der Ellbogen lässig auf dem Treppenschachtgeländer platziert, wird mir schlagartig meine eigene Lächerlichkeit bewusst. Ein Dreißigjähriger in Halbstarkenpose. Es fühlt sich komplett falsch an, ich bin längst aus meinem dreiundzwanzigjährigen Ich herausgewachsen. Wie ein Teenager aus seinem Strampelanzug. Sie erzählen dir viel im Knast, alles eigentlich, wenn du zuhören kannst und genügend Geduld aufbringst. Aber wie du deinem Alter gerecht am Bahnhof herumzustehen hast, das sagt dir keiner.

Während ich Richtung Zürich fahre, bemühe ich mich, die Erinnerung an den Gefängnisalltag beiseitezuschieben. Es gelingt mir nicht.

Ein eintöniger, zermürbender, sieben Jahre dauernder Trott, in dem alles so strikt geregelt war, dass jeder eigenständige Gedanke angeödet das Weite gesucht hat. Internet gab's einmal pro Woche, und auch das nur von einer Aufsichtsperson begleitet. Ohnehin war alles begleitet: begleitetes Essen, begleitetes Schlafen, begleitetes Duschen. Wenn nicht von Aufsehern, dann von Mitinsassen. Ich habe beinahe vergessen, wie es ist, allein zu sein, selbst zu entscheiden. Dafür habe ich Abertausende von Schrauben in Kartonschachteln abgefüllt, einige Metallskulpturen erschaffen, denen man nur mit viel gutem Willen und einer Portion Fantasie ansieht, was sie darstellen sollen, und mich hin und wieder gefragt, wer eigentlich all die Körbe kauft, die täglich dutzendweise geflochten wurden. Für diejenigen unter uns, die nicht Single waren, gab es das Familienzimmer, in dem man sich einmal im Monat fünf Stunden lang den Frust aus den Lenden stoßen durfte, doch Anja hat sich nie gemeldet. Vor der totalen Verblödung hat mich einzig die Aussicht auf meine strahlende Zukunft gerettet. Eine Gartenschaufel und dreißig Minuten entfernt.

Ich habe durchaus vor, meiner Mutter eine Postkarte vom Strand in Ipanema zu schicken. Oder aus Bali, vom Great Barrier Reef oder wohin auch immer es mich verschlägt. Die Entscheidung fällt morgen früh am Flughafen. Natürlich werde ich mich bei ihr melden. Aber erst nachdem ich es mir eine Zeit lang habe gut gehen lassen, mich häuslich eingerichtet habe und die Bar eröffnet ist. Ein Klischee, klar, aber im Grunde genommen braucht ein Mann wie ich zum Glücklich-Sein nicht mehr als ein paar starke Drinks, einen eigenen Laden und weibliche Kundschaft, deren Bekleidung man problemlos in einem Portemonnaie verstauen könnte.

Das Wohnhaus in Wiedikon ist irgendwann in den letzten sieben Jahren renoviert worden, anstelle der einst rissigen, von Witterung und Abgasen gezeichneten Patina strahlt mir pastellgelber Frohsinn entgegen, neue Balkone mit Aluminiumgeländern kleben vor den Fenstern. Anja wohnt immer noch im dritten Stock, wie ich mich mit einem Blick auf das Klingelschild versichere. Auf mein Läuten hin meldet sich ihre Stimme durch die Gegensprechanlage, sie klingt immer noch gleich – genervt, angespannt, frustriert. Mir wird ganz warm ums Herz. Ich gebe mich zu erkennen, und mit einem angeödeten Stöhnen betätigt sie den Türöffner. Ich fliege förmlich die Stufen hoch, durch ein ebenfalls renoviertes und derart aseptisches Treppenhaus, dass ich auf jedem Stock nach einer Zahnarztgemeinschaftspraxis Ausschau halte, mein Puls blubbert erwartungsfroh. Eine goldene Zukunft zu zweit wäre selbstverständlich weit verlockender, als allein in der Karibik – oder weiß der Kuckuck wo – hinter einem Tresen zu stehen. Bislang habe ich nicht einmal davon zu träumen gewagt, Anja hat mich nicht nur nie besucht, sie hat auch meine unzähligen Briefe nie beantwortet. Aber jetzt hat sie den Türöffner für mich summen lassen, und das stimmt mich zuversichtlich. Schließlich verfüge ich über Argumente, die sie überzeugen könnten, nein, überzeugen müssen. Eine ganze Sporttasche voll davon.

Anja steht im Türrahmen, erwartet mich mit hochgezogenen Augenbrauen und einem zerknitterten Buddha im Zwergformat auf dem Arm. Er glotzt mich mit stumpfsinnigem Blick an. Im Hintergrund hämmert ein weiterer Balg wie besessen auf etwas ein und schreit dazu in einer unmenschlich anmutenden Tonlage. Es klingt nach Plastikwerkzeug und Hyperaktivität, nach Ritalin und Beruhigungsmitteln im Badezimmerschrank.

»Du kannst nicht einfach herkommen …«, setzt Anja an, und insgeheim stimme ich ihr zu.

Sie trägt einen Büstenhalter, das ist deutlich zu erkennen, vermutlich rasiert sie sich mittlerweile auch die Achseln. In diesen durchgestylten Wohnhäusern laufen sie nur mit rasierten Achselhöhlen herum, davon bin ich überzeugt. Wie sie riecht, werde ich kaum herausfinden, vermutlich immer noch säuerlich, mit einer Kopfnote aus Babykotze und eingetrocknetem Gemüsebrei. Auf jeden Fall sieht sie dermaßen erschöpft und ausgelaugt aus, dass sie garantiert keine Lust auf eine schnelle Nummer hat. Schon die Empörung über mein plötzliches Auftauchen kriegt sie vor lauter Verausgabung kaum hin, ich drehe auf der obersten Stufe um.

»Mein Fehler«, murmle ich, und als ich die Treppe hinabsteige, höre ich, wie hinter mir die Tür zugeschlagen wird. Wie auf Kommando plärrt nun auch der Knitterbuddha los.

Eine Viertelstunde später sitze ich in der Bar, auf demselben Hocker wie an dem Abend vor sieben Jahren, an dem sie mich geschnappt haben. Während anderen Leuten mit der Zeit die Schwerkraft zusetzt und knorpelfreie Körperregionen selbstständig beginnen, Richtung Erdmittelpunkt zu streben, sieht Trude aus, als wäre sie in eine Zentrifuge geraten, die jegliche Flüssigkeit aus ihrem Körper gewrungen hat. Noch ein paar Umdrehungen mehr und sie wäre eine Bereicherung für jedes weihnachtliche Trockengesteck. Ihrer ausgemergelten Erscheinung versucht sie entgegenzuwirken, indem sie ihr Gesicht mit einer dicken Schicht Schminke zukleistert, was sie aus der Ferne wie ein irrer Clown aussehen lässt, und aus der Nähe erst recht. Immerhin erkennt sie mich auf der Stelle wieder und stellt mir ungefragt einen Gin Tonic mit einem kräftig nach Wacholder duftenden Hendrick's hin.

»Geht aufs Haus«, sagt sie und bleckt dazu die Zähne, was unweigerlich offenbart, dass die Schminke bröckelt wie trockener Mörtel und von Trude bis in die tiefste Hautfalte hineingespachtelt worden ist.

»Hast du etwas von den anderen gehört?«, will ich wissen, während sie sofort beginnt, auf ihrem Handy herumzutippen.

»Nein«, antwortet sie nach einer Weile. »Von denen hat sich hier keiner mehr blicken lassen.« Sie schaut auf, mustert mich mit zusammengekniffenen Augen. »Der eine, dieser etwas untersetzte ...«

»Billy?«

»Billy.« Sie nickt. »Soviel ich weiß, arbeitet der jetzt auf dem Bau. Als Baggerführer.«

»Ach«, mache ich und denke: arme Sau. Aber selbst schuld. So endet man halt, wenn man zu blöd ist, einen Wagen vollzutanken. Natürlich heißt Billy nicht wirklich Billy, aber damals haben wir uns alle andere Namen zugelegt. Namen, die weltläufiger als unsere echten klangen und von denen wir uns Abenteuer, verruchte Blondinen und ganz viel Respekt im Quartier versprachen. Namen, die an alte Schwarz-Weiß-Filme und kaltblütige Verbrechen erinnerten, bei denen die Täter immer davonkamen.

Billy, Tommy, Vinnie. Und ich, Tino. Zürich war unser New York, Altstetten das hiesige Little Italy. Und der Überfall auf die Bankfiliale in Stettbach unser erster und letzter Coup.

Ideal gelegen, außerhalb des Stadtzentrums und trotzdem inmitten eines Netzes von Zufahrtsstraßen, was eine schnelle Flucht begünstigte. Wir haben die Filiale beobachtet, tagelang, unauffällig, wie wir es aus den Filmen kannten. Um dann das Vorgehen minutiös zu planen. Identische Sonnenbrillen, Sturmmasken, Fluchtwagen, alles da. Vier Knarren aus dem Franz Carl Weber, die täuschend echt aussahen. Meine Meinung.

Und dann stürmen wir zu dritt aus der Bank, Billy sitzt in der Karre, und noch während sich Tommy und Vinnie keuchend auf die Rückbank schmeißen, fällt mir auf, dass Billy schwitzt, sein Blick flackert. Im nächsten Augenblick bemerke ich die Stille. Der Motor läuft nicht.

»Abgesoffen«, stößt er zerknirscht hervor, und ich werfe einen Blick auf den Füllstand. Der Zeiger hängt im tiefroten Bereich, unmotiviert und schlapp wie ein Pimmel beim Urologen. Irgendwo in der Nähe heult eine Polizeisirene auf. Ich wäge ganz kurz ab. Tommy und Vinnie haben einen Teil der Beute in ihre Rucksäcke gepackt, weil ihnen die Mittel gefehlt haben, neue und vor allem größere Taschen zu kaufen. Den Löwenanteil trage ich bei mir, eine riesige Adidas-Sporttasche, die bis obenhin gefüllt ist.

Zwei Komma drei Millionen wird der Nachrichtensprecher am Abend in der Tagesschau präzisieren, drei der vier Bankräuber habe die Polizei direkt vor der Filiale des Geldinstituts in einem orangefarbenen Toyota Corolla samt einem kleinen Teil der Beute angetroffen und nach einem kurzen Wortwechsel festgenommen. Über den Verbleib des vierten Komplizen hätten die drei Verbrecher äußerst bereitwillig Auskunft gegeben, so der Sprecher weiter, der Mann sei noch am selben Nachmittag in einem mehr als zwielichtigen Etablissement an der Langstrasse verhaftet worden. Vom Geld aber fehle jede Spur.

Und man wird auch nie eine finden, denke ich und leere mit einem Grinsen meinen Drink. Im selben Moment wird die Eingangstür der Bar aufgerissen.

»Ihr nehmt es mir doch nicht übel, dass ich mich nie für eure Geburtstags- und Weihnachtskarten bedankt habe?«, begrüße ich Tommy und Vinnie.

Sie tun es offenbar doch, sehr sogar, wie ich kurz darauf feststelle, als sie mich mit dem Barhocker und der Hendrick's-Flasche traktieren. Ich krümme mich und robbe über den Boden wie eine mit Salpetersäure beträufelte Nacktschnecke, sie lassen erst von mir ab, als Trude rigoros einschreitet. Nachdem sie sich in den Minuten zuvor vermutlich in aller Ruhe die Fingernägel lackiert hat.

»Zwei. Komma. Drei. Millionen«, faucht Vinnie, und Tommy nickt beipflichtend.

»Ich weiß nicht, wovon ihr sprecht«, lalle ich und spucke einen Schneidezahn aus.

»Wir kommen wieder«, droht Tommy, dem man nach sieben Jahren sein limitiertes Denkvermögen noch deutlicher ansieht als früher.

»Von jetzt an jeden Tag. Bis du die Kohle rausrückst. Das hier war nur ein Vorgeschmack.«

»Irgendwo muss die Knete ja sein«, wirft Trude ein. »Gefunden wurde sie jedenfalls nie.«

Nicht irgendwo, denke ich und presse hastig die Lippen zusammen, als ich bemerke, dass ich meine Gedanken halblaut ausspreche.

Zittrig wie ein Tattergreis steige ich in Altstetten aus dem Tram und humple über das Trottoir durch den Ortskern Richtung Waldrand. Ich weiß sogar ganz genau, wo sie sind. Die zwei Komma drei Millionen.

Als ich das Einfamilienhaus im schickeren Teil des Vororts erreiche, fällt mir ein, dass ich wegen der liebevollen Begrüßungszeremonie vergessen habe, die Barbiturate zu besorgen. Egal, eine herzhafte Dosis von Mutters Valium tut's zur Not auch.

Ein paar Atemzüge lang bleibe ich vor dem Haus stehen, in dem ich aufgewachsen bin. Fünf Zimmer auf zwei Stockwerken, ein Balkon und eine große Terrasse, hinter dem Haus ein Garten, in dem meine Mutter Gemüse anbaut, anbauen lässt, um genau zu sein, sowie eine erstaunlich weitläufige Grünfläche mit einer uralten Eiche. *Der* Eiche. Eine Gartenschaufel und dreißig Minuten bis zum Glück.

Das Haus, die Nachbarschaft, ja, die ganze Straße verströmen eine Gutbürgerlichkeit, die mir schon seit jeher zuwider gewesen ist, angesichts der Aufgeräumtheit der Vorgärten und der korrekt geparkten Familienwagen erfasst mich ein Gefühl der Beklemmung. Unvermittelt schwingt die Eingangstür auf, und meine Mutter stürzt auf mich zu.

»Tinchen, was ist denn mit dir geschehen?«, jammert sie und will mich an sich drücken, sieht aber angesichts meines blutbesudelten Zustandes in letzter Sekunde davon ab. Das teure Kleid will sie sich dann doch nicht ruinieren.

»Nichts«, sage ich. »Das wird schon wieder.«

»Es ist alles bereit«, erklärt sie eifrig. Mein lädiertes Aussehen kümmert sie schon nicht mehr. »Ich habe dein Zimmer hergerichtet, es ist alles genau so wie vor sieben Jahren.«

»Toll«, murmle ich.

»Das wird schön, Tinchen, du und ich, wir werden so viel Spaß haben. Wie früher.« Verzückt guckt sie mich an und nimmt mich bei der Hand. Ich entscheide mich spontan, morgen früh grußlos abzuhauen. Sie würde mich ohnehin nicht gehen lassen, ich kenne sie, ihre klammernde Art, den schon fast pathologischen Besitzanspruch. Eine

Postkarte muss reichen. Ich kann es kaum erwarten, vor dem Ticketschalter am Flughafen zu stehen, die Faust um ein Bündel vielversprechend knisternder Schweizer Banknoten geballt.

Sie führt mich hinein, durch die Diele, und bleibt im Wohnzimmer stehen.

»Ich habe nichts verändert«, sagt meine Mutter, und tatsächlich ist die Einrichtung exakt so, wie ich sie in Erinnerung habe.

Nur das Licht ist irgendwie anders, es ist heller hier drin, viel heller als zuvor.

»Es ist ungewöhnlich hell«, bemerke ich.

»Ach, das habe ich dir noch gar nicht erzählt«, ruft sie aus und klatscht begeistert in die Hände.

Und bevor ich mich über die flimmernden Lichtreflexe an den Wänden wundern kann, zerrt mich meine Mutter zur Terrassentür, sie kichert dazu wie ein kleines Mädchen, das eine Überraschung geplant hat und sich beherrschen muss, nicht sofort damit herauszuplatzen.

»Die Eiche«, erklärt sie und deutet auf die Grünfläche hinaus, während ich entsetzt nach Luft schnappe.

»Sie ist krank geworden, ganz plötzlich. Der Gärtner hat gemeint, man müsse sie fällen. Und weißt du, was ich da gedacht habe?« Sie lächelt schelmisch, während es mir vorkommt, als reiße man mir den Boden unter den Füßen weg. »Wir leisten uns einen Swimmingpool! Ist das nicht zauberhaft?« Beifall heischend schaut sie mich an, ich im freien Fall. »So haben wir nicht nur mehr Licht, du kannst auch jeden Morgen schwimmen gehen, jetzt, da du wieder bei mir wohnst. Es soll dir an nichts fehlen, Tinchen.« Sie hält kurz inne, runzelt die Stirn. »Seltsam war nur …«

»Was?«, stoße ich tonlos hervor.

»Du bist ja ganz blass, Tinchen. Setz dich doch mal. Willst du etwas trinken?«

Gereizt schüttle ich den Kopf. »Was war seltsam?«

»Dein Freund, dieser Billy.«

»Ja?«

»Der hat mit seinem Bagger den Pool ausgehoben.«

Mir wird schwindlig.

»Eines Nachmittags habe ich ihn laut aufjubeln gehört, ich war gerade oben im Nähzimmer. Als ich kurz darauf in den Garten gegangen bin, war er wie vom Erdboden verschluckt. Nur sein Bagger stand noch da, er ist nie mehr zurückgekommen, hat sich auch nicht mehr gemeldet. Jemand anderes musste die Arbeit fortführen, stell dir vor!«

»Billy!«, krächze ich fassungslos.

»Die hellste Kerze auf dem Kuchen war der ja nie, wenn du mich fragst. Aber seine Mutter sagt, er sei irgendwie zu Geld gekommen und Hals über Kopf nach Brasilien abgereist. Angeblich betreibt er dort eine Strandbar. Ein grässliches Klischee, findest du nicht? Wer macht heutzutage noch so etwas?« Missbilligend schüttelt sie den Kopf und hält mich am Arm fest, als ich schwanke. »Alles in Ordnung, Tinchen? Ist dir übel?«

Belämmert starre ich sie an – ihr strahlendes Lächeln, ihr Muttergesicht – und entdecke plötzlich ein Glitzern in ihren Augen, eiskalt und triumphierend, nur für den Bruchteil einer Sekunde, dann ist es bereits wieder hinter ihrer fürsorglichen Miene verschwunden.

EX LIBRIS AM THUNERSEE

REGINE FREI

Der Wind peitschte das Wasser, blies den Regen vor sich her und machte den letzten beiden Fußgängern, die noch auf dem Uferweg unterwegs waren, Beine.

»Typisch, wir bekommen ein Wochenende am Thunersee geschenkt und es regnet in Strömen«, polterte Robert Hofer und zog seine Schirmmütze tiefer ins Gesicht.

»Schimpf nicht, lauf!« Lisa Zünd hastete an ihm vorbei. Der Wind riss ihr die Kapuze vom Kopf, und beinahe wäre sie auf den feuchten Steinen ausgeglitten. Aber Hofer konnte sie mit einem schnellen Griff vor einem Sturz bewahren. Gemeinsam erreichten sie die Eingangstür des Hotels. Die Rezeption war nicht besetzt.

»Du hast den Zimmerschlüssel doch dabei, Robert?«

»Natürlich. Komm, wir gehen gleich aufs Zimmer und ziehen etwas Trockenes an. Meine Hosen kleben richtig an den Beinen. Was für ein Sturm! Dabei sah es vorhin, als wir losgingen, noch ganz passabel aus.«

Die beiden Senioren gingen die mit Teppich belegte Holztreppe hinauf, die unter ihren Schritten leicht knarrte. Im zweiten Stock bemerkte Hofer, dass etwas seine Begleiterin aufgehalten haben musste.

»Lisa?«

»Ich komme«, klang es von unten leise herauf. »Geh nur voraus.«

Hofer war schon umgezogen, als Lisa eintraf. Auf seine Frage, was sie im Gang gesehen habe, lächelte sie geheimnisvoll und klopfte vielversprechend auf ihre Handtasche.

»Das zeige ich dir gleich.«

Er ließ sich auf einen der beiden Sessel am Fenster sinken, zog sein Smartphone aus der Tasche und suchte die Wetterprognose, die ihm ein gereiztes Knurren entlockte.

»Ärgere dich nicht über das, was du nicht ändern kannst, und schau, was ich gefunden habe.«

Lächelnd reichte ihm Lisa ein Buch. »Du hast doch im Zug gemerkt, dass du deine Lektüre daheim vergessen hast. Ich denke, die ›Schachnovelle‹ ist genau richtig für dich. Für mich habe ich ›Madame Bovary‹ genommen. Das wollte ich schon lange wieder einmal lesen.«

Verblüfft sah er auf das etwas abgegriffene Taschenbuch in seiner Hand. »Wo hast du das so plötzlich her?«

»An dem kleinen, antiken Schrank, den ich bei unserer Ankunft schon bewundert habe, steckte ein Schlüssel. Ich habe reingeschaut und festgestellt, dass es sich um eine Bibliothek für Hotelgäste handelt. Du kannst dir natürlich etwas anderes holen, aber da du gerne Schach spielst …«

»Perfekt«, versicherte er ihr lächelnd. »Danke!«

Während der nächsten halben Stunde lasen sie beide schweigend. Dann stand Lisa auf und knipste die Stehlampe an. Als sie ihr Buch wieder aufschlug, stieß sie einen erstaunten Laut aus.

»Was für ein schönes Exlibris!«

Er nickte, sah aber erst auf, als sie ihn am Ärmel zupfte. »Schau mal. Da steht der Name des früheren Besitzers drin: Casimir von Rychenbach. Sagt dir der etwas?«

Jetzt hatte sie seine Aufmerksamkeit. »Von Rychenbach? Du meinst, das hat mal diesem CvR gehört, der im Thunersee ...«

»Ja, genau.« Lisas Stimme wurde immer aufgeregter. »Dieser reiche Tausendsassa, der für tot erklärt wurde, nachdem er vom Schwimmen nicht zurückgekommen war. Das stand damals wochenlang in allen Zeitungen.«

»Stimmt.« Robert griff nach seinem Smartphone. »Mal sehen, ob ich darüber etwas im Internet finde.«

»Kaum. Das muss in den Achtzigern gewesen sein.«

»Aber es sind praktisch alle Archive digitalisiert worden. Schau, ich hab's schon. Ein Artikel aus der Berner Zeitung. Hör zu:

Trauriger Fund am Thunersee. Fünf Tage sind vergangen, seit der Millionär Casimir von Rychenbach, bekannt als CvR, von seinem allmorgendlichen Schwimmen im Thunersee nicht zurückkam. Der sportliche Sechzigjährige hatte trotz eines drohenden Gewitters nicht von seiner Routine abweichen wollen. Die Seepolizei sowie alle Rettungskräfte waren seither im Einsatz. Gestern Nachmittag wurden Reste eines von einer Schiffsschraube zerfetzten Schwimmschuhs gefunden. Laut seiner Ehefrau Ramona handelt es sich um einen der Gummischuhe, die ihr Mann jeden Morgen trug. Es scheint, dass der geübte Schwimmer an jenem Morgen in den hohen Wellen einen Schwächeanfall erlitt und ertrank. Die Suche nach seinem Körper wird weitergeführt.«

Hofer brach ab.

»Er wurde nie gefunden«, sagte Lisa leise. »Was für ein

Drama. Ich erinnere mich, dass nur ein paar Wochen später die Villa am See abbrannte und seine junge Frau ins Ausland zog. Hat sie nicht später einen Amerikaner geheiratet? Jedenfalls habe ich den Namen von Rychenbach nie mehr gehört.«

»Eine tragische Geschichte. Wie mag das Taschenbuch hierhergekommen sein?« Robert, der keine Antwort auf die Frage erwartete, schlug es ganz vorn auf und stutzte. »Schau, Lisa, das hat ihm auch gehört. Kein Exlibris, aber eindeutig sein Kürzel in dieser schwungvollen Schrift. ›CvR‹. Die Witwe muss seine Bibliothek dem Hotel geschenkt haben.«

Lisa nickte, stand auf und reckte sich. »Es ist Zeit fürs Abendessen. Ich mache mich nur schnell frisch, dann können wir gehen.«

Als sie aus dem Badezimmer zurückkam, stand Hofer mitten im Zimmer und starrte in sein Buch.

»Was ist?«

»1996«, murmelte er und sah sie mit großen Augen an. »Das ist eine Auflage von 1996.«

Es dauerte einen Moment, bis sie begriff. »Um Gottes willen«, entfuhr es ihr. »Da war der Mann doch schon zehn Jahre tot.«

Während des Essens sprachen sie mit gedämpften Stimmen über ihre Entdeckung.

»Entweder war er 1996 noch am Leben oder jemand wollte diesen Anschein erwecken«, sagte Hofer. »Stehen in dem Schrank noch mehr neuere Titel?«

Lisa Zünd hob die Schultern. »Darauf habe ich nicht geachtet. Ich habe einfach etwas Passendes für uns ausgesucht. Aber es waren vor allem Klassiker. Am besten fragen wir, woher die Bücher kommen. Irgendwie müssen sie vor dem Brand hier abgeliefert worden sein.«

»Oder die Villa wurde ausgeräumt und dann Feuer gelegt«, überlegte Robert. »Kennst du die Besitzer des Hotels?«

»Nein. Im Prospekt steht nur, dass sich das ›Seestübli‹ seit der Eröffnung in den Achtzigern im Besitz der Familie Rutschi befindet.«

»Das mit den Achtzigern kommt hin. Aber ob geschenkt oder gestohlen: Die Auflage von 1996 passt nicht ins Bild.«

Sie verstummten, als sich die Bedienung ihrem Tisch näherte. Die junge Frau fragte höflich, ob das Essen geschmeckt habe.

»Ganz wunderbar«, versicherte ihr Lisa Zünd. »Sagen Sie, könnten wir vielleicht mit dem Besitzer des Hotels sprechen?«

Bedauernd schüttelte die junge Frau den Kopf. »Frau Rutschi ist heute und morgen Vormittag nicht im Haus. Aber morgen beim Frühstück wird Herr Rutschi da sein.«

Sie versicherten ihr, die Sache könne warten, und wählten ein Dessert.

Auf dem Weg zurück ins Zimmer wurden sie von einem anderen Gast angesprochen. Auch er suchte nach Alternativen zur geplanten Wanderung. Eine Ausstellung im Schloss Spiez wurde in Betracht gezogen und man plauderte, bis sich die Wege im zweiten Stock trennten.

»Jetzt habe ich nicht mehr in den Schrank geschaut«, ärgerte sich Lisa. »Ach, morgen bei Tageslicht sehe ich eh mehr.«

Hofer nickte, öffnete die Balkontür und trat hinaus. Der Wind hatte sich gelegt, es regnete nur noch leicht. Auf dem See fuhr ein beleuchtetes Schiff vorbei.

»Wie schön!«, seufzte Lisa. »Hoffentlich klappt es noch mit unserer geplanten Seerundfahrt.«

Vom darüber liegenden Balkon vor Regen geschützt standen sie eine Weile schweigend da und atmeten die frische Luft ein.

»Nett von deinem Sohn, uns dieses Wochenende zu schenken«, sagte Hofer leise.

»Adrians Art, mir zu sagen, wie froh er ist, dass wir uns gefunden haben.« Lisa drückte seine Hand. »Spätes Glück.«

Eine Weile blickten sie dem Schiff nach, dann räusperte er sich und fragte: »Weißt du eigentlich, wo Rychenbachs Villa lag?«

»Irgendwo auf der anderen Seeseite mit Blick auf den Niesen. Ein interessantes Detail war, dass nur eine schmale Zugangsstraße zu seinem Anwesen führte und fast alles mit dem Boot angeliefert wurde. Er besaß ein Segelschiff, ein Ruder- und ein Motorboot.«

Hofer zog die Brauen hoch. »Das weißt du noch nach so vielen Jahren? Hast du damals für ihn geschwärmt, meine Liebe?«

Lisa lachte verlegen. »So wie jede Frau in der Schweiz. Er hatte das gewisse Etwas.«

»Und Geld«, versetzte Hofer trocken.

»Ja. Geerbt und gut angelegt. Ich glaube, er hat nie wirklich arbeiten müssen. Es ist ihm im Leben einfach alles gelungen.« Sie zeigte in den Garten hinunter. »Schau. Im Gartenhaus brennt Licht.«

»Tatsächlich. Ob es bewohnt ist?«

»Vielleicht vom Gärtner.« Fröstelnd zog Lisa die Schultern hoch. »Komm, wir gehen rein. Mir wird es zu kalt.«

»Frau Zünd, Herr Hofer, guten Morgen!«

Die beiden sahen von ihrem Frühstück auf. Vor ihnen stand ein Mann um die Dreißig, bekleidet mit schwarzen Jeans und weißem Hemd, der sie freundlich anlächelte.

»Ich bin Simon Rutschi, der Juniorchef. Melanie sagt, Sie möchten mich sprechen.«

»Ja, das stimmt.« Lisa ergriff das Wort. »Es geht um den antiken Schrank im ersten Stock. Er ist mir schon bei unserem Eintreffen aufgefallen. Als ich ihn mir am Abend nochmals angesehen habe, entdeckte ich, dass sich darin eine Gästebibliothek befindet. Steht er zum Verkauf? Er wäre ein wunderbares Geschenk für meinen Sohn, der antike Möbel sehr schätzt und bald heiratet.«

Hofer unterdrückte ein Lachen. So schamlos wie seine Lisa konnte niemand sonst lügen. Adrian hasste Antiquitäten, und weder er noch seine Lebenspartnerin hatten je Heiratspläne erwähnt. Rutschi schüttelte bedauernd den Kopf.

»Da muss ich Sie enttäuschen. Ich weiß zwar, von welchem Schrank Sie sprechen, aber dass Bücher drin sind, ist mir neu. Natürlich kann ich meine Mutter fragen, doch hat sie noch nie eines ihrer alten Stücke verkauft. Dieser Schrank steht da, seit ich denken kann.«

»Also gar nicht so lange«, meinte Lisa lächelnd. »Sie sind ja noch jung.«

»Das ist eine Frage der Perspektive.« Rutschi hob die Schultern. »Ich bin so alt wie das Hotel, das meine Eltern 1987 eröffnet haben.« Er sah, dass Hofers Kaffeetasse leer war, und schenkte nach. »Kann ich sonst noch etwas für Sie tun? Ich hoffe, Sie sind mit dem Service zufrieden.«

»Absolut. Ein ruhiges Haus direkt am See, bequeme Betten und ausgezeichnetes Essen«, lobte Hofer. »Und für das Wetter können Sie ja nichts.« Er zeigte nach draußen, wo es gerade wieder zu nieseln begonnen hatte. »Wir sehen uns heute die Ausstellung im Schloss Spiez an.«

»Darüber hört man nur Gutes«, versicherte Rutschi. »Ich werde Ihre Frage meiner Mutter weiterleiten, Frau Zünd. Aber bitte machen Sie sich keine Hoffnungen.«

Er ging in Richtung Treppenhaus, und die beiden beendeten ihre Mahlzeit. Als sie bald darauf im ersten Stock vor dem antiken Schrank standen, fehlte der Schlüssel.

»Warum wundert mich das jetzt nicht?«, brummte Hofer. »Ein Glück, dass wir die Beweise bei uns im Zimmer haben.«

»Die Bücher!«, stieß Lisa erschrocken aus. »Hast du das Nicht-Stören-Schild an die Tür gehängt?«

»Verdammt, nein! Schnell!«

Hofer hastete die Treppe hinauf, Lisa direkt hinter ihm. Als sie in ihr Zimmer stürzten, waren die Betten noch ungemacht. ›Madame Bovary‹ lag auf Lisas Nachtkästchen, die ›Schachnovelle‹ auf einem der Lehnstühle. Sie atmeten auf. Schnell packte Lisa ihr Buch in die Handtasche und Hofer brachte seines im Rucksack unter. »Die lassen wir nicht mehr aus den Augen, bis wir wissen, woher sie kommen«, murmelte er. »Irgendetwas stimmt hier nicht. Ich sollte eigentlich die Polizei anrufen.«

»Um dich lächerlich zu machen?«, fragte Lisa kopfschüttelnd. »Mit einem alten Buch als Beweis wird uns niemand ernst nehmen.«

»Ich habe mehr als das. Gestern, als du schon geschlafen hast, habe ich nach Bildern von Casimir von Rychenbach gegoogelt und bin auf das hier gestoßen.« Er zückte sein Smartphone und fand nach kurzem Suchen, was er ihr zeigen wollte. »Schau!«

Neugierig beugte sie sich über den kleinen Bildschirm. »CvR an seinem Schreibtisch«, sagte sie schließlich achselzuckend. »Was ist daran speziell?«

»Zoom den Hintergrund heran, dann siehst du es.«

Sie tat wie geheißen und schnappte nach Luft. »Meine Güte. Das ist der Schrank aus dem ersten Stock.«

»Genau. Nicht nur die Bücher, auch der Schrank hat ihm gehört. Ich finde, wir sollten das melden.«

Lisa nickte ernst. »Gut. Aber erst am Montag. Wir stellen zusammen, was wir entdeckt haben, und schicken alles an die Polizei in Thun. Was die damit machen, ist ihre Sache. Und ab jetzt genießen wir unser Wochenende!«

Als das Paar nach dem Besuch der Ausstellung ins Freie trat, wurde es von einigen blassen Sonnenstrahlen empfangen. Hocherfreut beschlossen die beiden, im Schloss Café ein leichtes Mittagessen einzunehmen und dann das nächste Schiff Richtung Interlaken zu besteigen.

Eine Stunde später ließen sie sich auf dem sonnigen Oberdeck der ›Berner Oberland‹ den Wind um die Nase wehen, und Hofer suchte mit dem Fernglas das Ufer nach Überresten der abgebrannten Rychenbach-Villa ab. Vergeblich. Das ›Seestübli‹ hingegen fand er und sah, dass im Garten Liegestühle aufgestellt worden waren.

»Wie schön!« Lisa war entzückt. »Wenn wir zurück sind, lege ich mich auf einen davon und genieße die Sonne.«

Hofer nickte und blickte weiter durch den Feldstecher zum Hotel hinüber. »Schau!«, sagte er plötzlich aufgeregt. »Da kommt jemand aus dem Gartenhaus. Ich glaube, der geht schwimmen.«

»Zeig her.« Lisa versuchte ihm das Glas abzunehmen. Er wehrte sie ab. »Nein, warte. Ach, jetzt hab ich ihn verloren. Wahrscheinlich ist er schon im Wasser. Seltsam, dass da jemand wohnt.«

»Allerdings. Wir sollten uns das heute Abend näher anschauen.«

Als sie am späteren Nachmittag ins Hotel zurückkamen, wurden sie an der Rezeption von Simon Rutschi auf die Liegestühle hingewiesen.

»Wir haben Badetücher bereitgelegt, falls Sie schwimmen gehen wollen«, sagte er lächelnd. »Die Wassertemperatur beträgt allerdings nur achtzehn Grad.«

»Das ist mir zu frisch«, meinte Lisa schaudernd. »Aber ich lege mich eine Stunde in die Sonne. Komm, Robert, das wird uns guttun.«

Sie waren die einzigen Gäste im Garten. Die große Grünfläche wurde an beiden Seiten von Blumenbeeten und einer Hecke begrenzt. Vor ihnen lag der See, dessen Wellen leise ans Ufer plätscherten.

»Ein Paradies«, schwärmte Lisa, streckte sich auf dem Liegestuhl aus und schloss die Augen.

»Willst du jetzt wirklich schlafen?«, fragte Robert ungläubig. »Wir wollten doch einen Blick ins Gartenhaus werfen.«

Lisa warf einen nervösen Blick zum Hotel zurück. »Schon. Aber sollten wir nicht warten, bis es dunkel ist?«

»Wieso? Niemand hat gesagt, dass wir uns nicht frei bewegen dürfen. Jetzt komm schon!«

Nach kurzem Zögern streckte sie die Hand aus und ließ sich von ihm hochziehen. Sie schlenderten zum Ufer und näherten sich vorsichtig dem Gartenhaus. Es stand im Schatten eines großen Ahornbaumes und wurde durch eine Buchshecke vom Garten abgetrennt.

»Hallo!« Ein Ruf aus der Richtung des Hotels ließ sie herumfahren.

Eine Frau eilte quer über den Rasen auf sie zu. Sie trug schwarze Hosen, eine leuchtend blaue Bluse und hatte die grauen Haare zu einem Zopf geflochten.

»Sicher Frau Rutschi«, flüsterte Lisa.

»Guten Tag.« Etwas atemlos erreichte die Hotelbesitzerin ihre Gäste. »Ich bin Monika Rutschi. Sie sind Frau Zünd und Herr Hofer, nicht wahr?« Sie reichte beiden die Hand. »Mein Sohn sagt, Sie interessieren sich für das antike Schränkchen im ersten Stock.«

»Ja, das stimmt.« Abermals erzählte Lisa das Lügenmärchen vom Hochzeitsgeschenk für ihren Sohn.

»Da muss ich Sie enttäuschen. Es handelt sich um ein Erbstück, von dem ich mich nicht trenne.«

»Wie schade.« Lisa lächelte bedauernd. »Aber das verstehe ich natürlich. Und was ist mit den Büchern? Haben Sie die auch geerbt?«

Einen Moment fehlten der Frau die Worte. »Die Bücher«, stammelte sie dann. »Nein. Ich … Der Schrank ist immer verschlossen. Dass er gestern offen stand, war ein Versehen.«

»Ach, dann handelt es sich gar nicht um eine Bibliothek für die Gäste?«

»Nein, es tut mir leid. Falls Sie ein Buch daraus genommen haben, müssen Sie es vor der Abreise zurückgeben.«

»Selbstverständlich! Es ist nur …« Lisa brach ab und sah Hilfe suchend zu Hofer hinüber.

Der räusperte sich und sagte: »Uns sind die schönen

Exlibris aufgefallen. Wir fragen uns, wie die Bibliothek von Casimir von Rychenbach in Ihr Hotel kommt.«

Monika Rutschis Gesicht verlor seine Farbe. Sie presste die Lippen zusammen, als wolle sie sich selbst am Reden hindern. Dann weiteten sich ihre Augen. Ein Hüsteln ließ Robert und Lisa herumfahren. Keinen Meter von ihnen entfernt stand ein alter Mann. Er war groß und schlank, trug Jeans und ein weißes Leinenhemd. Seine nackten Füße steckten in Wildledermokassins, das weiße, volle Haar fiel ihm bis auf die Schultern. In seiner rechten Hand hielt er einen alten Revolver.

»CvR«, flüsterte Lisa fast andächtig. »Sie leben!«

Der Mann neigte zustimmend den Kopf. »Gnädige Frau, es ehrt mich, dass Sie mich nach so langer Zeit noch erkennen. Monika, ich denke, ich sollte die Herrschaften in mein bescheidenes Heim einladen.« Er wies mit schwungvoller Geste auf das Gartenhaus. »Bitte folgen Sie mir.« Erst jetzt wurde ihm bewusst, dass beide Gäste wie gebannt auf die Waffe in seiner Hand starrten. »Oh, entschuldigen Sie. Als ich von Monika eine Nachricht mit dem Text ›GEFAHR‹ bekam, nahm ich spontan das alte Ding von der Wand. Es ist nur Dekoration, ein Erbstück, wie so vieles in meinem Heim, wie Sie gleich sehen werden. Bitte, kommen Sie. Glauben Sie mir, Sie haben nichts zu befürchten.«

Er ging voran, und diesmal folgte ihm das Paar, wenn auch zögernd. Monika Rutschi bildete den Schluss der Gruppe.

Tatsächlich entpuppte sich das unscheinbare Gartenhaus als gemütlich eingerichtetes Heim. Lisa und Robert wurde ein bequemes Sofa angeboten, von Rychenbach setzte sich ihnen gegenüber in einen alten Lehnstuhl und Frau Rutschi verschwand hinter einem Paravent, um gleich darauf mit einer Wasserkaraffe und Gläsern zurückzukommen.

»Nur Wasser?«, meinte CvR stirnrunzelnd. »Ich brauche einen Whisky! Sie nehmen doch auch einen? Nein? Dann nur für mich, bitte.«

Als das Gewünschte vor ihm stand, hob er das Glas und brachte einen Toast aus. »Auf Sie, liebe Gäste, die Sie in mehr als dreißig Jahren die Ersten sind, die mich hier gefunden haben.«

»Sie waren wirklich die ganze Zeit über hier?«, fragte Hofer ungläubig. »Warum? Wovor haben Sie sich versteckt?«

Der alte Mann trank einen Schluck, schloss die Augen und seufzte tief. »Nun gut. Es ist an der Zeit, dass jemand die Wahrheit erfährt. Jemand anderes als Monika und Beat Rutschi, die damals meine einzigen Freunde waren. Beat war mein Gärtner und Monika arbeitete im Haus. Sie war es, die mitbekam, dass meine Frau plante, mich ermorden zu lassen. Sie sprach am Telefon Englisch und war sich nicht bewusst, dass die Hausangestellte alles verstand.«

»Sie hat nie mit mir gesprochen«, warf Monika Rutschi leise ein. »Sie hat nur Befehle erteilt.«

»Ja, so war Ramona. Wunderschön, aber arrogant und egoistisch.«

Dankbar lächelte von Rychenbach.

Monika war geistesgegenwärtig genug, sich nichts anmerken zu lassen, und erzählte am Abend ihrem Mann davon. Der passte mich am nächsten Morgen im Garten ab und wir schmiedeten einen Plan. Zwei Tage bevor mir bei meinem morgendlichen Schwimmen im See jemand in einem Boot hätte auflauern sollen, gelang es mir, meinen Tod zu inszenieren. Wie immer schwamm ich bei Sonnenaufgang auf den See hinaus. Das Glück wollte es, dass sich ein Gewitter heraufzog und einen Unfall glaubwürdig erscheinen ließ. Draußen erwartete mich Beat in einem Motorboot, nahm mich an Bord und brachte mich hierher, in sein Elternhaus. Er beschädigte einen meiner Badeschuhe an seiner Schiffsschraube und richtete es so ein, dass die Seepolizei diesen Schuh später aus dem Wasser fischte.«

»Aber warum sind Sie nicht zur Polizei gegangen?«, fragte Hofer. »Sie hätten Ihre Frau anzeigen müssen.«

»Ich hatte keine Beweise«, gab CvR zu bedenken. »An jenem Morgen, als Beat und Monika mir von dem geplanten Anschlag erzählten, zog ich Bilanz. Ich hatte seit Langem mein Jetset-Leben satt und wollte weg, und zwar für immer. Ich gebe Ihnen gegenüber gern zu, dass ich ein verstecktes Konto hatte, welches ich leerräumte. Das Geld steckten wir in den Ausbau dieses Gartenhäuschens und in die Renovation des Wohnhauses, aus dem ein gemütliches Hotel wurde. Während der Saison lebe ich hier, von Anfang Oktober bis Ende März habe ich drüben meine Suite im ersten Stock.«

»Dann steht der Bücherschrank vor Ihrem Zimmer.« Lisa begann, die Zusammenhänge zu verstehen. »Sie haben sich am Freitag etwas zu lesen geholt und vergessen, den Schlüssel abzuziehen.«

»Genau. Ein dummer Fehler, der Sie auf mich aufmerksam gemacht hat, liebe Frau Zünd. Aber sagen Sie mir, wieso haben Sie sich auf die Suche nach mir gemacht? Meine Bibliothek hätte Ramona doch einfach verschenkt haben können.«

Hofer erklärte ihm den Zusammenhang und von Rychenbach lachte herzlich. »Meine Eitelkeit! Schon immer habe ich mein Eigentum mit meinem Kürzel versehen. Wie dumm von mir und – wie klug von Ihnen beiden, den Fehler zu bemerken.«

Lisa lächelte geschmeichelt. »Aber warum sind Ihre Sachen hier?«, erkundigte sie sich. »Die Villa ist doch damals abgebrannt.«

»Meine Frau entließ Beat und Monika, schloss das Haus und ging fort; offiziell, um der Presse zu entkommen, aber wahrscheinlich reiste sie zu ihrem Liebhaber. So konnten Beat und ich Nacht für Nacht heimlich kleinere Möbelstücke und Wertsachen über den See transportieren. Als ich alles hatte, an dem ich hing, legten wir Feuer. So fiel niemandem auf, dass meine persönlichen Sachen verschwunden waren.«

»Unglaublich, was Sie alles zurückgelassen haben«, sagte Robert. »Haben Sie es nie bereut? Dreißig Jahre völlig isoliert! Ich stelle mir das schrecklich vor.«

Von Rychenbach schüttelte den Kopf. »Nein, glauben Sie mir, Herr Hofer, ich ziehe das Leben mit wenigen guten Freunden demjenigen umringt von Heuchlern bei Weitem vor. Simon hat mir viel Freude gemacht und von Anfang an verstanden, dass ich nur in dieser Familie lebe und für alle anderen Menschen nicht existiere. Ich hatte meine Bücher, Zeitungen, und als das Internet aufkam, hat Beat und später Simon dafür gesorgt, dass ich immer auf dem neuesten Stand der Technik war. Ich muss gestehen, der Schritt zurück in die normale Welt erfüllt mich mit Angst und Sorge. Aber ich verstehe natürlich, wenn Sie mit Ihrer Entdeckung an die Polizei und die Presse gelangen wollen.«

Eine Minute lang herrschte völlige Stille. Robert spürte, wie sich Lisas Hand in die seine schob. Sie wechselten einen Blick und waren sich ohne Worte einig.

»Herr von Rychenbach, wir sehen keinen Grund dafür, Sie hier zu stören«, sagte Hofer mit fester Stimme. »Sie haben aus meiner Sicht nichts Unrechtes getan, als Sie ein neues Leben angefangen haben.«

»Es wäre bestimmt ein schrecklicher Aufwand für die Ämter und die Polizei, diesen Fall nochmals aufzurollen«, warf Lisa Zünd ein. »Mir scheint, es ist alles gut so, wie es ist.«

»Das ist sehr großherzig von Ihnen. Ich …« CvRs Stimme versagte. Er trank einen Schluck Whisky und räusperte sich, bevor er weitersprach. »Wie kann ich mich erkenntlich zeigen?«

Die beiden zögerten. Schließlich fragte Lisa: »Ob wir wohl die beiden Bücher, die wir am Freitag als Lektüre aus dem Schrank entliehen haben, behalten könnten? Es handelt sich um ›Madame Bovary‹ und die ›Schachnovelle‹.«

»Und Sie würden nie jemanden auf die Diskrepanz zwischen dem Auflagedatum und meinem offiziellen Todestag aufmerksam machen?«

»Niemals«, versicherte ihm Hofer. »Das versprechen wir Ihnen.«

Alle erhoben sich. Die beiden Männer besiegelten die Abmachung mit einem Händedruck. Dann beugte sich von Rychenbach elegant über Lisas ausgestreckte Rechte und deutete einen Handkuss an. »Ich danke Ihnen beiden von ganzem Herzen«, sagte er leise. »Leben Sie wohl!« Plötzlich sah man ihm sein hohes Alter an. Er ließ sich wieder in seinen Sessel sinken und schloss die Augen.

»Bitte, kommen Sie«, flüsterte die Hotelbesitzerin und öffnete den beiden Gästen die Tür. Schweigend schritten sie über den Rasen zurück zum Hotel.

Auf halbem Weg blieb Lisa abrupt stehen. »Er ist schon über neunzig! Was geschieht, wenn er krank wird und …« Sie brach ab.

»Er sagt, wenn er merkt, dass der Zeitpunkt gekommen ist, wird er im Morgengrauen hinausschwimmen und nicht mehr zurückkommen«, antwortete Monika, den Blick auf den See gerichtet. »Genau wie damals, als er aus seinem ersten Leben verschwand.«

DIE GLOCKEN VON SILS MARIA

ROLAND VOGGENAUER

Im Herbst 1942 meldete man dem Bischof von Chur den Besuch einer älteren Dame. Sie sei aus dem Italienischen angereist, hatte sie geschrieben, und sie bitte um eine dringende vertrauliche Unterredung mit dem – wie sie sich ausdrückte – »hochwürdigsten Herrn Caminada«.

Der Bischof ließ ihr einen Termin einrichten; eine halbe Stunde, hieß es, könne Seine Exzellenz ihr gewähren, und sie unterzeichnete ihre Antwort »in tiefer Dankbarkeit und mit vorzüglicher Hochachtung« als Signora Greco.

»Ich habe Sie mir anders vorgestellt«, sagte sie, als sich die beiden schließlich gegenübersaßen. Sie hatte einen stattlichen Mann mit fülligem Körper und behäbigen Bewegungen erwartet. Stattdessen war er klein von Gestalt und hager, seine Gesichtszüge gegerbt, als sei er Arbeit unter freiem Himmel gewöhnt. Trotzdem wirkte er eigentümlich blass, fast ein wenig kränklich. Seine wenigen Worte, als er ihr zur Begrüßung die Hand reichte, sprach er schnell und abgehackt.

»Ich muss gestehen, ich habe Sie mir etwas älter vorgestellt«, erwiderte er, und ein unsicheres Lächeln huschte über sein Gesicht. »Aber was verschafft mir die Ehre?«, fragte er und fixierte sie dabei.

Sie ließ einen Augenblick verstreichen, und statt zu antworten, fragte sie ihn unvermittelt, ob er gehört habe, dass die Deutschen jetzt vorhätten, die Judenfrage endgültig zu lösen. Sie betonte das Wort »Judenfrage«. Das sei auf einer Konferenz am Wannsee so beschlossen worden; sie habe es von einem englischen Radiosender erfahren.

Der Bischof war sichtlich überrascht und blickte sie jetzt ungläubig an. Dann griff er wie beiläufig nach einigen Papieren auf seinem Schreibtisch und fing an, sie zu sortieren, ohne besondere Aufmerksamkeit.

»Ich pflege in meiner Sprechstunde eigentlich keine politischen Diskussionen zu führen«, sagte er, und während er demonstrativ auf seine Armbanduhr blickte, murmelte er: »Aber ja, sicher, das ist mir auch schon zu Ohren gekommen.«

Als die Dame dazu schwieg, fuhr er nachdenklich fort: »Nur weiß ich nicht so recht, was es bedeuten soll. Mir war bis dato gar nicht bewusst, dass diese *Frage*« – er verdrehte die Augen dabei – »überhaupt existiert ... Und ich wüsste erst recht keine Antwort darauf.«

»Nein!« Die Signora schüttelte langsam den Kopf, ohne ihren Gegenüber aus den Augen zu lassen. »Und die Schließung der Grenzen kann auch keine Antwort sein.«

Der Bischof sah offenbar keinen Zusammenhang zwischen dem einen und dem anderen.

»Die kürzlich getroffene Entscheidung des Schweizer Bundesrates«, half sie ihm.

»Ah!« Er zog eine Augenbraue hoch. »Das betrifft alle Kriegsflüchtlinge, nicht nur Juden«, beeilte er sich zu sagen. »Und ich gehe davon aus, dass unser Justizminister zum Wohl unseres Landes entschieden hat. Wir sind nur ein kleines Rettungsboot im Meer des Krieges.«

Die Dame ließ den Kopf auf die Brust sinken. »Ich bin letzte Woche über den Maloja-Pass heraufgekommen«, sagte sie nach einer Weile, ohne den Blick zu heben. »Die Szenen dort, Sie können sich das nicht vorstellen, es ist eine Schande.«

Der Bischof sah sie nur an und sagte nichts.

»Wissen Sie?«, fuhr sie fort und blickte ihm jetzt wieder ins Gesicht. »Ich bin zu Ihnen gekommen, um Sie zu bitten, dass Sie sich im Namen der katholischen Kirche gegen diesen Beschluss stellen.«

Der Bischof zuckte merklich zusammen und lachte kurz auf; es war ein nervöses Lachen. Dann erhob er sich abrupt und entfernte sich ein paar Schritte. Offenbar wollte er die Unterredung beenden. Vor dem Fenster blieb er stehen und wartete darauf, dass sich sein Gast erhob und ging. Doch als dies nicht geschah, drehte er sich zu ihr um und sagte: »Es ist nicht die Aufgabe der heiligen Kirche, sich in die weltliche Politik einzumischen. Diese Zeiten sind vorbei, seit Napoleon. Auch wir haben uns der Obrigkeit unterzuordnen.« Eine angedeutete Resignation klang in seiner Stimme.

»Nun, der Papst hat keine Legionen«, sagte die Signora, während sie ihr Kleid glatt strich und aufstand. Sie ging jedoch nicht zur Tür, sondern baute sich neben ihm auf. Erst jetzt bemerkte sie, dass sie ein wenig größer war als er. Sie sah auf ihn hinab. Er erwiderte ihren Blick nicht, sondern starrte hinaus auf die Straße, wo sich hupende Automobile und vereinzelte Pferdekutschen die enge Fahrbahn teilten. Eine Weile standen sie schweigend nebeneinander.

»Wenn Sie deswegen gekommen sind, dann gehen Sie jetzt lieber«, sagte er schließlich.

Die Dame machte keine Anstalten, dem nachzukommen. Mit dem Blick nach draußen gewandt entgegnete sie langsam: »Nein. Deswegen bin ich nicht gekommen.«

Sie machte eine Pause. Der Bischof betrachtete sie aus den Augenwinkeln.

»Meine Mutter ist vor Kurzem gestorben«, sagte sie kaum hörbar.

Die abrupte Wendung überraschte ihn. Er drehte sich ihr zu. »Das tut mir leid. War sie krank?«

Die Frau schüttelte den Kopf. »Sie war schon über siebzig, und sie ist eingeschlafen; leider nicht friedlich.«

Herr Caminada warf ihr einen fragenden Blick zu.

»Sie hat lange …«, sie stockte, »gehadert, mit sich, mit ihrer Familie, auch mit ihrer Kirche, aber erst in den letzten Wochen hat sie darüber gesprochen. Ich wünschte, sie hätte es früher getan.«

Der Bischof zog die Augenbrauen hoch, immer noch fragend, aber ohne etwas zu sagen.

»Meine Mutter ist als junge Frau in die Schweiz gekommen, mit sechzehn.«

Wieder machte sie eine Pause und spürte, wie die Blicke des Herrn Caminada auf ihr ruhten.

»Ihre Eltern waren früh gestorben. Sie waren drei Kinder, Sophia und ihre beiden älteren Brüder, Luca und Matteo, Zwillinge. Sie hatten niemanden sonst, und so beschloss meine Mutter wegzugehen, nach Norden, um woanders Arbeit zu finden.«

Ihr Stimmfall deutete an, dass die Geschichte kein gutes Ende nehmen würde.

»Weit musste sie nicht reisen. In Silvaplana fand sie eine Anstellung als Magd auf einem Hof.«

Jetzt begriff der Bischof, es ging um etwas, das in seinem Bistum geschehen sein musste, denn Silvaplana lag nur wenige Stunden von Chur entfernt.

»Und wann war das?«, fragte er schnell.

»In St. Moritz wurde gerade eine neue Kirche gebaut, und deshalb gab es in der Gegend mehr Arbeit als sonst.«

Der Bischof rechnete kurz nach und nickte langsam mit dem Kopf. »St. Borromäus«, sagte er.

Er fürchtete, dass die Mutter der Frau etwas mit einem Verbrechen aus dieser Zeit zu tun haben könnte.

»War es etwa 1888?«, fragte er vorsichtig.

Die Dame zog die Schultern hoch, als ob das nichts zur Sache täte.

»Es gab dort einen Hof. Die Bauersleute waren arme Leute. Sie hatten keine Kinder, und die Bäuerin hatte vor Jahren einen Unfall gehabt, auf dem Feld. Seitdem war sie bettlägerig, und im Kopf war sie auch nicht mehr ganz richtig, nachdem man sie unter dem Ochsenkarren hervorgezogen hatte.«

Der Bischof hatte sich jetzt ganz zu ihr gewandt, und man merkte, dass er mit dem Fall vertraut war. Er hob den Finger, als würde er den Fortgang der Erzählung dirigieren wollen.

»Ich glaube, ich weiß, wen Sie meinen. Aber bitte, erzählen Sie weiter.«

»Der Bauer war mit der Pflege der armen Frau überfordert«, fuhr sie fort. »Immer wieder hatte er Mägde, die nach ihr sehen sollten, und anscheinend hatte der Pfarrer ihm dafür auch Geld gegeben ... aus der Gemeindekasse.«

Wieder hob er eine Augenbraue.

»Die Mägde sind gekommen und gegangen. Meine Mutter war eine davon, die letzte ... Sophia war ihr Name«, wiederholte sie.

»In Silvaplana, sagen Sie?«

»Ja.«

Der Bischof hob eine Schulter und kratzte sich den Kopf. »Auf dem Hof ist später ein schreckliches Verbrechen geschehen.«

Die Dame nickte wissend.

»Die beiden Bauersleute fand man erschlagen in ihren Betten, und ihre Mörder hat man nie gefasst«, sagte der Bischof. »Der Raubmord von Silvaplana«, setzte er hinzu, »das war 1888.«

»Sie kennen die Geschichte. Das habe ich erwartet ...«

Ein zaghaftes Lächeln entspannte jetzt seine Gesichtszüge. »Nun ja«, hob er an, doch sie beendete ihren Satz unbeirrt: »Aber Sie kennen nicht die ganze Geschichte.«

Sein Lächeln wich einem Staunen. »Die Sache ist allgemein bekannt«, sprach er langsam. »Aber sie hat doch nichts mit der Kirche zu tun.«

Er wählte seine Worte vorsichtig, langsam, weil ihm das besonders wichtig erschien, aber auch so fragend, als habe er eine Ahnung, dass er unrecht haben könnte.

»Doch«, behauptete sie mit Nachdruck, »denn es gab einen weiteren Mord ... in Sils.«

Das letzte Wort klang wie ein Peitschenschlag. Sils lag nur wenige Kilometer von Silvaplana entfernt an der Straße zum Maloja-Pass, der nach Italien hinunterführte.

Augenblicklich sackte seine Unterlippe herab. »Sie meinen ...« Er pausierte und wartete darauf, dass sie den Satz vollendete, doch sie schwieg und sah ungerührt zum Fenster hinaus. Nur ihr unveränderter Gesichtsausdruck zeigte ihm, dass sie das Gleiche dachte.

»Den Pfarrer, der sich im Glockenturm erhängt hat?«

Die Dame schwieg weiter, nickte dann und sagte sehr deutlich: »Ja! Aber er wurde hingerichtet.«

Der Bischof riss die Augen auf und sah sie ungläubig an. Im gleichen Moment klopfte es. Er hörte es nicht einmal. Es klopfte ein weiteres Mal, und die Dame sah zur Tür. Der junge Mann, der sie empfangen hatte, schaute vorsichtig herein und zeigte vielsagend auf seine Uhr. Die Signora machte den Bischof mit einem Kopfzeichen darauf aufmerksam. Wie aus seinen Gedanken gerissen, fuhr er herum. Mit einer schnellen Handbewegung bedeutete er dem Mann, dass er nicht gestört werden wolle, und wandte sich wieder an die Dame.

»Was sagen Sie? Eine Hinrichtung?« Es klang nach Verschwörung.

Signora Greco sah ihn mit unbeweglichen Zügen an. Nach einer Weile sprach sie ruhig weiter: »Meine Mutter war Magd auf diesem Hof. Anfangs war sie zufrieden. Die Arbeit war hart, aber die Bäuerin war gut zu ihr, zumindest dankbar. Doch dann ist meine Mutter davongelaufen, wie viele andere vor ihr auch, zurück nach Italien.«

Wieder stockte ihre Rede. Sie schien zu überlegen, wie sie die Worte wählen sollte.

»Sie war schwanger. Ein halbes Jahr später hat sie mich zur Welt gebracht, und sie hat mir nie gesagt, wer mein Vater war. Erst vor wenigen Monaten, und jetzt weiß ich, warum sie so lange geschwiegen hat. Sie hat sich geschämt.«

Der Bischof zuckte mit den Achseln. »Ich kann Ihnen nicht folgen. Warum ist sie weggelaufen? Warum hat sie sich geschämt?«

»Als meine Mutter wieder in Italien war, da kümmerten sich ihre Brüder um sie. Irgendwann konnte sie die Schwangerschaft nicht mehr verbergen, und da wollten sie natürlich wissen, von wem sie das Kind erwartete.«

Der Bischof hing an ihren Lippen und fieberte der Fortsetzung der Geschichte entgegen. Er hatte eine gewisse Befürchtung, wie sie weitergehen würde, doch sie nahm eine überraschende Wendung.

»Sie hat sich lange gewehrt, aber schließlich gestand sie, dass das Kind von dem Bauern aus Silvaplana sein müsse.«

Der Bischof schien erleichtert.

»Sie hatte dem Pfarrer gebeichtet«, fuhr sie fort, »dass dieser Bauer ihr nachstelle, und sie meinte, der Herrgott müsse *ihr* dafür vergeben.«

Der Bischof schürzte nur seine Lippen und wandte sich ab. Er wusste, was die Signora als Nächstes erzählen würde, und offensichtlich wollte er den Rest der Geschichte nicht mehr hören.

»Es wäre besser, wenn Sie jetzt gehen«, forderte er sie auf.

Die Dame wartete eine Weile und ließ die Worte verhallen. »Ja, das mache ich«, sagte sie nachdenklich. »Aber denken Sie bitte daran, warum ich eigentlich hier bin.« Damit wandte sie sich wortlos zum Gehen.

Als sie bei der Tür war, rief der alte Mann sie wieder zurück. »Warten Sie!«

Sie hielt inne.

»Was soll ich denn tun?« Er erhob seine Stimme, die resignierend, hilflos klang.

Die Signora blieb unbeeindruckt. Sie sah zu Boden und tastete nach der Türklinke.

»Einen Brief schreiben?«, fuhr er mit ironischer Stimme fort. »An den Herrn Justizminister? Und mich lächerlich machen wie ein dummer Schulbub? In welcher Welt leben Sie eigentlich?«

Die Dame beantwortete seine Fragen mit einem Blick voll gespielten Mitleids. »Tun Sie, was Ihr Glaube Ihnen befiehlt«, sagte sie bestimmt und sah ihn an, als warte sie auf eine Antwort. Doch er tat ihren Satz mit einer abfälligen Handbewegung ab.

»Und der Pfarrer von Silvaplana«, wechselte er das Thema. »Was wissen Sie über ihn? Ich kenne seinen Fall gut, zu gut. Ich habe seine Predigten studiert. Er beschloss sie alle mit dem Ausruf: *Betet, fromme Schweizer, betet.* Was soll denn seine Schuld gewesen sein?«

Die Dame ließ die Klinke los und kam wieder auf ihn zu, diesmal energischen Schrittes und mit erhobenem Zeigefinger. »Schuld? Nein! Verantwortung! Das hat es damals in Silvaplana nicht gegeben.«

»Ich weiß«, gestand er und wich vor ihr zurück.

»Meine Mutter hat niemanden beschuldigt, erst recht keinen Vertreter ihrer *heiligen* Kirche.« Sie bekreuzigte sich. »Und auch nicht den Pfarrer. In der Beichte hat sie sich ihm anvertraut und Vergebung gesucht. Vergebung dafür, dass *sie* sich unsittlich hat berühren lassen. Sie hat die Untaten dieses Mannes auf *sich* genommen, die Sünden des anderen hat sie auf sich genommen – kommt Ihnen das bekannt vor? Nicht die Sünden der ganzen Menschheit … nur die Sünden eines einfachen Bauern.«

Sie sah, wie die Wut in ihm hochstieg, obwohl er ihren Blicken nicht standhalten konnte.

»Mit einem ledigen Kind hätte man sie dort verstoßen«, fuhr sie fort, »ins Armenhaus wäre sie gegangen. Davor ist sie davongelaufen.«

»Ich verstehe«, stammelte der Bischof.

»Aber erst dann geschah das Unglück. Nachdem sie ihm gebeichtet hatte, erst dann hat er …«

Sie hatte ihre Stimme wieder gesenkt. Der Bischof trat näher zu ihr hin. »Hat er was?«, wollte er wissen. Es klang fordernd.

Die Signora blickte wortlos zum Fenster hinaus und machte eine lange Pause, bis sie schließlich sagte: »Hat er die Bauersleute ermordet!«

Der Bischof sah sie an, als habe er es gewusst, aber seine Unterlippe zitterte jetzt und sein Kinn war herabgesunken. Er stand still und sagte nichts.

»Die Brüder meiner Mutter waren außer sich«, fuhr sie fort. »Nachdem ihre Schwester ihnen alles berichtet hatte, sind sie schon am nächsten Tag aufgebrochen, nach Silvaplana, aber sie kamen zu spät. Die Bauersleute waren schon wochenlang unter der Erde, ermordet von einem Einbrecher, wie man vermutete. Es waren allerhand Ermittlungen angestellt worden. Meine Mutter war gesucht worden, erfolglos, und irgendwelche Landstreicher hatte man verhaftet, aber wieder laufen gelassen. Auf den Pfarrer war niemand gekommen. Dabei wäre es so leicht gewesen.«

Wieder schwieg sie eine Weile, nachdenklich.

»Luca und Matteo, die Brüder, sie wussten ja, was ihre Schwester dem Herrn Pfarrer gebeichtet hatte. Deswegen sind sie hin zu ihm. Sie haben ihm aufgelauert und ihm ins Gesicht gesagt, dass er die Zustände sehr genau gekannt und trotzdem nichts unternommen habe. Stattdessen habe er dem Mann sogar noch Geld gegeben, angeblich für die Pflege seiner armen Frau, tatsächlich aber wohl für etwas ganz anderes. Sie vermuteten, dass diese jungen Dinger nach Strich und Faden ausgenutzt worden seien.«

Sie sprach jetzt laut und wütend, und der Bischof schien bei jedem Wort zusammenzuzucken. Er schwitzte.

»Er muss vor ihnen davongelaufen sein, geflohen ist er.

Sie haben ihn verfolgt, bis in die Kirche, da hatte er sich versteckt, im Turm, aber sie haben ihn gefunden und ihm zugesetzt … bis er es ihnen gestand.«

Der Bischof hörte ihr atemlos zu.

»Was?«, murmelte er.

»Er habe seine gerechte Strafe bekommen, der Bauer, muss er gejammert haben. Und dabei hat er sich in immer mehr Widersprüche verstrickt.«

Sie sah ihm jetzt direkt in die Augen.

»Es soll ein Unfall gewesen sein, hat er gesagt.«

Der Bischof sah sie ungläubig an, während sie ruhig weitersprach, teilnahmslos und nüchtern, als hätte sie diese Geschichte bereits tausendmal erzählt.

»Er wäre zu dem Bauern gegangen, um ihm zu sagen, dass damit Schluss sein müsse. Sie hätten zusammen gegessen und getrunken, zu viel getrunken. Dann sei es zum Streit gekommen, wegen des Geldes. Der Bauer habe gedroht, ihn bei seiner Gemeinde zu verzeigen, und der Pfarrer habe ihm ins Gesicht gespuckt. Ja, und dann ist es wohl passiert. Sie haben sich geschlagen, sie waren beide betrunken, und der Bauer ist gestürzt, über die Stiege ist er gefallen, wie ein nasser Sack, und dann ist er da gelegen und hat sich nicht mehr gerührt. Er war tot.«

Sie strich ihre Haare zurück.

»Der Pfarrer geriet in Panik und kam auf die Idee, einen Einbruch vorzutäuschen. Er brach das Türschloss und alle Schränke auf, leerte die Schubladen auf dem Boden aus und nahm alles Geld an sich, als ihm plötzlich gewahr wurde: Die Frau war noch im Haus. Sie stand auf einmal hinter ihm, an den Türpfosten gelehnt, und schrie ihn an, was er da tun würde. Mit ihrem Stock hat sie nach ihm geschlagen.«

Der Bischof legte die Hände vor sein Gesicht. Er wollte nicht sehen, was sich vor seinem geistigen Auge abspielte.

»Da hat er die hilflose Alte von sich gestoßen und sie mit ihrem Bettzeug erstickt.« Sie sah zu Boden und nickte langsam. »Der Herr Pfarrer ...« sagte sie bedächtig. »Sie haben ihn dort im Turm zwischen den Glocken aufgehängt. Er hat sich nicht einmal mehr richtig gewehrt.«

Der Bischof ließ seine Hände langsam wieder sinken. »An diesem Morgen«, sagte er wie zu sich selbst, »da hat der Messner um halb sieben geläutet, und später haben die Leute gesagt, das Geläut habe irgendwie anders geklungen. Als die Gläubigen zur Messe kamen, war der Pfarrer nicht da. Sie haben gewartet und gewartet und sind dann irgendwann gegangen. Man fand ihn später ... weil Blut im Turm heruntertropfte. Da oben hing er, sein Körper zerschlagen von den schweren Glocken.«

Sie schwiegen beide, wie in einer Andacht versunken.

»Im Jahr darauf hat man sie ausgetauscht«, sagte er schließlich und hob den Blick wieder, »die Glocken von Sils Maria.«

»Aber die beiden Brüder«, wollte er dann noch wissen und sah sie an. »Was ist aus denen geworden?«

»Luca ist verrückt geworden, bald danach, und zehn Jahre später ist er gestorben.«

»Die Strafe Gottes ist die Vernebelung des Verstands«, sagte der Bischof geistesabwesend.

»Dann hat er Matteo verschont«, setze die Signora nach. »Aber auch der ist viel zu früh gestorben. Alle sind tot: der Bauer, seine arme Frau, der Pfarrer, die beiden Brüder, und nun, fünfzig Jahre später, auch meine Mutter. Sie hat am Ende allen verziehen ... allen, außer sich selbst.«

»Der Allmächtige wird auch ihr vergeben«, sagte der Bischof.

»Das wird er. Sicher«, bekräftigte die Dame. »Tun Sie, was Ihr Glaube Ihnen befiehlt, Herr Caminada«, wiederholte sie sich und ging erhobenen Hauptes hinaus.

Der Bischof trat wieder ans Fenster und beobachtete, wie sie die Straße hinunterging und irgendwann zwischen den Fußgängern verschwand.

Dann rief er seinen Sekretär zu sich und verlangte aus dem Bistumsarchiv die Akte St. Borromäus, aus dem Jahrgang 1888.

»Und dann bereiten Sie bitte noch heute ein Schreiben vor«, befahl er dem jungen Mann, der sich buckelnd und rückwärts gehend entfernte, »an den Herrn Justizminister.«

Es dauerte eine Weile, bis ein dünner Stapel vergilbter Blätter auf seinem Schreibtisch lag. Er schaute eine Weile darauf hinab und kaute unschlüssig auf seiner Unterlippe. Schließlich setzte er sich hin und begann, die staubigen Seiten vorsichtig und mit spitzen Fingern zu wenden.

Die Aufzeichnungen stammten von Bischof Johannes Battaglia. Er hatte das Bistum übernommen, nachdem sein Vorgänger nach langer Krankheit früh verstorben war. In den letzten Jahren seines kurzen Lebens war er offenbar nicht mehr in der Lage gewesen, das Bistum entsprechend zu führen.

Battaglia schrieb, dass es »*in Silvaplana über Jahre zu erheblichen Veruntreuungen der Gelder aus der Kollekte sowie der Spenden für den neuen Kirchenbau gekommen ist. Außerdem hat es einen abscheulichen Mord im Umfeld der beteiligten Günstlinge gegeben. Der Pfarrer lenkte mir gegenüber den Verdacht auf eine entlaufene italienische Magd, doch ich meine, Gewissheit zu haben, dass er selbst die Spuren seiner Mittäterschaft verwischen wollte. Durch sündigen Freitod hat er sich der irdischen Gerichtsbarkeit entzogen. Wir wollen deswegen in andächtigem Gebet Stillschweigen über die Sache bewahren.«*

Der Bischof nickte zustimmend vor sich hin. »Danke, Luca. Danke, Matteo. Danke!«, murmelte er und schloss – wie geboten: stillschweigend – die Akte.

DAS SYSTEM – ANARCHIE IN ZÜRICH

MONIKA MANSOUR

»Oh, diese verfluchte Schlange!« Olga balanciert die Schüssel Spaghetti in ihrer Hand, während der Königspython zwischen ihren Füßen, die in schwarzen Pumps stecken, Richtung Haustür schlängelt. »Billy, schnapp dir Apophis. Er will raus.«

Billy springt vom Esstisch auf und hüpft zur Tür, die langen Beine des eins neunzig großen Mannes wirken dabei wie dürre Stecken, was seine bunten, zerrissenen Leggins unterstreichen. »Puss, puss, Pussycat«, singt er fröhlich, schnappt sich das zwei Meter lange Reptil und wirft es sich über die Schulter wie eine Federboa. »Warum bringen wir sie nicht auf Ravens Zimmer?«, fragt er in die Runde. »Sie hasst Schlagen. Das wäre doch lustig …«

Alle am Tisch erstarren und schauen die Treppe hoch, dorthin, wo gleich links Ravens Zimmer liegt. Die Tür ist zugeklebt mit Warnschildern und Gefahrensymbolen.

Olga bricht das beklemmende Schweigen. Sie stellt die Spaghetti neben den Salat und streicht den dunkelblauen Bleistiftrock ihres Deux-Pièces über den schlanken Hüften glatt. »Billy, bring Apophis in den Keller, wasch dir die Hände und setz dich zu uns an den Tisch. Anna sollte jeden Moment von der Arbeit heimkommen, ich kann sie hören. Nach dem Essen habe ich noch ein Online-Meeting mit meinen Geschäftspartnern.«

In diesem Moment dreht sich der Schlüssel in der Haustür. »Dein Einsatz«, entscheidet Olga und schaut Wanda an.

»Ich habe eh keinen Hunger«, seufzt Wanda. »Wie sehe ich aus?«

»Wie eine Nutte«, bemerkt Klaus, der oben am Tisch sitzt, den glimmenden Zigarettenstummel im Mundwinkel.

Wanda lächelt ihn an, lehnt sich vor und gewährt ihm einen tiefen Einblick in ihr ausladendes Dekolleté. »Welche Nutte trägt Prada, Diamantohrringe und Chanel N°5? Mein neuer Lover lässt sich nicht lumpen.«

»Beeil dich«, mahnt Olga. »Anna will rein.«

»Ja, ja, ich geh ja schon.« Wanda eilt auf ihren hohen Absatzschuhen zur Tür. »Let's party!« Sie dreht sich zum Esstisch um und zeigt allen den Mittelfinger. »Ich wünsche euch einen öden, lahmen Abend. Bye, bye.« Sie reißt die Tür auf und verschmilzt regelrecht mit Anna, die zeitgleich ins Haus tritt.

»Uff, was für ein Tag. Die haben uns heute die Regale im Laden leer geräumt, als wäre morgen die Apokalypse. Ich bin am Verhungern.« Anna schließt die Tür gewissenhaft hinter sich ab und schaut sich um. »Schon wieder Wanda?«

Leo steht vom Tisch auf und führt Anna an ihren Platz. »Setz dich. Du brauchst Kohlenhydrate.«

Anna tätschelt Leos muskulösen, tätowierten Oberarm. »Wie war dein Tag auf dem Bau?«

»Kann mich nicht mehr erinnern.« Er streicht ihr über das kurze blonde Haar. »Du arbeitest zu viel.«

»Schon vergessen? Ich muss uns alle ernähren. Und eine Zweizimmerwohnung in Zürich ist nicht billig.«

Lorelei kommt mit der kleinen Gigi die Treppe hinunter. »Ich habe sie gefunden«, strahlt Lorelei. Sie trägt ein bauchfreies Top, welches ihr Nabelpiercing in Szene setzt. »Gigi hat sich hinter den Vorhängen im großen Schlafzimmer versteckt.«

Die Stimmung ist ausgelassen. Hungrig verspeisen sie Olgas Spaghetti und plaudern über dies und das, als plötzlich ein Trinkglas wie von Geisterhand gepackt über den Tisch fegt und auf dem Boden zersplittert. Alle erstarren, nur Olga steht vom Tisch auf.

»Der Schattengeist! Etwas stimmt nicht. Ich kann sie nicht hören.« Sie eilt zum großen Fenster neben der Tür. Die gläserne Fassade von Zürichs Prime Tower überragt die Skyline der Stadt.

Ein lautes Krachen über ihnen lässt Olga zusammenfahren. Sie blickt hoch zu Ravens geschlossener Tür. Erneut ein Krachen, das Splittern von Holz. Das muss der Stuhl gewesen sein. Der dritte in diesem Monat.

Anna tritt neben Olga und greift nach ihrer Hand.

»Keine Angst«, sagt Olga, »in unserem Kokon ist das System in Sicherheit.« Olga nennt ihr Zuhause gerne den Kokon.

»Und Wanda? Kommt sie zurück?« Anna starrt aus dem Fenster. Der dunkle Wald verschluckt das Licht und lässt seine Tannen als gespenstische Silhouetten tanzen.

»Scht!« Olga hält sich den Zeigefinger an die Lippen und horcht in die Stille. »Oh mein Gott! Da ist sie. Sie kommt zurück. Schnell, Leo, du musst raus. Wir brauchen dich.«

»Lass mich gehen.« Klaus tritt neben Olga. »Ich kenne als einziger Ravens Geheimnis.« Er zeigt hoch zu ihrem Zimmer. »Der Mistkerl hat uns gefunden. Raven fühlt es, deshalb tickt sie aus. Lass mich gehen. Ich will Rache für das, was er ihr angetan hat.«

»Wer ist *er*?«, fragt Gigi, die Backen von der Spaghettisoße rot gesprenkelt.

»Lorelei«, befiehlt Olga, »nimm die Kleine und schließ dich mit ihr oben im Schlafzimmer ein. Billy, hol den Verbandskasten aus dem Bad. Wanda ist verletzt.«

»Wer ist *er*?«, fragt auch Anna. Sie zittert am ganzen Körper. Leo nimmt sie in den Arm. »Ich werde dich beschützen. Bleib hier drinnen. Hier bist du sicher.« Er lässt sie los, reißt die Tür auf und stürmt aus dem Kokon.

Billy tritt ans Fenster, den Verbandskasten an die Brust gedrückt. Er bläst eine seiner blauen Dreadlocks aus der Stirn. Das schrille Make-up um seine Augen lässt sein Gesicht im flackernden Licht der Flammen surrealistisch erscheinen. »Das Universum brennt, seht ihr? Die Anarchic gewinnt. Dieser Kokon ist ein Trugbild, eine Scheinwelt und wir ihre Verdammten.« Er zeigt mit dem bunt lackierten Zeigefinger auf Anna. »Einzig du bist echt – irgendwie.« Er dreht den Kopf um hundertachtzig Grad und schaut die Treppe hoch. »Soll ich Raven einen neuen Stuhl bringen, den sie zertrümmern kann?«

Olga packt ihn hart am Kinn. »Du gehst nicht zu ihr hoch.«

In diesem Moment wird die Tür aufgerissen und Wanda fällt ins Haus. Sie liegt gekrümmt auf dem Boden. Der Stoff ihres silberfarbenen Prada-Kleides ist zerrissen. Sie spuckt Blut. Tränen haben die schwarze Mascara verflüssigt, die wie ein dunkler Schatten ihr bildschönes Gesicht in einer Klauenhand hält. »Er – er kam aus dem Nichts, hat mich geschlagen. Er wollte mich ver… vergewaltigen. Er ist ein …«

Olga und Anna kümmern sich um Wanda, während Klaus seinen Zigarettenstummel zu Boden wirft. »Es fängt wieder an«, murmelt er und starrt hinaus auf die Betonwüste, die alten Lagerhallen und stillgelegten Fabriken. »Nach all den Jahren in Sicherheit. Er ist zurück. Wenn Leo es nicht schafft, müssen wir Raven zu ihm lassen. Das ist der einzige Weg, wie das System überlebt.«

Anna starrt ihn geschockt an. »Wofür sollen wir Raven opfern?«

»Wir opfern Raven, damit du lebst, teuerste Anna«, Sarkasmus schwingt in Klaus' Stimme mit.

Olga hebt Wanda hoch und legt sie auf das Sofa. »Wir opfern Raven, dafür ist sie gemacht. Sie kann es aushalten, Anna nicht.«

»Was ist mit Wanda?«, fragt Anna. »Was hat er gemacht? Überlebt sie?«

»Natürlich«, sagt Olga ruhig. »Solange es dir gut geht. Leo ist am Verhandeln. Er kann es schaffen, unser System beschützen.«

»Wie hat er uns gefunden?«, fragt Lorelei, die oben mit Gigi am Treppengeländer steht.

»Keine Ahnung«, sagt Olga. »Ich war vorsichtig. Wir alle waren vorsichtig.«

Die kleine Gigi springt die Treppe hinunter. »Schaut! Ein Schmetterling. Ist er nicht wunderschön? Und all die Blumen. Die Farben.« Sie stellt sich ans Fenster und drückt ihre kleinen Hände gegen die Scheibe. »Ich war schon so lange nicht mehr draußen. Der Spielplatz ist verlassen. Warum? Niemand spielt im Sand oder sitzt auf der Schaukel.«

Olga hebt Gigi hoch. »Du weißt, ich mag es nicht, wenn du draußen allein spielst. Ich kann dich nicht hören. Ich habe keine Kontrolle über dich, und das ist gefährlich.«

»Aber ich habe viele Freunde auf dem Spielplatz. Und einmal haben wir zusammen ein Lied gesungen und es auf YouTube gestellt, sodass alle es sehen können. Vielleicht werde ich eine berühmte Sängerin, wenn ich groß bin.«

Klaus lacht hämisch. »Du wirst niemals groß, du dummes Mädchen. Du hast ihn zu uns geführt. Er muss das Video gesehen haben. Na los, Olga, hol Leo zurück und stell die kleine Gigi vor die Tür. Auf diese Weise können wir Raven die Tortur ersparen. Er mag kleine Mädchen. Oh, sorry, ich habe vergessen, dass ihr das nicht wisst und ich meinen Mund halten sollte.«

Anna starrt ihn verständnislos an. »Du bist krank.«

»Ja, ich bin ein Teil von deinem kranken System. Ich schnapp mir jetzt die Whiskyflasche und setze mich zu Apophis in den Keller. Macht doch, was ihr wollt.«

Olga platziert Gigi neben der schlafenden Wanda auf dem Sofa und streicht ihr Kostüm glatt. »Leo ist ihm entkommen. Anna, kannst du ihn zurückholen? Sprich mit ihm. Er soll sich verstecken, bis wir eine Lösung gefunden haben.« Olga reißt die Tür auf. »Schattengeist, du übernimmst. Verhalte dich ruhig und schließ dich ein, bis er weg ist.« Ein leichter Luftzug streift Olgas Wange, bevor sie die Tür wieder schließt.

»Aber ich muss zur Arbeit«, sagt Anna. »Ich kann die Stelle im Supermarkt nicht auch noch verlieren. Und am Nachmittag habe ich einen Termin bei Dr. Vogel.«

»Den kann ich übernehmen«, ruft Billy dazwischen und zieht eine Grimasse. »Dr. Vogel liebt es, wenn ich bei ihr auf der Couch liege. Und ich spiele gerne mit ihr. Wir haben Spaß! Echt, ihr seid doch alle düster und spießig, bis auf Gigi vielleicht.«

»Sei still, Billy«, mahnt ihn Olga.

»Sonst was? Hm …« Er tänzelt vor ihr auf und ab. »Dich hat Dr. Vogel bisher nicht kennengelernt. Dich und die verrückte Raven da oben. Und weshalb? Weil ihr nie diesen Kokon verlasst.« Billy versucht, die Tür zu öffnen, was ihm nicht gelingt. Er zerrt und reißt an dem Türgriff, vergebens. Er gibt auf und lehnt sich theatralisch verschwitzt an die Tür. »Wie machst du das bloß? Bei dir sieht das so leicht aus.«

»Billy, geh auf dein Zimmer«, befiehlt Olga.

»Genau darüber wollte ich mit dir reden. Wir alle haben ein eigenes Zimmer, bloß du nicht. Du bist immer hier unten, immer. Du arbeitest hier, du kochst hier, du kontrollierst uns von hier aus.«

»Ich halte das System im Kokon zusammen.«

»Ja, ja, unsere Übermutter.«

Die Tür schnellt auf und katapultiert Billy durch den halben Raum. Leo tritt ein und schließt hinter sich ab. Er geht zum Esstisch und setzt sich hin. Sein T-Shirt ist verschwitzt. »Der Mann ist stark, ich konnte ihn nicht besiegen, sorry.«

»Wie sind die Verletzungen?«, fragt Olga.

»Nicht lebensgefährlich. Schattengeist kümmert sich darum. Er hat sich im Bad eingeschlossen.« Leo atmet tief durch. »Raven war kurz da.«

»Raven?« Anna fasst sich entgeistert an den Mund. »Sie war noch nie draußen.«

Olga lässt sich erschöpft auf einen Stuhl fallen. »Ich habe sie für ein paar Minuten verloren. Das ist mein Fehler. Sie muss über das obere Fenster entkommen sein. Jetzt ist sie wieder auf ihrem Zimmer. Sie entgleitet mir.«

»Niemand kann Raven kontrollieren«, sagt Lorelei.

»Weshalb darf ich sie nie kennenlernen?«, fragt die kleine Gigi.

Mit einem lauten Ruck wird die Tür im oberen Stockwerk aufgerissen. Fast zeitgleich sprintet Klaus vom Keller hoch. »Raven, nicht!«

Gigi beginnt zu weinen. Leo zieht Anna auf seinen Schoß und hält sie mit seinen starken Armen fest umschlungen. Billy kauert sich in der Ecke, in welcher er sitzt, zusammen und wimmert leise. Wanda stöhnt und hebt den geschundenen Kopf vom Sofa, starrt hoch zum Treppengeländer. Dort steht sie. Raven. Die Leidende. Die Geschundene. Die Einzige, welche die ganze Wahrheit kennt. Sie steht dort, diese zarte, zerbrechliche Person, die braunen, langen Haare fallen ihr über die Schultern. Sie trägt ein schwarzes T-Shirt und Jeans. In der rechten Hand hält sie ein Fleischermesser.

»Sie wird uns alle töten«, stottert Lorelei und beginnt zu weinen.

»Olga, du musst sie aufhalten«, fleht Billy.

»Ich kann nicht«, sagt Olga, »sie ist zu stark. Nur Anna kann sie stoppen.«

Raven schreitet langsam die Treppe hinunter. Klaus nimmt sie unten in Empfang, nickt ihr kaum merklich zu.

»Er ist in der Wohnung. Ich werde die Vergangenheit töten«, sagt Raven, »und die Zukunft. Keine Albträume mehr. Ich habe genug.«

Die Tür schwingt von allein auf, als Raven sich ihr nähert. Ohne zurückzublicken tritt sie hinaus in die sengende Hitze. Klaus erhascht einen Blick auf die leere Wüste, die vor ihr liegt. So hat er die Welt nie verstanden. Eine trockene Einöde, eine Hölle, in der es nichts gibt außer Erinnerung, Schmerz und Einsamkeit. Er verspürt einen Luftzug, als Schattengeist zurückkehrt, und schließt die Tür. »Wie wäre es mit einem Dessert?«

Gemeinsam sitzen sie am Tisch, halten zwischendurch ihre Schüsseln mit der geschmolzenen Eiscreme fest, damit sie unter den Erschütterungen, welche das Innere des Kokons aufrütteln, nicht zu Boden fallen. Klaus raucht eine Zigarette nach der anderen, Gigi spielt mit ihrer Puppe, Billy schreibt an einem seiner chaotischen Gedichte und Lorelei chattet mit Freundinnen am Handy. Leo nickt zu der Rockmusik, die durch seine Kopfhörer dringt. Wanda pudert sich die Wangen und zieht den Lidstrich nach, während Olga E-Mails an ihre Geschäftspartner verschickt. Apophis hat sich auf Annas Schoß zu einer nahezu perfekten Kugel zusammengerollt. Einzig der Schattengeist schwebt unruhig hin und her, auf und ab und wirft zwischendurch ein Glas oder einen Teller zu Boden.

Noch eine Erschütterung, ein heftiges Erdbeben, das die Wände erzittern lässt, Wände, die blutgetränkt sind. Raven kämpft gegen das Böse, Anna kann es fühlen. Sie war ihr noch nie so nahe. Dann bemerkt sie die Panik in Olgas Gesicht. Ihr entgleitet die Kontrolle. Olga kann Raven hören, kann Raven spüren, aber sie kann sie nicht erreichen. Anna könnte es vielleicht, aber sie will es nicht. Sie will Ravens Geheimnis nicht kennen, denn sie würde daran zerbrechen. Deshalb bleibt sie regungslos sitzen und wartet darauf, dass Raven es beendet.

»Das Wasser ruiniert meine Manolos«, ruft Wanda und alle schauen unter den Tisch. Ihre Füße stecken in knöcheltiefem Nass.

»Der See!«, ruft Gigi und springt auf. Sie folgen ihr ans Fenster und starren auf das dunkle, schwarze Gewässer hinaus. Die Wellen schlagen immer höher und klatschen an die Hauswand. Gischt spritzt an die Fensterscheibe.

»Die Flut steigt«, sagt Klaus gelassen. »Gutes Mädchen.«
Anna fühlt die Kälte. Das Wasser steht ihnen jetzt schon
bis zu den Knien.

»Weshalb tut Raven das?«, fragt Lorelei.

»Sie kann nicht mehr«, sagt Klaus.

Olga schaut Anna an. »Das System zerfällt. Es tut mir
leid. Ich konnte es nicht zusammenhalten.«

Leo nimmt Anna fest in die Arme. »Wir werden gemeinsam untergehen, aber ich bin bei dir. Ich bin dein Beschützer.«

Anna schnappt nach Luft. Eine unglaublich schwere
Müdigkeit überkommt sie. Das Wasser in ihrem Kokon
steigt höher und höher, steht ihr bereits bis zur Brust. Gigi
ist die Erste, die in dem dunklen Nass ertrinkt.

Anna legt ihren Kopf an Leos Schulter und greift nach
Olgas Hand, als der Wasserpegel über ihren Kopf steigt.
Für ein paar Sekunden fühlt sie die Wogen einer Strömung.
Die Müdigkeit ist erschlagend, sodass sie die Augenlider
kaum mehr offen halten kann. Langsam verliert Anna die
Verbindung zu Raven und den anderen. Zum ersten Mal
in ihrem Leben ist sie allein. Ein stechender Schmerz reißt
ihr die Brust auf. Zurück bleibt das erlösende Nichts.

*

Auszug aus dem Bericht der Fallakte Anna M.

Als die wegen Wasserschadens alarmierte Polizeipatrouille
um 22.10 Uhr die Tür aufbrach, stand die halbe Wohnung
von Anna M. unter Wasser. Die Küche war verwüstet, die
Wände voller Blut. Am Boden lag die Leiche von Walter
M., ermordet mit dreiundfünfzig Messerstichen.

(Anmerkung: Vor zwei Jahren wurde Walter M. aus der Justizvollzugsanstalt Pöschwies entlassen, wo er wegen Kindesmissbrauch, schwerer Körperverletzung und Freiheitsberaubung eine fünfzehnjährige Haftstrafe verbüßte.)

Im Bad fand die Polizei die Leiche der 23-jährigen Anna M. Sie wies Merkmale schwerer Körperverletzung auf und lag untergetaucht in der überfüllten Badewanne, die Tatwaffe, ein Fleischermesser, in der Hand.

Die weiteren Ermittlungen und die Autopsie der Leiche von Anna M. ergaben, dass sie nach dem Mord an ihrem Vater Schlaftabletten einnahm, sich in die Wanne legte und das Wasser aufdrehte. Die Gerichtsmedizin stellte Tod durch Ertrinken fest.

Nach der Aussage ihrer Psychiaterin Dr. Vogel litt Anna M. an dissoziativer Identitätsstörung, einer multiplen Persönlichkeitsstörung als Folge von wiederholten schweren, traumatisierenden Misshandlungen und Missbrauch in der frühen Kindheit durch ihren Vater. Zehn weitere, höchst unterschiedliche Persönlichkeiten, die nicht nur menschlicher Natur waren, teilten sich den Körper mit Anna M. Sie nannte es ›das System‹, welches in einem Kokon der Sicherheit und Unschuld wie eine Familie zusammenlebte. Je nach Lebenssituation übernahm eine andere Persönlichkeit die Kontrolle über den Körper und ermöglichte Anna M., im wahren Leben zu funktionieren. Sie arbeitete Teilzeit in einem Lebensmittelgeschäft, ging abends mit Freundinnen auf Partys oder hatte Spaß mit anderen Kindern auf einem Spielplatz.

Laut Dr. Vogel wussten einzig zwei ihrer Persönlichkeiten, Klaus und Raven, wie sie sich nannten, von dem Missbrauch in ihrer Kindheit. Nicht einmal Anna M. selbst konnte sich daran erinnern. Dass ihr Vater sie nach all den

Jahren aufspürte, in ihre Wohnung eindrang und sie erneut bedrohte und schlug, löste eine Panikreaktion aus, die zu dem brutalen Totschlag im Affekt und dem anschließenden Suizid führte. Dr. Vogel vermutet, dass Raven dabei die Kontrolle über den Körper übernahm und sich ihrer traumatischen Vergangenheit stellte. Ein tragisches Ende für eine junge Frau, die lediglich versuchte, in der Welt zu überleben.

ZÜRIBIETER WANDERVÖGEL

STEPHAN PÖRTNER

Der Fink war zwar ein Vogel, aber wandern? Nein, wandern tat der nicht. Darum war von Anfang an klar, dass da was nicht stimmt, als es geheißen hat, der Fink sei beim Wandern verunglückt. Jetzt hör doch auf. Wir waren uns einig, wir Kleinstadtpunks, wir alten Kleinstadtpunks, wir hängen gebliebenen, zurückgekehrten, abgehalfterten Kleinstadtpunks. Oder wie der Fink manchmal auf dem Heimweg sang, wenn er ein paar Bier getrunken hatte: *Here we come, lala-lala-laaala d'Pflägheim-Punks*. Frei nach *The Part Time Punks* von den Television Personalities. Deren Sänger und Gitarrist, Dan Treacy, einst als einer der begnadetsten Songwriter Englands gefeiert, ohne den es Britpop kaum gegeben hätte, was aus meiner Sicht jetzt auch kein Verlust wäre, tatsächlich im Pflegeheim lebt. Wegen eines Blutgerinnsels im Hirn, eventuell verursacht von den vielen Drogen. Im Knast war er auch, und Punk eigentlich nicht, trotzdem sind wir damals nach Biel gefahren in den Gaskessel, als die Television Personalities mit dem Interrail auf Tour waren. Ein schöner Abend war das, und die Platte mit der Mary-Long-Frau vorne drauf habe ich natürlich, aber wenn ich jetzt anfange, von Platten zu reden, dann sind wir morgen noch hier.

Wir sind die, die immer noch im Ochsen hocken, je nach Beschäftigungsgrad eher am Wochenende oder eher jeden Tag, im Ochsen, der schon lang eine Pizzeria ist, nicht mehr die Alternativbeiz, die in den Achtzigerjahren gegründet wurde und vor zehn Jahren den Bach runterging, wie irgendwann alles den Bach runtergeht. Stetig fließt der Bach, wir stetig nach unten. So ist das Leben.

Der neue Wirt, der Granat, ein Albaner, hoch sei es ihm angerechnet, schmiss uns nicht raus, als er den Laden übernahm, er bugsierte uns einfach ins Stübli. Das Stübli, das niemand mehr benutzte, weil es keine Politgrüppli mehr gibt, wie in der Alternativbeiz, und Vereine gibt's praktisch auch keine mehr, und die, die es gibt, wollen vielleicht nicht zum Albaner. Außer dem Trachtenverein, denn so was in der Art sind wir mit unseren Lederjacken und Pogo-Stiefeln, Nieten und Badges. Die Jungen meinen wahrscheinlich, wir hätten unsere Ramones T Shirts im H&M gekauft. Jetzt hör doch auf.

Hier ist nicht Großstadt, hier gibt es kein Kulturzentrum, hier gibt es keine Clubs, hier gibt es nur das Ochsenstübli, wo wir unser Bier trinken, natürlich nicht mehr wie früher, aber mitunter noch ganz ordentlich. Da jammern die Leute über das Beizensterben und hocken mit ihrem Wässerli oder ihrem Spritz oder ihrem Hugo oder was für einen Habakuk sich die aufgekratzte Mittelschicht grad hinter die Binde gießt, um auch mal locker zu werden, trotz des ganzen Leistungsdrucks, aber nur ein bisschen, gell, grad mal einen Drink vor dem Essen und dann nichts mehr, höchstens noch zu zweit ein Halbeli Weißen. Davon lebt keiner, emel kein Wirt. Das Heilmittel gegen das Beizensterben sind Stangen im zweistelligen Bereich. Das ist es, was gute Gäste ausmacht, was aus ihnen Stammgäste macht. Das heißt ja nicht, dass man jetzt jeden Abend breit sein muss. Die Regelmäßigkeit macht es aus, und die ist heute nicht mehr gefragt. Wenn die Leute saufen, dann Rauschtrinken und tun wie die Sau, sich benehmen wie der letzte Arsch, übereinander herfallen, einander anfallen, herumbrüllen und meinen, das sei jetzt der Judihui vom Leben. Jetzt hör doch auf. Ein Scheiß-Lifestyle ist das, hat sich aber durchgesetzt, und darum gibt es zwar Eventlocations, aber keine Beizen.

Darum geht es hier auch gar nicht, es geht ums Wandern. Oder ums Nicht-Wandern. Der Fink war einer von uns. Wie wir aufgewachsen im Einzugsgebiet der Kleinstadt. In unserer Kindheit, in den Siebzigerjahren des letzten Jahrhunderts, hieß das: wandern. Am Sonntag, in den Ferien, wenn schulfrei war: wandern, wandern, wandern. Daran wuchs unser Unbehagen. Unser Widerstand, der sich darin ausdrückte, Punk zu werden. Da wurde es den Eltern bald peinlich, beim wanderbedingten Einkehren in der Landbeiz mit dem Punkerkind. Nach dem die Leute sich umdrehten. Das ein Raunen verursachte und blöde Sprüche. Das die Stammtischbrüder rausschmeißen oder zumindest ein bisschen verhauen wollten, vor allem in der Innerschweiz. Da mussten wir nicht mehr mit zum Wandern, und seither macht das keiner von uns freiwillig. Das Ende des Wanderns war der Beginn der Freiheit, darum: Punk oder Wandern. Entweder oder. Es geht um die Lebenshaltung.

Alle andern wandern. Aus unserem Umfeld die Alternativlinge, die Hippies und Gspchürschmis, die waren sowieso begeistert von der Natur und all dem Mist, die Politpunks tauchten plötzlich mit zweitausend Stutz Asterix-Gore-Tex-Kleidern am Leib auf. Schon immer wanderten die Normalos, die Spießer, die Anständigen, die Patrioten, die Heimatfanatiker, das mittlere Kader, die Lehrerschaft, die Juristerei, das Beamten- und Unternehmertum. Seit der Pandemie wandert jetzt auch noch der Rest der Bevölkerung. Die Alpen ein einziger Ameisenhaufen. »Herrlich«, sagen sie und meinen das wirklich. Schön finden sie die Berge, die Berge, die erhabenen Berge.

»Die Vernunft findet in dem Gedanken der Dauer dieser Berge oder in der Art der Erhabenheit, die man ihnen zuschreibt, nichts, das ihr imponiert, das ihr Staunen oder Bewunderung abnötigte. Der Anblick dieser ewig toten Massen gab mir nichts als die Vorstellung: Es ist so.« Das sagte eines Abends im Ochsenstübli der Mofa-Michi, auch Metal-Michi genannt, der heute noch Mofa fährt und Metal hört. »Vom Hegel«, fügte er hinzu, und er sprach den Namen aus wie in »*Sackhegel*« und darum wusste ich lange nicht, dass er den Philosophen meinte, den ich ohnehin nicht kannte. Der Michi sagt nicht viel, ist aber alles andere als blöd. In der großen Stadt meinen sie, wer am meisten oder am lautesten redet, der sei am gescheitesten, aber das stimmt eben nicht. Beweis: der Metal-Michi.

Hier in der Kleinstadt, in unserem Umfeld, da verbreitet sich so eine Unglücksnachricht schneller, als eine Influencerin Instagram sagen kann. Der Fink, das brachten wir am nächsten Tag in Erfahrung, ist in seinen Pogo-Stiefeln gestorben. Geht man damit Wandern? Jetzt hör doch auf.

Wie wir das in Erfahrung brachten? Kaum dass wir wussten, was passiert war, gingen wir auf den Posten: »He Sie, Herr Polizist, unser Freund wurde ermordet. Beim Wandern.«

Wäre man natürlich gleich wieder rausgeflogen. Sind wir aber nicht, weil der Vize-Postenchef in dem Quartier, in dem der Ochsen steht, das ist der dicke Egli. Mit dem dicken Egli sind Lizz, der das Haus gehört, in dem unsere WG untergebracht ist, und ich in die Sek gegangen. Nicht, dass wir jetzt besonders nett gewesen wären zum dicken Egli, weil der dicke Egli hatte einen furchtbaren Musikgeschmack, nicht einfach schlechte Rockmusik, nicht mal unterste Popschublade, tiefer, viel tiefer, dort, wo die Sonne nicht hinscheint beziehungsweise immer scheint. Ich sage nur: Über sieben Brücken musst du gehen. Das kann schon sein, aber über diesen Abgrund führt gewiss keine.

Entsprechend angezogen war er, nein, leicht hat er es einem nicht gemacht, der dicke Egli. Der Sek-Lehrer, so eine braun gebrannte Sportgurgel, so ein Trillerpfeifenmilitarist, hat den Egli geplagt, weil er damals schon recht dick war. Wir natürlich immer für den Außenseiter, aber dann doch nicht so, dass er jetzt grad dabei sein hätte dürfen, damals, als man so langsam anfing zu merken, dass es da draußen eine Welt gab, in der man einen Platz finden oder die man sich vom Leibe halten musste.

Der dicke Egli und wir, sagen wir so: Man kennt sich. Der ist auch nicht mehr als Vize-Quartierpostenchef geworden. Polizeimäßig nicht die Paradekarriere. Darum hat uns der Egli zugehört, und dass der Fink nicht wandert, das leuchtete dem Egli sofort ein. Er wandert ja selbst nicht.

Der Egli hat dann den Rapport angefordert, *Plingpläng* war der auf seinem Kompi, das geht ja heut schneller, als die Polizei erlaubt. Stand als Todesursache Unfall drin, aber da, wo das war, auf dem Land, wer stellt da den Tod fest? Ein Dorfdoktor, der schon vor fünfzehn Jahren hätte pensioniert werden sollen, aber nicht aufhören konnte, wegen der Stammpatienten, die nicht sterben wollten. Keiner der jungen Ärzte oder Ärztinnen will so eine Landarztpraxis übernehmen. Ein derart schwieriges Studium, um sich dann in irgendeinem Krachen im Schatten irgendeines himmeltraurigen Horns von der Landgreisenschaft anhusten zu lassen? Jetzt hör doch auf.

Ein Verdacht ist aber nichts als ein Verdacht. Beweisen konnten wir grad gar nichts. Bald saßen wir wieder im Ochsenstübli, die Lizz, der Mofa-Michi und der Billy. Der eigentlich Mirko heißt, weil ursprünglich Jugo. Seine Eltern voll die Künstler und irgendwann mal Probleme im Sozialismus und Abhauenmüssen und Schweizer Kleinstadt, die Außenseiter von den Außenseitern, und der Billy hieß so, weil er ein bisschen aussah wie Billy Idol oder eigentlich überhaupt nicht, einfach blond war er und konnte eine Schnute ziehen. Der ist dann in die Stadt abgehauen und in der Untergrundgastronomie eine große Nummer geworden. Irgendwann war alles zu viel: Drogen und Schulden, und er musste weg und ist wieder hier aufgeschlagen. Die einzige Frage, die ihm im Ochsenstübli gestellt wurde, als er nach fünfzehn Jahren wieder aufgetaucht war: »Was trinksch?«

Der Billy so: »Mineral und Süßmost.« Da gab's aber keine dummen Sprüche, das muss jeder selber wissen, und wenn einer mal zerstoßenes Dextro-Energy durch die Nase gezogen hat, nur um weißes Pulver zu schniefen, dann deutet das schon auf eine Suchtpersönlichkeit hin. So einer muss halt aufpassen. Bei uns kann jeder sein, wie er ist, vorausgesetzt er ist kein Arschloch und kein Nazi. Darum früher auch der Dan bei uns, der schwul war, das war damals noch ganz heikel, da hatte man keine guten Aussichten in der Kleinstadt. Bei den Punks haben sich die Jungs auch geschminkt. Hui, da hat dann der Wind

gepfiffen, das haben sie gar nicht vertragen, die Klotz-
köpfe aller Schattierungen und Gattungen. Leider ist der
Dan schon lang gestorben. Überhaupt, bei uns ist schon
die Hälfte gestorben, weit vor Erreichen des Pensions-
alters. Das bisschen Stempel- und Sozialgeld, das allenfalls
bezogen wurde, das ist doch gar nichts im Vergleich zu
den Renten, die von all den Leuten eingestrichen werden,
die immer älter werden, weil sie zu sich schauen, weil sie
nur Blöterli trinken, weil sie Sport treiben, weil sie wandern. Wobei aufgepasst: Rund hundertdreißig Leute sind
letztes Jahr beim Wandern gestorben, gegenüber fünfzig
Tötungsdelikten. Nur war da mindestens einer, nämlich
der Fink, in der falschen Statistik.

Wer uns dann wirklich weiterhalf, das war die Luna. Die
Luna kommt nicht oft ins Ochsenstübli, aber ab und zu
kommt sie vorbei, und dann geht jedes Mal die Sonne auf,
obwohl sie Mond heißt. Die Luna, auf die wir alle gestanden sind. Mit der ich mal was hatte. Ist aber nichts draus
geworden. Dafür ist aus ihr was geworden. Eine Anwäl-
tin. Die ist weggezogen und hat das durchgezogen. Seit
zwei Monaten ist sie zurück, pflegt ihre alte Mutter, die
eine böse Krankheit hat und bald sterben wird. Wie die
Fliegen haben die Männer ihre Mutter umschwärmt, sind
vor der Tür gestanden, mit guten Ratschlägen, schlechten
Pralinen und billigen Blumen. Die ganze Palette von bra-
ven Ehemännern und Gutmeinenden, weil die Mutter von
der Luna war nicht geschieden oder verwitwet, sondern
von Anfang an alleinerziehend. Die haben wohl gedacht,
die braucht's doch auch mal wieder, und sie wären grad
der Richtige dafür. Damals hat die Luna gelernt, all denen
zu misstrauen, die so tun, als ob sie es gut meinen, und
einen dabei nur ficken wollen.

Die Luna ist systematisch an die Sache herangegangen. Sie ist aufs Land gefahren und hat den Dorfschroter befragt und das uralte Tökterli besucht. Das war der Durchbruch, muss man rückblickend sagen, weil der Landarzt hatte in seiner Praxis einen Röntgenapparat stehen, den Einzigen im ganzen Bezirk, und mit dem hat er Tausende von gebrochenen Armen, Beinen und sonstigen Knochen geröntgt. Der Apparat war ein so altes und klappriges Ding, dass das Gerücht ging, der sei einst als Spende für das Urwaldspital von Albert Schweizer gedacht gewesen, aber der habe dankend abgelehnt, die Strahlenschleuder können sie behalten, alles was recht ist, so der Albert.

Dabei macht die Maschine tipptopp Bilder, aber eben die Strahlung war etwas hoch, und darum hat der Doktor nicht nur keinen Nachfolger, sondern auch keinen Nachwuchs. Auf alle Fälle hat er, erstens, weil er es verrechnen konnte, und zweitens, weil endlich mal etwas passierte, dem Fink den Kopf geröntgt, und wenn er das nicht gemacht hätte, dann wäre die Wahrheit nie ans Licht gekommen. Die Bilder waren zwar in der Akte, haben aber niemanden interessiert, bis die Luna sie einer Spezialistin gezeigt hat und die aussagte, es sehe ganz danach aus, als habe einer mit einem spitzen Stein gegen die Schläfe gehauen. Kann natürlich auch im Fallen passiert sein, aber unwahrscheinlich, weil da müsste er schon von hoch oben gefallen sein, und das ist er nicht.

Genauere Untersuchungen waren nicht mehr möglich, weil der Fink war schnell kremiert worden, und dann war auch schon die Beerdigung.

Abdankung nur im Kreis der Familie, coronamäßig, aber vom Grab konnten die uns nicht fernhalten, denn seine Familie, das waren wir und nicht die Finks, weil der Fink hieß tatsächlich Fink. Zuvorderst stand die große Schwester. Fast alle Punks haben große Schwestern, keiner weiß, warum. Die blonde Schwester mit ihren blonden Kindern. Die Kinder natürlich keine Kinder mehr und die Schwester nicht mehr blond, sondern gefärbt, gebräunt und geliftet. Sie galt damals, als wir uns noch in postertapezierten Kinderzimmern trafen, um die raren Punkplatten, die den Weg in die Kleinstadt gefunden hatten, anzuhören und aufzunehmen, als gut aussehend bei denen, die als gut aussehend galten. Ich habe das nie begriffen, denn wer gut aussah, war die Luna.

Wahrscheinlich bekam die Schwester immer noch Komplimente: Gut siehst du aus. Die sozialen Medien wurden erfunden, damit sich die Leute gegenseitig versichern können, dass sie gut aussehen. Ist natürlich gelogen, und weil soziale Medien nichts sind als Lügenschleudern, hat man jetzt den Dreck. Merke: Wenn man dir sagt, dass du gut aussiehst, ist es gelogen. Menschen, die wirklich gut aussehen, denen sagt man das nicht. Die hasst man still. Unter Punks sagt man sich das ohnehin nicht. Wir sind Verlierer, wir sind gescheitert, wir sind Außenseiter, aber wenigstens sind wir ehrlich. Gut siehst du aus! Jetzt hör doch auf.

Die Schwester heulte, als wäre das neue Range-Rover-Modell nicht mehr in Himalaja-Weiß erhältlich. Weil die hatte so eine Range-Rover-Fresse und so eine Range-Rover-Familie. Also minus den Alten, der ist seinerseits mit einem neuen Modell durchgebrannt.

Zum Leichenmahl mussten wir uns selber einladen, dabei war der Saal dort groß genug, die Fallzahlen zu der Zeit niedrig. Die Bedienung hatte offensichtlich strenge Anweisung, uns nach dem ersten Bier zu ignorieren.

Doch da war noch der Cousin Noldi, und der mochte den Fink, weil ohne den Fink wäre er das schwarze Schaf der Familie gewesen, so war er nur das dunkelgraue. Das schwarze Schaf tritt man aus der Herde, wie auf dem Plakat zur Ausschaffungsinitiative, aber dass die schwarzen Schafe gleich viel und gleich gute Wolle geben, dass sie das Farbspektrum der Wolle nicht einfach verdoppeln, sondern um unzählige Zwischentöne erweitern, das ist solchen Leuten egal. Hauptsache es ist jemand da zum Treten. Das wusste der Noldi, der froh war, nicht getreten zu werden, dankbar, dass der Fink das auf sich genommen hatte. Dem Fink war das egal, sein Familiensinn war nicht besonders ausgeprägt, und zudem hatte er uns.

Der Noldi war dann in der Lage, eine zweite und dritte Runde zu bestellen. Später hat er die Luna und mich noch in die Schäfli-Bar eingeladen, und da war er schon ziemlich breit und hat einiges an Familieninterna ausgeplaudert.

Darum machten wir zwei Tage später das, was wir freiwillig nie machen würden: Wir gingen wandern. Die Lizz, der Billy, der Mofa-Michi und inoffiziell der dicke Egli, der sogar noch einen von der Spurensicherung aufgeboten hatte. Kannten sich vielleicht vom Modellflugzeugverein. Was weiß ich, was Polizisten in der Freizeit machen. Etwas mit wenig Menschen vermutlich.

So gingen wir also wandern, denselben Weg, der dem Fink zum Verhängnis geworden war. Die Unfallstelle lag zum Glück nicht allzu weit bergwärts, von der Postautostation gut zwanzig Minuten. Die Luna hat die Stelle, an der er gefunden wurde, auf der Karte markiert, und wir haben da alles abgesucht, weil das hat bis dahin keiner gemacht, warum auch, war ja ein Unfall. Nach gut einer Stunde fand die Lizz einen Stein, einen schönen, spitzen

Stein, der gut in der Hand lag und vorn rotbraun verfärbt war. Etwas in der Art sollten wir suchen, hatte uns die Luna gesagt, die aber nicht mitgekommen ist, weil die Luna ist die Luna, und die Luna wandert nun wirklich unter keinen Umständen.

Der Kollege vom dicken Egli tütete das Ding ein. Wir kehrten um und kehrten ein, der Stein ab in die Rechtsmedizin und Bingo. War dem Fink sein Blut dran, war DNA dran. Das Wetter war die ganze Zeit trocken und heiß. Zum Glück. Wichtig ist jetzt aber, wo der Stein gefunden wurde. Nämlich oberhalb des Wegs. Die Lizz ist eben nicht blöd, und während wir nur unten gesucht haben, hat sie weitergedacht. Out of the box, sozusagen. Es ist nun mal so, dass Steine nicht bergauf rollen. Also hatte jemand den Fink erschlagen und den Stein weggeworfen. Wir wussten auch wer.

Was der Noldi nämlich in der Schäfli-Bar erzählt hatte, was Luna glasklar mitschnitt, trotz all den Drinks, die der Noldi ihr spendiert hat. Luna hat früher in einer Bar gearbeitet und weiß, wie man Drinks in Topfpflanzen schüttet. Dass der Fink und seine Schwester ein Haus geerbt hatten, und zwar kein doofes Einfamilienhaus, sondern ein Mietshaus, nämlich das, in dem der Fink gewohnt hat. Der Vater selig, ein Gewerbler, hatte das mal gekauft, als es grad drin lag, und nicht viel damit gemacht, und darum waren die Wohnungen billig.

Weil unsere Kleinstadt einen Bahnhof hat und einen Autobahnzubringer und es ein paar Unternehmen in der Nähe gibt, weil auch die großen Städte so weit weg nicht sind, sind auch bei uns die Mieten stetig gestiegen. So ein Haus: Gold! Besser gesagt: Goldesel! Abreißen, Neubau hinklotzen und schwupp: fixes Einkommen, kaderlohnmäßig, ganz ohne Arbeit. Die Schwester natürlich super-spitz darauf, weil seit der Alte mit der Neuen eine zweite Familiengarnitur hingestellt hatte und die Jüngste mit dem Studium fertig war, war sie einkommensmäßig überhaupt nicht mehr so dabei, wie sie es gern gewesen wäre. Der Fink aber: dagegen. Prinzipiell.

Der kannte die Leute im Haus und brauchte selbst nicht viel. Vier Wände, drei davon für die Platten, normal.

Die Luna hat das tipptopp rekonstruiert und dem dicken Egli gesteckt, der dann so tun konnte, als habe er das alles selbst herausgefunden, wie so ein Kriminalkommissar im Fernsehen. Die kam sogar in der Zeitung, die Geschichte, und der dicke Egli stieg ein Jahr später vom Vize zum Postenchef auf.

Die Schwester lockte also den Fink in die Natur hinaus, fuhr mit ihm auf den Parkplatz, dort, wo das Postauto hält. »Komm, gehen wir ein paar Schritte. Im Gehen redet es sich besser, an der frischen Luft, da oben gibt's noch eine Beiz, komm, komm.«

Der Fink ging mit, weil Beiz heißt Bier. An diesem Dienstag waren fast keine Wanderer unterwegs. Die Fink-Geschwister beide nicht in dem Sinne erwerbstätig. Die Diskussion: fruchtlos, der Fink bleibt stur, der Streit wird heftig. Als er die Schuhe binden muss, die gelben Schuhbändel seiner Vierzehn-Loch-Doc-Martens, da hat sie ihm den Stein an die Schläfe gehauen, so fest, dass der Knochen gesplittert ist, so einen Hass hatte die auf ihn, so viel Kraft im Arm, weil ständig im Fitness und im Kraftraum und den ganzen Lockdown über Planking auf Instagram. Mit dem Fuß trat sie ihren Bruder das Tobel hinab, wo er elendiglich starb. Sie, eben doch nicht so abgebrüht, schmiss den Stein weg, aber in die falsche Richtung: *obsi* statt *nidsi,* und machte sich aus dem Staub.

Sie hat das bis zum Schluss geleugnet. Wahrscheinlich ist sie das einfach so gewohnt: alles abstreiten, immer sind die anderen schuld. Ihre DNA auf dem Stein, die war der Beweis, und wie die Luna das vor Gericht so gekonnt dargelegt hat, so wie das eben nur die Luna kann, ist sie doch zusammengebrochen, die Madeleine, die falsche Blonde, die falsche Schlange, und hat alles zugegeben, in der Hoffnung auf eine mildere Strafe.

Ein astreiner Brudermord. Glaubt man der christlichen Schöpfungslehre, der erste Kriminalfall der Welt, das erste Tötungsdelikt, von Gott als Kommissar natürlich nullkommajosef aufgeklärt.

Wir waren nicht ganz so schnell, sind aber trotzdem ordentlich stolz auf uns, dass wir den Fall gelöst haben. Es macht den Fink zwar nicht wieder lebendig, aber es rettet seine Ehre. Er ist nicht verunglückt, und schon gar nicht beim Wandern, der Vogel.

DER RÄTSELHAFTE TOD EINER BERNER KORYPHÄE

SANDRA RUTSCHI

An meiner Beerdigung weint sogar der Himmel. Der Regen färbt die Holzkreuze rundum dunkel und lässt das Laub zwischen den Gräbern glänzen. Charlotte tupft sich mit einem Taschentuch über die Augen. Gut sieht sie aus – für Charlotte, zumindest. Schwarz macht schlank.

Sie hat die Stiefel angezogen, die wir vor zwei Jahren in Kopenhagen gekauft haben. Sie sind mit Lammfell gefüttert und waren sündhaft teuer. Was man nicht alles macht, um seine Frau aufzumuntern.

Vor einer Woche noch spazierten Charlotte und ich an dieser Friedhofsmauer entlang. Meine Frau wollte unbedingt wieder herkommen, viel zu viel Zeit sei vergangen, sagte sie. Wie immer konnte sie sich kaum vom kleinen Grabstein hinten in der Ecke lösen. Als es schließlich zu nieseln begann, zog ich sie weg. »Komm. Wir sollten das Leben genießen, solange wir noch können«, sagte ich. Sie schaute mich vorwurfsvoll an.

Doch ich hatte recht – natürlich, wie immer –, auch wenn ich nicht gedacht hätte, dass es mit mir so schnell zu Ende gehen würde.

»Lorenz Freudiger ist letzten Freitag mit fünfundfünfzig mitten aus dem Leben gegangen«, sagt der Pfarrer nun. Charlotte beginnt leicht zu schwanken und hakt sich bei David unter. Als ob ausgerechnet unser Sohn in einer solchen Situation eine Stütze sein könnte.

Es ist ein erbärmliches Grüppchen, das sich an meinem Grab versammelt hat. Das ist eine Schande, wenn man bedenkt, was ich alles im Leben geleistet habe. Eigentlich sollte dieser Friedhof voller Menschen sein. Alle meine Mitarbeiter, die früheren Studienkollegen, die Männer vom Turnverein, der Lions Club, die Leute von der Partei – da kämen locker zweihundert Personen zusammen. Für eine Koryphäe wie mich wäre das angemessen. Doch es sind nur fünf gekommen: Charlotte, David, Markus, Sabrina und eine Frau, die mir nur vage bekannt vorkommt. Wahrscheinlich Charlottes Psychologin, die sie seit der Sache mit Nico aufsucht.

Schuld an diesem jämmerlich kleinen Aufmarsch ist Charlotte. Meine Frau hatte auf einer Beerdigung im engsten Kreis bestanden. »Unter diesen Umständen …«, hatte sie beim Gespräch mit dem Pfarrer gehaucht und war in Tränen ausgebrochen. David nahm ihre Hand, als sie hervorstieß: »Suizid – damit hätte ich niemals gerechnet.«

Recht hat sie. Ich und mich umbringen – eine absurde Idee. Sie hätte also durchaus eine richtige Feier organisieren können. Hoffentlich kann zumindest der Pfarrer meiner Beerdigung die Würde verleihen, die ich verdiene. Ich bin schließlich extra gekommen, um meine letzte Lobrede zu hören – deshalb, und weil ich nicht so recht verstehe, was das alles eigentlich soll. Denn so hatte ich mir meinen Tod wahrlich nicht vorgestellt. Ich hatte gedacht, wenn man stirbt, reißt entweder der Himmel oder der Boden auf und man betritt eine andere Welt. Doch stattdessen dauerte es eine Weile, bis ich überhaupt begriff, was Sache war. Ich irrte die halbe Nacht durch Bern und wunderte mich, weshalb mich alle ignorierten, sogar die Ärzte in der Notaufnahme. Bis ich wieder nach Gümligen zurückkehrte und sah, dass mein Körper noch immer im Hof unseres Geschäftssitzes lag, das linke Bein übel verdreht, das Hemd zerrissen, eine Platzwunde am Kopf.

Ich kann mir bis heute nicht erklären, weshalb dieser Freitag so tragisch endete. Denn der Abend hatte viel besser begonnen, als ich es mir hätte erträumen können.

Ich hatte mich mit Markus im Bellevue zum Abendessen verabredet. Ehrlich gesagt, war mir ein bisschen bange vor diesem Treffen. Ich befürchtete, Markus sei immer noch sauer auf mich wegen dieser kleinen Sache, die kürzlich ans Tageslicht gekommen war. Nichts Weltbewegendes, nur ein paar Spekulationsgeschäfte, die nicht ganz so gelaufen waren, wie wir es uns vorgestellt hatten. Doch Markus hatte ein Riesendrama aufgeführt.

»Ich dachte, wir seien ein Team«, hatte er gezischt und die Papiere, die er vor einigen Jahren unterschrieben hatte, auf meinen Schreibtisch geknallt. »Betrügst du jetzt sogar deinen Geschäftspartner?«

»Wie kommst du denn auf diese Idee?«

Markus hatte mit einem Kugelschreiber auf den Passus »der Unterzeichnende haftet ausschließlich mit seinem Privatvermögen« geklopft und geknurrt: »Das entspricht nicht unseren Standard-Verträgen.«

»Es ist *dein* Problem, wenn du Unterlagen nicht richtig durchliest, bevor du sie unterschreibst.«

Da hatte Markus diese uralten Geschichten wieder hervorgekramt. Wie ich in der Schule nie zu ihm gehalten habe, als die anderen sich über ihn lustig machten. Wie ich ihm zu Studienzeiten Charlotte ausgespannt habe, weil ich ihr sagte, er sei schwul. Und dass er viel mehr Kapital in unsere Firma eingebracht habe als ich und es deshalb unfair sei, wenn wir bei den Gewinnen fifty-fifty machten.

Total kindisch.

Deshalb war ich auch etwas skeptisch, als er mich um ein Treffen außerhalb des Büros bat. Ich dachte, er wolle mir schon wieder Vorwürfe machen. Doch dann, kaum hatte er sich an unseren Tisch im Bellevue gesetzt, bat er mich um Verzeihung.

»Du hattest recht«, sagte er. »Ich sollte die Vergangenheit ruhen lassen. Letztlich habe ich zu all dem Ja gesagt.«

Er hatte es also endlich begriffen.

Wir stießen mit Champagner an. »Auf unsere Freundschaft«, sagte ich. »Ich bin froh, dass wir uns wieder wie erwachsene Menschen unterhalten können.«

»Auf unsere Freundschaft«, erwiderte Markus.

Es wurde ein Abend wie zu Studienzeiten. Wir aßen hervorragend, lachten viel und landeten am Schluss sogar noch bei Markus daheim. Ich hatte gerade laut über einen Gin Tonic nachgedacht, als Markus' Augen zu leuchten begannen.

»Weißt du noch, früher? Da haben wir immer Wodka mit Red Bull getrunken. Das möchte ich mal wieder«, sagte er.

»Oh ja, wie haben wir das Zeug immer genannt? Gummibärchen!«

Markus lachte.

»Da muss ich aber ein bisschen aufpassen, du weißt schon«, erwiderte ich und tätschelte meine Insulinpumpe.

»So viel mehr Zucker als ein Tonic hat ein Red Bull nun auch wieder nicht«, meinte Markus und ging in die Küche, um die Drinks zu mixen.

»Stimmt«, sagte ich, lehnte mich auf der Couch zurück und gab vorsorglich eine Extradosis Insulin ab.

Das war ein Abend! Markus trug ein Gummibärchen nach dem anderen aus der Küche. Nach dem fünften hatte ich ganz schön einen sitzen. Und Markus auch.

Ach, Markus. Schau dich an. Wie du so dastehst, im Regen, tust du mir fast mehr leid als ich. Nun musst du ganz allein mit der Firma zurechtkommen – obschon du überhaupt kein Talent zum Verhandeln hast. Du warst auch immer viel zu milde dem Personal gegenüber. Bei der letzten Sparrunde wolltest du einfach nicht begreifen, dass wir unsere Ausgaben optimieren müssen, um als Firma gesund zu bleiben.

»Aber doch nicht die Endfünfziger! Die finden nie mehr etwas«, hast du gesagt. Dabei sind ebengenau die unsere teuersten Mitarbeiter.

Und wie du dich für Sergej eingesetzt hast. Das war schon fast rührend. »Du weißt doch, er ist psychisch labil«, hast du gesagt. – »Wir sind keine geschützte Werkstatt.« – »Aber er macht einen guten Job!« – »Einen Job, den es bald nicht mehr braucht. Es ist ganz einfach: entweder er oder Sabrina.« – »Du würdest Sabrina nie entlassen.« – »Wetten?« – »Sie ist alleinerziehend, bekommt kaum Alimente. Sie braucht diesen Job!« – »Ich weiß.«

Wir entließen Sergej.

Ich sehe es kommen: Unsere Firma wird ohne meinen kühlen Kopf kläglich untergehen.

Der Pfarrer spricht herzerwärmend. Es ist schon beachtlich, was ich alles erreicht habe. Parteipräsident, Verwaltungsrat, Geschäftsinhaber, Familienvater – so schnell macht mir das keiner nach. Auch wenn es nur wenige Leute hören – immerhin wird all das gebührend anerkannt.

Vielleicht kann ich Charlotte irgendwie dazu bringen, die Rede zu veröffentlichen, sobald ich mich in meinem Leben als Geist besser zurechtfinde. Einfach ohne diesen Suizid-Unsinn natürlich. Die Zeitungen würden sich bestimmt um den Beitrag prügeln. Und ich hätte doch noch die Aufmerksamkeit, die mir zusteht. Sabrina hatte schon recht: Macht ist sexy.

Sie steht kerzengerade an Markus' Seite. Wie wunderschön sie ist mit ihren langen roten Haaren und den vollen Lippen.

Erstaunlich, dass Charlotte meine Assistentin eingeladen hat. Ich befürchtete immer, sie könnte herausfinden, was Sache ist. Aber sie war noch nie die Klügste, meine Praline. Und Sabrina ist neben Markus nun einmal meine engste Mitarbeiterin.

Dieser Freitag war wirklich ein fulminanter Abend. Ich konnte mein Glück kaum fassen, als ich bei Markus auf mein Smartphone blickte und Sabrinas Nachricht las. Sie warte auf mich in meinem Büro, schrieb sie. Dazu schickte sie ein Foto, das keinen Zweifel über ihre Absichten ließ.

Ich verabschiedete mich von Markus unter dem Vorwand, Charlotte brauche mich. Doch anstatt nach Hause zu gehen, fuhr ich ins Geschäft. Ich saß auf dem Rücksitz des Taxis und genoss Sabrinas Nachrichten, die nun alle paar Minuten auf meinem Smartphone eintrafen.

Keine Worte. Nur Bilder.

Seltsamerweise war bei unserem Geschäftssitz der Lift kaputt. Also rannte ich in den zweiten Stock hoch, riss die Tür zu meinem Büro auf – und da war sie. In Spitzenunterwäsche auf meinem Schreibtisch.

»Ich dachte, du willst dich nicht auf deinen Chef einlassen«, sagte ich und ließ mir von ihr den Mantel ausziehen. Sie hatte nämlich sonst stets ausgesprochen kühl auf meine Avancen reagiert. Nur wenn ich ihr klarmachte, dass ihren Job gut auch jemand anderes mit höheren Qualifikationen und mehr Erfahrung ausüben könnte, hatte sie mich rangelassen. Aber eher widerwillig. Fast so, als würde ich ihr Gewalt antun. Dabei spürte ich deutlich, dass sie auf mich stand. Und nun hatte ich den Beweis: Sie hatte sich nur geziert, um sich interessanter zu machen.

Wie Frauen halt so sind.

»Macht ist sexy«, raunte Sabrina und stöhnte. Ihr Gesicht war dabei seltsam verzerrt. Der Raum schien in einem sanften Nebel zu liegen. Als sie mich küsste, war es mir, als ob sich der Schreibtisch leicht drehen würde. Mir fiel ein, dass ich meinen Blutzuckerspiegel messen sollte. Nach all den Red Bull war er bestimmt immer noch zu hoch.

»Hey, ich habe eine Idee«, rief Sabrina in diesem Moment, sprang auf und schlüpfte in meinen Mantel. »Lass uns aufs Dach steigen!«

»Ich weiß nicht …« Mir war plötzlich schlecht. Sicher der Alkohol.

»Ach bitte! Stell dir mal vor – du, ich in deinem Mantel, der Sternenhimmel. Und jederzeit könnte jemand hochblicken.« Sie wisperte aufgeregt, während sie meine Hose wieder zuknöpfte und den Gurt schloss. Dann packte sie mich an der Hand und wollte mich aus dem Büro ziehen.

Ich hielt sie zurück, tastete nach meiner Insulinpumpe und gab vier Einheiten ab.

»Das ist so cool!«, rief Sabrina. »Zeigst du mir, wie das funktioniert?«

Ich demonstrierte ihr die Pumpe. Doch als ich meinen Blutzucker messen wollte, nahm sie mir das Gerät aus der Hand, steckte es in meine Manteltasche und flüsterte: »Das kannst du doch auch oben tun.« Ihr Atem kitzelte mein Ohr.

Sabrina rannte vor mir die Treppe hoch. Ich hatte Mühe, mitzuhalten. Dreißigjährige Gazellen sind flink. Mit Charlotte ist das ganz anders. Da muss man geduldig warten, bis sie ihre Kilos die Stufen hochgeschoben hat. Einmal mehr fragte ich mich, weshalb ich bei ihr blieb. Schließlich standen mir – im Gegensatz zu ihr – noch alle Möglichkeiten offen. Doch dann wiederum – es wäre auch für mich nicht sinnvoll gewesen, sie zu verlassen. Das Haus gehört ihr. Außerdem würde sie nie einen Verdacht schöpfen, dass ich mich auswärts vergnüge. Dazu ist Charlotte zu gutgläubig.

Oben auf dem Dach war mir schwindelig und der Schweiß rann mir den Rücken runter. Sabrina kletterte über das Sicherheitsgeländer, öffnete den Mantel, setzte sich auf eine der kniehohen Abschrankungen und blickte mich herausfordernd an.

Sie hatte recht gehabt. Sabrina in meinem Mantel unter dem Sternenhimmel: Es war ein göttliches Bild.

Es dauerte eine Weile, bis auch ich es über das Geländer geschafft hatte. Doch endlich stand ich vor Sabrina und wollte mir gerade die Hose aufknöpfen – als ich plötzlich direkt neben meinem Ohr ein Sirren hörte. Ich schoss herum und wich im letzten Moment einer Drohne aus, die an meinem Kopf vorbeizischte. Dabei taumelte ich nach hinten, spürte die Abschrankung in meiner Kniekehle – und fiel.

»Lasst uns Abschied nehmen«, sagt der Pfarrer nun.

Neben meinem Grab stehen in einer Vase fünf weiße Rosen und eine rote. Als Erster wirft Markus eine weiße auf meine Urne, dann Sabrina, schließlich die fremde Frau. David geht zusammen mit Charlotte zum Grab. Gemeinsam werfen sie zwei weiße Rosen hinunter. Dann nimmt David die rote und riecht daran. Doch anstatt sie in mein Grab zu werfen, reicht er sie Charlotte, bevor sie sich abwenden.

Die Rose ist noch immer in Charlottes Hand.

Seltsam.

Anstatt zum Parkplatz spazieren Charlotte und David zum kleinen Grabstein in der Ecke des Friedhofs. »Nico Freudiger, 2016–2019« steht darauf.

Ich fasse es nicht! Anstatt die rote Rose der Witwe in mein Grab zu werfen, legt sie sie auf das Grab unseres Enkels. David steht derweil neben ihr und heult. Er war schon immer ein Sensibelchen. Deshalb ist er auch Sozialarbeiter geworden. Ein Gutmensch, ausgerechnet mein Sohn.

Immerhin sind in letzter Zeit die Vorwürfe leiser geworden. Es ist absurd, aber sowohl David als auch Charlotte hatten den Eindruck, ich sei schuld an Nicos Tod.

Der war auch tragisch. Nico stürzte bei uns daheim aus einem offenen Fenster. Er hatte einen Stuhl davorgestellt, sich hinausgelehnt und das Gleichgewicht verloren. David hantierte zu dieser Zeit in der Küche. Ich saß am Schreibtisch und beantwortete E-Mails.

David behauptete immer, ich hätte versprochen, auf den Kleinen achtzugeben, während er kochte. Was natürlich absoluter Nonsens ist. Es ist doch nicht meine Aufgabe, nach seinem Kind zu schauen. Aber es wäre eindeutig die Pflicht meiner Frau und meines Sohnes, an meiner Beerdigung ausschließlich um mich zu trauern – und nicht um jemanden, der seit gut zwei Jahren tot ist.

Stattdessen stehen Charlotte und David an Nicos Grab und umarmen sich. Ich würde ihnen gern die Meinung sagen – aber sie können mich sowieso nicht hören. Nach einer Weile lösen sie sich voneinander und gehen Arm in Arm Richtung Friedhofstor.

Wartet nur, so leicht kommt ihr mir nicht davon! Nicht nach dieser Rosenaktion. Zurzeit sieht mich zwar niemand, und wenn ich etwas anfassen will, greife ich durch den Gegenstand hindurch. Es ist die Hölle, so handlungsunfähig zu sein. Aber mir wird noch etwas einfallen.

Die drei anderen Trauergäste warten am Parkplatz auf die beiden. »Ihr kennt ja alle den Weg«, sagt Charlotte und steigt in Davids Auto.

Rasch schlüpfe ich durch die Hintertür und setze mich auf den Rücksitz von Davids Schrottlaube. Dort herrscht ein ziemliches Chaos. Ich quetsche mich neben eine Kiste und erstarre. Das Bild der Drohne auf dem Deckel kommt mir bekannt vor.

»Hast du dich jetzt eigentlich angemeldet für den Fotografiekurs ›Bern von oben‹?«, fragt Charlotte.

David schmunzelt. »Natürlich.«

»War das etwa …«, setze ich an. Doch dann verstumme

ich. Schimpfen bringt ja doch nichts, wenn man für die anderen bloß Luft ist.

Wir fahren schweigend weiter, und je länger wir unterwegs sind, desto absurder scheint mir mein Verdacht. David konnte doch gar nicht wissen, dass ich auf dem Dach war. Das war ein spontaner Vorschlag von Sabrina, die er damals noch nicht einmal kannte.

Als ich vom Dach stürzte, fiel mir absurderweise dieser Werbespruch ein: Red Bull verleiht Flügel. Ich dachte, jetzt wäre es toll, wenn es so wäre. Dann könnte ich einfach meine Flügel ausbreiten und wieder hochfliegen. Doch stattdessen schlug ich auf dem Asphalt auf. Schmerz schoss in mein linkes Bein, meinen Rücken, meinen Ellenbogen und meinen Kopf. Er raubte mir wohl für einen Moment die Sinne.

Ich kam zu mir, als ich Schritte hörte. »Sabrina«, dachte ich, »sie kommt, um mir zu helfen.«

Doch anstatt der Seidenstrümpfe und Pumps meiner Assistentin tauchten verwaschene Jeans und Sneakers vor mir auf.

»Wahrscheinlich schon die Sanitäter«, dachte ich damals.

Doch die Sneakers gingen an mir vorbei. Ich hörte etwas rumpeln und sah, wie ein Container vor mein Gesicht geschoben wurde. Gerade so, dass ich die Lichter der nahen Straße nicht mehr erkennen konnte. Als die Person erneut an mir vorbeistreifte, roch es nach Jasmin. Die Schritte entfernten sich. Dann war es wieder still.

Ich versuchte, mich zu bewegen. Doch mir tat alles weh, und es war, als ob jemand die Kraft aus meinem Körper saugen würde. Ich schwitzte noch mehr als oben auf dem Dach, und plötzlich realisierte ich, dass ich vielleicht nicht über-, sondern unterzuckert war. Obschon das eigentlich unmöglich war nach all dem Red Bull, den ich getrunken hatte. Ich tastete nach dem Notfall-Traubenzucker und den Gummibärchen. Doch die waren in meinem Mantel. Und der war bei Sabrina.

Je mehr Zeit verstrich, umso klarer wurde mir, dass sie keine Hilfe geholt hatte. Natürlich machte mich das wütend. Doch kurz bevor ich wegdämmerte, fiel mir ein, dass sie wohl annahm, nach einem solchen Sturz müsse ich bereits tot sein. Bestimmt hatte sie mich hier liegen sehen und war in Panik weggerannt. Eine Kurzschlusshandlung.

Die letzten Tage haben mich definitiv mit Sabrina versöhnt. Ich war oft bei ihr und habe ihr beim Arbeiten, Kochen und Duschen zugeschaut. Sie wirkte angespannt und weinte oft. Bestimmt überlegte sie sich, jemandem zu erzählen, weshalb ich auf dem Dach war. Dann wäre zumindest diese absurde Suizidversion vom Tisch gewesen. Aber unter dem Strich hätte das auch nichts mehr an der Situation geändert. Und vielleicht hätte man ihr nicht einmal geglaubt, dass es bloß ein Unfall war.

Arme Sabrina. Die Selbstvorwürfe und die Trauer um mich müssen schrecklich für dich sein.

David lenkt den Wagen auf den Parkplatz vor unserem Haus. Markus, Sabrina und die fremde Frau folgen in ihren Autos.

»Ich kann nicht allzu lange bleiben – mein Sohn wartet«, sagt Sabrina.

»Nur kurz zum Anstoßen«, erwidert die fremde Frau mit starkem Akzent. In diesem Moment dämmert es mir: Das ist nicht Charlottes Psychologin. Sondern Sergejs Frau.

Markus und ich lernten sie an Sergejs Beerdigung kennen. Es war keine schöne Begegnung. Sie behauptete, Sergej habe sich erhängt, weil er den Job verloren hatte. Dabei hatte er schon zuvor Probleme gehabt. Sie suchte bloß einen Sündenbock.

Doch was macht ausgerechnet sie an meiner Beerdigung?

»Komm, Mirka. Das haben wir uns verdient«, sagt Markus und legt die Hand auf ihre Schulter.

»Du duftest gut – was ist das?«, fragt er.

»Jasmin.«

»Toll.«

Für einen Moment bleibe ich wie vom Blitz getroffen stehen und denke an die Worte des Notarztes, der erst am Samstagmittag an der Unfallstelle auftauchte, nachdem ich Stunden neben meinem Körper gewartet hatte: »Was für ein Pech, dass er so unglücklich hinter die Abfallcontainer fiel. Sonst hätte ihn bestimmt jemand von der Straße aus hier liegen sehen. Vielleicht wäre er dann noch zu retten gewesen.«

Es brodelt in mir, als ich mich im Wohnzimmer auf meinen Lieblingssessel setze und meine seltsame Trauergesellschaft betrachte. Mirka schnappt sich ohne zu fragen eine Wolldecke vom Sofa und wickelt ihre Beine darin ein. David tätschelt Sabrinas Hand und sagt: »Hey – es ist vorbei. Jetzt wird alles besser.« Sie nickt und atmet tief durch.

»So, fünfmal Red Bull«, ruft Markus und trägt ein Tablett aus der Küche. »Irgendjemand muss den Multipack mit dieser Plörre ja leer trinken.«

Die fünf nehmen je eine Dose und stoßen an.

»Auf meine neue Geschäftspartnerin und ihren grandiosen Plan«, ruft Markus, legt den Arm um Charlotte und drückt ihr einen Kuss auf die Wange.

»Auf uns und gutes Teamwork. Möge der Kerl in der Hölle schmoren«, erwidert Charlotte. Dann setzt sie die Dose Red Bull zuckerfrei an die Lippen und nimmt einen Schluck.

DER SCHÖNE AUS BOSKOOP

(THUN)

STEFAN HAENNI

Eigentlich hatte Hanspeter Feller seine Detektei in Thun schon so gut wie aufgegeben. Seinem Mitarbeiter Jürg Lüthi hatte er bereits gekündigt. Nun war Feller gerade dabei, einen Stapel entbehrlicher Dokumente mit vertraulichem Charakter zu schreddern. Da klingelte es an der Tür und eine Frau um die sechzig betrat das Büro.

»Guten Tag. Sind Sie der Privatdetektiv?«, fragte sie herausfordernd und rückte bis auf einen Meter unangenehm nah an Feller heran.

»Ja, der bin ich. Mit wem habe ich das Vergnügen?«

Die Dame trug einen beigen Hosenanzug und eine lachsfarbene Seidenbluse, auf der eine Perlenkette einen reizvollen Kontrast erzeugte.

»Entschuldigen Sie, Herr Feller. Melanie Berger«, sagte sie und trat glücklicherweise einen Schritt zurück.

»Guten Tag Frau Berger. Wie kann ich Ihnen helfen?«

»Ich möchte, dass Sie einen Auftrag übernehmen.«

»Nehmen Sie doch erst mal Platz, Frau Berger.« Feller wies ihr einen Stuhl an einem niederen Salontischchen zu und setzte sich ihr gegenüber.

»Danke.« Sie strich sich eine blondierte Strähne aus der Stirn.

Der Privatdetektiv lehnte sich zurück und erklärte: »Ich bin eigentlich gerade daran, meine Detektei aufzulösen. Ich gehe in den selbst gewählten Ruhestand.«

»Oh nein!«, entfuhr es Frau Berger. Sie setze sich aufrecht hin, hob ihr Kinn an und forderte: »Sie müssen mir helfen, ein Problem zu lösen.« Bevor Feller einen weiteren Einwand vorbringen konnte, fügte sie an: »Geld spielt keine Rolle. Ich habe so darauf gehofft, dass wenigstens Sie mir glauben.«

»Glauben?«, wunderte sich Feller. »Was soll ich glauben?«

»Die Polizei interessiert sich nicht mehr für meinen Fall. Er sei verjährt, heißt es immer.«

»Und? Ist er das?«

Sie sank in den Sessel zurück. »Ja. Leider.«

»Jetzt haben Sie mich tatsächlich neugierig gemacht. Von was für einem Fall reden Sie?« Feller ergriff einen Kugelschreiber und war bereit, sich Notizen zu machen. »Was ist Ihr Problem, Frau Berger?«

»Mein Mann wurde kaltblütig erschossen. Das sind jetzt dreißig Jahre her. Gerhard hatte eine gut laufende Zahnarztpraxis in der Thuner Altstadt. Ein unzufriedener Patient, ein missgünstiger Konkurrent oder ein verwirrter Mensch in psychotischem Wahn hat ihn umgebracht.«

»Das tut mir leid, Frau Berger.«

»Es passierte kurz vor Feierabend. Ich wollte meinen Mann in der Praxis abholen, um anschließend gemeinsam im Hotel Freienhof essen zu gehen. Da wurde ich auf der Treppe beinahe von einem Kerl überrannt. Ich war zwar etwas erschrocken, hatte mir aber sonst weiter nichts dabei gedacht. Erst als ich die Praxis betrat, deren Türe sperrangelweit offen stand, und ich Gerhard blutüberströmt am Boden liegen sah, begriff ich, dass mir auf der Treppe kurz zuvor sein Mörder begegnet war.«

Feller nickte empathisch. »Schrecklich! Was war mit der Arztgehilfin?«

»Die hatte mein Mann bereits nach Hause geschickt, nachdem er den letzten Patienten übernommen hatte.«

»Und dieser letzte Patient war sein Mörder?«

»Vermutlich«, betätigte Frau Berger.

»Hatte er wenigstens die Personalien bei der Anmeldung hinterlassen?«

Irritiert durch Fellers Frage, antwortete Frau Berger: »Das wäre wohl zu schön gewesen. Seine Angaben waren natürlich falsch. Immerhin konnte ich der Polizei den Mann beschreiben. Allerdings nur sehr grob. Mittlere Größe, mittleres Alter, kräftige Statur, dunkles, kurz geschnittenes Haar. Mit diesem Signalement konnte die Polizei nicht allzu viel anfangen. Sie hat den Täter nie erwischt.«

Der Privatdetektiv legte den Kugelschreiber auf den Salontisch. »Sie erwarten hoffentlich nicht, dass ich mehr Glück habe als die Polizei. Zudem wird der Mörder inzwischen ganz anders aussehen.«

»Das tut er«, stellte Frau Berger umgehend fest. »Und trotzdem habe ich ihn wiedererkannt.«

Jetzt machte Feller große Augen. »Was? Sie haben ihn kürzlich gesehen?«

»Jawohl!«, bekräftige seine Mandantin. »Ich bin mir absolut sicher, dass er es gewesen ist.«

»Wann und wo war das?«

»Mittwoch vor einer Woche. Er spazierte über den Wochenmarkt im Bälliz. Ich folgte ihm. Nachdem er zum Aarezentrum abgebogen und über die Postbrücke geschlendert war, stieg er in den Bus Richtung Schorenfriedhof via Neufeld und konnte entwischen.«

»Dann ist Ihr Problem eigentlich gelöst.« Feller machte eine offene Geste, indem er die Innenfläche seiner rechten Hand nach oben drehte und gleichzeitig in die Höhe reckte. »Warum gehen Sie mit Ihren Beobachtungen nicht zur Polizei?«

»Glauben Sie im Ernst, dass die einen abgeschlossenen Fall neu aufrollen, nur weil ich den Mörder im Neufeldbus habe verschwinden sehen?«

Feller hob zweifelnd die Augenbrauen. Bevor er die Frage beantworten konnte, kam ihm Berger zuvor: »Eben.«

»Ich verstehe dennoch nicht, was Sie von mir erwarten?«

»Herr Feller, ich möchte, dass Sie für mich ein Treffen mit dem Mörder arrangieren. Und zwar im Freienhof, dort, wo ich mit meinem Mann am Tag des Verbrechens hinwollte.«

»Warum sprechen Sie ihn bei nächstbester Gelegenheit nicht selbst an, um mit ihm einen Termin zu vereinbaren?«, wunderte sich Feller.

Seine Mandantin wehrte ab. »Das traue ich mir nicht zu.«

»Na ja … Aber wie soll ich ihn denn erkennen? Wie kontaktieren? Und vor allem, unter welchem Vorwand zum Rendezvous mit der Witwe seines Opfers überreden?«

»Er darf bei der Begegnung über meine wahre Identität keinesfalls im Bilde sein«, bestimmte Frau Berger in einem Tonfall, der keine Widerrede zuließ.

Darum formulierte Feller seine Bedenken etwas um: »Aus welchem seriösen Grund sollte er bereit sein, eine ihm unbekannte Frau unter vier Augen zu treffen? Und wie erkläre ich meine Vermittlung?«

»Das weiß ich auch nicht. Seien Sie kreativ, Herr Feller, dafür stelle ich ein fürstliches Honorar in Aussicht.«

»Stimmt. Das ist nicht die schlechteste Voraussetzung.« Feller lächelte. »Von welchem Betrag sprechen wir da?«

»Tausend Franken pauschal.«

»Für das Arrangieren einer einzigen Gegenüberstellung? Nicht schlecht. Allerdings müsste ich ihn ja auch erst *zufällig* antreffen. Das könnte dauern und einen erheblichen zeitlichen Aufwand verursachen. Ganz abgesehen von der gedanklichen Vorarbeit und der strategischen Planung, die mit dem Auftrag verbunden sind.«

»Gut, Herr Feller. Ich verdopple. Einverstanden?«

»Einverstanden. Jetzt müssen Sie mir nur noch verraten, woran ich ihn erkenne.«

»Moment, ich habe ihn mit dem Handy fotografiert.« Sie öffnete ihre lederne Handtasche und entnahm ihr ein Smartphone. »Da, bitte. Auf der Brücke habe ich sein Gesicht seitlich gezoomt. Ist recht gut erkennbar, oder?«

»Ja, ist brauchbar«, bestätigte Feller nach einem kritischen Blick.

»Also. Er wird entweder auf dem Markt oder im Neufeldbus anzutreffen sein. Früher oder später taucht er dort auf«, war Frau Berger überzeugt.

»Hoffentlich. Haben Sie daran gedacht, dass ein solches Treffen unter Umständen gefährlich werden könnte?«

Jetzt huschte ein unschönes Grinsen über ihr gepudertes Gesicht. »Ach was, Sie riskieren nichts, Herr Feller. Weder auf dem Markt noch im Bus.«

»Nicht ich, Frau Berger«, stellte er klar. »Sie! Beim Meeting mit dem Mörder unter vier Augen. Vielleicht weiß er ja doch, wer Sie sind. Können Sie ausschließen, dass er Sie noch kennt?«

Sie winkte ab. »Das ist mir schon bewusst. Aber ich glaube, dieses Risiko auf mich nehmen zu müssen.« Danach fügte sie hinzu: »Das schulde ich Gerhard.«

»Mir ist nicht ganz klar, was Sie mit Ihrem Wagnis bezwecken? Erwarten Sie von ihm ein Schuldgeständnis, eine Entschuldigung, eine Erklärung oder was genau?«

Sie schüttelte ihr aschblondes Haupt. »Was und ob er etwas erklärt, ist völlig irrelevant.«

»Ja, aber …«

Frau Berger ließ ihn nicht ausreden. »Das ist nicht Ihr Problem, Herr Feller. Hier ist die Anzahlung.« Sie langte in die Handtasche, entnahm ihr ein Notenbündel und knallte es auf den Salontisch.

*

Hanspeter Feller war am nächsten Mittwoch bereits auf seinem Posten. Er schlenderte an den Marktständen entlang, mehrmals das Bälliz hinauf und hinunter. Der Gesuchte ließ sich nicht blicken. Wäre ja zu schön gewesen, hätte es gleich in der ersten Woche geklappt.

Auch der darauffolgende Mittwoch entpuppte sich als verlorene Zeit.

In der dritten Woche kam sich Feller bereits blöd vor, endlos hin und her zu defilieren, ohne zwischendurch wenigstens ein paar Pro-forma-Einkäufe zu tätigen. Mit einem herzhaften Stück Bergkäse vom Stockhorn und einem Kilo Boskoop beladen hätte er allerdings um ein Haar den mittelgroßen Mann übersehen, der mit dem Mann auf dem Handy identisch zu sein schien. Feller hastete ihm nach, in der Hoffnung, ihn spätestens an der Bushaltestelle nach der Postbrücke anzutreffen.

Die Zielperson warf einen Blick zurück und wechselte die Straßenseite. Ob sie Feller bereits bemerkt hatte? Als der Beobachtete vor dem Schaufenster eines Bekleidungsgeschäftes stehen blieb, huschte auch Feller hinüber. Danach wandte sich der Verfolgte um und schritt direkt auf den Detektiv zu. Was sollte er tun? Ihn bereits hier und jetzt ansprechen? Die Zielperson nahm allerdings keine Notiz von ihm. Stattdessen überquerte sie erneut die Straße und steuerte einen Blumenstand an. Feller blieb dem Mann auf den Fersen. Nach wenigen Augenblicken trat der Verfolgte mit einem getrockneten Blumengesteck hervor, das der Detektiv als Grabschmuck klassierte. Danach folgte er dem mutmaßlichen Mörder, der wie erwartet nach links auf die Brücke bog. An der Haltestelle blieb er stehen. Offensichtlich wartete er auf den nächsten Bus. Feller warf einen Blick Richtung Maulbeerkreisel, wo soeben ein Fahrzeug der Linie zwei auftauchte. Bis es an der Station anhalten würde, blieb genug Zeit, in gemächlichem Schritttempo ebenfalls dorthin zu gelangen.

Die Zielperson bestieg wie erhofft den Bus. Feller tat dasselbe im letzten Augenblick vor der Weiterfahrt. Er schaute sich um und entdeckte den Mann allein auf einem Zweiersitz. Der Detektiv fasste sich ein Herz und setzte sich mit freundlichem Nicken direkt neben ihn. Die offene Tragtasche mit den Äpfeln stellte sich Feller zwischen die Füße. Dabei schwirrte ihm die Frage durch den Kopf, wie er seinen Sitznachbarn in ein unverfängliches Gespräch verwickeln könnte.

Noch bevor eine Lösung gefunden war, brummte der

Mann am Fenster: »Diese Sorte bekommt man auch nur noch auf dem Markt: der Schöne aus Boskoop.«

Feller strahlte ihn an: »Da haben Sie recht. Boskoop sucht man bei den Großverteilern vergeblich. Dort herrscht die Übermacht der grasgrünen Golden Delicious und der knallrot polierten Gala. Dabei eignen sich Boskoop doch viel besser für Apfelkuchen oder Mus.«

»Ja, und die herrlich saftigen Gravensteiner oder der milde, weiße Klarapfel. Wo sind sie nur abgeblieben?«, schwärmte der Sitznachbar. »Wussten Sie übrigens, dass der Boskoop Mitte des neunzehnten Jahrhunderts als Zufallssämling entdeckt wurde?«

»Nein, ich hielt es bisher für eine Züchtung«, musste Feller zugeben.

»Der Apfel stammt aus dem Ort Boskoop in den Niederlanden. Daher der Sortenname.«

Feller bemerkte nach kurzem Wortwechsel, dass sich seine Zielperson offensichtlich gut mit Apfelsorten auskannte. Diese ließ die Bemerkung fallen: »In puncto Äpfel kann man mir nicht so schnell etwas vormachen. Ich habe in den letzten dreißig Jahren auf einer Obstplantage in Australien gearbeitet.«

»Oh, dann sind Sie möglicherweise am Vortrag einer Vertreterin der Stiftung ProSpecieRara interessiert. Sie referiert nächste Woche im Hotel Freienhof über seltene Obstsorten.«

»Tatsächlich? Das wäre schon was für mich.«

»Ich könnte sogar ein privates Treffen mit der Frau organisieren. Es ist nämlich eine Bekannte von mir. Natürlich nur, wenn Sie darauf Wert legen, Ihre Erfahrungen in Australien mit ihr auszutauschen.«

»Gerne. Das wäre toll.«

Kurz entschlossen ergriff Feller sein Handy und vereinbarte mit Frau Berger einen Termin. An den Sitznachbarn gewandt: »Die Dame erwartet Sie am kommenden Dienstag im Hotel Freienhof, Sitzungszimmer Nummer drei, ca. um 18.30 Uhr. Würde Ihnen das passen, Herr …?«

»Huber. Ja, das passt perfekt.«

An der Endstation Schorenfriedhof stiegen die beiden aus dem Bus. Feller beobachtete Huber, wie er mit dem Grabschmuck auf dem Friedhof verschwand. Dann huschte der Privatdetektiv zurück in den Wagen.

So, das fette Honorar war im Sack, frohlockte Feller. Ein schöner Zustupf zum Übergang ins Rentnerdasein.

*

Am Dienstag, als der Termin immer näher rückte, machte sich Feller Vorwürfe. War es nicht unverantwortlich, seine Mandantin allein mit dem Mörder ihres Gatten zusammenzubringen?

Das schlechte Gewissen bewog den Privatdetektiv, sich ab 18.15 Uhr in der Nähe des Hoteleinganges zu positionieren. Bei einem derart lukrativen Auftrag sah er sich in puncto Sicherheit seiner Mandantin gegenüber in der Verantwortung. Und wäre es bloß, um nicht die zweite Hälfte des Honorars zu gefährden. Vielleicht kam Huber ja gar nicht. Möglicherweise hatte er das Treffen vergessen oder war misstrauisch geworden. Das waren allerdings eher Hoffnungen als Befürchtungen. Denn soeben verschwand Huber im Freienhof. Umgehend folgte Feller ihm. Zum Schutz von Frau Berger musste er zumindest in ihrer Nähe sein. Die Tür des Sitzungszimmers Nummer drei wurde soeben zugezogen. Der Detektiv trat näher heran und horchte. Er vernahm die Stimmen von Berger und Huber, ohne diese jedoch im Wortlaut zu verstehen. Plötzlich schwoll der Gesprächspegel merklich an. Die beiden schienen sich zu streiten.

Feller riss die Tür auf und sah den Mörder über Frau Berger knien, die hilflos auf dem Fußboden lag. Kurz entschlossen legte der Retter den Arm um Hubers Hals, winkelte die Armbeuge und zerrte den überraschten Täter nach hinten. Dabei kippte Feller rücklings und Huber kam auf ihm zu liegen. Dank einer ruckartigen Kehre, die jedem Kranzschwinger alle Ehre gemacht hätte, drehte Feller den Gegner erfolgreich auf den Rücken.

Huber wehrte sich aus Leibeskräften. Da knallte ihm der Detektiv mit voller Wucht die Faust ins Gesicht, dass dem Angreifer augenblicklich die Luft wegblieb.

»Na, du schöner Boskoop, was sagst du jetzt?«, frohlockte Feller siegesgewiss.

Der Unterlegene japste mit Glotzaugen und sabberndem Mund. Nach ein paar weiteren Artikulationsversuchen wurden die Laute verständlicher. Huber bekam wieder Luft. Beinahe tonlos hechelte er: »Sie hat mich damals als Mörder ihres Gatten angeheuert. Jetzt will sie mich als Mitwisser endlich loswerden. Durch dich, du blöder Idiot!«

Feller ließ vom Liegenden ab, erhob sich schwerfällig und starrte abwechselnd auf Huber und seine Mandantin.

Beinahe wäre Hanspeter Feller unfreiwillig zum Auftragsmörder geworden und hätte den ersehnten Ruhestand im Knast verbracht. Warum zum Teufel war er nicht bereits beim fürstlichen Honorar misstrauisch geworden?

AARAUER MORDSNACHBARN

INA HALLER

»Ich bringe dich um!«

Elsa setzte sich mit einem Ruck auf und starrte in die Dunkelheit, die sie umgab.

»Qualvoll sollst du sterben!«

Das kam aus der Wohnung der neuen Nachbarn. Elsa starrte in die Richtung der Wand, die ihre Wohnung von der der Nachbarn trennte.

Ein Schrei.

Ein Knall.

Etwas fiel auf den Boden.

»Norbert«, wisperte sie. »Wach auf!«

Ihr Mann rührte sich nicht. Stattdessen hörte sie weiter sein gleichmäßiges Schnarchen.

»Norbert.« Sie rüttelte an seiner Schulter. Er gab ein Schnauben von sich und drehte sich auf die andere Seite. Das Schnarchen setzte wieder ein.

»Wach auf!«, rief sie und schielte in die Richtung der Nachbarn. Das Haus war ringhörig. Wenn sie das Gespräch von der anderen Seite verstehen konnte, ging das auch andersherum. Sollte der Mörder feststellen, dass sie ihn gehört hatte, schwebte sie als Zeugin in Gefahr. Ihre Panik wurde größer.

»Was ist?«, brummte Norbert.

»Nebenan wird jemand umgebracht.«

»Blödsinn.«

»Hör doch selbst.«

Bettrascheln. Norbert hatte sich aufgesetzt. Elsa konnte den Schatten seines Körpers gegen das Fenster ausmachen.

»Ich höre nichts.«

»Pst!«

Stille umgab sie. Schmerzhaft spürte Elsa das Pochen ihres Herzens.

»Sie sollten Aufregung von sich fernhalten«, hörte sie die Stimme ihres Arztes im Kopf. Vor einigen Tagen war sie bei ihm zur Kontrolle gewesen. Er hatte sich nicht erfreut über ihren hohen Blutdruck gezeigt.

»Da ist nichts.« Norbert legte sich hin. »Schlaf weiter.«

»Da wird jemand umgebracht. Oder vielleicht ist die Frau schon tot. Ich habe es selbst gehört.«

»Was hast du gehört?«

»Den Schuss.«

»Welchen Schuss? Wann?«

»Eben.«

»Das hätte ich doch auch gehört.«

»Norbert!«

»Lass uns morgen darüber reden«, sagte er. »Du hast schlecht geträumt. Das ist alles. Das kommt davon, wenn du so viele Krimis liest. Ich bin müde.«

Elsa konnte es nicht fassen. Nebenan war jemand erschossen worden, und Norbert hatte nichts anderes zu tun, als weiterzuschlafen. Er gab ein Brummen von sich und erneutes Schnarchen setzte ein.

»Endlich ist die Schlampe tot«, drang es durch die Wand.

Elsa zog die Decke bis an ihr Kinn und presste die Hände auf ihre Ohren.

»Deine Mutter hat eine blühende Fantasie«, sagte Norbert und setzte sich zu ihnen an den Tisch. Elsa wich dem Blick ihrer Tochter Carolin aus und gab Rahm in ihren Kaffee. Sie streute Zucker dazu und rührte langsam mit dem Löffel in dem heißen Getränk.

»Du solltest nicht so viel Zucker nehmen, Mueti«, sagte Carolin.

»Mir egal«, brummte Elsa schlecht gelaunt.

Am Morgen hatte sie sich mit Norbert gestritten, der ihr weiterhin nicht glauben wollte, was sie in der Nachbarwohnung gehört hatte. Er sagte, sie solle sich beruhigen und ihre Fantasie zügeln. Seitdem hing zwischen ihnen der Haussegen schief.

Kindergeschrei ließ sie auffahren. Milena und Marco zerrten an einem Buch. Normalerweise freute Elsa sich, wenn Carolin mit den vierjährigen Zwillingen zu Besuch kam, aber heute vertrug sie den Lärm ihrer Enkel nicht.

Carolin stand auf und setzte sich zu den Zwillingen auf den Boden. Zum Glück gelang es ihr schnell, den Streit zu schlichten. Marco quietschte vor Freude auf, als Carolin ihm ein Buch mit Traktoren reichte. Fröhliches Kindergeplapper löste das Geschrei ab. Aber auch das war Elsa zu laut. Ihr Kopf pochte. Das Schmerzmittel, das sie genommen hatte, kurz bevor ihre Tochter mit den Kindern gekommen war, zeigte keine Wirkung.

Nach dem Zwischenfall, wie Norbert es nannte, hatte sie kein Auge mehr zugetan. Angespannt hatte sie nach nebenan gelauscht. Alles war ruhig geblieben. Kein Wunder. Tote sagten nicht mehr viel, und der Mörder hatte bestimmt das Weite gesucht.

Am Morgen hatte sie gehofft, ein anderer hätte den Lärm mitbekommen und die Polizei verständigt. Dem war nicht so.

Den ganzen Vormittag hatte sie am Küchenfenster gesessen. Auf der Bachstrasse waren nur Velofahrer, Mütter mit ihren Kinderwagen und Passanten mit Hunden zu sehen gewesen. Kein Krankenwagen und keine Polizei. Alles ging seinen gewohnten Gang. Das Gleiche galt für das Mehrfamilienhaus, in dem sie wohnten. Die Kinder der Familie aus dem Erdgeschoss waren zur Schule gegangen. Die beiden Frauen, die über ihnen wohnten, hatten sich zur Arbeit aufgemacht. Der blonde Mann, der im Kantonsspital Aarau als Pfleger arbeitete, war von seiner Schicht heimgekehrt. Das Gönhardquartier war ein ruhiges Quartier. Normalerweise.

Kurz hatte Elsa überlegt, ob sie den Hausmeister bitten sollte, zusammen nebenan nachzuschauen. Er hatte von den Wohnungen, deren Mieter tagsüber nicht da waren, einen Schlüssel, damit die Handwerker Zutritt hatten. Nächste Woche sollten die Fenster erneuert werden.

Aufgrund der Angst vor einer übel zugerichteten Leiche, was ihr Herz bestimmt nicht vertrug, hatte sie das lieber gelassen.

Ihre Tochter setzte sich wieder an den Tisch. »Was meinst du mit Fantasie, Vati?«, fragte sie.

»Deine Mutter liest und schaut zu viele Krimis. Jetzt verfolgen diese sie bereits in den Schlaf.«

»Das tun sie nicht«, brauste Elsa auf. Sie nahm ein Stück – inzwischen das dritte – von dem Schokoladenkuchen, den Carolin mitgebracht hatte, und biss hinein. Zu viele Kilos auf den Rippen hin oder her, sie brauchte heute Nervennahrung, wenn sie diesen Tag überstehen wollte.

»Kann mir einer von euch sagen, was passiert ist?«

»Nebenan ist ein Mord geschehen«, kam Elsa Norbert zuvor.

»Was?« Carolin wurde bleich und presste die Hand vor den Mund.

Elsa berichtete, was in der Nacht vorgefallen war.

»Du hast davon nichts mitbekommen«, wandte sich Carolin an ihren Vater, als Elsa geendet hatte.

»Nein.«

»Neben ihm könnte der dritte Weltkrieg ausbrechen und er würde das nicht merken«, sagte Elsa. Sie fühlte sich davon beflügelt, weil wenigstens ihre Tochter ihr zu glauben schien.

»Du hast geträumt«, wiederholte Norbert.

»Ich bin gerade von meinem nächtlichen Ausflug zum WC zurückgekehrt«, zischte Elsa.

»Habt ihr nachgeschaut?«, mischte Carolin sich ein.

Elsa schüttelte den Kopf. »Ich traue mich nicht. Außerdem ist die Wohnungstür zu.«

»Ihr solltet die Polizei verständigen.«

»So ein Blödsinn. Außer Elsa hat keiner etwas gehört«, sagte Norbert deutlich genervt.

»Woher willst du das wissen?«

»Als ich die Post holte, habe ich Frau Meyer angetroffen. Sie hat nichts gehört. Immerhin wohnt sie genau unter ihnen.« Er deutete in Richtung der Nachbarwohnung.

Elsa schnaubte. »Mich würde es nicht wundern, wenn er sie umgebracht hat. Das ist so ein zwielichtiger Typ.«

»Du magst ihn nur nicht, weil er lange Haare hat.«

»Männer mit langen Haaren sind mir suspekt«, sagte Elsa. »Er sieht mit den wilden schwarzen Locken und diesem Dreitagebart wie ein Mafioso aus.«

»Sie ist nicht besser mit ihren blondierten Haaren und den grell geschminkten Lippen«, hielt Norbert mit einem Grinsen dagegen.

»Das sagst gerade du. Du bist ganz angetan von ihrer Oberweite. Die kann man in den hautengen Kleidern nicht übersehen. Und immer dieser tiefe Ausschnitt. Das ist peinlich. Ich warte darauf, dass diese Dinger irgendwann einmal rausrutschen. Wie sie das letzte Mal vor dir herumstolziert ist … Offenbar hat sie es nötig, einem alten Knacker den Kopf zu verdrehen.«

»Mir ist das alles zu dumm.« Norbert stand auf. »Möchte jemand noch einen Kaffee?«

»Nein danke.« Elsa verschränkte die Arme vor der Brust und starrte das halb aufgegessene Kuchenstück auf ihrem Teller an. Zur Besserung ihrer Laune trug das Schmunzeln in Carolins Gesicht nicht gerade bei.

»Die beiden sind übrigens quietschlebendig und erfreuen sich bester Gesundheit«, rief Norbert aus der Küche. »Sie steigen gerade in ein Taxi.«

»Was?« Elsa sprang auf und eilte zu Norbert ans Küchenfenster. Auf der Rückbank eines Taxis, das gerade anfuhr, konnte sie zwei Personen erkennen.

»Das sind nicht sie. Der Mann hat kurze Haare und die Frau ist nicht blond.«

»Woher willst du das wissen?«

»Ich kann es deutlich erkennen«, sagte Elsa.

»Kannst du nicht. Ich habe sie gesehen, wie sie zum Taxi gegangen sind.«

»Blödsinn, du hast deine Brille nicht auf.«

»Das kann ich gut ohne …«

»Mueti. Vati. Lasst es gut sein«, rief Carolin aus dem Wohnzimmer. Lachen schwang in ihrer Stimme mit.

Elsa stieg die Treppenstufen hoch. Im zweiten Stock angekommen, musste sie einen Augenblick innehalten. Der Arzt hatte ihr empfohlen, sich mehr zu bewegen und möglichst oft die Treppe zu nehmen, damit sie fit blieb. Heute würde er mit ihr zufrieden sein. Sie war die Bachstrasse entlang bis zur Aarauer Altstadt gelaufen und hatte den gleichen Weg zurück genommen. Das waren insgesamt über eine Stunde Fußweg. Sie musste zugeben, die Bewegung hatte gutgetan. Die Kopfschmerzen waren weg und der Frust genauso, der sich seit Carolins Besuch immer weiter in ihr aufgestaut hatte.

»Offenbar hat sich alles geklärt«, hatte Carolin gesagt, bevor sie mit den Kindern aufgebrochen war. »Du hast dir das nur eingebildet, Mueti. Ich würde die Polizei nicht verständigen, sonst machst du dich am Ende lächerlich«, hatte Carolin am Schluss gesagt und sich mit drei Küsschen rechts und links verabschiedet.

Elsa stellte die Tragetaschen mit den Krimis ab, die sie in der Stadtbibliothek ausgeliehen hatte. Sie wischte sich mit dem Handrücken über die Stirn und konnte es nicht verhindern, zur Tür ihrer Nachbarn zu schauen.

Wie konnte sie Norbert überzeugen, dass hier in der letzten Nacht ein Verbrechen stattgefunden hatte?

Sie schlich zur Tür. Ihre Finger verharrten einige Sekunden über der Klingel, bevor sie sich einen Ruck gab und drauf drückte.

Elsa hielt die Luft an. Die Sekunden verstrichen. Nichts geschah. Natürlich nicht. Eine Tote konnte die Tür nicht öffnen. Elsa presste ihr Ohr gegen die Tür. Stille. Logisch. Tote machten keine Geräusche.

Ihr Blick wanderte zur Fußmatte und sie erstarrte. Ein roter Fleck. Das war Blut! Sie hatte recht gehabt. Hier war ein Mord geschehen. Egal, ob die Frau ein Flittchen war und versucht hatte, Norbert den Kopf zu verdrehen, den Tod hatte sie nicht verdient.

Wie hypnotisiert starrte Elsa den Fleck an und war unfähig, sich zu bewegen. Wie kam das Blut auf die Fußmatte, wenn die Frau in der Wohnung erschossen worden war?

Ganz einfach, er hatte die Leiche weggebracht. Sie musste handeln, bevor er weitere Spuren vernichtete. Egal, was Norbert und Carolin glaubten. Es durfte kein Mörder weiterhin frei herumlaufen. Das war ihre Bürgerpflicht. Elsa eilte in ihre Wohnung und wählte den Notruf.

Der Polizist hatte gesagt, sie solle in der Wohnung bleiben. Widerwillig war Elsa der Anweisung gefolgt. Zu gern hätte sie gewusst, was nun alles passierte. Vom Treppenhaus vernahm sie mehrere Stimmen, aber sie konnte nichts verstehen. Elsa ging in ihr Schlafzimmer. Sie hörte, wie in der Wohnung nebenan gesprochen wurde. Was die Beamten genau sagten, bekam sie nur als Gemurmel mit. Elsa presste ihr Ohr gegen die Wand. Die Stimmen wurden lauter, aber sie waren immer noch zu undeutlich.

Elsa kehrte in das Wohnzimmer zurück und setzte sich auf den Stuhl. Sie schlug die Beine übereinander und wippte mit dem Fuß. Lange hielt sie es nicht aus und stand wieder auf. Sie ging zur Wohnungstür und spähte durch den Spion. Draußen stand der Polizeibeamte, der sie gebeten hatte, in ihre Wohnung zu gehen. Er unterhielt sich mit einem jungen Mann. Elsa meinte, den Pfleger aus dem

Kantonsspital zu erkennen, der unter ihr wohnte. Warum machte das alles einen entspannten Eindruck? Musste nicht Hektik herrschen, wenn man einen Tatort untersuchte?

Elsa ging in die Küche und bereitete einen Kräutertee zu. Warum musste Norbert ausgerechnet an diesem Nachmittag mit seinen Freunden zum Jassen verabredet sein?

Auf einmal hörte sie laute Stimmen vom Treppenhaus. Sie eilte zur Wohnungstür und spähte erneut durch den Spion. Sie erkannte ihren Nachbarn sofort. Wild gestikulierte er mit den Händen.

»Was soll das?«, schallte seine Stimme durch die Tür.

Der Polizeibeamte hob beschwichtigend die Hände. Er sagte etwas, das Elsa nicht verstand.

»Was soll ich getan haben?«

Der Beamte berührte seine Schulter und machte mit der anderen Hand eine Bewegung in die Wohnung.

Ha, dachte Elsa. Jetzt war er dran. Die Frau wurde dadurch nicht wieder lebendig, aber er würde eine gerechte Strafe bekommen.

Sie eilte ins Schlafzimmer, in der Hoffnung, sie könne dort den einen oder anderen Gesprächsfetzen aufschnappen, aber sie wurde enttäuscht.

Die Türklingel ließ sie zusammenfahren. Bestimmt war es der nette Beamte, der sich bei ihr bedanken wollte und sie informierte, dass der Täter gefasst war.

Elsa öffnete die Tür und erstarrte, als sie ihren Nachbarn erblickte. Warum hatten sie ihn nicht verhaftet? Sie schaute an dem Mann vorbei. Kein Polizist war zu sehen. Außerdem schien keiner der übrigen Ermittler mehr da zu sein. Dafür sah sie jemand anderen aus der Wohnung und zu ihr herüberkommen. Elsa blinzelte. Das konnte nicht wahr sein. Es war seine blondierte Freundin.

Das konnte nur bedeuten: Sie war seine Komplizin, und die beiden hatten jemand anderen in der Wohnung getötet. Nun war Elsa dran.

Der Hilfeschrei blieb in ihrem Hals stecken. Elsa wollte die Tür zuschlagen, starr vor Entsetzen konnte sie sich jedoch nicht bewegen.

»Es tut mir leid, wenn wir Sie gestern Abend erschreckt haben«, sagte der Mann. »Ich denke, es ist Zeit, das Missverständnis aufzuklären.«

»Welches Missverständnis?«, krächzte Elsa. »Dass Sie jemanden getötet haben?«

Er lachte. »Wir haben keinen getötet. Wir haben nur geprobt.«

»Geprobt?«, brachte Elsa mühsam hervor.

»Für unsere Tournee von ›Theater mortale‹.« Er reichte Elsa einen Flyer und zwei Karten. »Es war uns nicht bewusst, wie ringhörig das Haus ist. Am Samstag ist Premiere in Aarau und wir möchten gerne Sie und Ihren Mann als Wiedergutmachung für den nächtlichen Schrecken als Ehrengäste einladen.«

BEI ANKUNFT EIN TOTER
IN ZÜRICH-WEST

RAPHAEL ZEHNDER

Zürich, in einem der fertiggestellten Immobilienentwicklungsprojekte, wo das Industriequartier als »Zürich West« verkauft wird. Heißes, klares Wetter, 26 Grad Celsius, die Sonne ist eben hinter dem Horizont jenseits der Industrieanlagen und Logistikzentren des Limmattals versunken. Als Beat Rudolf am Sonntag, 16. Juli, gegen 23 Uhr aus den Ferien zurückkehrt, erlebt er eine Überraschung: Die Tür zu seiner Eigentumswohnung im siebten Stock ist aufgebrochen, und auf dem Boden vor dem schwarzweiß gestreiften Ledersofa liegt ein völlig Toter.

Beat Rudolf lässt den Rollkoffer stehen, zuckt zurück, stolpert aus der Wohnung in den Korridor raus. Das Mobiltelefon steckt zum Glück in der Hosentasche. Die automatische Lichtanlage geht aus, er sieht das orange Licht, drückt drauf, wieder hell. Er wählt die 117.

In drei Minuten ist das Alarmpikett vor Ort. Ein großer bärtiger Polizist nimmt Rudolf zur Seite, während die beiden anderen Uniformierten die Wohnung betreten.

»Haben Sie etwas berührt?«

»Nein, ich bin sofort rückwärts aus der Wohnung …«

Der Bärtige, Esposito heißt er, stellt ihm Fragen: wer, was, wann, wo, wie, warum, woher? Rudolf bemüht sich.

Nach wenigen Minuten hört er den Lift. Dessen Tür öffnet sich. Zwei Zivile steigen aus, ein Koloss, wohl gegen die fünfzig, und eine Rothaarige, vielleicht zehn Jahre jünger. Sie nicken dem Uniformierten zu, mustern Beat Rudolf scharf und verschwinden in der Wohnung, während im Gang vor der Wohnungstür die Fragerei weitergeht.

Nach einigen Minuten sieht Rudolf die Zivilen aus der Wohnung treten, sie steuern auf ihn zu.

»Bucher, Kriminalpolizei«, sagt der Mann, »und das ist meine Kollegin Vukic.« Kleine Pause. »Erzählen Sie mir alles, schön der Reihe nach.«

»Ich habe Ihrem Kollegen hier …«, antwortet Rudolf und zeigt auf Esposito, doch Bucher geht nicht darauf ein. »Erzählen Sie, alles.«

Der bärtige Uniformpolizist ist drei Schritte zurückgetreten und behält Beat Rudolf im Auge. Breitbeinig steht er da, die Arme vor der Brust verschränkt, und schaut der Befragung zu. Im Haus kein Laut, kein Geräusch aus den Nachbarwohnungen hier im siebten Stock, nichts von irgendwo. Ferienzeit.

Bucher hält Rudolf ein blau-weißes Ding hin, es ähnelt einem Fieberthermometer. Er bewegt es vor seinem Gesicht hin und her. »Blasen Sie mal hier hinein.«

Rudolf tut es, und als der Polizist nochmals insistiert, er solle »alles erzählen«, wiederholt er, was er dem Uniformierten soeben erzählt hat: dass er gerade aus den Ferien zurückgekommen ist, ja, mit dem Flugzeug, dann mit der Bahn vom Flughafen zum Hauptbahnhof und mit dem Tram hierher. Den Boardingpass nestelt er aus der Gesäßtasche seiner Chinos und streckt ihn diesem Bucher hin.

»Ankunft auf dem Flughafen Zürich um 19.40 Uhr«, sagt er. »Haben Sie über drei Stunden gebraucht, um den Heimweg zu finden?«

Die Rothaarige hält Bucher nun beiläufig den Tester vor die Augen. Im Sichtfensterchen sieht er das Ergebnis.

Beat Rudolf schwitzt. Der Temperatur wegen, klar, aber stellen Sie sich vor: Am Morgen liegen Sie noch an einem Strand in Südspanien, nun liegt in Ihrem Wohnzimmer eine gottverdammte Leiche, und die Polizei nimmt Sie in die Zange. Die Rationalität, die geht dabei doch flöten, nicht?

»Wir müssen Sie bitten, uns ins Grosse Polizeihaus zu begleiten«, sagt Bucher, winkt aber ab, als Vukic Handschellen aus der Tasche zieht.

»Seien Sie vernünftig«, sagt Bucher zu Rudolf, »dann kommen wir gut miteinander klar.«

Bald Mitternacht im Grossen Polizeihaus, Verhörraum 419, mit abwaschbarer beiger Farbe gestrichen, Luft stickig und heiß. Verwischter grauer Linoleumboden, ein festgeschraubter Tisch, Reinigungsmittelgeruch, zwei am Boden festgeschraubte Stühle. Bucher sagt zu Rudolf: »Nehmen Sie Platz.« Er tut es. Rosanna Vukic postiert sich neben der Tür, richtet den Blick fest auf den Ferienrückkehrer. Der bekommt einen Becher Mineralwasser. Lauwarm. Waren da je Kohlensäureblasen drin? Bucher setzt sich an den Tisch zu Rudolf und starrt ihn an.

»Brauche ich einen Anwalt?«, fragt der.

»Brauchen Sie denn einen?«, fragt Bucher zurück und hält ihm ein Handy vors Gesicht: das Foto eines Mannes etwa Mitte dreißig, kurze Haare, harte Züge, geschlossene Augen.

»Kennen Sie diesen Mann?«

»Wer ...?«, will Rudolf fragen. Da geht ihm auf, dass das der Tote sein muss, der vor seinem Sofa liegt. Der Polizist muss ihn vorhin in seiner Wohnung fotografiert haben. Er erkennt seinen Teppichboden.

»Schauen Sie sich das Foto genau an. Kennen Sie diesen Mann?«

Der Polizist legt das Handy mit dem Foto auf den Tisch, wuchtet sich plötzlich auf die Füße, richtet sich zu seiner ganzen Größe auf und nähert sich einem Hebel, der an der Wand angebracht ist. Den betätigt er. Quietschend öffnet sich oben an der Wand ein schmales Fenster. Vielleicht entstände die Illusion von Frischluft, wenn nicht Sommer wäre und die Atmosphäre nicht reglos über der Stadt Zürich brüten würde.

Bucher kehrt zum Tisch zurück.

»Nun?«

Grauslich, das Bild eines Toten anzuschauen. Beat Rudolf hat es nur kurz getan. »Nein, ich, äh, ich kenne diesen Mann nicht.«

Vukic wirft von der Tür her ein: »Und Sie brauchen drei Stunden und zwanzig Minuten, um vom Flughafen zu Ihrer Wohnung zu gelangen? Da bleibt reichlich Zeit für einen Streit ... und um jemanden umzubringen.«

Luft! Beat Rudolf bleibt die Luft weg. Wie gesagt: Eben lag er noch an einem südspanischen Strand, in den Haaren spürt er noch einzelne Sandkörner. Dann wieder Zürich. Und jetzt das.

»Nein, nein, ich ---«, will er sagen, aber die Worte finden den Weg nicht von seinem Gehirn zu seinem Sprechapparat.

»Und ...« Der Kriminalpolizist weist mit dem Zeigefinger auf Rudolfs Hand: »Ist das eine Schürfwunde an Ihrer rechten Faust?«

Als ob er das nicht wüsste. Aber, Herrgott, es ist nicht, wie es scheint. Beat Rudolf hat doch bloß seinen Koffer aufgefangen, der ist in der S-Bahn auf dem Weg vom Flughafen wegen einer Schnellbremsung umgestürzt. Dabei hat er sich die Hand zwischen dem Koffer und einer, wie sagt man, Haltestange eingeklemmt, ist dabei um ein Haar hingefallen, konnte sich gerade noch festhalten, hat im Taumeln aber die – sagt man so? – Schmalseite eines Sitzes gestreift, und der Stoffbezug des Sitzes hat ihm die Knöchel aufgeraspelt. Irgendwie so … Ja, so ähnlich muss es gewesen sein. Das sagt er dem Polizisten, aber der schneidet eine Grimasse.

»Eine schöne Geschichte«, sagt Bucher Manfred, starrt ihm weiter ins Gesicht und wartet einige Sekunden, bevor er fortfährt. »Mir liegt hier«, er hält wieder sein Handy in die Luft, »der erste Bericht des Kollegen vom Tatort vor. Das Opfer weist eine Verletzung an der Schläfe auf. Ich wäre nicht erstaunt, wenn wir dort DNS-Spuren finden würden. Ihre DNS-Spuren. Womit haben Sie den Mann niedergeschlagen?«

Ein Albtraum. Wo bin ich da hineingeraten? Was geschieht mit mir, denkt Beat Rudolf.

Von der Tür her mischt sich die Rothaarige wieder ein: »Drei Stunden zwanzig Minuten von Kloten bis Wiedikon … An unserer Stelle würden Sie sich bestimmt auch einige Fragen stellen, nicht?«

Die Armbanduhr zeigt 1.40 Uhr. Ist er bereits seit fast zwei Stunden in diesem Verhörraum?

Der Kriminalpolizist lässt ihn in eine Zelle bringen.

Drei mal vier Meter, eine dünne Matratze auf einem Beton-quader, eine Decke aus einem synthetischen Material, das sich nicht anzünden lässt. In der Ecke ein Klo ohne Deckel. Der Boden aus Beton, leicht zu einem Abfluss hin geneigt. Die Wände ein gebrochenes Weiß, die Leuchtstofflampe an der Decke geschützt von robustem Kunststoff, Türe massiv, ein kleines Fensterchen oben. Licht grell. Plötzlich geht es aus.

Er tastet sich zur Pritsche vor, setzt sich hin und findet keine Ruhe in der Einzelzelle im Grossen Polizeihaus. Wie lange können sie ihn hierbehalten? Müssen sie nicht formal Anklage erheben? Oder ihn klipp und klar darüber informieren, was sie ihm vorwerfen?

Gut, der Fall ist ja klar. Der Tote auf dem Boden seines Wohnzimmers, die Schläfenwunde, drei Stunden und zwanzig Minuten zwischen seiner Landung in Kloten und seinem Anruf bei der Polizei, der Drogenschnelltest.

Das nimmt einen doch mit, nicht? So was erlebt man nicht jeden Tag.

Der Polizist hat ihm nicht gesagt, womit der Tote den Schlag auf den Kopf erhalten hat. Mit dem großen Suppenlöffel? Der Hartholzstatue, die Beat Rudolf vor zwei Jahren in Westafrika gekauft hat? Mit dem Schraubenschlüssel? Hat er den Werkzeugkasten noch weggeräumt, bevor er nach Spanien geflogen ist?

Ich sollte es wirklich lassen, denkt er. Es bringt mir nur Unglück. Es reitet mich in den Dreck.

Dabei dachte er immer, er habe es im Griff. Er habe sich im Griff. Er könne aufhören, wann er will.

Die Schürfwunde an der rechten Hand schmerzt. Er hätte ein Pflaster verlangen sollen.

Drei Stunden und zwanzig Minuten zwischen Landung

und Ankunft zu Hause. Nicht erstaunlich, dass die Kriminalpolizisten stutzig werden.

Brauche ich einen Anwalt?

Wenn ich einen fordere, ist klar, dass ich etwas zu verstecken habe. Wenn ich keinen will, denken die, sie könnten mit mir machen, was sie wollen.

Weiß ich selbst genau, was passiert ist, nachdem ich zur Wohnungstür hereingekommen bin? Rührt die Schürfwunde wirklich von der S-Bahn her?

»Einen Anwalt!«, ruft Beat Rudolf, »ich will einen Anwalt!«

Weil nichts passiert, ruft er es wieder und wieder und trommelt schließlich mit der linken Faust an die Metalltür, die rechte tut ihm zu sehr weh.

»Ich habe diese Lügereien satt«, sagt Bucher Manfred beim Kaffeeautomaten zu Rosanna Vukic. »Die erzählen dir das Blaue vom Himmel. Die schwafeln irgendwas und denken, wir merken nichts.«

Nachtdienst im Juli, Juli in Zürich, eine Temperatur ist das, der Sauerstoff fehlt. Man träumt von Bergen und Eis und Steinböcken und Restaurantterrassen mit Aussicht, von Bergseen. Oder zumindest von Freizeit, einer Stange hell und einem Bad im See. Stattdessen Arbeit.

»Und dann das Testergebnis«, stimmt Vukic in Buchers Litanei ein. »Und drei Stunden zwanzig zwischen der Landung und dem Anruf in der Notrufzentrale. Der hält uns für beschränkt.«

Bucher schüttelt den Kopf. »Fragt sich nur, wo er das Zeug besorgt hat, mit wem er abgehängt ist und warum er dem Opfer eins über den Kopf gezogen hat.«

Bei der Leibesvisitation, bevor sie Beat Rudolf in die Zelle gebracht haben, haben Bucher und Vukic nicht festgestellt, dass der Festgenommene illegale Substanzen auf sich getragen hätte. Kollege Tschamper vom Wissenschaftlichen Dienst, der mit seinem Team den Tatort untersucht hat, meldet aber telefonisch, sie hätten in der Wohnung eine kleine Menge Kokain gefunden. Da kommt man doch ins Denken, nicht? Streit um den Stoff? Gewalttätigkeit im Rausch? Uneinigkeit über den Preis? Unzufriedenheit mit der Qualität?

Verhörraum 419. Wieder. 2.55 Uhr. Kaffee hilft. Schwarz für Bucher und Vukic, Beat Rudolf und RA MLaw Vasco Aeberli, der Pflichtverteidiger, nehmen ihn mit einem Crèmli.

»Bringen wir es hinter uns«, beginnt Bucher, noch bevor er den Stuhl für den Anwalt hingestellt hat, »Sie haben nach Ihrer Rückkehr sofort Ihren Dealer angerufen, Sie haben zusammen Kokain konsumiert, sind in Streit geraten und Sie haben ihm mit einem festen Gegenstand gegen den Schädel gehauen. Was war der Grund dafür?«

»Das … nein, ich …«

»Und Sie sind derart voll von dem Zeug, dass Sie sich gar nicht mehr daran erinnern, oder?«, hakt Rosanna Vukic nach.

»Warum haben Sie diesen Mann erschlagen?« Bucher lässt ihm keine Pause.

»Suggestivfrage«, will Anwalt Aeberli eingreifen, doch sein Mandant übertönt ihn: »Nein! Ich … Ich kenne ihn nicht. Ich habe ihn noch nie gesehen. Ich weiß nicht, wer das ist oder was er in meiner Wohnung zu suchen hatte.«

Beat Rudolfs Gesicht ist rot angelaufen, er ist vom Stuhl aufgesprungen und kann sich kaum mehr beherrschen. Er brüllt: »Ich habe rein gar nichts mit diesem Mann zu schaffen und keine Ahnung, was da passiert ist.«

Bucher Manfred antwortet gefährlich leise: »Und die Schürfwunde an Ihrer rechten Faust und die DNS-Spuren am Kopf des Toten?« Da blufft er und hofft, der Mutmaßliche wisse nicht, dass eine solche Analyse doch ein wenig länger dauert. RA Vasco Aeberli weiß es allerdings, er warnt seinen Mandanten: »Antworten Sie nicht. Das ist ein Trick.«

»Setzen Sie sich wieder«, befiehlt Vukic dem Festgenommenen. »Noch einen Kaffee?«

Rudolf schüttelt den Kopf. Seine Innereien rumoren.

Bucher wechselt das Thema: »Drei Stunden zwanzig. Was haben Sie in dieser Zeit getan?«

Beat Rudolf reibt sich die Augen. Sein Mund ist trocken. Er ist müde. Die Reise, die Hitze, die Aufregung, das Kokain, zu wenig gegessen, zu wenig getrunken, zu viel Kaffee, keine Luft.

Er kollabiert.

»Vukic in 419. Wir brauchen einen Arzt, sofort«, spricht die Kollegin in ihr Handy. Als der Mediziner einige Minuten später eintrifft, haben sie und Bucher den Klienten bereits wiedererweckt: Seitenlagerung, Puls und Atmung kontrolliert, ihm ein nasses Papiertuch auf die Stirn gelegt.

»Keine Fragen mehr jetzt«, verlangt Pflichtverteidiger Aeberli.

»Wofür halten Sie uns?«, gibt Bucher zurück.

»Keine Fragen mehr heute Nacht«, sagt auch der Arzt, der Puls und Blutdruck kontrolliert hat. »Der Patient braucht einige Stunden Ruhe.«

»Mhm«, sagt Bucher Manfred und ruft per Telefon zwei Sicherheitspolizisten, die den Mann in die Zelle bringen sollen.

»Wir sprechen uns in einigen Stunden«, gibt er ihm mit auf den Weg.

Jetzt ist aber gut, scheint der Blick des Arztes Bucher ans Herz zu legen.

»Er wird ohnehin nicht schlafen können«, brummt Bucher, »wenn er ein Gewissen hat.« Dann löscht er das Licht in Raum 419.

Einige Stunden herrscht nun Nacht im vierten OG des Grossen Polizeihauses im Kreis 4. Vukic ist heim nach Altstetten gefahren, Bucher hoch zum Toblerplatz. Brenda und die kleine Frieda schlafen tief. Er hat Übung darin, sich in die Wohnung zu schleichen und sich bettfertig zu machen, ohne dass jemand aufwacht. Selbst wenn er sich neben Brenda legt, ändert diese höchstens für einen Moment ihren Atemrhythmus.

Als ihn um 6.45 Uhr der Schlaf im Stich lässt, hat Bucher Manfred einen »verpassten Anruf« auf dem Handy. Er ruft zurück. Tschamper vom Wissenschaftlichen Dienst.

»Wir haben keine DNS von Rudolf am Toten und umgekehrt.«

»Schade«, sagt Bucher.

»Aber wir haben etwas anderes Interessantes«, sagt Tschamper. »Auf dem Sofa lag ein Handy. Um 22.47 Uhr hat jemand auf dieses Gerät angerufen.«

»Ja«, sagt Bucher und wartet auf die Fortsetzung.

»Das Handy gehört der Firma, bei der Rudolf arbeitet. Sein Businesshandy.«

Mhm, denkt Bucher und sagt: »Rudolfs Businesshandy

klingelt ungefähr zu der Zeit, als der Unbekannte gestorben ist?«

»Genau. Und an der Kante des Wohnzimmertischs haben wir DNS des Toten festgestellt.«

»Jetzt brauche ich zuerst einen Kaffee, dann komme ich sofort ins Polizeihaus. Bist du dann noch da, Erwin?«

»Ich geh jetzt heim, schlafen. Du findest meinen Bericht in deinen E-Mails.«

»Danke. Schlaf gut.«

Im Grossen Polizeihaus angekommen, liest Bucher Tschampers Bericht. Dann lässt er den Mutmaßlichen in Raum 419 bringen.

»Drogenbesitz«, sagt Bucher, »deswegen werden Sie von der Staatsanwaltschaft einen Strafbefehl bekommen.«

Beat Rudolf wartet, ob noch etwas kommt.

»Mit dem Toten haben Sie offenbar nichts zu tun«, sagt Bucher.

»Das sagte ich doch. Die ganze Zeit schon«, triumphiert Rudolf, »aber Sie haben mir nicht geglaubt.«

Wenn ich auch nur zehn Prozent dessen glaube, was in diesem Raum erzählt wird, denkt Bucher, sagt aber: »Sie können gehen.«

Pathologin Brenda Marquardt wird nach der Obduktion noch am selben Nachmittag bestätigen, dass der Unbekannte, bei dem es sich laut der Fahndungsdatenbank RIPOL um einen international aktiven Einbrecher handelt, einen Herzinfarkt erlitten hat. Deswegen ist er zusammengebrochen und hat sich beim Sturz an der Kante des Wohnzimmertischs die Schläfe aufgeschlagen. Grund für den tödlichen Infarkt war – mit Sicherheit wird sich das nicht klären lassen – wahrscheinlich der Schreck, den ein in der Zeitzone verirrter Anruf eines Callcenters an Rudolfs Businesshandy dem künftigen Toten eingejagt hat. Die Klingelmelodie ist »Hells Bells«.

NACHHILFESTUNDEN
(LUGANO-PARADISO)

ANDREA FAZIOLI

ÜBERSETZUNG: FRANZISKA KRISTEN

1. WARTEN

Manchmal macht die kleine Gemeinde Paradiso, südlich von Lugano, ihrem Namen alle Ehre. Glitzerndes Sonnenlicht über dem See, dazu eine sanfte Herbstbrise, klarer Himmel. In dieser Szenerie, bei offenem Fenster, begann Contini seinen Arbeitstag.

Elia Contini. Detektiv. Oder Privatermittler, was weniger nach Hollywood klingt. Auf jeden Fall ein durch Kino und Romanautoren berühmter Beruf. Vielleicht hatte Contini sich vom romantisierten Zauber der Filme verleiten lassen, vielleicht war er einer inneren Berufung gefolgt, Tatsache war jedenfalls, dass er sich im Süden der Schweiz mit Fällen von meist ins Nachbardorf geflüchteten Jugendlichen, von entlaufenen Haustieren, kleinen Diebstählen unter Nachbarn und von ihren Schülern gepiesackten Lehrerinnen mittleren Alters abgab.

»Sind Sie sicher, dass ich Ihnen helfen kann?«, fragte er Elena Bianchi.

»Ich weiß nicht, an wen ich mich sonst wenden soll«, seufzte sie.

Dunkles, volles Lockenhaar, Brille mit rosa Gestell (ein Anflug von Irrsinn, dachte Contini), leichter, farblich zur Brille passender Kaschmirpullover, grauer knielanger Rock, rosa Strümpfe, braune Schuhe mit eckiger Spitze. Eine Mischung aus Weiblichkeit und mathematischer Strenge. Elena Bianchi wohnte in Varese und unterrichtete an einer Mittelschule in Mendrisio. Schon seit Wochen fand sie ihren Wagen nach Schulschluss verunstaltet vor: Teils waren Beleidigungen darauf gesprayt, und einmal sogar die Reifen zerstochen gewesen.

»Die Schulleitung hat nichts unternommen?«

»Doch, doch …« In den beiden Silben schwang Machtlosigkeit mit. Die Lehrerin sah ihn hinter ihren Brillengläsern mit großen, weit geöffneten Augen an. »Die können ja nicht den ganzen Tag den Parkplatz bewachen.«

Contini konnte das dagegen schon. Und er tat es.

In einer Ecke des großen Parkplatzes beobachtete er am Morgen aus seinem Auto das Eintreffen der ersten verschlafenen Lehrer, sah anschließend Horden von Schülern vorbeischwärmen, hörte während der Mittagspause deren Rufe und wartete am Abend, bis der Platz sich leerte. Elena Bianchi war eine der letzten, die davonfuhren, wenn es bereits dunkel war.

Tagelang geschah nichts.

Der Detektiv, des Wartens müde und zermürbt durch das Geschrei, zuckte inzwischen beim bloßen Anblick einer jugendlichen Gestalt zusammen. Abends sprach er darüber mit Francesca, die an einem Gymnasium Italienisch unterrichtete.

»Wie schaffst du das bloß«, sagte er zu ihr. »Mich strengt es schon an, sie nur zu beobachten.«

Sie beugte sich vor, um ihn auf die Schläfe zu küssen. »Armer Contini ...«

Sie saßen in Windjacken unterm Verandadach. In Corvesco hatten Herbstabende nichts Mediterranes. Sie lächelte.

»Ich wette, dass alle Kids von dir wissen.«

»Die Schulleitung hat meine Anwesenheit nicht bekannt gegeben.«

»Es ist eine Schule, Contini. So was weiß jeder.«

Detektiv zu sein ist eine langsame Tätigkeit. Filme bringen das nicht zum Ausdruck, weil es schnell gehen muss und keine Zeit ist, uns den Sonnenstreifen zu zeigen, der über den Parkplatz wandert, die Spinne, die in der Ecke unterm Vordach haust, den kleinen Jungen, der den Weg hin- und herläuft, ohne ein einziges Mal die Ritzen zwischen den Pflastersteinen zu berühren. Contini verschmolz mit der Umgebung. Er lernte, die Veränderungen des Lichts zu erkennen, die Schritte der Lehrer, das Husten des Rentners, der jeden Morgen auf der Bank in der Sonne die erste und die letzte Seite der Zeitung las.

Langweilte er sich? Er war kontemplativer Natur: Vielleicht hatte ihn ja gerade das zur Wahl dieses Berufes gebracht. Er war es gewohnt zu warten, kaum merkliche Bewegungen zu erfassen. Doch die Schule, mit ihren unerbittlichen Rhythmen dieser überbordenden Jugend, versetzte ihn in eine ihm unbekannte Unruhe. Ihm kamen die bittersüßen Septembertage in Erinnerung, die Gesichter seiner Kameraden, die Wärme des Ofens während der Wintermorgen. Abgeschottet in seinem Auto war er nicht sicher, ob er all der verlorenen Zeit etwas entgegensetzen konnte.

So fasste er den Entschluss, mit der Überwachung einen Tag zu pausieren. Doch prompt hatte die Lehrerin wieder zerstochene Reifen. Ihr Automechaniker in Varese, den sie nach dem ersten Akt von Vandalismus aufgeregt per Telefon verständigt hatte, hatte ihr eine Werkstatt vor Ort empfohlen, wohin Contini sie nun begleiten wollte. Elena Bianchi kannte den Auszubildenden, der sich um das Auswechseln der Pneus kümmerte.

»Er heißt Riccardo. Er war mein Schüler ... Wie viele Jahre ist das her?«

»Ziemlich viele!« Er war ein ansehnlicher blonder junger Mann mit rötlichen Flecken auf den Wangen. »Ohne Sie hätte ich nicht einmal den Mittelschulabschluss geschafft.«

»Übertreib mal nicht ...«

»Immerfort diese Gleichungen. Zum Kopfzerbrechen!«

Sie hatte ihm seinerzeit ein paar Nachhilfestunden gegeben. Signor Rovelli, der Inhaber der Autowerkstatt, war zufrieden mit Riccardo. Offenbar hatte der inzwischen sogar das Rechnen gelernt.

»Ich selbst bin es, der nicht mehr ganz mitkommt«, warf Rovelli ein. Er war ein untersetzter Mann um die fünfzig, mit schwarz behaarten Armen und zwei lebhaften Augen.

»Aber sagen Sie, Signora Bianchi, haben Sie gar nicht mit der Polizei gesprochen?«

Man habe ein paar Polizisten vorbeigeschickt, erklärte sie. Aber die könnten ja nicht dauerhaft einen Mann auf dem Parkplatz lassen.

»Nein, natürlich nicht«, murmelte Riccardo, während er einen Reifen in Richtung Wagen rollte. »Die haben viel zu viel mit dem Verteilen von Strafzetteln zu tun ...«

Die Autowerkstatt lag am Ortsrand von Mendrisio an einer tagsüber fast dauerhaft stark befahrenen Straße. Contini und die Lehrerin liefen zu einer kleinen Bar neben einer Tankstelle. Er lud sie zu einem Kaffee ein und drückte ihr sein Bedauern aus.

»Bisher habe ich noch nichts rausbekommen ...«

»Das macht nichts.« Sie lächelte. »Ich kann mir denken, dass es nicht so einfach ist.«

Sie entsprach ganz dem Bild der zarten Frau: ihr Blick, die nervösen Gesten, der leicht gebeugte Rücken. Trotz allem strahlte sie auch eine merkwürdige, zuversichtliche Ruhe aus. Contini dachte an Riccardo, an seine Furcht angesichts der Unwägbarkeiten der Mathematik. Er stellte sich Elena Bianchis straffes Nachhilfeprogramm vor, ihre Gewissheit, dass Riccardo begreifen würde, bis es schließlich genau so gekommen war. Selbst Contini hatte an diesem ein wenig schmuddeligen Plastiktischchen in der von Pendlern bevölkerten Bar das Gefühl, etwas von ihr zu erwarten, eine Hilfe zum Verständnis, um den Dingen einen Sinn zu geben.

Stattdessen war er es, der ihr helfen musste.

»Vielleicht habe ich eine Idee«, sagte er zu ihr. »Aber es dauert ein paar Tage.«

Noch am selben Abend rief er einen Kollegen der Firma Maltese Investigazioni an, einen »echten« Detektiv, der Wirtschaftsspionage betrieb und für mehrere Strafverteidiger tätig war. Auf seinen Rat hin beschaffte er sich eine Überwachungsanlage mit Mini-Videokamera. Reichweite: zehn Meter. 650TVL-Auflösung, OSD-

Menü und 3,7er Objektiv. Contini tat so, als kenne er sich aus, kaufte drei Stück für zweihundert Franken und installierte sie so, dass man sie nicht sofort entdeckte: eine auf der Mauer, eine in einer Buche ganz in der Nähe und eine, gemeinsam mit Rovelli, an der Stoßstange von Elena Bianchis Wagen.

Am ersten Tag, nichts. Am zweiten Tag dasselbe. Nachts kontrollierte Contini die Kameras. Diesmal hatte selbst die Schulleitung keine Ahnung davon. Am Abend des dritten Tages fand die Lehrerin ihren Wagen mit Schmierereien übersät: Beleidigungen und Anzüglichkeiten. Und die Videokameras? Verschwunden. Alle drei.

2. TRÜBSAL

Francesca war ratlos.

»Wie schaffen die das nur am helllichten Tag?«

Contini zuckte die Schultern. »Der Parkplatz ist groß ...«

»Ja schon, aber ...«

»Sie hat versucht, den Wagen an möglichst gut einsehbarer Stelle zu parken. Aber die passen genau den Moment ab, in dem keiner vorbeikommt.«

Sie waren in Corvesco, im Grotto Pepito: ein freier Platz zwischen Bäumen, vor einer Felswand. Ende Oktober konnte man am Spätnachmittag noch im Freien etwas trinken. Contini saß vor einem Bier, Francesca vor einer

Panaché, aus zwei Dritteln Bier und einem Drittel Zitronenlimo.

»Bist du wütend?«

Contini schüttelte den Kopf. »Nein ...«

Lediglich der Verlust der Videokameras nervte ihn etwas, aber nicht allzu sehr: Ein paar Schulden hin oder her – er hatte gelernt, sich nicht über Geldfragen zu ärgern. Doch um diese Jahreszeit wurde er jedes Mal für einige Tage von Trübsal ergriffen. Dann wachte er zeitig am Morgen auf und Gedanken überfielen ihn, die er längst in der Vergangenheit begraben geglaubt hatte: verblasste Gesichter, verlorene Stimmen, die aus der Ferne nach ihm zu rufen schienen. Meist maß er dieser Unruhe nicht allzu viel bei, sondern führte sie auf die kürzer werdenden Tage zurück. Wie stets ging er mit Routine dagegen vor: Spaziergänge im Wald, ein paar alte Schwarz-Weiß-Filme, gemeinsam mit Giocondo eine Flasche heimischen Weins in der Gaststube des Grotto, die wie die Höhle eines zum Winterschlaf gerüsteten Bären wirkte.

»Und wenn es der Automechaniker war?«, entfuhr es Francesca. »Er wusste von den Videokameras, und außerdem verdient er daran, oder?«

Contini schaute sie mit traurigen Augen an.

»Das ergibt keinen Sinn«, räumte sie rasch ein. »Ein Mann, der ein Auto beschmiert, um es anschließend wieder zu reinigen ... Außerdem ist er Chef einer Autowerkstatt.«

»Jedenfalls verdient er daran nichts«, bemerkte Contini. »Wenn die Reifen zerstochen sind schon, aber für alles andere bringt Frau Bianchi ihren Wagen nach Varese, wo sie weniger zahlt.«

»Ach, übrigens, was waren das eigentlich für Schmierereien?«

»Anzügliches Zeug. Beschimpfung von Grenzgängern: ›Bleib in deinem Land, wir wollen dich nicht.‹ Nichts Besonderes.«

»Und wenn es eine politische Aktion ist?«

Wieder schaute Contini sie an, mit noch traurigeren Augen. Aber auch er hatte keine sinnvollere Vermutung.

Einige Tage lang befasste er sich mit dem Fall eines Mannes, der seine Sekretärin beschatten lassen wollte. Er hege die Absicht, um sie zu werben, erklärte er, aber zuvor wolle er sich vergewissern, ob sie frei und verfügbar sei. Contini wagte zu fragen, weshalb er sich nicht direkt bei ihr erkundigen wolle.

»Das wäre peinlich«, sagte der Mann, der elegant und sonnengebräunt war und zu jener Sorte von Managern zu gehören schien, die vor nichts zurückschreckte.

»Vielleicht eine beiläufige Frage, ohne die Karten aufzudecken.«

»Ich möchte lieber nichts riskieren. Aber sagen Sie, wollen Sie den Job machen oder nicht?«

Contini hatte gelernt, nicht zu insistieren. »Schon gut. In ein paar Tagen werde ich Ihnen berichten.«

Letztlich dachten sich die Leute ständig neue Arten des Umwerbens aus, und es gab Schlimmeres, als einen Detektiv auf die Spuren der Geliebten loszulassen. Contini spielte die Rolle des Amor gekonnt und bereitete den Weg für eine Beziehung, in der die Sekretärin als eine von ihrem Balkon aus in die Nacht spähende Julia auf einen als gebräunter Manager verkleideten Romeo wartete. Um dem Ganzen den letzten Schliff zu geben, empfahl er seinem Klienten ein Restaurant mit Seeblick in Paradiso, wohin er sie zum Essen ausführen konnte.

Dann kehrte Contini zur Schule zurück.

Er bat um ein Gespräch mit dem Direktor und fragte ihn, was er gegen die Welle des Vandalismus zu tun gedenke. Der große Chef der Pennäler war ein kleiner Mann mit spitzem Gesicht, dünnem Haar und dichtem Bart, der ihm einen Anstrich von Weisheit verlieh. Während er sich über den Bart streichelte, sagte er: »›Welle‹. Ein großes Wort. Und erst einmal ›Vandalismus‹.«

»Ja, das ist sogar noch länger«, bemerkte Contini, der allmählich nervös wurde.

»Ich glaube nicht, dass es einer unserer Schüler war: Die wären dazu nicht in der Lage. Hier ist persönliche Erbitterung im Spiel. An Ihrer Stelle würde ich dahin gehend ermitteln.«

»Das heißt?«

»Sie sind der Detektiv, aber …« Erneutes Bartzupfen. »Aber ich würde mich fragen: Hat Frau Bianchi vielleicht Feinde?«

In seiner Verzweiflung gab Contini die Frage an sie weiter. Sie saß an einem Tisch in der Mensa und ihr blieb vor Staunen der Mund offen.

»Feinde? Was meinen Sie mit Feinden?«

Contini betrachtete sie. Fünfzig mit Anmut hinter sich gebrachte Jahre, glatte Wangen, dezente Schminke, pastellfarbener Rock und Pulli, schlanke Hände, die eine Tasse Tee umschlossen hielten.

»Haben Sie Informationen über mich eingeholt?«, fragte sie.

Contini nickte.

»Und sind Sie auf Feinde gestoßen?«

Jeden Morgen fuhr Elena Bianchi in Varese los und stürzte sich bis Mendrisio in den Verkehr. An freien Tagen besuchte sie die eine oder andere Ausstellung, schaute den einen oder anderen Film mit einer Freundin an. Zwei, drei längere unbefriedigende Beziehungen in der Vergangenheit, mit ziemlich langweiligen, ziemlich trägen Männern. Das war nicht die Art von Leben, in dem Feinde in Betracht kamen.

Weshalb also diese Wut? Weshalb an einem Tag zerstochene Reifen, ein andermal Beleidigungen? Wie konnte dieses rosa Brillengestell Anlass zu ›HAU AB‹, zu obszönen Zeichnungen und ›GEH ZURÜCK IN DEIN LAND‹ geben?

Contini blieb nichts als eine winzige Ahnung. ›Geh zurück in dein Land‹, wiederholte er ... warum nicht? In den folgenden Tagen kümmerte er sich um seine eigenen Angelegenheiten. Vormittags war er im Büro, und sofern keine Klienten da waren, ging er nachmittags spazieren. Am Abend verschwand er mit dem Fotoapparat in die Wälder. Er hatte sich einen neuen angeschafft, der sich für Nachtaufnahmen eignete. Es gelang ihm, einen jungen Fuchs, der ihm bisher immer entkommen war, zu verewigen, indem er ihm am Hinterausgang seines Baus auflauerte. Zur Feier schleppte Francesca ihn zu einem Abendessen mit Freunden in ein Restaurant und zu einem klassischen Konzert.

Die Tage wurden kürzer, die Trübsal vager.

Contini nahm einen Überwachungsauftrag in einem Geschäft an, in dem es zu einer Serie kleinerer Diebstähle gekommen war: Seine Anwesenheit genügte, um sie zu beenden. Dann half er einer Frau, die sich vergewissern wollte, ob ihr Sohn, wenn er ankündigte, zum Lernen in die Bibliothek zu gehen, tatsächlich dort war, wo er vorgab zu sein. Contini bestätigte ihr die Anwesenheit des Jungen in der Bibliothek. Was das Lernen betraf, so hatte er zwar ständig ein Buch vor sich, aber sein Blick verlor sich hinter dem Fenster in den Spezialeffekten des Herbstes.

In der folgenden Woche hatte Elena Bianchi erneut zerstochene Reifen. Genau darauf hatte Contini gewartet, um zum Zuge zu kommen. Er lieh der Lehrerin seinen Wagen, damit sie nach Hause fahren konnte, und folgte dem Abschleppwagen bis zur Werkstatt von Signor Rovelli.

Bei seiner Ankunft war kaum noch jemand da. Die Stoßzeit war vorbei, in dem großen Raum brannten nur noch wenige Lichter. Der Feierabend stand vor der Tür. Rovelli war bereits gegangen und der junge Riccardo kümmerte sich um die Montage der Reifen. Contini blieb stehen, um ihm zuzuschauen, aber der Auszubildende erklärte, dass er nicht gerne arbeite, wenn ihn jemand dabei beobachtete.

»Tut mir leid, aber ich fühl mich wie bei einer Prüfung ...«

»Kein Problem«, erwiderte Contini, »ich warte draußen.«

Wenn es Abend wurde, legte Mendrisio das Gewand der Großstadtperipherie ab und wurde wieder zum Dorf. Die Straßen waren praktisch leer, der Wind trug Gerüche von Hügeln und Weinbergen herüber. Contini rauchte eine seiner drei täglichen Zigaretten und beobachtete dabei die Lichter eines Einkaufszentrums, die der Reihe nach angingen. Dann trat er wieder hinein, um zu schauen, wie die Arbeit vorankam.

Riccardo war gut gelaunt. Er wusch sich die Hände und fragte Contini, ob er der Ehemann von Signora Bianchi sei. Contini lächelte und erklärte, er sei nur ein Freund, der ihr mit dem Auto helfe. Ricardo kam noch einmal auf die Nachhilfestunden bei der Lehrerin und auf ihre Geduld zu sprechen.

Der Lehrling war froh, einen Arbeitstag hinter sich zu haben. Contini war freundlich und gelassen wie stets. Es schien, als solle das Gespräch friedlich eines natürlichen Todes sterben, mit ein paar Sätzen über das Wetter und den Tessiner Fußball. Doch just in diesem Augenblick ging Contini zum Angriff über. Eine Frage genügte. Eine einzige Frage, und alles war klar.

Der Mechaniker antwortete nicht. Aber er wandte sich um, mit finsterem Gesicht. In den Händen hielt er eine dicke Metallstange.

3. TIMING

Er war noch ein junger Kerl. Contini dachte daran, dass er bei Elena Bianchi Nachhilfestunden bekommen hatte: Er sah ihn vor sich, nicht ganz so muskulös, wie er am Küchentisch saß und auf einem Bleistift kaute, während er über Gleichungen zweiten Grades grübelte. Oder dritten Grades? Gab es überhaupt so etwas wie Gleichungen dritten Grades?

Der Lehrplan der letzten Mittelschulklasse war weit weg.

Sowohl für Contini als auch für den Jungen, der mit der Metallstange näher kam.

»Wer hat dir das gesagt?«

Contini trat einen Schritt zurück. »Was gesagt?«

Der Junge befahl ihm, stehen zu bleiben.

»Hör zu, Riccardo, ich mache nur meine Arbeit. Es war deine Freundin, die Lehrerin Frau Bianchi, die mir gesagt hat, ich solle in die Reifen schauen.«

»Sie ist nicht meine Freundin!« Obwohl der Satz mit einem Knurren hervorgestoßen wurde, klang er wie ein kindliches Eingeständnis.

»Normalerweise bringt sie den Wagen nach Varese«, fuhr Contini fort. »Mal zu euch, das nächste Mal über die Grenze ... Aber du kennst ihn bestimmt, den Mechaniker in Varese.«

Er redete weiter, um Zeit zu gewinnen. Er schob die Hand in die Tasche, fasste nach dem Handy und schaffte es, mit ein paar raschen Fingerbewegungen einen Anruf zu starten. Riccardo, die Metallstange in den Händen, kam immer näher.

»Ihr brauchtet eine Grenzgängerin, die täglich die Grenze passiert. ›Geh zurück in dein Land‹, stimmt's? Wahrscheinlich hat der Typ aus Varese ihr geraten, sich an euch zu wenden. Oder umgekehrt? Wie oft habt ihr das gemacht? Mit wie vielen Leuten habt ihr es versucht, bis ihr ...«

»Es reicht!«

Riccardo hob die Stange, holte zum Schlag aus. Contini sagte: »Übrigens, ich habe die Polizei verständigt.«

Der Junge war außer sich. Wenn es nur ein Bluff gewesen wäre, hätte es nicht funktioniert. Aber Contini war ein kluger Mann: Er hatte tatsächlich die Spezialisten in Kenntnis gesetzt und ihnen konkrete Hinweise geliefert. Er hatte die Sache so lang wie nötig hinausgezögert und derweil die Polizisten mit dem Handy angerufen. Wie zuvor abgesprochen, bedeutete der Anruf die Aufforderung zum sofortigen Einschreiten. Wenn allerdings viel

Verkehr sein würde ... wohl kaum um die Uhrzeit. Aber wenn sie ...

Mit einem Schlag sprangen die Türen auf. Während Contini mit einem kaum unterdrückten Seufzer der Erleichterung zurückwich, füllte sich die Werkstatt mit Polizisten. Der Eingriff war so grandios getimt wie in einer Westernszene, wenn Verstärkung anrückt, wobei hier weder Heldenmut noch Gewaltmärsche im Spiel waren, sondern die schlichte helvetische Gewohnheit, punktgenau, oder besser gesagt stets etwas überpünktlich zu sein.

Die Hunde spürten das Rauschgift auf. Die Polizisten führten Riccardo ab und gaben ihren italienischen Kollegen Bescheid, sich in die Autowerkstatt in Varese zu begeben. Während Spezialkräfte anschließend die Räume durchsuchten, kam Kommissar De Marchi auf Contini zu. Die beiden kannten sich seit vielen Jahren, aber für gewöhnlich fielen Continis Minifälle nicht in den Zuständigkeitsbereich des Polizeibeamten.

»Von allen Drogenschmuggeleien, die mir untergekommen sind, ist dies die skurrilste. Es wundert mich nicht, dass ausgerechnet Sie, Contini, uns darauf aufmerksam gemacht haben.«

»Ist das Ihre Art, um sich bei mir zu bedanken?«

De Marchi streckte ihm die Hand hin. »Um Ihnen zu gratulieren. Sie haben den Fall gelöst, oder?«

Tatsächlich konnte Signora Bianchi von nun an mit unbeschädigtem Wagen von der Arbeit heimfahren. Als Contini ihr das mitteilte, wollte Rovelli unbedingt dabei sein, da er sich als Chef der Werkstatt und Ausbilder Riccardos schuldig fühlte.

»Aber nein, was sagen Sie da!«, protestierte sie. »Ich habe ihn auch gekannt, den armen Riccardo. Stellen Sie sich vor, ich habe ihn in Mathematik unterrichtet, wer hätte gedacht …«

›Der arme Riccardo‹. Ob Drogenschmuggler oder nicht, für sie war er nur ein Heranwachsender in der Krise. Das war wohl das Los der Lehrer, dachte Contini: Für sie blieben die jungen Leute immer jung, trotz allem. Und vielleicht hatten sie recht. Es gab einen verborgenen Teil im Erwachsenen, vielleicht sogar bei den ganz Alten, der immer auf der Suche nach einem Lehrer blieb. In seinen kritischen Augenblicken war sich Contini dessen sehr wohl bewusst. Die Hoffnung, jemanden zu finden, der standhaft und geduldig war, bereit, die Wolken der Trübsal zu vertreiben. Die Sehnsucht nach solchen Zweifeln, die sich ganz einfach zerstreuen ließen, indem man im Unterricht die Hand hob. Später brachte das Leben all das zum Verschwinden, als schafften die Menschen es, sich selbst zu genügen. Aber das war bloß eine Illusion.

»Er hat einen tüchtigen Eindruck auf mich gemacht«, murmelte Rovelli. »Freundlich, selbstsicher, er hatte sogar eine Verlobte, ein hübsches Mädchen. Und jetzt …«

»Wir sind schwach«, erklärte Lehrerin Bianchi. »Das versuche ich stets im Kopf zu behalten.«

Contini sah das ebenso. Wer war Riccardo? Der tüchtige Automechaniker, der es für ein bisschen Zuverdienst riskierte, ins Gefängnis zu wandern? Oder der kleine Junge auf Kriegsfuß mit der Mathematik? Letztendlich kannte Elena Bianchi mit ihren Pastellpullis und dieser unsäglichen Brille die menschliche Natur besser, als es schien. Vielleicht blieb der wahre Riccardo schwach und wehrlos angesichts des Bösen, auch wenn er gelernt hatte, mathematische Probleme zu lösen.

Contini hörte wieder dem Gespräch zu, das in Begriff war, eine unerwartete Wendung zu nehmen.

»Er konnte gut mit Zahlen umgehen«, sagte Rovelli. »Er hat mir immer bei den Rechnungen geholfen. Nun ja, wie ich das jetzt machen soll … Sie könnten nicht zufällig auch mir ein paar Nachhilfestunden geben?«

»Warum nicht?«, erwiderte sie gelassen.

Sie saßen in einer Bar am Stadtrand von Mendrisio, unweit der Autowerkstatt. Zubringerstraßen, Fabriken und Mietskasernen prägten die Gegend. Die Sonne, die allmählich hinter den Bergen verschwand, tauchte Gesichter, Autos und Gebäude in ein goldenes Licht. Noch bevor sie unterging, hatte der Mechaniker die Lehrerin in artigem Ton zum Abendessen eingeladen, und sie hatte sich die Verabredung im Kalender notiert. Dann kam ein kühler Luftzug auf, und Contini, den Anorak enger um sich ziehend, sagte: »Der Winter ist da …«

An diesem Abend ging er gemeinsam mit Francesca in die Wälder von Corvesco.

Normalerweise wartete sie daheim auf ihn, ein Buch lesend, aber manchmal konnte er sie davon überzeugen, ihn zu begleiten. Sie hatten ein stillschweigendes Abkommen: Jedes dritte Mal, wenn sie mit Freunden ausgegangen, einen Vortrag gehört oder an irgendeinem anderen gesellschaftlichen Event teilgenommen hatten, zu dem Francesca ihn bewegen konnte, hatte Contini Anspruch auf einen Ausflug in die Berge oder auf eine nächtliche Fotojagd, bei der sie mit wasserfester Kleidung und einer Thermoskanne heißem Tee im Gestrüpp auf der Lauer lagen.

Er liebte die Nächte, die beißende Luft, die Gegenwart der Tiere. Vor allem der Füchse, die er besonders mochte. Er liebte es, mit Francesca dort zu sein, nah beieinander, aber ohne sich zu sehen. Er brauchte diese Momente, um jeden Tag aufs Neue über den Monte Ceneri in Richtung Süden zu fahren und sich den Problemen, dem Verschwinden, den kleinen Familiendramen stellen zu können, die das Leben eines kleinen Detektivs bestimmen.

Francesca war kalt. Ein Weilchen hielt sie stand, ohne sich zu beschweren, dann flüsterte sie. »Contini.«

»Was ist?«

»Sieh mal!«

Von oben fielen, verirrten Soldaten gleich, noch unsicher, die ersten Schneeflocken des Jahres.

VITEN

Nicole Bachmann

Nicole Bachmann, geboren und aufgewachsen in Basel, lebt seit vielen Jahren in Köniz bei Bern. Sie studierte Psychologie und Soziale Arbeit an der Uni Fribourg, doktorierte an der Uni Zürich und arbeitet heute an der Hochschule für Soziale Arbeit der FHNW in Olten. Ihre Familie besteht aus schrägen Vögeln und räuberischen Katzen. In der Freizeit spielt sie Geige, geht an Konzerte, liest viel, fährt Fahrrad und genießt die Natur.

Neben wissenschaftlichen Büchern schreibt sie Kriminalromane, Kurzgeschichten, Kinderbücher und Hörspiele für Radio SRF.

Die Reihe mit Lou Beck: Schöner Sterben in Bern (2021); Weites Land (2018); Endstation Bern (2014); Inzidenz (2011); Doppelblind (2008)

www.bachmannkrimis.ch

*

Daniel Badraun

Daniel Badraun, geboren 1960 in Samedan, arbeitet seit 1989 als Kleinklassenlehrer in Diessenhofen. Für den Thurgau schrieb er 14 Jahre lang Geschichten für mehrere Leseförderprojekte und politisierte sechs Jahre im Kantonsparlament. Bei Gmeiner sind vier Kriminalromane um den Wanderleiter aus St. Moritz Claudio Mettler und bei

Emons drei Bände um den Silser Dorfpolizisten Gaudenz Huber erschienen. Außerdem schrieb er Kolumnen für verschiedene Zeitungen.

Daniel Badraun wohnt mit seiner Frau in Schlattingen, hat vier erwachsene Kinder und eine wachsende Enkelschar. Neben dem Schreiben ist er oft auf dem Velo oder auf Wanderwegen unterwegs.

Tod im Engadin, Kriminalroman (2021); Lieblingsplätze Engadin, Reiseführer (2021); Mord zur großen Pause (als Autor und Herausgeber, 2020)

www.badrauntexte.ch

*

Peter Beck

Peter Beck studierte Psychologie, Wirtschaft und Philosophie, doktorierte in Psychologie und machte einen MBA in Manchester. Er trägt im Judo den schwarzen Gürtel, war Militärradfahrer und in der Geschäftsleitung eines großen Unternehmens.

Heute ist Peter Beck sein eigener Chef, unterstützt Firmen bei der Gestaltung der Unternehmenskultur und schreibt an der Thriller-Reihe mit Tom Winter. Die Verlage Oneworld in London und Kastaniotis Editions in Athen bringen die Thriller auch auf Englisch und Griechisch heraus. Peter Beck ist Mitglied der International Thriller Writers, ITW, des Syndikats und des Vereins für schweizerische Kriminalliteratur.

Die Spur des Geldes (2019); Damnation (2018); Korrosion (2017)

www.peter-beck.net

*

Christine Bonvin

Christine Bonvin stammt aus dem Aargau. Über Umwege ist sie im Wallis gestrandet. Die Lust am Schreiben erwachte in reiferen Jahren. Vorher setzte sie ihre Energie ein, um eine Firma aufzubauen. Die Geschichten schlummerten in einer Schublade, bis es Zeit war, sie herauszuholen. Daraus entstanden zwei Genusskrimis und diverse Kurzgeschichten. Sie ist im Vorstand des SYNDIKAT e. V. – Verein für deutschsprachige Kriminalliteratur und KRIMI SCHWEIZ – Verein für schweizerische Kriminalliteratur.

Lieblingsplätze Wallis (2021); »Der Galgen von Ernen« in »Schaurige Orte in der Schweiz« (2021); »Mit Schirm und Charme« in »Tod unterm Schwanz« (2020)

http://bonvinc.bonne-eau.ch

*

Wolfgang Bortlik

Wolfgang Bortlik, geboren 1952 in München, seit langer Zeit in der Schweiz lebend, momentan in Riehen BS. Nicht abgeschlossenes Studium der Geschichte und der Publizistik, Buchhändler, Hausmann für drei Kinder, Musiker, journalistische Tätigkeit, Verleger, Übersetzer, Sportdichter, Sachbücher, acht CDs mit Texten und Songs über Fußball, neun Romane, davon fünf Krimis, die zumeist in Basel und Umgebung spielen.

Allzumenschliches, Friedrich Nietzsche ermittelt (2020); Uferschnee (2019); Blutrhein (2017)

www.wolfgangbortlik.ch

*

Christine Brand

Christine Brand, aufgewachsen im Emmental als Tochter eines Bestatters, berichtete über 20 Jahre lang als Reporterin aus den Gerichtssälen der Schweiz und hat sieben Kriminalromane veröffentlicht. Sie arbeitete unter anderem für das Schweizer Fernsehen und die NZZ am Sonntag. Heute ist sie freie Autorin und lebt in Zürich und auf Sansibar.

Der Bruder (2021); Bis er gesteht (2021); Die Patientin (2020)

www.christinebrand.ch

*

Andrea Fazioli

Andrea Fazioli schreibt Krimis und Romane, arbeitet für Theater und Film und unterrichtet Kreatives Schreiben. Seine Serie um den Privatdetektiv Elia Contini wird auf Deutsch im btb-Verlag publiziert. Fazioli lebt in Bellinzona.

Solo für Contini (2019); Das Verschwinden (2012); Die letzte Nacht (2011)

www.andreafazioli.ch

*

Regine Frei

Regine Frei wurde 1965 in Visp geboren. Die Buchhändlerin lebt und arbeitet seit 1987 in Bern. Sie ist verheiratet und Mutter eines Sohnes. Schon als Teenager schrieb sie gerne Geschichten. Als sie nach der Buchhändlerlehre die Krimiabteilung einer großen Berner Buchhandlung betreute, fing sie an, sich in das Genre einzulesen. Unblutige Krimis mit einer Prise Humor und sympathischen Ermittlern sagten ihr am meisten zu.

Ihren Erstling »Gerechtigkeit für Veronika« veröffentlichte sie 2005. Darin spielt der pensionierte Lehrer Robert Hofer bereits eine Nebenrolle. Seither sind er und Lisa Zünd zum festen Bestandteil der Berner Krimiserie geworden. Ein Team der Kriminalpolizei ermittelt, aber Herr Hofer und Frau Zünd sind in allen Bänden anzutreffen. »Ex Libris am Thunersee« ist ihre erste eigene Geschichte.

Letzte Nachricht (2020); Frau im Schatten (2019); Gute Nachbarn (2017)

*

Christof Gasser

Christof Gasser, geboren 1960 in Zuchwil bei Solothurn, ist ursprünglich ausgebildeter Exportfachmann und Betriebsökonom. Er schreibt seit 2016 Kriminalromane, Kurzgeschichten und Kolumnen. Seine Heimatregion spielt in allen seinen Romanen eine zentrale Rolle. Die Solothurn-Krimis um den Ermittler Dominik Dornach und Staatsanwältin Angela Casagrande sowie die Romane mit der investigativen Journalistin Cora Johannis figurieren regelmäßig ganz vorn auf den Schweizer Bestsellerlisten. Gasser lebt mit seiner Frau in der Nähe von Solothurn.

Wenn die Schatten sterben (2021); 111 Orte im Kanton Solothurn, die man gesehen haben muss (2020, mit Barbara Saladin); Solothurn tanzt mit dem Teufel (2020)
www.christofgasser.ch

*

Silvia Götschi

Silvia Götschi zählt zu den erfolgreichsten KrimiautorInnen der Schweiz. Drei ihrer Krimis landeten auf dem ersten Platz der Schweizer Taschenbuch-Bestsellerliste. Für zwei davon wurde sie mit dem GfK No 1 Buch Award ausgezeichnet. Seit ihrer Jugend zählen Schreiben, Fotografieren und Psychologie zu ihren Leidenschaften. Geboren wurde sie 1958 in Stans. Sie lebte und arbeitete erst in Davos und dann im Kanton Schwyz. Sie hat drei Söhne und zwei Töchter und wohnt heute mit ihrem Mann in der Nähe von Luzern.

Davosblues (2021); Auf der schwarzen Liste des Himmels (2021); Interlaken (2020)
www.silvia-goetschi.ch

*

Stefan Haenni

Stefan Haenni ist gebürtiger Thuner (*1958) und lebt in seiner Geburtsstadt. Mit der Figur des Thuner Privatdetektivs Hanspeter Feller hat er in fünf Kriminalromanen eine unverwechselbare Oberländerfigur geschaffen.

Nach dem Studium der Psychologie, Pädagogik und

Kunstgeschichte hat Haenni über Emotionen im Kunstunterricht promoviert. Er arbeitete bis zu seiner Pensionierung als Gymnasiallehrer für Bildnerisches Gestalten und Psychologie.

Todlerone (2020); Tellspielopfer (2020); Berner Bärendreck (2019)

*

Ina Haller

Ina Haller lebt mit ihrer Familie im Kanton Aargau. Nach dem Abitur studierte sie Geologie. Seit der Geburt ihrer drei Kinder ist sie Vollzeit-Familienmanagerin und Autorin. Sie veröffentlicht zwei erfolgreiche Krimireihen. Zudem gehören zu ihrem Repertoire Kurz- und Kindergeschichten sowie Reiseberichte.

Chienbäse (2021); Nebel im Aargau (2020); Chriesimord (2020)

www.inahaller.ch

*

Petra Ivanov

Petra Ivanov verbrachte ihre Kindheit in New York. Nach ihrer Rückkehr in die Schweiz absolvierte sie die Dolmetscherschule und arbeitete als Übersetzerin, Sprachlehrerin und Journalistin. Heute ist sie als Autorin tätig und gibt Schreibkurse an Schulen und anderen Institutionen. Ihr Debütroman »Fremde Hände« erschien 2005. Ihr Werk umfasst Kriminalromane, Jugendbücher und Kurzgeschichten. Petra Ivanov hat zahlreiche Auszeichnungen erhalten, u. a. den Zürcher Krimipreis und die Silberne Lupe des Crime Cologne Award.

Stumme Schreie (2021); Sex-Ding (Jugendbuch, 2019); Entführung (2019)

petraivanov.ch

*

Thomas Kowa

Thomas Kowa ist Schriftsteller, Drehbuchautor, Poetry-Slammer und Musikproduzent. Während in seinen Thrillern fleißig gestorben werden darf, ist es ihm in seinen absurd-komischen Romanen trotz mehrfacher Versuche noch nicht gelungen, jemanden umzubringen. In seiner neuen Serie »Der zarteste Mord, seit es Schokolade gibt« ermittelt die Chocolatiere Valerie Ledoux an den schönsten Orten der Schweiz.

Tausche Ehe minus gegen Freundschaft plus (2020, mit Christian Purwien); Erhebe Dich! (2019); Erwache nie! (2019); Schlafe tief! (2019)

thomaskowa.de

*

Paul Lascaux

Geboren 1955 als Paul Ott, aufgewachsen in Goldach am Bodensee und in St. Gallen, seit 1974 wohnhaft in Bern. In den letzten 40 Jahren neben journalistischen Arbeiten für verschiedene Zeitungen und Zeitschriften zahlreiche literarische Veröffentlichungen.

Schreibt unter dem Pseudonym Paul Lascaux seit 35 Jahren Kriminalromane und kriminelle Geschichten. Die meisten spielen in der Stadt Bern oder in Dörfern und Gegenden im Kanton Bern.

Emmentaler Alpträume (2021); Schwarzes Porzellan (2020); Der Tote vom Zibelemärit (2019)

Paul Ott: Mord im Alpenglühen. Die Geschichte des Schweizer Kriminalromans (2020)

paul-lascaux.ch

*

Sunil Mann

Sunil Mann wurde als Sohn indischer Einwanderer im Berner Oberland geboren und lebte fünfundzwanzig Jahre in Zürich, bevor er im Herbst 2016 nach Aarau umzog. Er hat Psychologie und Germanistik studiert, beide Studiengänge wurden erfolgreich abgebrochen. Nach dem Abschluss der Hotelfachschule heuerte er als Flugbegleiter bei der nationalen Airline an, seit 2018 ist er freischaffender Autor.

Für sein Werk wurde er vielfach ausgezeichnet, zuletzt mit dem Friedrich-Glauser-Preis und einem Literaturpreis des Kantons Bern, darüber hinaus war er für den Schweizer Kinder- und Jugendbuchpreis nominiert.

Das Gebot (2021); Der Schwur (2020); Totsch (2019)

www.sunilmann.ch

*

Monika Mansour

Monika Mansour, geboren 1973 in der Schweiz, liebte schon als Kind spannende Geschichten. Nach einer Augenoptikerlehre ging sie auf Reisen und verbrachte mehrere Monate in Australien, Neuseeland und den USA. Danach arbeitete sie am Flughafen, führte eine Whiskybar, war Tätowiererin, arbeitete als Sachbearbeiterin in einem Handelsbetrieb und leitet heute ihr eigenes Geschäft. 2014 erschien ihr erster Krimi. Bisher konnte sie erfolgreich elf Bücher veröffentlichen. Sie lebt mit ihrem Mann und ihrem Sohn im Kanton Luzern.

Wenn der Glaubenberg schweigt (2021); Wildspitz (2020); Die Tote vom Titlis (2019)

www.monika-mansour.com

*

Isabel Morf

Isabel Morf kam mit der Welt der Verbrechen zuerst als Zürcher Gerichtsreporterin in Berührung, bevor sie anfing, selbst Schandtaten, Storys mit Mord und Totschlag, verzweifelte oder skrupellose Mörder zu erfinden und alles aufzuschreiben. In den letzten dreizehn Jahren erschienen sechs Krimis, in denen fünfmal der Ermittler Beat Streiff den Bösewichten und Fieslingen das Handwerk legte, bevor im sechsten Roman die Krimiautorin Cassandra Buchstab die Bühne betrat.

Isabel Morf lebt und schreibt heute in Zürich und an der Ostküste von Schottland.

Schrottreif (2021, Neuauflage); Rachetanz (2019); Selbsanft (2017); Jahrhundertschnee (2014); Katzenbach (2012); Satzfetzen (2011); Schrottreif (2009)

www.isabelmorf.ch

Irène Mürner

Irène Mürner ist begeisterte Weltenbummlerin, ehemalige Lehrerin, Flugbegleiterin, Bibliothekarin und Polizistin. Sie schreibt nicht nur Krimis mit Leidenschaft, sondern auch Kolumnen, Blogs und Kurzgeschichten. Geboren und aufgewachsen ist sie in St. Gallen, hat nach knapp eineinhalb Jahrzehnten Zürich und fünf Jahren Nairobi jetzt ein neues Zuhause am Thunersee im Berner Oberland gefunden. Irène Mürner ist verheiratet und Mutter zweier Mädchen.

Lügen am Zürichberg (2020); Stock, Stein, Tod (2019); Todessturz (2017)

*

Stephan Pörtner

Stephan Pörtner, geboren 1965, lebt in Zürich, wo seine sechs Krimis mit Köbi Robert, dem Detektiv wider Willen, spielen. Der letzte Band, *Pöschwies,* wurde vom Kanton Zürich mit einem Werkbeitrag ausgezeichnet, für *Stirb, schöner Engel* erhielt er den Zürcher Krimipreis. Für das Straßenmagazin Surprise schreibt er eine Kolumne, für die WoZ Geschichten, die aus exakt 100 Wörtern bestehen, und für das Schweizer Radio Hörspiele. Er ist Ko-Autor der Komödien *Polizeiruf 117* und *Die Bank-Räuber.*

Pöschwies (2019); Mordgarten (2015); 100 Mal 100 Wörter (2013)

www.stpoertner.ch

*

Marcus Richmann

Marcus Richmann hat russische Wurzeln, in denen die Ursprünge zu seinem äußerst authentischen Ermittler Maxim Charkow zu finden sind. Seine Figuren sind psychologisch brillant gezeichnet. Da er die ersten 19 Jahre seines Lebens im Ausland aufwuchs, konnte er sich einen differenzierten Blick auf die Schweiz bewahren. Die Liebe zur Schweiz hindert ihn nicht, auch deren Schattenseiten zu beleuchten. Als Inspiration für seine Charkow-Romane dienen ihm dunkle Kapitel der Weltgeschichte. Er lebt und arbeitet als Autor von Romanen und Drehbüchern in der Schweiz. »Eisväter – Charkows erster Fall« wurde vom RSI als Zweiteiler unter dem Titel »Cuore di ghiaccio« (Herz aus Eis) nach seinem Drehbuch verfilmt.

Allmacht: Maxim Charkows vierter Fall (2017); Januskinder: Maxim Charkows dritter Fall (2015); Engelschatten: Maxim Charkows zweiter Fall (2013)

www.richmann.biz

*

Sandra Rutschi

Sandra Rutschi (1979) lebt in Bern und ist als Schreiberin vielfältig unterwegs: Mit dem Kriminalroman »Im Schrebergarten« und etlichen Kurzkrimis in Anthologien und Magazinen wurde sie immer wieder zur Schreibtischtäterin. Als Redaktorin und Kolumnistin der Berner Zeitung schreibt sie über Kantonspolitik und Berner Alltags(tragi) komik. Sie hat zudem einen Lesereiseführer sowie ein Porträtbuch über Bern publiziert und ist Mitglied der Autorinnenkombo »Liederatour«.

Rund um Bern – 88 Lieblingsplätze zum Entdecken (2019, mit Fotos von Andreas Blatter); Bern – Porträt einer Stadt (2015, mit Fotos von Andreas Blatter); Im Schrebergarten – Kriminalroman (2011)

www.sandrarutschi.ch

*

Barbara Saladin

Barbara Saladin wurde an einem Freitag, dem 13. geboren und lebt als freie Journalistin, Autorin und Texterin in einem kleinen Dorf im Oberbaselbiet. Sie schreibt Kriminalromane und Kurzgeschichten, Reiseführer und Theaterstücke, Sach- und Kinderbücher, Artikel und Reportagen, sie textet, fotografiert, recherchiert, lektoriert, moderiert und organisiert. 2017 erhielt sie den Kantonalbankpreis Kultur.

111 Orte im Kanton Solothurn, die man gesehen haben muss (Reiseführer, mit Christof Gasser, 2020); 52 kleine

und große Eskapaden in und um Basel (Reiseführer 2020); Mörderisches Baselbiet (Kurzkrimis, 2018)
www.barbarasaladin.ch

✳

Roland Voggenauer

Roland Voggenauer wurde 1964 im rheinischen Düren in Deutschland geboren und studierte Mathematik und Philosophie in München. Er lebte mehr als 20 Jahre am Bayerischen Meer, dem Chiemsee, wo eine kleine Reihe von Chiemgau-Krimis entstand. Der erste davon wurde vom Zweiten Deutschen Fernsehen (ZDF) unter dem Titel »Die Frau aus dem Moor« verfilmt und zunächst am Filmfest München gezeigt. Seit 2012 lebt er im Kanton Zürich und betätigt sich als Aktuar, also Versicherungsmathematiker, in der Schweizer Finanzwelt.

Mörderischer Chiemgau (Anthologie, 2011); Kreuzweg (2010); Übersee (2008); Blut und Wasser (2007)

✳

Raphael Zehnder

Raphael Zehnder wurde 1963 in Baden geboren, lebte 18 Jahre im Aargau, 26 Jahre in Zürich, seit 2008 wohnt er mit seiner Familie in Basel, wohin ihm sein Kommissär folgen musste. Er verdiente sein Geld u. a. als Schallplattenverkäufer, Nachtwächter und Musikjournalist, studierte Französisch und Latein und promovierte in französischer Sprach- und Literaturwissenschaft. Er arbeitet als Redaktor beim Schweizer Radio, ist Miterfinder der Zürcher Kriminalnacht im Theater Rigiblick und Autor von acht Kriminalromanen um den Polizeimann Müller Benedikt. 2015 gewann er den Zürcher Krimipreis.

Müller und die Schützenmatte (2021); Zürich in den 1970er Jahren (Fotoband, 2020); Müller und der schwarze Freitag (2019); Müller voll Basel (2018)

www.raphaelzehnder.ch

Weitere Titel finden Sie auf den folgenden Seiten und im Internet:

WWW.GMEINER-VERLAG.DE

Alle Bücher von Paul Lascaux:

Detektive Müller und Himmel ermitteln:

1. Fall: Salztränen
ISBN 978-3-89977-757-4

2. Fall: Wursthimmel
ISBN 978-3-89977-785-7

3. Fall: Feuerwasser
ISBN 978-3-8392-1011-6

4. Fall: Gnadenbrot
ISBN 978-3-8392-1087-1

5. Fall: Mordswein
ISBN 978-3-8392-1189-2

6. Fall: Schokoladenhölle
ISBN 978-3-8392-1391-9

7. Fall: Burgunderblut
ISBN 978-3-8392-1602-6

8. Fall: Nelkenmörder
ISBN 978-3-8392-1770-2

9. Fall: Goldstern
ISBN 978-3-8392-1957-7

10. Fall: Die sieben Weisen von Bern
ISBN 978-3-8392-2203-4

11. Fall: Der Tote vom Zibelemärit
ISBN 978-3-8392-2401-4

12. Fall: Schwarzes Porzellan
ISBN 978-3-8392-2591-2

13. Fall: Emmentaler Alpträume
ISBN 978-3-8392-2819-7

weitere:
Lieblingsplätze Bern
ISBN 978-3-8392-2613-1

Bodensee-Blues (Hrsg.)
ISBN 978-3-89977-721-5

Zürich – Ausfahrt Mord (Hrsg.)
ISBN 978-3-8392-1137-3

Berner Blut (Hrsg.)
ISBN 978-3-8392-1381-0

GMEINER SPANNUNG

WWW.GMEINER-VERLAG.DE
Wir machen's spannend